북리스 사가

1

북리스 사가 1

ⓒ 마라 울프 2016

초판1쇄 인쇄	2016년 7월 20일
초판1쇄 발행	2016년 7월 26일

지은이	마라 울프
옮긴이	채민정

펴낸이	박대일
편집	이문영 · 임유리 · 신지연 · 전보라
교정	김필균
마케팅	송재진 · 임유미
디자인	박현주
일러스트레이션	이지선

펴낸곳	파란썸(파란미디어)
출판등록	2004년 9월 14일 제313-2004-00214호

주소	121-897 서울시 마포구 성지1길 32-36(합정동)
전화	02.3141.5589(영업부) 070.4616.2012(편집부)
팩스	02.3141.5590
전자우편	paranbook@gmail.com
카페	http://cafe.naver.com/paranmedia
페이스북	http://www.facebook.com/paranbook

ISBN	978-89-6371-326-7(04850)
	978-89-6371-325-0(전3권)

북리스 사가

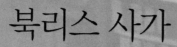

1

단어들은 시간의 장벽을 넘어

파란

BOOKLESSS: Wörter durchfluten die Zeit (BookLessSaga Vol. 1)

by Marah Woolf

Copyright ⓒ Marah Woolf (Ina Körner), 2013
Korean Translation Copyright ⓒ Paran Media 2016
All rights reserved.

This Korean edition published by arrangement with Ina Körner through Shinwon
Agency Co..

마르쿠스와

과거, 현재 미래에 이 책을 바친다.

그대의 두 손 안에 한 세계가 있다.

책들은 그대 앞에 하나의 세계로 통하는 문을 열고

그 세계는 이제 그대 안에 살게 된다.

각 페이지는 그대에게 손을 뻗치고

그대의 영혼에 온기를 불어넣는다.

이제 모든 감각을 동원하여

그대를 인도하는 길을 따라가라.

그러면 비로소 그대를 어루만지는

신비한 마법을 깨닫게 될 터이니.

2013. 다나 토포벤

프롤로그

책을 불태우는 사람은 결국 인간도 불태우게 된다.

— 하인리히 하이네

루시는 문서실 입구의 문을 열었다. 삐걱대는 소리가 그녀를 반기는 것 같았다. 루시는 책들을 가슴에 꽉 끌어안았다. 여기라면 안전할 터였다.

아무도 이 안으로는 들어올 수 없었다. 루시는 재빨리 가파른 계단을 뛰어 내려갔다.

서가 사이로 뻗어 있는 좁은 통로에서 익숙한 도서관 향기가 코를 스쳤다. 하지만 오늘만큼은 오래된 책 향기도 위로가 되진 않았다.

눈물이 볼을 타고 흘러내렸다. 루시는 자신의 펜던트가 여기에 있기만을 빌었다. 어쩌면 사무실 책상 위에 놓여 있을지도 몰랐다. 자길 찾으러 와 주기만 기다리면서 말이다.

복잡하게 얽힌 통로를 따라 사무실까지 내달렸다. 그런 다음에는 손에 든 책들을 떨어뜨리지 않으려 조심하면서 겉옷 주머니를 더듬어 열쇠를 찾았다. 드디어 열쇠가 손에 잡히자 문을 열고 안으로 들어갔다.

사무실 안으로 들어가자마자 들고 있던 책들을 책상 위에 올려놓고 탁상 등을 켰다. 그런 다음엔 책상 위에 뒤덮여 있는 온갖 종이와 책 들, 도서 카드를 헤집기 시작했다. 하지만 펜던트는 거기 없었다. 이번에는 몸을 숙여 책상 밑을 찾아보았다. 그녀의 움직임이 점점 불안해졌다. 빨리 돌아가지 않으면 콜린이 걱정할 터였다. 당황한 눈빛으로 주위를 둘러보았다. 잃어버렸을 리는 없었다. 그 펜던트는 루시에게 이루 말할 수 없을 만큼 소중한 물건이었기 때문이다.

하지만 결국엔 찾아냈다. 문 옆의 책 더미 위에 펜던트가 반짝이며 놓여 있는 게 눈에 띄었던 것이다. 루시는 흐느끼며 펜던트를 끌어안았다. 그러곤 다시 조심스럽게 목에 건 다음 탁상 등을 껐다. 마지막으로 사무실 안을 한 번 더 둘러보았다. 어쩐지 사무실에 들어오는 건 이번이 마지막일 것 같은 예감이 들었다.

다시 복도로 나간 루시는 제자리에 멈추어 서고 말았다. 즉시 알아챌 수는 없었지만 뭔가 달라져 있었다. 루시는 주의 깊게 주위를 둘러보았다. 위험한 건 눈에 띄지 않았지만 이상할 정도로 조용했다. 책들이 두려움에 떨며 숨을 죽이고 있었던 것이다. 책들의 두려움이 그녀에게까지 전해져 왔다. 심장이 쿵쾅거리며 두방망이질 치기 시작했다. 공포 때문에 숨통이 죄이는 것 같았다.

그때 어떤 냄새가 났다. 익숙한 책 향기가 아니었다. 그게 무슨 냄새인지 깨달은 순간, 서가 사이로 안개같이 흰 연기가 치솟아 올랐다. 그리고 비현실적인 바스락거림이 귓가에 들렸다.

루시는 마치 최면에 걸린 사람처럼 눈앞에 펼쳐지는 광경을 바라보았다. 꿈을 꾸고 있는 게 분명했다.

마치 허공에서 갑자기 튀어나온 것처럼 그녀 왼편의 서가 사이로 노란 불꽃이 뱀 같은 혀를 날름거렸다. 눈을 한 번 깜박일 때마다 불길이 거세어지는 것 같았다. 불꽃들은 흰색, 파란색과 붉은색이 한데 뒤섞인 것 같은 기괴한 색이었다.

의심의 여지가 없었다. 문서실이 불타고 있었다.

책들을 어쩌지? 불이 모든 책들을 영영 없애 버릴 터였다. 저 모든 책들을! 루시는 넋이 나가 있다가, 책들이 비명을 지르고 있다는 걸 가까스로 깨달았다. 그들의 절망에 찬 비명 소리가 그녀의 가슴을 찢어 놓는 것 같았다.

쓰러질 것처럼 어지러워서 재빨리 손으로 벽을 짚고 섰다. 이제 뭘 어떻게 해야 하지? 불길은 건조한 나무와 오래된 종이들을 삼키면서 너무 빨리 번져 갔다. 불의 혀가 날름거리며 문서실 바닥과 책 상자들을 핥았고, 서가 안을 누비며 제 임무를 완수했다. 마치 단 한 권의 책도 놓치지 않겠다는 듯 철저하고도 냉혹했다. 그 오랜 시간 동안 보호받으며 간직되어 오던 귀중한 보물들이 이제 루시의 눈앞에서 흔적도 없이 사라져 갔다.

"루시, 도망쳐야 해! 달아나!"

책들이 갑자기 루시를 향해 외쳤다.

"그리고 우리도 구해 줘!!"

그러자 놀랍게도 다시 정신이 돌아왔다. 루시는 패닉 상태로 주위를 둘러본 후 다시 사무실로 달려 들어갔다. 탁상 등을 켠 후 전화기를 잡았지만, 손이 어찌나 떨리던지 그만 놓치고 말았다. 전화기가 땅에 떨어지는 소리가 요란했다.

이 아래쪽 문서실에 있던 책들은 어쩔 수 없을지 모르지만, 아직 위층의 책들은 구할 수 있을지도 몰랐다. 중요한 건 서둘러야 한다는 사실이었다. 이제 모든 게 루시에게 달려 있었다.

루시는 떨리는 몸을 가까스로 가누며 수화기를 집어 들었다. 그런 다음 도서관 안내 창구의 번호를 눌렀다. 하지만 전화는 먹통이었다. 낡은 고물 수화기를 마구 흔든 후 다시 한 번 번호를 눌러 보았지만 소용없었다. 탄식을 내뱉고 있자니, 조금 전 책상 위에 올려 두었던 책들이 루시의 시야에 들어왔다. 적어도 이 책들만이라도 구해 내야겠다는 생각이 들었다. 절대로 불길에 휩싸이게 둘 생각은 없었다.

루시는 의자 등받이에 걸려 있던 스웨터를 집어 들었다. 그런 다음 물병 하나를 찾아내어 스웨터를 적셨다. 그걸로 코와 입을 막은 다음, 마치 생명줄을 움켜잡듯 책들을 가슴팍에 끌어안았다. 그런 다음 사무실 문을 나와 주위를 둘러보았다.

불길이 점점 거세어지고 있었다. 불길이 생각보다 빠르게 번지고 있었지만 이미 몸이 먼저 내달리기 시작했다. 가슴에 끌어안은 책들 때문에 제대로 달리기도 힘들었지만 책들을 불에서 구해 내야 한다는 생각뿐이었다.

복도가 이토록 길게 느껴졌던 적은 없었다. 연기가 시야를 가렸고, 호흡도 방해했다.

그 순간, 굉음이 고막을 때렸다. 루시는 뒤를 돌아보았다. 거대한 서가들이 차례대로 무너져 내리기 시작한 것이다. 화염이 두꺼운 떡갈나무 책장들을 에워싸는 통에 더 이상 버티지 못했던 모양이었다. 이내 불꽃이 일었고, 거대한 불의 파도와 나무 파편들, 재의 폭풍이 루시를 향해 몰려들었다. 루시는 있는 힘을 다해 달렸다. 이만큼 달렸으면 지상으로 올라가는 계단이 진작 나왔어야 했다. 그제야 길을 잘못 들었다는 생각이 머리를 스쳤다. 고개를 들어 위쪽을 살펴보았지만 연기 때문에 서가의 알파벳 표기가 더 이상 보이지 않았다. 기침이 나왔다. 두려움 때문에 몸이 마비될 지경이었다. 만약 여기서 나가지 못하게 된다면 어쩌지?

달릴 때 방해가 되는 젖은 스웨터를 던져 버린 후, 바로 옆의 서가로 손을 뻗어서 정성스레 보관되어 있는 상자 하나를 내렸다. 상자 위에는 L로 시작되는 알파벳들이 뚜렷하게 표시되어 있었다.

"젠장할!"

루시가 화염을 향해 저주를 퍼부었다. 원래대로라면 H열에서 방향을 틀었어야 했다. 하지만 돌아가기에는 너무 늦었다. 이미 불길이 가까워져 있었다. 이글거리는 열기 때문에 피부에 통증이 느껴졌다. 여기서 나가려면 더 먼 길을 돌아가야만 했다. 루시는 책을 꺼낸 뒤 상자는 바닥에 던져 버렸다. 한 권이라도 더 여기서 건져 낼 생각이었다. 그런 다음엔 폐가 아릴 때까지 미친 듯이 내달리기 시작했다.

하지만 몇 분 뒤, 이미 돌이킬 수 없을 만큼 길을 잘못 들었다는 걸 깨달았다. 더 이상은 달릴 수도 없었다. 숨이 턱까지 차올랐다. 이글거리는 불길은 그녀 주위를 에워싸며, 모든 걸 닥치는 대로 먹어 치웠다.

사방이 화염 바다였다. 불은 눈에 보이는 모든 걸 말살하라는 명령을 받은 군대처럼 냉혹하게 자신의 임무를 수행하고 있었다.

이젠 가망이 없었다.

눈물이 볼을 타고 흘러내리자 루시는 거칠게 눈물을 닦아 내었다.

이 모든 게 그의 짓이있다. ㄱ를 믿었건만, 보기 좋게 속아 넘어가고 말았다.

그를 떠올리기조차 싫었다. 죽게 된 마당에 마지막으로 그를 생각하고 싶지는 않았다. 루시는 흐느끼며 두 손으로 얼굴을 감쌌다. 그러고는 책장에 등을 기댄 채 천천히 바닥에 주저 앉으며, 왼손으로 목에 걸린 펜던트를 움켜쥐었다.

고아원에서 지냈던 어린 시절 이후로 잊고 있던 기도가 입에서 흘러나왔다. 기도 따위는 고아원을 떠나오면서 다 잊은 줄 알았다.

하지만 불길은 조금도 지체 없이, 루시의 세계를 덮치며 다가왔다.

1장

책은 인간이 창조해 낸 것들 중 가장 강력한 존재다.

— 하인리히 하이네

런던, 한 달 전

루시는 도서관 정문의 계단을 마구 달려 올라갔다. 숨을 헐떡이며 계단을 올라 입구의 유리문을 밀고 작은 대기실로 들어섰다. 그곳에서 런던 도서관의 새 관장인 반즈 씨의 불만스러운 얼굴을 보았다. 그는 언제나처럼 뒷짐을 진 채 안내 데스크 앞에 꼿꼿이 서 있었다. 그의 한쪽 발만 참을성 없이 바닥을 탁탁 치고 있었다. 아마 그 행동으로 자신이 매우 화가 났다는 걸 표현하고 싶은 모양이었다.

"가디언 양."

그가 설교를 시작했다.

"도대체 당신을 어떻게 해야 좋을지 모르겠군요. 자기 직장에 제시간에 나타나는 게 그렇게 힘들어서야! 당신 말고도 이 자리에 들어오려는 학생들은 줄을 서 있단 말입니다. 이런 행동을 언제까지 참아 줄 수 있을지…….”

루시는 입술을 삐죽이려다 꾹 참았다. 하도 들어서 이제 거의 외울 수 있을 정도였다. 고개를 들어 보니 반즈 씨의 뒤에 루시의 친구 마리가 그를 흉내 내며 입을 벙긋거리고 있었다. 루시는 웃음을 터뜨리지 않으려고 이를 악물어야 했다. 어떻게 저여우 같은 인간을 저렇게 똑같이 흉내 낼 수 있지?

그 순간 반즈 씨가 이상한 낌새를 눈치채고 뒤를 휙 돌아봤다. 하지만 몸의 균형을 잃는 바람에, 루시가 재빨리 그를 붙잡지 않았다면 분명 땅바닥을 굴렀을 거다.

루시는 그가 마리 쪽을 바라보지 못하도록 황급히 둘러댔다.

“지도 빈즈 씨의 말씀을 이해합니다. 그리고 정말이지 오늘을 끝으로 다시는 지각하는 일 따윈 없을 거라고 맹세할게요. 하지만 제가 왜 늦었냐면요…….”

말을 이으면서 최대한 가여워 보이도록 눈을 치켜떠 보았지만, 오히려 반즈 씨의 덥수룩한 눈썹마저 치켜 올라가게 만들었을 뿐이었다.

“지난밤에 페리클레스에 대한 리포트를 작성해야 했거든요. 지난주에 말씀 드렸었죠? 아무튼 밤새 작업했는데 꽤 잘 써 낸 것 같아요. 물론 리포트를 쓰느라 너무 늦게 자는 바람에 자명종 시계를 켜 놓는 걸 깜박한 건 어처구니없는 실수였죠. 너무 피곤했었나 봐요.”

"좋아요, 좋아. 매번 지각을 해야 했던 이유가 있겠지요. 어쨌든 오늘이 마지막 경고라는 걸 똑똑히 새겨 두도록 해요!"

반즈 씨가 으르렁거렸다. 그런 다음 투덜거리며 자기 사무실로 돌아갔다. 루시는 깊은 한숨을 내쉰 다음 마리에게 다가갔다. 마리는 안내 데스크 뒤쪽에 몸을 숨기고 있었다.

"네 덕분에 살았어!"

루시의 얼굴을 본 마리가 뺨에 입을 맞추며 그녀를 반겼다.

"이번엔 진짜 위험했어."

루시가 나무랐다.

"네 연기력은 어디 다른 데 가서 발휘하라고!"

루시의 말에 마리가 뉘우치는 표정으로 대꾸했다.

"나도 알아. 하지만 어쩔 수가 없다고. 반즈 씨만 보면 뭔가 장난을 치고 싶어져서 몸이 근질거리는 걸 어떡해."

그 말에 둘은 웃음을 터뜨렸다.

"그런데 오늘은 왜 늦은 거야?"

마리가 물었다.

"언제나 같아. 내 몸의 생체 시계에는 나사가 하나 빠져 있나 봐. 어떻게 다들 시간을 잘 지킬 수 있는지 신기하다니까. 일어나긴 제때 일어나는데 마치 내 시간이 다른 사람들보다 빨리 흘러가 버리는 느낌이야. 무슨 수를 써 봐도 늦게 돼!"

마리가 팔짱을 끼고 루시를 흘겨보았다.

"너 또 지하철에서 책 읽었지?"

루시가 고개를 저었다.

"뻔해. 책 읽다 내려야 되는 정거장을 놓친 거지?"

마리가 추궁하자 루시가 재차 고개를 저었다.

"가방 내놔 봐."

마리가 오른손을 까딱거리며 말했다. 그제야 루시의 얼굴이 부끄러움에 붉어졌다.

"거 봐."

마리가 의기양양하게 말했다.

"내가 몇 번을 말해야 되니? 책은 집에서만 보라니까? 거의 매일 아침마다 내릴 정거장을 놓치잖아. 그런 다음엔 사냥꾼한테 쫓기는 토끼처럼 헐떡거리며 나타나기 일쑤고. 세상에, 네 머리 꼴 좀 봐!"

마리가 데스크의 서랍을 열고 빗을 꺼내 건넸다.

"머리만이라도 어떻게 좀 해 봐."

"어차피 봐 줄 사람도 없어."

"왜 없어? 네 사랑하는 책들이 널 봐 주잖아."

마리가 대꾸했다.

"네가 크리스 집에서 묵고 오지만 않아도 내가 늦진 않을 텐데."

화장실 쪽으로 떠밀려 가던 루시가 투덜거렸다.

"그래. 그렇게 하는 게 너나 줄스한테는 좋겠지만 미안하게도 우리 커플을 위해서는 크리스네 집에서 지내는 게 낫거든. 거기서라면 우리가 뭘 하든 아무도 신경 안 쓰니까!"

마리가 비죽 웃으면서 대꾸하자, 루시는 한숨을 쉬며 고개를 흔들었다.

30분 정도 지났을까. 루시는 열람실 내의 책들을 정리하는 중이었다. 마리가 루시에게 재빨리 다가와 속삭였다.

"루시. 반즈 씨가 당장 오래."

그 말에 루시의 얼굴이 겁에 질렸다.

"왜? 뭣 때문인지 말해 줬어?"

하지만 마리는 어깨를 으쓱해 보일 뿐이었다.

"그 교활한 용이 내게 뭘 말해 줄 리가 없잖아."

도서관에서 일하는 직원들은 반즈 씨의 비서를 가리켜 '용'이라고 부르곤 했다. 비서의 이름이 드레이크라는 데서 따온 별명이었다. 6주 전, 반즈 씨가 새 도서관장으로 취임하면서 그녀를 데려왔는데, 어찌 보면 이 비서가 반즈 씨보다도 더 미움을 받았다.

루시는 잔뜩 긴장한 채 도서관의 서무과로 향했다. 반즈 씨에게 불려 가는 건 처음이었다. 제발 해고당하는 일만큼은 없어야 할 텐데! 몇 번 지각했던 것만 빼고 큰 실수를 저질렀던 적은 없었다. 게다가 저녁 늦게까지 야근을 한 적도 많았다.

루시는 복도 끝에 있는 높고 낡은 나무 문 앞에 서서 심호흡을 한 다음 노크를 했다. 하지만 방 안에서는 아무 소리도 들리지 않았다. 혹시 들어오라는 소리를 못 들은 건가 싶어서 문고리를 열고 들어가 응접실로 보이는 낯선 방 안을 둘러보았다.

드레이크 씨는 사무용 책상 뒤에 앉아 있었는데, 그 모습이 마치 자기 별명을 자각하고 있는 듯, 아니, 오히려 그 별명이 너무 마음에 든 나머지 전체적으로 용 같은—덧붙이자면 살짝 보라색으로 물들인 파마머리를 한 용—모습을 하고 있었다. 그런 다음 마치 루시가 엄청나게 늦었다는 듯 시계를 쳐다보며 눈치를 주었다.

하지만 의외로 말 한마디 없이 일어나 응접실 안에 있는 문에 노크했다. 그런 다음 안으로 들어가 몇 마디 말을 나누더니, 루시를 쳐다보지도 않고 방 쪽으로 손짓해 보였다.

반즈 씨는 거대한 책상 뒤에 앉아서 서류 하나를 들여다보는 중이었다. 그래서 루시의 눈에는 그의 벗겨진 정수리만 보였다.

루시는 긴장한 채 그에게 다가갔다. 하지만 반즈 씨는 루시의 인사말 따위는 안중에도 없다는 듯, 계속 서류를 보며 무언가를 바쁘게 적어 댈 뿐이었다. 루시는 조심스럽게 주위를 둘러보았다. 루시가 상상해 오던 도서관 관장의 사무실과는 사뭇 달랐다. 적어도 책은 좀 있을 거라 생각했는데, 책장이나 서랍장 빼곡히 서류철만 꽂혀 있었다. 게다가 벽에는 온통 그림이 걸려 있었는데, 도통 뭘 말하는지 알 수 없는 난해한 그림들이었다. 그래서 방 안은 전체적으로 일그러진 이미지였다.

"그림이 맘에 드나요?"

줄곧 끄적거리는 소리뿐, 시종일관 침묵을 지키던 반즈 씨가 남자치곤 꽤 높은 톤으로 불쑥 물었다.

"내 아내가 그렸지요."

그런 다음 일어서서 루시에게 자리에 앉으라는 듯 손을 내밀어 보였다.

그는 책상 앞에 기대서서 루시의 손을 잡고 악수했다. 그의 말은 어딘가 아버지처럼 따스한 데가 있었는데, 악수하는 동안 루시는 얼른 손을 빼내고 싶은 충동을 억누르느라 식은땀이 났다.

"루시 양은 아주 젊군요."

그가 몰랐다는 듯 말했다.

"겨우 열여덟 살이라니."

뭔가 대꾸하려 했지만 그만두었다. 불과 2주 전에 루시는 열여덟 번째 생일을 맞아 도서관 사람들에게 케이크를 돌렸고, 반즈 씨도 케이크를 먹었던 것이다. 그것도 세 조각이나! 아무튼 드디어 그가 루시의 손을 놓아 주었고, 다시 자리에 앉을 수 있었다. 루시는 바지에 손을 슬쩍 닦았다. 어쩐지 축축해진 것 같았다.

"원래 나는 도서관에서 일하는 학생들을 직접 뽑곤 하지요."

그가 독백을 계속했다. 그의 말에서 뚜렷한 불쾌감이 느껴졌다.

"좀 더 경험 많은 학생들로 말입니다. 하지만 국무장관님께서 전화를 해서 내가 새로 부임해 온 뒤에도 당신이 남아 있게 해 달라고 부탁을 하시는 바람에 거절할 수가 없었던 거지요."

루시는 어안이 벙벙해졌다. 국무장관? 루시는 국무장관과 친분 따위는 없었다. 어쩌면 물랑 부인의 소행인지도 몰랐다. 그녀는 루시가 자란 고아원의 원장이었는데 도서관에 일자리를 얻어 준 것도 그녀였다.

"서두가 길었군요. 본론으로 들어가지요."

루시는 다시 그의 말에 집중했다.

"오늘부터 문서실에서 일하도록 하세요. 올리브 양이 장기 휴가를 떠날 겁니다. 그녀를 대신해서 문서실 안에 있는 책들을 전산 등록하는 일을 해 주세요. 내 전임자는 이 일을 아주 등한시했고, 이는 처벌받아 마땅합니다. 아무튼 나는 전임자와는 달라요. 도서관 내의 모든 책을 전산화해서 검색할 수 있게 만들 겁니다. 알아들었나요?"

그리 어려운 일은 아니라는 생각에 루시는 고개를 끄덕였다. 이제부터 좀 더 설명을 들을 수 있으리라 기대하고 앉아 있으려니, 그가 펜을 잡고 조금 전에 중단했던 일을 다시 시작하는 게 보였다. 루시는 당황해서 의자 위에서 몸을 배배 꼬았다. 나가야 되는 거야, 있어야 되는 거야?

"이제 가도 됩니다. 마리가 지하 문서실까지 안내해 줄 겁니다. 설명은 그녀에게서 들으세요."

반즈 씨가 나가라는 손짓을 해 보였다.

드디어 바깥으로 풀려난 루시는 도서관 입구 쪽으로 발길을 재촉했다. 뜨거운 커피 한 잔이 절실했다.

"마리!"

루시가 안내 데스크에 채 닿기도 전에 외쳤다. 루시의 목소리를 들은 마리가 의아한 얼굴로 그녀를 쳐다봤다.

"반즈 씨가 나더러 문서실로 내려가래."

"뭐?"

"날 문서실로 보냈다고."

루시가 다시 한 번 말했다.

"흠. 정말 널 싫어하긴 하나 보네."

마리가 걱정스러운 눈빛으로 루시를 바라보며 중얼거렸다.

그 말에 루시는 겁을 집어먹었다.

"거기 아래, 지하 말야."

마리가 안내 데스크 위로 몸을 내밀며 속삭였다.

"거기는 진짜 끔찍한 곳이야. 유령이 있다고 말하는 사람도 많고. 사실 문서실은 도서관 내에서도 제일 오래된 곳이니까 뼈가 한두 개쯤 발견된다고 해도 이상할 건 없어."

루시가 마리를 불안하게 쳐다보았다. 물론 그런 괴담은 처음 도서관에서 일하기 시작했을 때부터 들어 온 터라 익숙하기도 했고 또 여태까지 신경 쓰지 않았던 것도 있었다. 문서실에 내려갈 일이 전혀 없었으니까.

"지금 나 겁주려는 거지? 그렇지?"

루시가 물었다. 하지만 마리의 표정은 진지했다.

"지금 문서실로 안내해 줄게. 직접 가 보면 알 거야."

루시는 마리의 뒤를 따라 열람실 안으로 들어갔다. 이윽고 천장까지 닿아 있는 높고 낡은 문 하나가 보였다.

"여기가 지하 세계의 입구야."

마리가 쓴웃음을 지으며 말했다. 그런 다음 손잡이를 움켜잡고 문을 열었다. 날카로운 쇳소리가 도서관의 정적을 깼다.

루시의 눈앞에 깊이를 알 수 없는 어두운 통로가 펼쳐졌다. 마치 중세 시대 성의 지하 고문실로 내려가는 계단 같았다. 계단은 곰팡이로 뒤덮여 있었지만, 다행히 전기가 들어오는 모양이었다. 통로 아래로 공기가 빠르게 이동하면서 먼지 입자가 반짝이며 잠시 머뭇거리다, 오랜 세월에 둥글게 마모된 돌계단 위로 떨어져 내렸다. 먼지들이 저런 식으로 매일 조금씩 지하로 쓸려 내려간다면 아마 다시는 햇빛을 못 보게 되겠지.

　마리가 따라오라고 손짓했다. 등 뒤에서 거대한 문이 철컥 닫히는 소리가 지하 통로에 울렸다. 루시는 그 소리에 깜짝 놀랐지만, 조심스레 한 걸음 한 걸음 아래를 향해 내려가기 시작했다. 계단은 가팔랐다. 넘어지지 않으려고 한 손을 벽 위에 올렸다. 손 밑의 거친 돌벽에서 냉기가 느껴졌다.

　마리는 계단 아래에서 루시를 기다리고 있었다. 루시의 눈이 놀라움으로 휘둥그레졌다. 그녀의 눈앞에 둥근 아치형 천장이 끝없이 펼쳐졌다. 또 거친 질감의 돌벽이 지하 세계를 향해 좌우로 뻗어 있었다. 바닥에 깔린 마름돌은 오랜 세월에 마모되었는지 얼룩지고 반들반들했다. 그 위에 책의 평원이 있었다. 오래된 서가들은 세월과 책의 무게를 견디지 못하고 아래로 휘어졌다. 루시가 호기심 어린 얼굴로 첫 번째 서가 쪽으로 다가가려는데, 마리가 그녀의 팔을 계속 잡아끌었다. 루시는 마리의 뒤를 따라 좁은 서가 사이를 걸었다. 하지만 그 숨겨진 보물들에 이미 마음을 빼앗겨 넋이 나간 상태였다. 결국은 잠시 숨을 가다듬고 행렬을 이탈했다. 그런 다음 마리의 뒤통수에 대고 외쳤다.

"금방 따라갈게!"

루시는 책장으로 둘러싸인 미로 속에서 나는 냄새를 깊이 들이마셨다. 그녀가 가장 사랑하는 냄새였다. 마치 가지마다 수많은 책들이 주렁주렁 달린 거대한 나무의 냄새 같았다. 루시는 도서관 위에 보유한 어떤 책들보다 훨씬 오래된 책들이 이 아래쪽에 보관되고 있다는 걸 알았다. 이 몇 백 년 묵은 책의 장정은 가죽과 넝마로 만들어졌다. 지식과 사유, 감정을 기록하려는 인간의 독창력은 마치 끝을 모르는 것 같았다.

책의 페이지를 장식하고 있는 채색된 그림에서 나는 향기와, 가죽 표지를 만들기 위해 희생당한 동물의 짙은 냄새가 뒤섞여 있었다. 과거에 잉크를 제조할 때 쓰였던 숯 냄새도 희미하게 났다. 이 귀중한 책들을 후세에 전해 주기 위해 얼마나 많은 필사가들이, 활자판들이 제 사명을 감당해야 했을까?

마리 쪽을 곁눈질해 보니, 저 멀리 복도 끝에서 방향을 틀고 있었다. 만약 마리를 놓쳐 버리면 이 책의 미로에서 가망 없이 길을 잃고 말 것이었다. 몇 미터나 되는 거대한 책장들이 아치형 천장 아래 빼곡히 들어차 있었고, 그 사이로 계속해서 수많은 갈림길의 분기점이 보였다. 이 장대한 책들의 분량으로 미루어 보아 다 읽기는커녕 맛만 보기에도 한 인생으로는 부족할 거라는 생각이 들었다.

이제는 묵묵히 마리의 뒤를 따라야 했다. 마리가 걸어갔던 길을 따라 끝까지 간 뒤 멈추어 서서 귀를 기울여 보았다. 마리는 보이지 않았지만 발소리가 공기 중에 울렸다. 루시는 마리가 지하에서 겁먹지 않으려고 일부러 발소리를 크게 내며 걷고 있다는 걸 알았다.

지금이라도 따라잡기엔 늦지 않을 터였다. 그때 한 서가가 루시의 주의를 끌었다. 대부분의 책들은 서가에 꽂혀 있었는데, 그 사이에 드문드문 책을 넣어 놓은 것으로 보이는 상자도 눈에 띄었다. 아마 특별히 보호받아야 할 정도로 귀한 책들이 들어 있는 모양이었다. 루시는 꽂혀 있는 책의 책등을 훑어보며 관심을 끌 만한 저자가 나타나기를 기다렸다. 그런 다음 한 권의 책을 꺼냈다. 조심스럽게 표지를 쓰다듬은 뒤 책을 펼쳐 보았다. 노랗게 낡은 책장에서 먼지가 날아올랐다. 코가 먼지 때문에 간질거렸다. 루시는 책을 다시 꽂아 넣은 후 재킷 주머니에서 휴지를 꺼내 코를 풀었다. 그리고 마리의 뒤를 쫓아가기 전, 마지막으로 한 번만 더 책들을 훑어보았다.

갑자기 마리의 발소리가 멎었다. 루시는 좌우를 둘러보았다. 주변은 물을 끼얹은 듯 조용했다. 마리는 어디로 간 거지? 아무리 책에 정신을 빼앗겼다고는 해도 그리 오랜 시간이 지난 건 아니었다.

그때 갑자기, 저 앞 서가 사이에서 마리의 곱슬한 금발이 보였다.

"대체 어디에 있었던 거야?"

마리가 볼멘소리로 투덜거렸다.

"네가 유령한테 잡혀가기라도 한 줄 알고 얼마나 걱정했다고!”

루시는 히죽 웃고는 마리에게 달려가며 물었다.

“설마 너 겁먹었던 거야?”

“넌 여기 안 무서워?”

마리가 루시에게 되물었다.

루시는 고개를 저었다.

“거 참 신기하네.”

마리가 고개를 갸웃거렸다.

“아무튼 빨리 가자. 난 한시라도 여길 나가고 싶다고!”

몇 분 뒤, 외벽 구석에 작은 사무실이 나타났다. 마리가 사무실 문을 열자, 온기가 훅 끼치며 지하의 냉기를 몰아냈다. 루시는 사무실 안을 기웃거려 보았다. 사무실이라 말할 수도 없는 작은 쪽방 같은 곳이었다. 게다가 사무실 안에는 책 무더기가 빼곡히 들어차 있어서 정말이지 발 디딜 틈조차 없었다.

마찬가지로 책으로 뒤덮여 있는 작은 책상 위의 작은 램프가 어두운 사무실 안을 겨우 밝히고 있었다. 그 안에 사람이 한 명이라도 들어갈 수 있다는 게 신기할 정도였다.

“여기 안 계신가 봐.”

마리가 중얼거렸다.

“젠장! 지금부터 올리브 씨를 찾아다녀야 돼. 정말이지 이런 일이 일어날 때마다 책의 미로에 갇혀서 영영 빠져나가지 못하게 될까 봐 얼마나 무서운지…….”

“너 여기서 일한 지 얼마나 됐다고?”

루시가 히죽 웃으면서 물었다.

"2년. 너도 알잖아."

마리가 대꾸했다.

"2년 정도 일했으면 도서관을 손바닥처럼 훤히 알 거라 생각했는데."

"그래. 위층은 손바닥처럼 훤하지. 어떤 책이 어디 있는지 눈 감고도 찾아낼 수 있다고."

마리가 웃었다.

"하지만 이 아래에는 올 일이 거의 없어. 그래서 다행이긴 하지만. 너도 여기서 일하는 동안 와 본 적 없지?"

루시는 고개를 끄덕이며, 어떻게 그런 게 가능했는지 의아했다. 이 아래에 있으니 오히려 편안한 기분이 들었다. 하지만 그녀처럼 고독함과 어두움을 좋아하는 이들은 드물다는 걸 알고 있었다. 고아원에 있을 때에도 헛간에서 야간 담력 시합을 했을 때 루시보다 오래 견뎌 낸 사람은 없었다. 루시는 그 안이 전혀 두렵지 않았던 것이다. 오히려 유령을 볼 수 있을지 모른다는 생각에 기뻤다. 하지만 결과는 실망스러웠고 여기서라면 꿈을 이룰 수 있을지도 몰랐다.

하지만 마리는 밝은 곳을 좋아하는 부류였다.

"올리브 씨!"

마리가 목청 높여 외치기 시작했다.

"올리브 씨! 제가 누굴 데려왔어요!"

하지만 아무 대답도 들리지 않았다. 마리가 한숨을 푹 쉬었다.

"나 없이 올리브 씨를 찾을 수 있겠어? 물론 여기서 유일하게 겁내지 않아도 되는 사람이긴 해."

루시는 고개를 끄덕였다. 몇 번인가 올리브 씨가 책을 가지고 열람실로 올라왔을 때 이야기를 나눴던 적이 있었는데, 사실 그때부터 그녀에게 호감을 가지고 있었다.

그러자 마리가 안심했다.

"사실 문서실 시스템은 이해하기만 하면 그리 어렵진 않아. 앞쪽부터 알파벳 순서대로 정리되어 있으니까."

마리가 그들 앞에 새겨진 알파벳 E를 가리켜 보이며 말을 이었다.

"저쪽부터는 더 이상 들어가지 마. 뒤쪽은 꽤나 골치 아프게 정리되어 있거든. 거기서부턴 올리브 씨만 제대로 책을 찾을 수 있어. 사실 문서실 시스템은 좀 뒤죽박죽이야. 예전에는 로마 숫자를 썼다는데 그건 알파벳처럼 간단하지 않았다더라고. 아무튼 올리브 씨가 저 뒤쪽에 있을 것 같진 않아. 근처에서 책을 정리하는 중일 테니까. 그러니까 괜히 깊이 들어갔다가 길을 잃진 말고. 보기보다 엄청나게 광활하거든."

루시는 마리의 말을 귓등으로 흘렸다. 아무도 못 말릴 호기심이 차올랐다. 문서실 안, 광활한 서가의 미로가 이 안에 들어오는 불청객들을 가두어 버리고 있다는 상상을 하면서 말이다.

"한때 문서 시스템을 통일했던 적도 있었던 것 같은데, 시간이 지나면서 흐지부지됐대."

마리가 말을 이었다.

"각 시대별로 문서실을 담당했던 사람들이 문서실 중앙에 있는 홀에 자기 직인을 찍어 두었다는 것 같아. 문제는 중앙에 홀이 하나만 있는 게 아니래. 더 크거나 작은 공간, 벽장, 굴 들 천지래. 물론 전부 책으로 가득 차 있고. 그래서 여기 전체를 다 관리할 수가 없었대. 그러려면 예산이나 인력이 엄청나게 필요할 테니까 말이야."

마리의 강의가 끝났다.

루시는 일을 시작하자마자 문서실 구석구석을 살펴보아야 겠다고 다짐했다. 왠지 의욕이 솟아나는 것 같았다.

마리가 손목시계를 바라보며 물었다.

"그럼 12시 반에 점심 먹는 걸로 할까?"

"오늘은 스파게티?"

루시가 되묻자 마리가 고개를 끄덕였다.

"내가 데리러 와야 될까?"

마리가 내키지 않는다는 투로 묻자, 루시가 웃음을 터뜨렸다.

"걱정 마. 혼자서 올라갈게."

"넌 내 생명의 은인이야!"

마리가 과장된 목소리로 호들갑을 떨고 위층으로 사라졌다.

마리의 발소리가 멀어지자 문서실 안에는 정적이 흘렀다.

루시는 곧바로 F열 쪽으로 몸을 돌렸다. 사실 어디서 시작 하든지 상관은 없었다. 천장을 쳐다보니, 아치형 천장에 빛바 랜 섬세한 문양들이 새겨져 있는 게 보였다. 도서관을 찾는 이 들은 자신들의 발밑에 이런 놀라운 예술 세계가 있으리라곤 짐작조차 못 할 터였다. 몇 군데 희미하게 채색 부분이 남아 있는 게 눈에 띄었다. 아마 과거에는 여러 가지 색으로 아름답게 채색되어 있었을 것 같았다.

중앙 홀의 신비로운 분위기가 루시의 마음을 사로잡았다. 마리가 한시라도 빨리 여기를 뜨고 싶어 했던 반면, 루시는 이제야 제자리를 찾아온 것 같은 기분이었다.

루시는 복도 안으로 들어가 고서들을 보관하는 얄팍한 상자들을 손가락으로 어루만졌다. 상자에는 비단을 씌워 놓았는데, 어찌나 오래되었는지 속이 훤히 들여다보일 정도였다. 몇몇 상자는 채색이 되어 있었다. 상자마다 대부분 금속으로 모서리를 대 놓았는데, 정면에는 책의 제목이 보였다. 상자를 열어 보는 건 금지되어 있었다. 물론 반즈 씨가 온 이후로는 거의 모든 게 금지되었지만 말이다. 루시가 불만스러운 듯 얼굴을 찡그렸다. 문서실 이용 수칙에는 누군가가 열람을 신청했을 때 이외에는 상자를 열 수 없다고 명시되어 있었다. 정말 바보 같은 생각이었다. 책은 독자를 필요로 한다. 책을 너무 오랫동안 혼자 두면 얼마나 외로워하는데. 루시가 슬며시 미소 지었다. 그녀 생각에는 책마다 다른 인격을 지니고 있는 것 같았다. 때로는 사랑스럽고 평화로운 책도 있었고, 퉁명스럽거나 거만한 책도 있었다. 조심스럽고 사려 깊게 책을 대하면 그 안에 숨겨진 비밀을 발견하게 된다. 그렇게 책은 자신의 세계로 독자를 초대하는 것이다.

반즈 씨는 책에 대해 아무것도 몰랐다. 그가 런던 도서관 관장이 되고 난 후로는 일이 훨씬 재미없어졌다.

루시는 주위를 둘러보았다. 사무실 문 부근의 작은 보관함에 손전등이 있었다. 루시는 손전등 스위치를 눌러서 작동이 되는지 확인했다.

그런 다음 용감하게 서가 사이를 누비며 올리브 씨를 찾기 시작했다. 올리브 씨의 모습은 어디에도 보이지 않았다.

루시는 점점 더 안쪽으로 나아갔다. 천장에 달린 전기등이 희미하게 깜박였다. 아마도 입구 쪽에 비해 이 안쪽은 잘 정비되지 않은 것 같았다. 루시는 손전등을 단단히 움켜쥐었다. 마리는 너무 깊이 들어가진 말라고 경고했지만, 이제 와서 되돌아 나갈 수는 없었다. 설명할 수는 없었지만 어떤 힘이 어두운 복도 안쪽에서 루시를 잡아끄는 것 같았다. 루시는 잠시 멈추어 서서 어느 쪽으로 걸어가야 할지 주위를 둘러보았다.

그 순간, 어떤 소리가 들려왔다. 마치 누군가가 낮게 속삭이는 듯했다. 그리고 이내 잠잠해졌다. 혹시 올리브 씨가 혼잣말을 하고 있는 걸까?

"올리브 씨?"

루시가 외쳤다. 하지만 아무 대답도 없었다.

잠시 기다려 보았지만 주위는 고요하기만 했다. 어쩌면 착각일지도 모른다고 생각하며 다시 천천히 발걸음을 옮겼다. 그러면서 가만히 귀를 기울였다.

그때 다시 한 번 속삭이는 소리가 들렸다. 이번에는 아까보다 더 분명했다. 루시는 발걸음을 조금 늦추었다.

불현듯 옛 기억이 떠올랐다. 아주 오래전의 일이었다.

루시는 스스로 책을 들고 볼 수 있게 된 때부터 독서광이었다. 그렇게 다른 아이들이 뛰어놀 동안 몇 시간 동안이나 책장을 넘기며 그 다채로운 세계에 마음을 빼앗기곤 했다. 루시는 인형이나 자동차를 가지고 노는 걸 싫어했다. 대신 누군가에게 책을 읽어 달라고 졸랐다. 그래서 고아원 돌보미들이 몇 분 정도 짬을 내어 책을 읽어 주었고, 그렇게 이 사람 저 사람의 무릎 위를 전전하곤 했다.

루시의 다섯 번째 생일날이었다. 그녀는 침대에 앉아서 새로 선물 받은 책을 펼쳤다. 오스카 와일드의 《이기적인 거인 이야기》였다.

책을 읽으려는데, 책이 첫 낱말을 머릿속으로 곧장 속삭여 주었다.

"오후마다 아이들이 학교에서 돌아오면, 거인의 정원으로 가서 놀곤 했어요. 거인의 정원은 아주 크고 멋졌던 데다가, 부드러운 초록색 잔디가 깔려 있었거든요."

아직도 그때 일이 바로 어제 일처럼 생생했다. 어린 루시는 머릿속에 들리는 대로 소리 내어 읽었다. 바로 그날부터 루시는 글을 읽기 시작했다. 그 목소리는 루시의 머릿속에서만 들렸지만, 한 번도 그게 이상하다고 생각해 본 적은 없었다. 오히려 다들 그런 식으로 글을 깨우치는 줄 알았다. 학교에 들어가고 나서야 그게 전혀 정상적인 방식이 아니라는 걸 알게 되었던 것이다.

물랑 부인으로서는 어떻게 이 아이가 그렇게 갑자기 글을 깨우칠 수 있었는지 설명할 길이 없었지만, 고아원에 있는 책만으로는 루시의 독서욕을 잠재울 수 없다는 건 알아챘다. 그래서 어린 루시의 손을 잡고 마을 도서관에 데려다주기 시작했던 것이다.

책을 읽을 때마다 책의 목소리가 들리는 건 마치 바다에 사는 사람에게 파도 소리가 들리지 않듯, 언제나 존재하기 때문에 더 이상은 들리지 않는 그런 소리였다.

하지만 조금 전의 소리는 좀 달랐다. 마치 사람처럼 저들끼리 대화하는 소리 같았다. 게다가 잔뜩 놀라고 흥분한 목소리였다. 올리브 씨에게도 지금 이 소리가 들릴까?

그때 루시의 손목에 맥박이 뛰는 것 같은 통증이 느껴졌다. 루시는 손목을 걷어 올린 다음, 고아원으로 보내지기 전에 누군가가 손목에 새겨 넣은 걸로 보이는 작고 하얀 책 모양의 표식을 바라보았다. 마을 도서관에 처음 방문하던 날도 이런 통증이 느껴졌었다. 다섯 살의 루시는 마치 책들이 자신을 반기는 것 같다고 생각했다. 물랑 부인에게도 그 이야기를 했더니 손목 위에 연고를 좀 발라 주었을 뿐이다. 여태까지는 그 일을 까맣게 잊고 있었다.

데자뷔처럼 그 당시 일이 떠오르자 통증과 속삭임이 점점 심해지는 것 같았다. 너무 중구난방으로 떠드는 소리라 도대체 무슨 말인지조차 이해할 수가 없었다. 어쨌든 그녀에게 속삭이고 있는 것만은 확실했다. 루시는 머뭇거리며 한 걸음 한 걸음 앞으로 나아갔다. 속삭임은 그녀를 점점 더 깊은 어둠 속으로 끌어당겼고, 루시는 그 힘이 이끄는 대로 나아갔다. 두렵지는 않았다. 책들이 그녀에게 어떤 메시지를 전하려 한다는 게 느껴졌다.

그때 손목에 타는 것 같은 심한 통증이 느껴졌고, 루시는 깜짝 놀라 몸을 움찔했다. 이렇게 아픈 건 처음이었다. 루시는 조심스럽게 손목을 문질러 보았지만 소용없었다. 멈춰 서서 손전등으로 손목을 비추다가 소스라치게 놀라고 말았다. 표식의 색이 변했던 것이다. 표식은 옛날 방식으로 제본된 책 모양이었다. 책 외곽선 외에는 아무것도 그려져 있지 않았기 때문에 흰색 책처럼 보였다. 루시는 해를 거듭해 갈수록 표식을 새긴 이가 뛰어난 장인일 거라고 생각했다. 그런데 지금 갑자기 표식이 붉은색으로 변한 것이다. 이건 말도 안 된다고 루시는 중얼거렸다. 주위를 둘러보았다. 여기가 어디지? 어느덧 책의 속삭임도 멎어 있었다. 정말로 유령이라도 나타난 걸까?

누군가가 손목을 망치로 때리는 것같이 아파서 들고 있던 책을 떨어뜨리고 말았다. 왼손으로 손목을 누르느라 손전등도 떨어뜨리고 말았다. 모든 게 정상이 아니었다. 혹시 표식 있는데 염증이라도 생긴 걸까?

루시의 주위로 무서우리만치 차분한 정적이 내려앉았다. 그때 아름답게 장식된 상자 하나가 보였다. 짙은 파란색의 상자였는데, 측면에는 붉은색 덩굴무늬가 새겨져 있었다. 모서리마다 쇠 장식이 달려 있었고 앞에는 책 제목이 적혀 있었다. 루시는 빛이 바랜 나머지 거의 알아보기 힘들었지만 철자를 한 자 한 자 읽어 내려갔다. 《알프레드 테니슨 전집 초판》. 루시는 이렇게 유명한 작품을 어째서 이 뒤편에 처박아 놓은 건지 의아했다. 그때 손목이 재차 두근거렸다. 마치 상자를 열어 보라는 듯, 속삭이는 소리도 들려왔다. 사방의 모든 책들이 상자를 열어 보라고 요구했다. 루시 앞에 놓인 그 책 단 한 권만 침묵을 지켰다. 루시는 대담하게 서가에서 상자를 내렸다. 보기보다 꽤나 무거웠다. 조심스럽게 바닥에 상자를 내려놓은 다음, 그 앞에 무릎을 꿇고 앉으니 냉기가 느껴졌다. 루시는 조심스레 뚜껑을 열어 보았다. 그러자 숨이 멎을 것같이 아름다운 책한 권이 모습을 드러냈다. 장정도 정말 아름다웠다. 어째서 이렇게 귀한 보물을 뒤쪽 구석에 처박아 두고 있던 건지 다시금 의아했다. 루시는 테니슨의 시를 사랑했다. 《샬롯의 아가씨》는 외울 수도 있었다.

책을 집어 들고 책장을 넘겨보았다. 순간 손이 덜덜 떨리는 바람에 책을 꽉 붙잡아야 했다. 오히려 그대로 책을 붙잡고 있는 게 이상할 정도였다.

계속해서 책장을 넘겨 보았다. 넘기고 또 넘겼다. 속도가 점점 빨라졌다. 눈앞에 보이는 걸 믿을 수가 없었다. 누군가의 실수가 분명했다. 루시가 손에 들고 있는 책은 텅 빈 채 백지뿐이었던 것이다. 단 한 개의 단어조차 적혀 있지 않았다. 책장 위에는 세월의 흔적으로 빛바래고 누렇게 변색된 얼룩만 남아 있을 뿐, 테니슨이 한 줄 한 줄 완성했던 그 아름다운 불멸의 단어들은 온데간데없었다. 몇몇 페이지들은 마치 맹수에게 뜯어먹힌 것같이 찢겨 있었다. 더 자세히 들여다보니 책 표지도 그녀의 손안에서 마치 바스러질 듯 너덜거렸다.

그 순간, 온몸을 비틀 정도의 격렬한 통증이 마치 뜨거운 물결처럼 그녀를 덮쳤다. 루시는 절망적으로 숨을 몰아쉬며 웅크리고 앉아, 본능적으로 통증의 원인을 찾았다. 그제야 천천히 깨달을 수 있었다―통증은 그녀가 품에 안고 있는 책의 것이었다. 책은 자신이 잃어버린 단어들을 지켜 내지 못한 걸 슬퍼하며 자책하고 있었다. 자신의 목숨을 걸고 싸웠지만 결국 모든 걸 잃어버린 채 절규하고 있었던 것이다. 루시는 저도 모르게 눈물을 흘렸다. 어느덧 천천히 통증이 물러갔다. 마치 책이 마지막 절규를 외친 다음 천천히 현실을 받아들인 것 같았다. 루시는 반사적으로 책을 덮고 상자 속에 넣었다. 그런 다음 마지막으로 책 표지를 부드럽게 쓰다듬은 후, 뚜껑을 덮고 상자를 원래 자리에 올려 두었다. 루시는 이내 멍하니 그곳을 나왔다.

올리브 씨가 사무실로 돌아왔을까? 그러면 어째서 책에 그런 일이 일어난 건지 물어볼 생각이었다. 그리고 왜 백지 상태의 책을 상자에 보관하고 있었는지도 말이다. 여러 가지 생각에 잠긴 채, 루시는 스웨터를 들추고 손목을 살펴보았다. 작은 책 모양 표식은 다시 평소처럼 돌아와 있었고, 통증도 사라졌다.

루시가 다시 사무실로 돌아오기까지는 꽤나 시간이 걸렸다. 사무실 안의 책상에는 나이 지긋한 여성이 앉아 있었다. 그녀가 바로 올리브 씨였다.

올리브 씨는 체구가 작고 여려 보였다. 이 가냘픈 노부인이 매일같이 책 더미를 지고 나른다는 건 상상하기 힘들었다. 올리브 씨는 루시가 사무실로 다가오는 걸 깨닫지 못했다. 발소리라도 들렸을 텐데 말이다.

루시는 열린 사무실 문 앞에 서서 문틀에 노크를 했다.

"아, 왔구나. 오늘 아침에 반즈 씨한테서 들었어."

올리브 씨가 고개는 여전히 책상을 향한 채 맑은 목소리로 말했다.

"뭐 재미있는 거라도 발견한 거니?"

루시는 고개를 끄덕거리다, 올리브 씨가 단 한 번도 자신을 쳐다보지 않았는데 어떻게 알았을까 의아했다. 루시는 헛기침을 한 후 작은 목소리로 속삭였다.

"뭔가 아주 이상한 걸 발견했어요."

"여기서 혼자 돌아다니려고 하는 학생은 드물지. 게다가 네가 지금 다녀왔던 구역은 대부분이 발을 들여놓을 생각조차 않는 곳이야."

올리브 씨가 드디어 고개를 들고 루시를 살펴보며 말했다. 아마 루시의 몸을 뒤덮고 있을 먼지 얼룩으로 유추해 본 모양이었다. 루시는 올리브 씨의 시선을 의식하고는 허둥지둥 무르

팍의 먼지를 털어냈다.

"다들 이곳을 무서워하는데 넌 용감한 아이구나. 그럴 거라고 생각했지. 그래서 반즈 씨한테 널 이 아래로 내려보내 달라고 부탁했던 거야."

올리브 씨가 웃음을 터뜨리며 고개를 흔들었다.

루시는 놀라서 그녀를 바라보며 물었다.

"네? 어떻게……."

올리브 씨가 몸을 일으키더니, 책상 주변에 쌓인 책 더미를 지나 루시 쪽으로 다가왔다. 올리브 씨가 회색 머리를 고전적으로 틀어 올리고 있다는 걸 감안해도, 그녀의 정수리는 겨우 루시의 어깨에 미칠 정도였다. 루시도 그리 큰 키는 아니었는데 말이다. 하지만 올리브 씨의 맑은 파란색 눈동자가 던지는 시선만으로도 그녀의 강함은 외면이 아니라 내면에 있다는 걸 느낄 수 있었다.

"너에게는 책들이 좋아하는 무언가가 있어. 네가 위층에서 일하기 시작했을 때부터 알아봤단다."

올리브 씨가 의미심장하게 말했다.

"그래서 뭘 알아냈니?"

그녀가 자신의 작고 주름진 두 손을 비비며 흥미롭다는 듯 물었다.

루시는 백지가 된 책에 대해 말해 보려 했지만, 그게 착각이나 상상이 아니라는 증거가 없다는 걸 깨달았다. 책이 속삭여 주어서 상자 있는 데까지 그녀를 이끌었다는 것도, 또 손목의 표식이 붉게 변했던 것도 입증할 방법이 없었다. 어쩌면 정말 상상을 했던 게 아닐까? 문서실의 유령에게 홀렸던 건지도 몰랐다.

"뜸 들이지 말고 빨리 말해 보렴."

올리브 씨가 재촉했다.

"테니슨의 시집 한 권을 발견했거든요."

루시가 더듬거리며 입을 뗐다. 테니슨 자체는 그리 이상할 게 없다는 생각에서였다. 영국 사람이라면 어린아이들조차 테니슨을 알고 있었으니 말이다.

올리브 씨가 의아하다는 표정을 지어 보였다.

"아무것도 아니에요."

루시가 손사래를 쳤다.

"간밤에 잠을 좀 설쳐서……. 지금 좀 제정신이 아닌가 봐요."

루시가 사무실 안에 있던 회전의자에 쓰러지듯 앉으며 말했다.

"테니슨……?"

올리브 씨가 이마를 찌푸리며 중얼거렸다.

"그런 시인이 있었나? 한 번도 들어 본 적 없는데? 나중에 그 책 좀 보여 주겠니? 난 이 아래에 있는 책은 모조리 알고 있다고 자신하는데, 맹세코 그런 작가는 들어 본 적이 없구나."

루시는 회전의자를 빙그르르 돌려서 넋이 나간 얼굴로 올리브 씨를 쳐다보았다.

2장

책은 얼음 바다에 갇혀 있는 인류를 위한 도끼이다.

— 프란츠 카프카

루시는 한숨을 내쉬며 지하철 의자 위로 몸을 던졌다. 메고 있던 가방도 옆자리에 던져두었다. 그런 다음 지하철에 앉아 있는 다양한 부류의 사람들을 한번 둘러보았다. 다들 무관심한 얼굴이었다. 루시는 깊게 심호흡하며 긴장을 풀었다. 빨리 집에 가서 따뜻한 물로 샤워한 후 잠자리에 들고 싶었다.

런던에 온 후 처음으로 물랑 부인이 정말 보고 싶었다. 루시는 고아원 출신이었다. 그래서 고아원에서 지냈던 기억은 루시의 일부이자 전부이기도 했다. 반년 전에 고아원을 떠나야 했을 땐 너무 힘들었다.

물랑 부인이 시설의 아이들에게 개인적인 호감을 가지지 않도록 노력했음에도 불구하고, 어린 루시는 늘 그녀가 자신을 특히 좋아한다는 걸 알 수 있었다. 그녀는 루시가 어린 시절의 상상력으로 지어내던 정신없고 혼란스러운 이야기들을 언제나 기꺼이 들어 주었다.

물랑 부인한테는 조금 전 일어난 이 이상한 일에 대해 털어놓아도 될 것 같았다. 왜냐하면 올리브 씨가 영국의 국민 시인 격인 알프레드 테니슨 경을 모른다는 건 정말 이상했기 때문이다. 아니, 불가능했다.

"다음 역은 코벤트 가든 역입니다."

지하철의 안내 방송이 울렸다. 루시는 열차가 정차하자 바깥으로 나왔다.

길을 따라 집까지 부지런히 걸었다. 루시가 사는 집은 런던의 코벤트 가든 구에 있는데, 마리, 줄스와 함께 살면서 세를 나눠 낸다. 런던에서 보낸 반년 동안 셋은 떼려야 뗄 수 없는 친한 친구가 되었다. 루시는 성격 좋은 두 친구와 같이 살게 된 걸 다행으로 여겼다. 그렇지 않았으면 물가 높기로 유명한 런던에서 살 만한 집을 구하기 힘들었을 터였다. 물론 킹스 칼리지 대학에서 장학금을 받고 있긴 했지만, 거의 대부분은 고스란히 집세로 들어갔다. 그래서 물랑 부인이 런던 도서관 사서 일을 구해 주었던 것이다. 물론 루시로서는 대학에서 공부하면서 런던 도서관에서 일한다는 게 꿈만 같았다. 하지만 지금은 그게 축복이었는지 저주였는지 알 수 없었다.

어느덧 집 앞에 다다랐다. 하늘을 올려다보니 회색빛 하늘 속으로 낡고 높은 집들이 뻗어 있었다. 어디선가 갓 구운 케이크 냄새가 코를 스치자 반사적으로 배에서 꼬르륵 소리가 났다. 오늘 낮에 있었던 일 때문에 점심을 먹는 둥 마는 둥 했더니 이제 배 속에서 대놓고 시위를 하는 모양이었다. 그래서 할 수 없이 집 모퉁이에 있는 스타벅스로 향했다. 알고 보니 거기가 케이크 냄새의 진원지여서 케이크를 몇 조각 샀다.

다시 집으로 돌아와 초인종을 눌렀다. 집 열쇠가 가방 밑바닥에 있어서 도저히 꺼낼 수가 없었던 데다가 줄스가 집에 와 있을 거란 걸 알고 있었다.

잠시 후 현관문이 열렸고, 루시는 건물 안으로 들어갔다. 사방으로 비죽비죽 뻗쳐 있는 짧은 갈색 머리의 마른 소녀가 집 문을 열고 빠끔 고개를 내밀었다.

"언제 끝나는지 몰라서 기다리고 있었어."

"좀 더 일찍 올 수도 있긴 했어."

루시가 말했다.

"차 마실래?"

줄스가 부엌으로 향하면서 묻자 루시가 고개를 저었다.

"오늘은 커피를 마셔야겠어. 참, 케이크 좀 사 왔어."

그런 다음 의기양양하게 케이크 봉지를 들어 보였다.

"좋았어! 물 올려놓을게. 마리는? 같이 먹으려나?"

줄스가 물었다.

루시가 신발을 벗은 다음 현관 옷걸이에 겉옷을 걸어 놓으며 대꾸했다.

"아마 안 올 거야. 퇴근 시간 전부터 크리스가 도서관 문 앞을 어슬렁거리고 있던데."

그런 다음 가방을 자기 방에 가져다 두었다.

루시의 초록색 방 안에는 침대 하나와 서랍장 하나, 그리고 창문 아래에 하얀색 나무 책상이 있었다. 루시는 가장 좋아하는 가구인 빛바랜 안락의자 위에 가방을 던졌다. 침대 맞은편 벽에는 마리의 남자 친구인 크리스가 어두운 색의 긴 나무판자 하나를 대어 주었다. 물론 판자 위는 이미 책으로 가득했다. 마리와 루시는 벼룩시장을 돌면서 오래된 책을 싼값에 사 모으는 재미에 살았다. 그래서 줄스의 반대를 무릅쓰고 복도 한쪽 벽에도 나무판자 하나를 더 달아 놓고야 말았다. 이렇게 그쪽 판자 위에도 책이 쌓이다 포화 상태가 되자 남은 곳은 줄스의 방뿐이었다. 물론 여태까지는 철통 방어를 해 왔지만, 함락당하는 건 시간 문제였다. 남은 문제는 과연 크리스가 언제쯤 판자를 달러 와 줄 수 있느냐였다. 그걸 위해서 두 사람은 언제라도 대동단결할 준비가 되어 있었다.

루시는 창가로 다가가 창문 손잡이를 잡고 위로 들어 올렸다. 곧바로 대도시의 소음이 방 안으로 들이닥쳤다. 부엌에 가 보니, 줄스가 화병에 꽃을 꽂아 식탁에 올려 두고 있던 참이었다.

"뭐 축하할 일이라도 있어?"

루시가 물었다.

"아니. 하지만 내가 살던 곳이었다면 지금 이 계절에는 태양이 떠올라 있어야 하거든. 그래서 태양 대신 꽃이라도 꽂아서 기분 전환 하려고 했지."

런던에 산 지도 벌써 2년이 되어 가지만, 아직도 줄스의 영어에는 미국식 억양이 강하게 남아 있었다.

창가에 넉살 좋게 자리를 잡고 앉아 있는 하얀 수컷 고양이 타이거는 미국 애리조나 출신이다. 첫 만남에서 줄스는 루시에게 이 고양이를 소개하면서, 열 살 때부터 기르던 타이거를 두고 런던에 올 수 없었노라고 설명했다. 어느덧 타이거도 주인과 마찬가지로 런던의 삶에 잘 적응했다.

루시는 창가에 앉아 타이거를 쓰다듬었다. 기분 좋게 갸르릉거리는 소리가 들려왔다. 줄스는 식탁 위에 열심히 식기를 차리고 있었다. 줄스가 워낙 말라서 뭐든지 그녀 곁에 있으면 커 보였다. 계속 호들갑을 떨면서 이리저리 분주하게 움직이며, 뒤를 돌아보지도 않은 채 접시 몇 개를 건네주는 걸 받아내는 건 쉽지 않았다. 루시는 줄스가 건네준 접시 위에 케이크를 한 쪽 올리고, 작은 창 아래 있는 벤치 위에 자리를 잡았다. 타이거가 루시의 무릎 위로 뛰어올랐다.

줄스가 머그컵 두 개를 식탁 위에 올려놓더니 갓 간 원두를 머그컵 속으로 듬뿍 퍼 넣었다. 물론 없는 것보다야 낫겠지만, 내일은 인스턴트커피라도 사다 놓아야겠다는 다짐이 들었다. 가스레인지 위의 주전자가 휘파람 소리를 내기 시작했다. 줄스가 컵 속으로 끓는 물을 붓는 소리가 경쾌했다. 우유와 설탕을 듬뿍 넣으니 생각보다는 맛이 좋았다. 루시는 커피를 마시며 긴장을 좀 풀었다. 그제야 피로가 한꺼번에 밀려왔다.

"오늘 어땠어? 또 한 건 한 거 아냐?"

줄스가 물었다.

"오늘도 지각했어."

루시가 울상을 지었다.

"그리고 반즈 씨가 그 벌로 나를 문서실로 내려보낸 거 있지."

줄스가 눈을 빛내며 루시의 설명을 기다렸다.

"문서실은 지하에 있어. 위층에 다 채워 넣지 못한 엄청난 책들을 보관하고 있는데, 그중에는 일반인이 열람할 수 없는 희귀본도 많아. 그런 책은 집에 가져가지 못하고 열람실에서만 본 다음에 반납해야 돼."

"그렇군. 문서실은 어떻게 생겼던?"

줄스가 물었다.

"엄청나게 크고, 어둡고, 곰팡내도 나. 마리 말로는 유령도 나온다던데."

"불쌍한 마리. 책을 너무 많이 읽은 거 아냐?"

줄스가 삐딱하게 웃어 보였다.

루시는 어깨를 으쓱해 보인 다음, 김이 오르는 검은색 액체 위로 설탕을 몇 스푼 더 퍼 넣었다.

"아무튼 여기저기 좀 둘러봤어. 그렇게 하루 종일 둘러보고 난 다음 결론 내린 건데, 좀 이상한 곳이긴 해."

줄스가 무슨 뜻이냐는 듯 눈을 휘둥그레 떴다.

"좀 이상한 일이 있긴 있었어."

루시가 머뭇거리다 입을 열었다.

"겁도 없이 지하실을 그렇게 막 돌아다니니까 그렇지."

줄스는 루시보다 케이크에 더 집중하는 것 같았다.

"정말로 이상한 일이 있었다니까!"

루시가 강조했다.

줄스가 놀란 눈으로 루시를 바라보았다.

"무슨 일이었는데?"

"올리브 씨라고, 거기 담당자가 사무실에 없던 바람에 그 여자를 찾아다녀야 했는데……."

"그 음산한 델 혼자서?"

줄스가 어이없다는 듯 고개를 흔들었다.

"뭐, 그리 끔찍하진 않았어. 게다가 그리 밝진 않아도 불이 들어오긴 했으니까."

"없는 것보다야 낫지."

줄스가 중얼거렸다.

"지금부터 하는 말은 좀 이상하게 들릴지도 모르지만, 내 귀에 책들이 서로 이야기하는 소리가 들렸어. 크게 떠드는 게 아니라 아주 작게 속삭이는 소리 말이야."

줄스가 뜨거운 커피를 잘못 삼켜서 콜록대기 시작했다.

"문서실에 내려간 첫날에 책들이 얘기하는 소리를 들었다고?"

루시가 곤란한 얼굴로 줄스를 바라보며 되물었다.

"이상하지, 그치?"

"확실히 이상하긴 하네. 일단은 네가 다시 위층에서 일할 수 있도록 조치를 취하는 게 낫겠어. 좀 살살거리고 아부라도 떨면서……."

"안 돼. 올리브 씨가 곧 휴가를 떠난단 말이야."

"흠. 역대급 젠장 맞을 일이군. 아무튼 널 그렇게 혼자 지하에 처박아 두고 휙 떠난다는 건 말도 안 돼. 항의라도 해 봐."

"누구한테 항의를 하라는 말이야?"

루시가 물었다.

줄스가 어깨를 으쓱해 보였다.

그 순간 초인종이 울렸다. 루시와 줄스가 마주 보았다.

"집 나갔던 자식이 돌아온 모양이군."

줄스가 키득거리며 문을 열어 주기 위해 몸을 일으켰다.

"얘들아, 나 좀 도와 줘!"

복도에서 콜린의 목소리가 들렸다. 루시의 얼굴에 이내 환한 미소가 번졌다. 콜린은 루시의 가장 친한 친구였기 때문이다. 초등학교 시절에 콜린은 고아원 출신 아이들을 괴롭히던 남자애들 세 명에게서 루시를 구해 준 적이 있었다. 아마 여린 루시는 괴롭히기에 딱 알맞은 대상이었을 터다. 그들이 루시를 이리저리 밀치며 괴롭히자 한 살 많은 콜린이 다가와 남자애 둘을 때려 눕혔다. 그동안 루시는 들고 있던 책으로 나머지 한 명을 끝장내 버렸다. 그 후로 루시와 콜린은 단짝이 되었다.

콜린이 루시보다 1년 먼저 런던에 있는 대학교로 떠나자, 혼자 남았던 루시는 많이 외로움을 탔다.

콜린이 부엌으로 들어오며 루시에게 씨익 웃어 보였다. 그의 금발 더벅머리와 파란 눈동자가 눈부시게 빛났다.

"맞춰 볼까? 같이 사는 애들한테 쫓겨났지? 아니면 너무 지저분해서 집 안으로 들어갈 수가 없거나."

"둘 다 아님."

콜린이 폭 좁은 벤치 의자에 앉아 있는 루시 옆으로 비집고 들어와 접시에 손을 뻗었다. 루시의 케이크가 한입에 자취를 감췄다.

"조지한테 새 여자 친구가 생겼는데 나더러 청소를 시키려고 하더라고. 그래서 일단은 몸을 사린 거지."

"그래서 뭐야, 우리 집에라도 들어오려고?"

줄스가 문지방에 기대고 서서 짓궂은 얼굴로 콜린을 바라보며 물었다.

"여기 남는 방 하나 있잖아. 이 집에 힘센 남자 한 명쯤 있는 게 낫지 않아?"

그가 진지한 얼굴로 물었다.

"남자가 필요하면 크리스를 부르면 돼."

루시가 콜린의 손아귀에서 커피를 사수하며 대꾸했다.

"걘 남자로 치면 안 되지. 여기 사는 게 아니니까."

그가 짐짓 과장된 톤으로 가슴을 내밀고 대꾸했다.

"하지만 가끔 선반을 만들어 주거나 찬장을 고쳐 주기도 해. 또 생수통을 위층까지 올려 주기도 하고⋯⋯. 머슴 일은 다 해 준다고."

줄스도 한마디 했다.

콜린이 웃음을 터뜨렸다.

"그런 일쯤은 나도 할 수 있어!"

그런 다음 줄스에게 윙크를 해 보인 후 간절한 눈빛을 보냈다.

"하긴 네가 더 잘할 것 같긴 해."

줄스가 고민했다.

"게다가 꼭 필요해서가 아니라······. 내 생각엔 너 하나 여기 머무는 것쯤은 별문제가 안 될 것 같은데. 나머지 두 명이 반대하지만 않는다면 말야."

콜린이 식탁 위로 몸을 숙여 줄스의 볼에 입을 맞추었다.

"줄스, 네가 최고야!"

그런 다음 줄스의 접시 위에 있던 케이크도 순식간에 콜린의 입속으로 자취를 감추었다.

"키피 마실래?"

줄스가 물었다.

"기꺼이."

"오늘만이야. 손님이니까."

줄스가 대꾸했다.

루시는 콜린의 이런 성격을 잘 알고 있었다. 그의 악동같이 뻔뻔스러운 면이 모든 여자들의 모성 본능을 자극한다는 사실을 말이다. 하지만 루시한테만은 통하지 않았다. 손가락 하나도 까딱하지 않을 생각이었다.

콜린이 루시의 어깨에 팔을 둘렀다.

"오늘 어땠어?"

그가 묻자 루시가 그에게 몸을 기댔다.

"문서실에 배정받게 됐어. 방금 줄스한테 보고하던 중이었고."

콜린이 루시를 걱정스럽게 바라보았다.

"왜? 안 좋은 부서야?"

"지하에 있거든."

줄스가 끼어들었다.

"지하라는 건 정말 아무렇지도 않아."

루시가 강조했다.

"수많은 책들에 둘러싸여 있으면 외롭다는 생각조차 안 든다고."

"그래. 넌 걔들하고 대화도 나누잖아."

줄스가 덧붙였다.

콜린이 무슨 말이냐는 듯 눈썹을 치켜떴다.

"우리 공주님께서 이번엔 어떤 동화에 출연하고 싶으신 건가?"

그가 물었다. 사실 루시는 어렸을 때부터 여러 가지 동화를 지어내 콜린을 용이나 새엄마, 멍청한 왕자들과 싸우게 만들어 왔다. 루시는 그에게 언제나 오로라 공주, 백설 공주, 신데렐라였다.

"시끄러. 지어낸 이야기가 아니야……."

루시는 말끝을 흐리면서, 자신의 이상한 비밀을 콜린과 줄스에게 털어놓아도 될지 고민했다. 두 사람이 호기심 어린 눈으로 루시를 바라보았다.

"아무튼 이상한 일이 일어났고, 어떤 힘에 떠밀려서 상자 하나를 열었는데……."

루시가 말을 멈추었다.

"그래서? 그 안엔 뭐가 들어 있었는데?"

줄스가 참을성 없이 끼어들었다.

"죽은 쥐?"

루시가 고개를 세차게 저었다.

"아니. 오히려 거기에 과연 뭐가 들어 있었는지 궁금해."

말을 마친 루시가 다시 침묵하며 줄스에게 갓 내린 커피를 받아 들었다. 그런 다음 말을 계속했다.

"상자 겉면엔 '알프레드 테니슨 전집 초판'이라고 쓰여 있었어. 하지만 책을 펼쳐 보니, 아무것도 없는 거야. 말 그대로 온통 백지였어. 상상이 돼? 책장은 오래돼서 빛바래 있었고."

줄스가 의아한 얼굴로 말했다.

"그런데 테니슨 경이 누구야?"

줄스의 대답에 루시는 충격을 받았다. 콜린을 바라보았지만 그도 고개를 가로저을 뿐이었다.

"설마 너도 몰라? 미국에서도 그 사람 시 배우지 않아? 《샬롯의 아가씨》나 《율리시스》 같은 시 못 들어 봤어?"

루시가 줄스에게 물었다.

콜린이 테니슨을 모른다는 사실 자체는 그리 놀랍지 않다. 어쨌든 남자였으니 말이다.

루시의 물음에 줄스가 고개를 저었다.

"미안. 난 시 쪽은 잘 몰라."

루시가 벌떡 일어서며 말했다.

"그럼 잠시만 기다려 봐! 한번 들어 보면 너도 좋아하게 될 거야."

그런 다음 자기 방으로 달려가 노트북을 들고 왔다. 아직 배터리가 있어야 할 텐데! 오늘 아침 노트북을 충전시켜 놓는 걸 또 잊어버렸던 것이다. 다행히 전원이 들어왔고, 루시는 인터넷을 띄우고 검색창에 '테니슨 경'이라고 써 넣었다. 작은 원 그림이 뱅글뱅글 돌면서 검색을 시작했다.

잠시 후, 컴퓨터가 검색 결과를 내보였다.

입력 단어에 대한 검색 결과: 0 건, 추천 검색어: 바이런 경

루시는 화면을 넋 놓고 바라보았다. 말도 안 돼!

"자, 한번 들려줘 봐."

줄스가 말했다.

루시는 엄청나게 빠른 속도로 '테니슨 + 샬롯의 아가씨'로 검색해 보았다. 그런 다음에는 《율리시스》, 《왕의 목가》로도 검색해 보았지만 결과는 같았다. 테니슨에 대한 정보는 아무 것도 없었고, 비슷한 검색어만 추천되었다. 《샬롯의 아가씨》로 검색했을 땐 워터하우스가 그린 동일한 제목의 유화만 검색되었는데, 루시는 워터하우스가 테니슨의 시에서 영감을 받아 동일한 제목의 그림을 그렸다는 사실을 알고 있었다. 물론 그 사실은 더는 어디에서도 찾아볼 수 없었지만 루시는 그 그림을 똑똑히 알고 있었다. 그림 속에서 샬롯의 아가씨는 슬픈 표정을 한 채 보트를 타고 있었다. 《율리시스》로 검색했을 땐 제임스 조이스의 소설만 검색되었다. 테니슨에 대한 건 어디에도 없었다. 루시는 자기 눈을 의심할 수밖에 없었다.

"어떻게 이런 일이……. 어렸을 때부터 테니슨이 쓴 시를 읽었다고. 그때부터 《샬롯의 아가씨》는 외울 정도였는데……."

콜린이 걱정스러운 얼굴로 루시를 바라보았다.

"아직도 그 시 내용을 기억해?"

루시는 입을 열고 암송을 하려 했다. 하지만 백 번도 넘게 루시의 입에서 흘러나왔던 단어들은 마치 마술 쇼에서 무언가가 사라지듯 그냥 사라져 있었다. 마치 뭔가에 홀린 것 같았다. 시의 제목과 그게 테니슨의 시라는 사실 외에는 아무것도 떠오르지 않았다.

"어쩌면 하루 종일 지하에서 보낸 게 원인이 아닐까?"

줄스가 걱정스럽게 물었다.

"그런가 봐."

루시가 대꾸했다.

콜린이 루시를 한참 바라보더니, 노트북을 닫아서 자기 옆에 있는 의자 위에 올려 두었다. 그런 다음 루시를 가까이 끌어안고, 그녀의 관자놀이에 위로하듯 입을 맞추어 주었다.

"오늘 저녁에 닐이랑 조지 만날 건데, 같이 갈래? 너도 가끔은 좀 나가고 그래야지."

루시는 말없이 몸을 일으켰다. 그런 다음 빈 접시를 싱크대에 넣었다.

"오늘은 안 그러는 게 좋을 것 같아. 섭섭해하진 말아 줘. 일찍 자는 게 나을 것 같아."

"줄스, 너는?"

그가 물었다.

"닐스가 너 좋아해."

줄스도 고개를 흔들었다.

"나 아직 리포트 쓰는 중이야. 오늘 저녁은 거기에만 몰두하고 싶어."

그게 자신을 혼자 두지 않기 위한 핑계일 뿐이라는 걸 알았다. 루시는 줄스에게 미소 지어 보였다.

"나 때문에 굳이 그러지 않아도 돼."

줄스가 어깨를 으쓱해 보였다.

"알아."

침실로 걸어가는데 타이거가 다가와 루시의 다리에 몸을 비볐다. 루시는 물컵을 침실용 탁자 위에 올려 두고는 침대로 기어 들어갔다.

타이거가 루시의 침대 위로 뛰어 올라와 루시의 곁에 파고들었다. 그리고 몇 분도 채 지나지 않아서 루시는 깊은 잠이 들었다. 콜린이 다가와 그녀를 걱정스럽게 살피는 것도 알아채지 못했다. 그가 이불을 잘 덮어 주다가 그녀 곁에서 타이거를 쫓아내며 속삭였다.

"루시가 좀 자게 해 주자."

⁂

"정말 다시 거기에 내려갈 거야?"

다음 날 아침, 줄스가 루시에게 물었다. 콜린은 부엌으로 나오지 않았다. 아직 잠을 자는 모양이었다.

"응. 왜?"

루시가 되물었다.

"어제 보니까 많이 힘들었던 것 같아서. 아마 공황 발작 그런 게 아니었을까?"

줄스가 말했다.

"말도 안 돼."

루시가 웃음을 터뜨렸다.

"아마 또 나 혼자 상상한 걸 거야. 오늘은 올리브 씨가 시키는 것만 하려고, 또 그런 이상한 '나 혼자 판타지'를 집까지 가져오진 않을게. 걱정하지 마."

"그럼 다행이지만……."

줄스가 찻잔 속에서 웅얼거렸다.

"오늘은 뭐 해?"

루시가 화제를 바꿨다.

"간밤에 리포트를 다 썼거든. '너 혼자 판타지' 덕에 나도 집에 머물 구실이 생겼던 셈이야. 안 그랬으면 등 떠밀리듯 밖에 나갔어야 했겠지.”

“안 그래도 됐었는데. 내가 애도 아니고, 베이비시터는 필요 없어.”

“아, 시끄러. 암튼 다 잘됐어. 이 기세를 타고 마무리하면 오늘 중으로는 낼 수 있을 거야. 고마워.”

“알았어. 그럼 적어도 오늘 밤에는 좀 놀자. 알았지? 마리한 테 집에 올 생각 있냐고 물어볼게. 내 생각엔 이제 마리가 우릴 좀 돌봐 줄 때도 된 것 같아. 크리스도 숨 좀 돌려야지.”

줄스가 짓궂게 웃으며 고개를 끄덕였다. 루시가 명랑한 모습을 보니 마음이 놓인 모양이었다.

“알았어. 그럼 그렇게 하자. 이젠 얼른 나가 봐. 안 그럼 또 늦어. 이번엔 제때 내리는 것 잊지 말고!”

줄스가 루시의 뒤통수에 대고 외쳤다.

도서관 안에 들어가니, 올리브 씨가 안내 데스크에서 마리와 이야기하며 루시를 기다리고 있었다.

“좋은 아침이에요.”

루시가 둘에게 인사를 건넸다.

올리브 씨가 미소 지으며 입을 열었다.

“오늘은 희귀 도서를 대여해 주는 방법에 대해 알려 줄게. 만약 누가 위층에 없는 고서를 열람하고 싶어 하면, 아래에서 이 위까지 가지고 올라와야 하거든.”

루시가 고개를 끄덕이는 동안 마리가 윙크를 보내왔다. 올리브 씨와 안내 데스크를 떠나려는데, 저 멀리서 드레이크 씨가 이쪽을 향해 달려왔다.

"오늘은 또 무슨 난리일까?"

마리가 중얼거렸다.

"좋은 아침이야, 앤!"

올리브 씨가 인사를 건넸지만, 역시나 돌아온 건 없었다.

"원래 예의라는 걸 모르는 사람이야. 예전부터 그랬지."

올리브 씨가 열람실로 향하는 계단을 오르며 말했다.

"두 분이 서로 잘 아세요?"

루시가 깜짝 놀라며 물었다.

"같은 대학 동기야."

올리브 씨가 짤막하게 대꾸했다.

"그 당시에도 저 성격만큼은 여전했지."

그런 다음 의미심장하게 웃었다. 루시도 그에 화답하며 슬쩍 미소 지었다.

런던 도서관 열람실의 규모는 상당하기로 유명했다. 공공시설이라기보다는 영화 세트장 같았다. 수많은 소형 책상들 사이에는 참고 도서가 꽂혀 있는 야트막한 책장이 세워져 있었고, 책상마다 고전 스타일의 초록색 전등갓을 씌운 램프가 놓여 있었다. 모든 게 오래되고 낡았지만 그 모습 그대로가 루시의 마음에 쏙 들었다.

"만약에 누군가가 희귀본 열람 신청을 하면, 여기서만 볼 수 있어."

물론 이미 알고 있는 사실이었지만, 루시는 올리브 씨의 말에 주의 깊게 귀를 기울였다.

"학생이나 교수들 중에 희귀본 열람을 신청하는 사람은 계속 있어. 순전히 개인적인 호기심 때문에 오는 사람도 있지만 대부분은 연구 목적이 크지."

올리브 씨가 계속 설명해 주었다.

"만약에 여기 안내 데스크에 신청이 들어오면, 우리한테 주문이 들어와. 그러면 아래에서 책을 찾아서 가지고 올라오면 돼. 열람 신청은 최소 하루 전에 해야 해. 며칠 후에 희귀본 열람이 신청되어 있으니까 내가 책을 가지고 올라올 때 날 따라오도록 해. 모든 열람 희망자는 정확히 어떤 목적으로 빌리려는 건지 상세하게 밝혀야 돼. 그리고 어떤 일이 있어도 희귀본이 도서관 밖으로 나가는 일이 일어나선 안 되고. 알겠지? 특히 학생들이 사정하는 경우가 있어. 아무리 간절한 눈빛으로 애원해도 절대 넘어가선 안 돼."

올리브 씨가 엄격한 얼굴로 루시에게 강조했다.

"네. 알겠어요."

루시가 마치 초등학생이 된 기분으로 대꾸했다.

"좋아."

올리브 씨가 화제를 바꿨다.

"커피 한잔 마시고 계속하자꾸나."

루시는 그녀의 뒤를 따라 도서관 복도에 있는 커피 자판기

로 갔다. 두 사람은 커피로 무장한 채 다시 문서실 계단을 내려
갔다.

"아침에 오자마자 습도계부터 체크하는 것 잊지 말고."

올리브 씨가 문서실 입구에 있는 작은 상자를 가리켰다.

"들어오기 전에는 항상 기온과 공기 중 습도를 체크해야 돼.
우리 귀중한 보물들은 작은 변화에도 민감하니까."

루시가 고개를 끄덕였다.

"내가 없으면 책에 대한 모든 책임이 네 어깨에 달려 있는
거야."

올리브 씨가 루시의 소리 없는 한숨을 들었다는 듯 덧붙였다.

"공기 중 습도는 40에서 42퍼센트 사이여야 해. 온도는 18도
를 유지해야 하고. 만약 수치가 한 칸이라도 올라가거나 내려
가면 곧바로 빈즈 씨한테 알려야 해. 알겠지?"

이날 루시는 올리브 씨를 따라 세 번이나 위아래를 오르락
내리락했다. 그리고 세 번 만에 올리브 씨가 책을 내줄 때 하는
말을 완벽히 외울 수 있게 되었다. 다행히 무거운 책 상자를 들
고 가파른 계단을 오를 필요는 없었다. 사무실 옆에는 책 전용
엘리베이터가 있었는데, 그 장치를 통해 책을 위층까지 올려
보내곤 했다. 올리브 씨가 있는 동안 루시의 업무는 열람 희망
도서를 책장에서 찾아와 엘리베이터를 통해 위층까지 올려 보
내는 것이었다. 그런 다음에는 위층으로 올라가 열쇠로 엘리베
이터 문을 열고 책을 꺼냈다. 열쇠는 올리브 씨가 항상 목에 걸
고 다녔다.

이제야 올리브 씨가 어떻게 날씬한 몸을 유지하는지 알 수 있었다. 하루에도 몇 번이나 문서실과 열람실 사이의 계단을 오르락내리락해야 한다면 몸에 지방 세포가 자리 잡을 틈이 없을 거다. 루시는 앞으로 몇 주 간은 죽어나야 한다는 사실을 짐작했다. 체력이 약하다는 핑계는 댈 수 없을 게 뻔했다.

열람 신청자가 도서관에 오면 루시와 올리브 씨에게 연락이 왔고, 둘은 위층으로 올라갔다. 엘리베이터 옆에는 작은 탁자가 있었는데, 책을 담았던 상자를 올려놓는 용도였다. 물론 책을 만지려는 사람은 면장갑을 착용해야 했다. 올리브 씨는 그 작은 사무실 안에 대량의 면장갑도 보관하고 있는 모양이었다. 그다음에는 적어도 오후 5시까지는 책을 반납해 달라는 말을 잊지 말아야 했다. 대부분은 올리브 씨의 안내가 끝나면 겁을 집어먹은 나머지 예상보다 훨씬 빨리 책을 반납하곤 했다.

몇 주 동안 루시는 오로지 일에만 파묻혀 있었다. 올리브 씨는 몇 가지 자잘한 업무를 더 가르쳐 주었는데, 도서 목록을 작성하는 방법, 저 거대한 지하 묘지에서 원하는 책을 찾아내는 방법, 책을 열람할 수 있는 사람의 자격 요건과 한번 열람되었던 책을 다시 정리하는 방법, 어떤 책이 특히 귀중한지 등등이었다. 루시의 머릿속은 갑자기 채워진 수많은 정보들로 웅웅거렸다. 이제 얼마 안 있으면 이 아래에서 혼자 업무를 처리해야 했기 때문에 사소한 것 하나까지 머릿속에 꼼꼼하게 저장했고, 중요한 순간에 다시 떠올릴 수 있도록 노력했다.

문서실에선 언제나 책들이 속삭였다. 루시가 서가 사이로 다닐 때마다 음산하고 거대한 오로라가 마치 그녀를 빨아들이는 것 같았기 때문에 무시하는 건 쉽지 않았다. 게다가 그럴 때마다 손목의 표식도 붉게 변해 두근거리곤 했다. 하지만 루시는 두 번 다신 그 도발에 넘어가지 않을 생각이었다. 솔직히 책들이 말하고자 하는 게 뭔지는 몰라도 루시를 겁나게 했다. 물론 비겁하다는 건 알고 있었지만, 이번만큼은 어쩔 수 없었다. 얼마 전 있었던 일이 너무도 섬뜩했기 때문이다.

하지만 양심의 가책이 느껴져서, 자신이 이렇게 행동할 수밖에 없다는 걸 책들도 이해해 주길 바랐다. 책들이 가리키는 단서는 말도 안 되는 거였고, 자신은 평범한 소녀일 뿐이었으니까. 고아였기 때문에 늘 별난 취급을 받아 왔지만, 여기 런던에서만큼은 평범하게 살고 싶었다.

3장

독서란 저 멀리 아득한 세계로의 여행이며,
자신의 골방을 떠나 별을 향해 나아가는 행위이다.

— 장 파울

또 지각이었다. 하지만 월요일이니까 좀 봐주겠지.

헐레벌떡 달려도 모자랐지만, 그 남자를 본 순간 발걸음이 절로 느려지고 말았다. 어쩔 수가 없었다. 그러곤 저도 모르게 부스스하게 뻗쳐 있는 빨간 곱슬머리를 매만졌다.

그는 도서관 앞, 세인트 제임스 스퀘어 앞의 작은 공원에 둘러쳐진 청동 울타리에 기대어 서서 루시를 바라보고 있었다. 루시는 당황한 나머지 얼른 고개를 돌렸다.

왜 날 보고 있지? 루시는 머리카락을 커튼처럼 늘어뜨려 얼굴의 반을 가린 다음, 그를 관찰하기 시작했다.

남자는 완벽한 모습이었다. 검은색 정장 차림이었는데, 넥타이 대신 흰색 셔츠의 맨 위 단추만 하나 풀고 있어서, 아침나절에 지하철에서 흔히 볼 수 있는 샐러리맨들보다 훨씬 부드러운 인상이었다. 그는 여전히 그녀를 바라보고 있었다.

갑자기 극심한 두통이 몰려와서 머리를 세차게 흔들었다. 지난밤에 줄스, 콜린, 마리, 크리스와 함께 술집에 너무 오래 앉아 있었던 모양이다. 분위기에 휩쓸린 나머지 주량보다 훨씬 많이 마셔 버렸던 것이다.

저 낯선 남자가 아무리 잘생겼다고 해도, 이제는 정말 서둘러야만 했다. 그에게 미소 지어 보이곤 가방 속을 뒤적여서 열쇠를 찾았다. 열쇠는 또 어디로 간 거야? 그러는 사이 가방 속에 들어 있던 책이 거리 위로 떨어졌다. 루시가 황급히 책을 주워 들었다. 그러면서 또 그와 눈이 마주쳤다. 그의 매같이 날카로운 시선이 마치 그녀를 꿰뚫어 보는 것 같았다. 멀리 떨어져 있었지만, 그의 칠흑같이 검은 눈동자를 곧바로 느낄 수 있을 정도였다. 시선이 또 마주치자 그가 갑자기 고개를 돌렸다. 루시는 책을 가방 속에 쑤셔 넣은 뒤 정문까지 달려갔다. 다시 한번 그를 쳐다볼 용기는 없었다. 분명 첫인상은 마음에 들었지만 좋은 사람이 아닐지도 몰랐다. 어딘가 어둡고 음산한 데가 있었다.

마리가 오늘 오전 근무 조에 배정되었는지는 분명하지 않았다. 다행히 운이 좋았다. 루시는 마리를 보자마자 달려가 그녀의 볼에 입을 맞추고는 커피 자판기 쪽으로 이끌었다.

"도서관 앞에 서 있던 남자 봤어?"

자판기에서 커피가 준비될 동안, 루시가 마리에게 속삭였다.

"좀 음산하면서 잘생긴 남자. 어쩌면 네가 아는 사람이 아닐까 해서."

마리가 눈썹을 치켜떴다.

"오, 루시! 난 네가 그냥 책벌레라고만 생각했는데……. 와우! 누가 생각이나 했겠어? 우리 할머니가 늘 하시던 말씀이 맞았네."

"무슨 말?"

루시가 히죽 웃으며 물었다.

"잔잔한 물 밑이 깊다더라고."

루시의 얼굴이 달아올랐다.

"그런 거 아니야!"

그런 다음 뭔가 둘러대려 해 봤지만, 마리가 손을 내저었다.

"암튼 네가 반했다는 남자가 어떤지 기꺼이 봐 줄게. 그럼 일단은 지하 감옥에서 좋은 시간 보내, 꼬마 아가씨!"

그런 다음 마리는 다시 안내 데스크로 돌아가며 창밖을 기웃거렸다.

"소용없어! 이미 가고 없을 거라고!"

루시가 마리의 뒤통수에 외쳤다.

그때 드레이크 씨가 갑자기 나타나 루시에게 주의를 주었다.

"여긴 도서관이지 역 대합실이 아니에요. 목소리를 낮춰요!"

루시는 커피를 들고 고개를 끄덕인 다음 서둘러 지하로 내려갔다. 아래에서는 올리브 씨가 안절부절못하며 루시를 기다리고 있었다.

"대체 어디 있었던 거니, 이 아가씨야? 오늘이 내가 있는 마지막 날이라는 거 알잖아. 해야 할 일이 산더미 같은데……."

"정말 죄송해요. 다시는 이런 일 없도록 할게요."

루시가 고개를 숙였다.

"뭐, 괜찮아. 나도 젊을 땐 집에만 죽치고 있지는 않았으니까. 즐길 수 있을 때 즐겨 두는 것도 좋아. 그런 시절은 정말이지 일찍 지나가 버리거든."

루시는 올리브 씨가 그런 말을 할 거라고 예상치 못했던 탓에 깜짝 놀랐다.

"아무튼 오늘은 열람 신청만 있어."

올리브 씨가 말했다.

"한번 혼자서 해 봐. 실전 연습이라고 할까? 할 수 있겠니?"

루시가 고개를 끄덕이며 물었다.

"무슨 책인데요?"

"《이상한 나라의 앨리스》 초판본 중에서도 마지막 남은 책이야. 원래 이 책의 제목이 《앨리스와 지하 세계의 모험》이었다는 걸 알고 있는 사람은 거의 없지. 우리 도서관이 보유한 책 중에 가장 귀한 거야."

"그걸 누가 열람하려는 건데요?"

올리브 씨가 카드 하나를 내밀었다.

"네이선 드 트레메인 주니어."

"멋진 이름이네요."

루시가 대답했다.

"그의 할아버지는 킹스 칼리지의 저명한 문학과 교수였는데

18년 전에 은퇴한 후 고향으로 내려갔어. 아마 거기서 문학 연구 활동에만 매진하려는 거였겠지. 하지만 들리는 소문에 의하면 손자를 돌보려고 그렇게 한 거래. 그 아이의 부모한테 무슨 일이 있었던 건지는 전혀 모르겠어."

루시는 올리브 씨를 놀란 눈으로 바라보았다. 저 노부인이 이렇게 말이 많은 건 처음이었다.

올리브 씨가 루시의 시선을 알아채고는 얼른 부연 설명을 했다.

"내가 킹스 칼리지에 막 입학했을 무렵까지만 해도 거기 교수로 있었거든. 그는 우리에게 존경의 대상이었어. 유능한 데다 잘생기기까지 했으니 강의실은 매번 자리가 없어 못 앉을 정도였지. 우리에겐 눈길조차 주지 않았지만. 그의 매력을 손자가 그대로 물려받았다는 모양이야."

말을 마친 그녀가 씨익 웃었다.

"오늘 직접 보면 알 수 있겠지."

네이선은 아직도 도서관 정문 건너편에 있는 청동 울타리에 기댄 채 생각에 잠겨 있었다. 두 손은 바지 호주머니에 깊숙이 찔러 넣은 채였다. 저 여자, 늦었다. 이번에도.

그는 벌써 지난주부터 그녀를 관찰해 오고 있었다. 처음에는 어찌나 자기 생각에 잠겨 있던지 이쪽을 전혀 눈치채지 못했다. 설명할 수는 없었지만 어딘가 끌리는 데가 있었다. 어쩌면 저 산만하고 나약한 모습 때문에 마음이 쓰이는 게 아닐까? 조금 전, 바닥에 떨어진 책을 줍기 위해 몸을 숙였을 때, 붉은 곱슬머리 사이로 언뜻 섬세한 콧망울과 도톰한 입술이 보였다. 왠지 잘 웃을 것 같은 인상이었다.

하지만 그녀와 눈이 마주친 순간, 그녀의 회색 눈동자를 보고 말았다. 그 눈동자는 절대로 나약한 사람의 눈동자가 아니었다.

그녀가 도서관 입구의 무거운 청색 문 안으로 사라진 후에야 그는 고개를 들었다. 그런 다음 계속 문만 노려보면서, 방금 본 눈동자를 떠올리려 애썼다. 분명 은색의 반점이 있는 회색 눈동자였다. 다른 사람도 아니고 저 여자가? 말도 안 된다고 고개를 저었다.

네이선은 이제 어떻게 행동해야 할지 고민했다. 작업해야 하는 책은 이미 열람을 신청해 놓았다. 하지만 오늘부터 작업해야 할지 결심이 서지 않았다. 그래서 일단 집으로 돌아갔다.

퀸 앤스 게이트에 있는 빌라는 조부의 소유였다. 그가 아침 일찍 다시 집으로 들어오자 3주 전부터 그를 돌봐 주고 있는 허드슨 부인이 놀란 표정을 지어 보였다. 그는 아무 설명도 하지 않고 침실로 직행했다.

그러곤 짙은 갈색의 커튼을 쳐서 창을 가린 다음, 옷을 입은 채로 침대 위로 몸을 던졌다. 그는 가만히 천장을 응시했다. 그 눈동자가 뇌리에서 지워지지 않았다. 자신이 제대로 본 게 맞는지 의심스러웠다. 불가능한 일이었다. 그는 자신이 그 눈동자에 대해 알고 있는 바를 떠올려 보았다. 그 눈을 가진 사람을 처음 본 건 오래전의 일이었다. 그러다가 어느 순간, 눈을 감고 깊은 잠에 빠져들었다. 몇 시간이 지났을까. 시끄러운 전화벨 소리가 그를 잠에서 깨웠다.

그는 몸을 일으켜 앉은 다음 손가락으로 검은 머리칼을 쓸어 올린 후 얼굴을 감싸 쥐었다. 자신이 어디에 있는지 깨닫기까진 불과 몇 초가 걸렸을 뿐이다.

뭣 때문에 일어났지? 전화벨이다. 지치지도 않고 벨이 울려 대고 있었다. 그제야 누가 전화를 했을지 짐작이 됐다. 그가 전화를 받을 때까지 절대로 포기하지 않을 사람이었다.

"할아버지?"

그가 전화를 귀에 가져갔다.

"어째서 전화 한 통 받는 데 이렇게 오래 걸리는 거냐?"

그의 조부가 한마디 인사도 없이 거칠게 쏘아붙였다.

"잠깐 잠이 들었어요."

네이선이 미안한 듯 중얼거렸다. 조부는 얼마나 많은 시간을 낭비한 줄 알고 있느냐며 일장 설교를 해 댔다. 이런 일은 어렸을 때부터 겪어 왔기 때문에 익숙했다.

"그래서 오늘 해야 했던 일은 제대로 진행한 거냐?"

설교를 끝낸 조부는 곧이어 날카로운 질문을 던졌다.

"네. 오늘부터 앨리스 작업에 들어갔습니다."

하지만 그건 거짓말이었다. 네이선은 조부가 거짓말을 눈치채지 못하길 바랐다. 어쨌든 내일부터는 작업할 생각이었으니까.

"좋아."

조부는 이렇게 대답한 후 곧바로 전화를 끊어 버렸다.

전화가 단잠을 방해하긴 했지만 어쨌든 한결 개운한 기분이었다. 이렇게 몇 시간이나 낮잠을 자고 일어난 게 얼마 만인지. 그는 창가로 가서 커튼을 열었다.

이미 해가 뉘엿뉘엿 기울고 있었다. 런던의 앤티크한 가로등에서 흘러나오는 희미한 불빛이 길을 비추었다. 그는 창 너머를 응시했다. 비가 내리기 시작해서 사람들이 서둘러 우산을 펼치고 있었다. 강한 바람에 우산대가 꺾일 것 같았다. 이미 도시에 추위가 찾아들기 시작했건만 아직도 대부분이 가벼운 옷차림이있다.

그는 몸을 돌려 작업실로 향했다. 램프에서 흘러나온 따스한 불빛이 계단을 비추었다. 네이선은 이 집이 마음에 들었다. 물론 허드슨 부인이 있으니 완전히 혼자는 아니더라도, 난생처음 느껴 보는 자유였다. 지난 4년간 계속 민박이나 호텔을 전전해야 했던 데 비하면, 런던에 있는 이 흰색의 아담한 빌라는 특별한 사치였다.

시계를 보니, 허드슨 부인은 자기 방으로 돌아갔을 터였다. 그녀는 지하에 있는 방 두 개를 쓰고 있었다. 아마 부엌에는 그녀가 차려 놓은 따뜻한 저녁상이 준비되어 있을 것이었다.

그는 깔끔하게 정리된 책상에 앉아, 모서리에 놓여 있던 책

한 권을 집어 들었다. 그런 다음 책을 펼친 후, 페이지마다 꽉 찬 글자들을 쓰다듬었다.

본연의 임무를 충실하게 수행하고 있었지만 조부는 매일같이 그에게 편지를 보내왔다. 허드슨 부인은 편지를 건넬 때마다 손자를 향한 조부의 사랑에 감탄하며 흐뭇한 미소를 지어 보였다. 하지만 네이선은 거기에 뭐가 쓰여 있을지 안 봐도 알고 있었다. 편지엔 단 한 번도 개인적인 안부가 담겨 있지 않았다. 처음부터 끝까지 일에 대한 지시뿐이었다. 예전부터 그랬다.

그는 오래된 만년필로 목록을 작성하기 시작했다. 편지에 적힌 책 제목을 하나하나 적어 나갔다. 목록 왼쪽에는 책의 저자를, 오른쪽에는 제목과 출판 연도를 적었다. 마지막 열은 비워 두었다. 임무가 끝난 후 체크하는 곳이었다.

그는 갓 작성한 문장들이 말랐는지 확인하기 위해 잠시 기다린 후, 책을 덮고 책상 위를 정리했다.

위에서 꼬르륵 소리가 나자, 허드슨 부인이 준비해 놓은 저녁을 먹기 위해 몸을 일으켰다. 가끔은 그녀의 보살핌이 지나치다는 생각에 짜증이 치밀 때도 있었지만, 음식만큼은 언제나 완벽했다. 그는 엄격한 채식주의자였는데, 허드슨 부인은 매일 새로운 메뉴를 준비해 그를 즐겁게 해 주었다.

그의 전공은 영문학이었지만, 조부는 임무를 제대로 완수한다는 조건하에 예술사를 복수 전공하는 걸 허락해 주었다. 그러려면 시간을 잘 활용해야만 했다. 만약 조금이라도 소홀하면 예술사 공부를 그만두게 할 게 뻔했다.

　네이선은 아침 해가 떠오르기 두 시간 전에 이미 잠에서 깨어 있었다. 낮에 봤던 그 회색 눈동자 때문이었다. 그 눈동자가 그의 꿈자리까지 찾아왔던 것이다.

　그는 할아버지의 고향에서 유년 시절을 보냈다. 가정 교사들이 프랑스어와 독일어, 스페인어, 라틴어와 고대 그리스어를 교육해 주었다. 또 역사, 지리학, 정치학과 수학도 배웠다. 하지만 문학만큼은 조부가 직접 가르쳤다. 가장 중요하다고 생각했기 때문이다. 조부는 은퇴 후 고향에 내려오기 전에 킹스 칼리지의 문학과 교수였다. 드 트레메인가의 남자들은 대부분 킹스 칼리지를 나왔고, 그대로 대학에 남아 교수직을 맡는 사람도 적지 않았다.

　임무와 학업에 열중하느라 빡빡한 일정 가운데 여자를 만날 기회는 거의 없었다. 전 세계를 돌아다녀야 했던 지난 4년간, 누군가와 데이트를 할 기회는 손에 꼽을 만큼 적었다. 그렇게 어렵게 만난 이성에게도 거의 매력을 느끼지 못했다. 그래서 학업과 임무에만 집중해 왔다. 그게 조부가 그에게 기대하는 것이기도 했다.

　네이선은 어렸을 때 단 한 번, 조부에게 왜 문학 교수 일을 그만두었는지 물은 적이 있었다. 왜냐하면 거의 매일같이 본연의 임무에 충실해야 한다든가, 정신의 밭을 일궈야 한다는 둥 설교를 들어야 했기 때문이었다. 그의 물음에 조부가 숱 많은 회색 눈썹을 찌푸리며 날카로운 눈빛으로 그를 노려보았다. 그 표정이 어찌나 무섭던지, 어린 네이선은 그만 저도 모르게 한 발짝 뒤로 물러서고 말았다. 그가 세상에서 가장 무서워했던 건 조부가 화내는 모습이었기 때문이다. 하지만 조부는 화를 내는 대신, 낮은 목소리로 입을 열었다. 그 말 한마디가 아직도 네이선의 뇌리에 깊숙이 박혀 있다.

"무책임한 네 부모가 네 살이었던 널 두고 떠나 버리지만 않았어도 교수직을 포기하지는 않았겠지. 하지만 널 양육해야 한다는 책임감 때문에 어쩔 수가 없었다. 그러니 언제나 네가 나에게 빚이 있다는 사실을 명심하거라. 내가 널 위해 내 인생을 포기했다는 걸 말이다."

그날부터 네이선은 전보다 더욱 혼신의 힘을 다해 조부를 기쁘게 하기 위해 노력했다. 단 한 번도 수업에 빠지거나 공부를 게을리 하지 않았다. 그런다고 칭찬받았던 적은 없었다. 그가 얼마나 노력하든 조부는 당연한 것으로만 여겼다. 하지만 조부에게 자랑스러운 손자가 되어야 한다는 강박관념은 해를 거듭할수록 커져만 갔다.

회상에 빠져 있던 네이선은 시계를 내려다보았다. 생각보다 늦었다. 급하게 일어나 몸을 씻고 옷을 입었다. 그런 다음에는 1층까지 달려 내려가 사무실에서 서류들을 챙겨 부엌으로 갔다. 허드슨 부인이 차려 놓은 스크램블에그를 입속에 쑤셔 넣으면서 접시 옆에 놓여 있던 타임지를 대충 넘겨본 다음, 여전히 음식을 입안 가득히 우물거리면서 집을 나섰다. 허드슨 부인이 아침 인사를 하는 소리가 뒤통수에서 들려왔다.

지하철을 타고 어느새 도서관에 도착한 후, 그는 보폭이 넓은 걸음으로 성큼성큼 걸어 정문 계단을 올랐다. 그리고 추위에 몸을 떨며, 내일은 겉옷이라도 입고 와야겠다고 생각했다.

그는 곧장 위층 열람실을 향해 걸어가 안내 데스크에 있던 여자에게 주문 번호를 건넨 다음, 자신이 킹스 칼리지 소속 문학부 학생이며 학부 과장의 조수임을 증명하는 학생증과 서류를 건넸다. 이 도서관 지하에 엄중히 감춰져 있는 귀중한 초판본들에 접근하기 위해서는 철두철미한 준비가 필요했다. 여자는 그가 제출한 서류들을 면밀하게 살펴본 다음, 그가 열람을 신청한 자료를 가지고 올라오라고 문서실에 연락을 넣었다. 그린 다음 학생증과 서류를 돌려주면서 잠시 자리에 앉아 기다리라고 했다. 네이선은 책상 하나에 앉아, 낡은 초록색 전등갓을 씌운 램프를 켰다. 열람실 내의 가구들은 몇 번이나 보수되었지만, 단 한 번도 새것으로 교체된 적은 없었다. 네이선은 오랜 세월에 얼굴이 비칠 정도로 표면이 반들반들하게 연마된 낡은 책상의 짙은 나무판에서 올라오는 오래된 나무 냄새가 좋았다.

그는 다리를 꼬고 앉아 조급한 듯 손가락으로 책상 위를 두드렸다. 그러자 데스크의 여자가 도서관 이용 수칙 제1조를 떠올리게 하는 눈빛으로 쏘아보았다. '정숙' 말이다. 이 공간에서 허락되는 소음은 책장 넘기는 소리, 종이 위로 필기구가 굴러가는 소리 정도였다.

네이선의 신경이 점점 날카로워졌다. 뭐가 이렇게 오래 걸리는 거지? 열람 신청한 책의 특별함 때문인가? '루이스 캐럴'이 쓴 그 책은 아마 이 도서관이 보유한 것들 중 가장 귀중한 것이겠지.

그때 문이 열리더니 여자 하나가 두리번거리며 들어오는 게 보였다. 그는 그게 누구인지 금세 알아챘다. 그녀가 눈을 살짝 가늘게 떴다. 저 모습만 본다면 어딘가 연약해 보일지도 모르겠지만, 그런 인상과는 달리 어제 본 그녀의 회색 눈동자는 그녀가 위험한 존재라는 걸 의미하고 있었다.

여자는 작은 엘리베이터로 가서 열쇠로 문을 열었다. 앳되어 보였지만 업무는 정확히 파악하고 있는 듯했다. 그 안에서 책을 꺼냈는데, 겉은 포장지로 한 번 더 싸여 있어서 아직 책의 제목은 확인할 수 없었다.

여자가 책을 들고 안내 데스크로 갔다. 거기에서 동료와 몇 마디 말을 나눈 후 그에게 다가왔다.

그런 다음 그의 앞에 책을 내려놓고 그를 바라보았다. 그를 알아본 모양인지, 눈빛이 반짝였다. 그녀의 저 은색 반점이 있는 회색 눈동자가 마치 춤을 추듯 그를 사로잡았다. 네이선은 어두운 눈빛으로 그녀를 바라보았다. 그리고 그녀 안의 에너지와 힘을 다시 한 번 느꼈다.

"제 이름은 루시예요."

여자가 자신을 소개했다. 네이선은 루시라는 이름이 그녀에게 잘 어울린다고 생각했다.

"지금은 제가 잠시 문서실 담당자를 위임하고 있어요. 원래는 어제 오시기로 되어 있었지 않나요, 드 트레메인 씨?"

루시가 비난조로 물었다.

"올리브 씨가 하루 종일 기다렸다고요."

"올리브 씨는 어디 있죠?"

그가 루시의 비난을 무시하며 짧게 물었다.

"어제가 마지막 근무였죠. 장기 휴가를 냈거든요. 그동안 제가 그분 대신 업무를 볼 거예요."

네이선이 루시를 훑어보며 냉소적인 미소를 지었다.

"이렇게 책임이 막중한 업무를 보기엔 좀 젊어 보이는군요."

"글쎄요. 그건 두고 보면 알겠죠."

루시가 단호히 대꾸했다.

"하지만 다음부터 책을 열람하기로 했으면 제때 와 주시면 고맙겠어요. 규정대로라면 신청했던 날짜 이외에는 열람이 불가능하니까요."

그 말에 네이선은 뭐라 대꾸하려 했지만 꾹 참았다.

말을 마친 루시는 책에 집중했다.

"그럼 함께 포장을 제거하도록 하죠."

네이선은 루시가 조심스럽게 책을 감싼 끈과 포장지를 벗겨내는 모습을 바라보았다. 그리고 저도 모르게 루시의 손을 바라보았다. 작고 가늘고 섬세한 손이었다. 그는 고개를 흔들고는 책에만 집중하기로 마음을 다잡았다.

"이제 함께 책의 상태를 확인하도록 하죠. 열람이 끝나면 제

동료에게 말씀해 주세요. 그러면 다시 한 번 제가 올라와서 책의 상태를 점검한 후, 책을 포장할 거예요. 이해하셨나요?"

네이선은 고개를 끄덕이며 재차 두 번째 포장지를 벗겨 내는 그녀의 손가락을 바라보았다. 드디어 깊이 감추어져 있던 보물이 그들 앞에서 맨몸을 드러낸 순간, 둘은 거의 동시에 숨을 멈췄다. 네이선은 루시의 얼굴에 놀라움이 뒤섞인 미소가 떠오르는 것을 바라보았다. 그와 눈빛이 마주치자 루시의 얼굴이 빨갛게 달아올랐다.

"정말 아름답지 않나요?"

루시가 당황한 나머지 말을 더듬으며 물었다.

"그렇군요."

네이선이 시선을 돌리며 대꾸했다.

"이제 전 세계적으로 22권밖에 없는 귀중한 원본이에요. 다루실 때 더욱 주의해 주시기를 부탁드려요."

베이지 색 장정에는 작은 파란색 꽃무늬와 초록색 덩굴무늬가 장식되고, 앞면에 제목이 중세풍으로 새겨져 있었다. 또 페이지마다 아이비 덩굴무늬가 정성껏 장식되어 있었고, 여백에는 노란색 물방울무늬가 있었다.

루시는 섬세한 손가락으로 면장갑을 집어서 착용하고는 네이선에게도 건네주었다. 그런 다음 조심스럽게 포장지를 접어서 책상 한쪽에 올려 두었다.

"항상 깨끗한 손으로 작업해 주세요."

루시가 말을 이었다.

"귀중한 원본 자료를 다룰 때에는 항상 면장갑을 착용해 주시고, 음식이나 음료수, 어떤 다른 액체라도 열람실 안에 반입해선 안 돼요. 검사해 보진 않겠어요."

루시가 네이선을 엄격히 바라보았다.

"열람실 바깥에 음료수 자판기가 준비되어 있으니까 쉬고 싶을 때는 거기서 셀프 서비스로 음료를 드시면 됩니다. 빵 부스러기 같은 음식 찌꺼기는 벌레를 꼬이게 만들어서 책을 손상시키거나 훼손할 수 있으니 주의하세요. 항상 두 손으로 책을 잘 붙잡아야 종이가 꺾이거나 손상되지 않아요. 펼친 상태로 들어 올릴 때는 항상 앞표지와 뒤표지를 감싸듯 붙잡아야 하고, 책등을 당기면 절대 안 돼요. 책을 좀 더 자세히 들여다보고 싶을 때는 책을 들어 올리는 대신 책 쪽으로 몸을 기울여서 보세요. 돋보기가 필요하시면 열람실 안내 데스크에 말씀해 주세요. 책을 겹겹이 쌓아 두는 것도 금지되어 있고, 페이지를 접거나 손상시키는 행위도 엄격히 금지되어 있습니다. 특히 오래된 고서나 종이가 두꺼울 때는 주의해 주시고요. 어떤 경우에도 책에 낙서하면 안 되고, 이미 손상되어 있는 부분은 특히 더 주의해 주세요. 책을 펼칠 때는 조심해 주시고, 억지로 다 열려고 하지는 말아 주세요. 고서들은 제본 방식이나 원료에 따라 편평하게 펼쳐지지 않는 경우가 많아요. 무리하게 펼치려 하면 금세 손상됩니다. 또 책을 복사하는 것도 금지되어 있어요. 이해하셨나요?"

네이선이 고개를 끄덕이자 루시가 조심스럽게 책을 펼쳤다.

그런 다음 그에게 책을 건네기 전, 페이지를 넘겨 보았다.

책을 건네줄 때 둘의 손가락이 아주 잠시 스쳤다. 순간 네이선의 몸에 알 수 없는 뜨거움이 흘렀고, 머릿속으로 이미지들이 흘러들었다. 책들, 페이지가 텅 빈 책들이었다. 그가 루시를 바라보았다. 겁에 질린 루시의 회색 눈동자가 그를 뚫어져라 쳐다보고 있었다. 그 눈을 보니, 방금 자신이 본 것과 같은 이미지를 본 게 확실했다. 하지만 그의 안에서 휘몰아치는 소용돌이는 보지 못한 것 같았다. 그는 다시 책을 바라보았다. 그리고 펼쳐져 있는 책장을 부드럽게 어루만졌다.

곧이어 그가 벌떡 일어나더니 책을 덮으며 말했다.

"다음번에 다시 오겠습니다. 오늘은 컨디션이 별로 좋지 않은 것 같군요."

그는 짧게 말을 마친 후, 성큼성큼 걸어서 열람실을 빠져나갔다.

루시는 불안한 눈으로 그의 뒷모습을 바라보았다. 그런 다음, 조금 전 그가 앉았던 의자에 쓰러지듯 앉았다. 그리고 미간을 찌푸렸다. 방금 머릿속을 스쳤던 그 끔찍한 장면들은 뭐지? 그건 분명 상상이 아니었다. 뭔가 이상한 일이 일어나고 있었다. 정말이지 도서관에서 일하게 된 게 유익한 건지 진지하게 고민해 볼 필요가 있었다.

루시는 책을 다시 포장한 다음 상자에 넣었다. 그런 다음 엘리베이터에 넣어 아래층으로 내려보낸 후 계단으로 내려갔다. 열람실 직원이 어리둥절한 눈으로 쳐다봤지만 신경 쓰지 않았다.

마리는 1층 안내 데스크에 있긴 했지만, 다행히 누군가와 이야기를 나누는 데만 정신이 팔려 있었다. 지금은 혼자 있고 싶었다. 마리는 아마 네이선 드 트레메인이 그렇게 갑작스럽게 나간 사실은커녕 그가 누군지조차 모를 터다.

문서실로 내려가니 책들이 평소보다 더 소란을 떨고 있었다. 혹시 올리브 씨도 책들의 목소리를 듣는 걸까? 루시보다 더 책들과 친할 테니 말이다. 하지만 물어보긴 쉽지 않았고, 묻기에도 너무 늦었다. 남은 6주 동안은 그녀 혼자 책들과 시간을 보내야 했다. 책들의 속삭임과 웅성거림이 점점 시끄러워졌다.

루시는 정말 안 되겠다 싶어서 소리를 따라가 보기로 했다. 최근까지만 해도 책들의 목소리나 손목의 통증을 완전히 무시하고 있었지만, 그 남자의 일로 너무 혼란스러웠던 나머지 차라리 책들의 요구를 받아들여 보기로 했다. 네이선 드 트레메인의 매 같은 까만 눈동자가 머리에서 떠나지 않았기 때문이다.

책들은 미로의 한복판에서 루시를 불러 댔다. 루시는 목소리에 이끌려 점점 더 깊은 곳으로 나아갔다. 이렇게 멀리까지 들어가 보는 건 처음이었다. 서가들은 사무실 주위에 있는 것들보다 낡았음에도 훨씬 튼튼해 보였다. 책장의 옆면은 일반 나무가 아닌, 여러 가지 모티브의 청동 주물로 장식되어 있었다. 이제 루시는 속삭임에 익숙해진 나머지 책들이 무슨 말을 하는지도 이해할 수 있을 정도였다. 그들의 메시지가 머릿속으로 직접 들어와 점점 더 애처롭게 울부짖었다. 귀를 막아 봐도 소용이 없었다. 그래서 귀를 막았던 손을 내리자, 목소리가 더 크고 강력하게 엄습했다.

루시는 조심스럽게 소매를 걷어 올렸다. 이어서 펼쳐지는 장면은 공포 영화에나 나올 것 같았다. 손목의 표식이 마치 핏발 선 듯 두근거리고 있었던 것이다. 지난번같이 빨갛게 변해 있었지만, 다행히 그때만큼 두렵진 않았다. 그 당시에는 의사를 찾아갈 필요가 없을 거라고 생각했지만, 이제는 그게 옳은 판단이었는지 확신이 서지 않았다. 어쩌면 표식 부위가 곪아서 염증이 생긴 탓에 자꾸만 헛것이 보이는 게 아닐까? 이 세상에는 아직 밝혀지지 않은 박테리아가 많이 있으니 말이다.

그런 생각을 하니 소름이 돋았다. 이러다 미치는 게 아닐까?

"괜찮아. 걱정하지 마."

책들이 속삭였다.

"우리가 네 곁에 있으니까."

이제는 웅얼거리지 않고 귓가에 똑똑히 울렸다. 루시는 바로 옆의 책장 하나를 붙잡고 섰다. 다 꿈이야. 책은 말하지 않아! 루시는 현기증이 좀 멎을 때까지 그렇게 책장을 꽉 붙잡은 채 서 있었다. 그리고 깊이 심호흡했다. 자신이 정말 미쳤는지 확인할 길은 단 하나뿐이었다. 텅 비어 있는 테니슨의 시집을 다시 한 번 찾아내야 했다. 그럼 이 모든 게 상상이 아니라는 걸 증명할 수 있을 터였다. 루시는 책들이 부르는 소리를 무시했다. 지금은 확증을 얻는 게 우선이었다.

일단은 거대한 문서실 홀을 빠르게 가로질러 사무실로 갔다. 그런 다음에는 서둘러서 거대한 철제 캐비닛을 열었다. 그 안에는 도서 카드가 들어 있는 상자들이 보관되어 있었다. 문서실 내에 있는 모든 도서들은 알파벳 순서대로 정리되어 있었다. 아니, 적어도 그러길 바라는 수밖에 없었다. 재빠른 손놀림으로 T열을 찾아보았다. 첫 번째 서랍에서는 아무것도 나오지 않아서, 사무실 바깥에 세워져 있는 두 번째 캐비닛으로 달려갔다. 몸을 굽히고 낑낑거리며 무거운 도서 카드 상자를 꺼내 사무실 안으로 가져왔다. 그런 다음 서둘러서 카드를 넘기다 나지막이 욕설을 내뱉었다. 어째서 여태껏 문서실 도서 목록을 전산화하지 않은 걸까? 물론 루시 자신의 업무이기도 했지만, 여태껏 진전이 없는 것도 사실이었다. 그것 때문에 조만간 반즈 씨에게 불려 가 질책을 당할 게 뻔했다. T로 시작하는 다른 작가는 정말 많았지만 테니슨은 없었다. 어느덧 Te가 끝나고 Ti였다. 루시는 끝까지 넘겨 보았다. 어쩌면 누가 상자를 정리하면서 카드가 뒤섞여 버렸을 수도 있었으니 말이다. 하지만 결국 테니슨은 없었다. 테니슨이라는 이름은 어떤 카드에도 적혀 있지 않았다. 루시는 다시 한 번 더 카드 상자를 뒤졌다. 이제 그 책을 어떻게 찾는단 말인가. 이정표도 없이 그걸 다시 찾아내기란 모래사장에서 바늘을 찾는 격이었다.

루시는 일어나서 상자를 다시 캐비닛 안에 넣었다. 그런 다음 무작정 걷기 시작했다. 책들이 마치 기다리고 있었다는 듯 숨죽여 침묵했다.

"알았어, 알았다고."

루시가 침묵을 향해 외쳤다.

"내 힘으로 찾아내는 건 불가능해. 만약 내가 너희를 돕길 원한다면, 이 모든 게 나 혼자만의 상상이 아니라는 걸 증명할 수 있도록 날 도와 줘야 해."

말을 마친 루시가 가만히 귀를 기울여 보았다. 사방은 고요했다. 이제는 책들과 대화를 시도하려 하다니! 제 생각에도 어처구니가 없었다. 내가 미쳤지!

"미친 게 아니야."

책들이 합창했다.

"우릴 따라와!"

"알았어."

루시가 엉겁결에 대꾸했다.

속삭임을 따라 걸으니 몇 분도 채 지나지 않아 알프레드 테니슨의 책이 들어 있는 상자를 다시 찾을 수 있었다. 루시는 상자를 꺼내어 안을 들여다보았다. 책장을 넘겨 보니, 지난번보다 종이가 더욱 약해져서 거의 부서질 것 같았다. 상자를 다시 제자리에 넣고 난 다음, 책장에 몸을 기대고 섰다. 마치 모든 힘이 일시에 고갈되어 버린 느낌이었다.

"이리 와 봐."

책들이 속삭였다.

"보여 줄 게 또 있어."

"이번엔 뭔데?"

루시가 투덜거렸다.

"끔찍한 건 이미 충분히 본 것 같은데."

루시의 말이 끝나자, 침묵이 이어졌다. 왠지 그들이 슬퍼하는 것 같았다.

"알았어. 미안해."

루시가 속삭였다.

"이번엔 뭔데?"

책들은 루시를 문서실 깊숙이 이끌었다. 문서실의 온도는 모든 곳이 동일하게 유지되고 있다는 걸 알고 있었지만, 왠지 안쪽이 더 추운 것 같았다. 이윽고 속삭임이 멎자 살갗에 소름이 돋았다. 이번에도 책들이 가리키는 상자가 어떤 건지 본능적으로 느껴졌다. 책들은 이번에도 이상하리만치 숨을 죽이고 있었다.

상자는 테니슨의 것보다 더 낡아 보였다. 너무도 낡아 있어서 아마 그 안에는 정말 귀중한 게 들어 있으리라고 짐작될 정도였다. 상자 겉에 장식된 무늬도 완전히 바래 있었다. 원래 예전에는 단단했을 종이 상자가 깊은 주름으로 뒤덮여 있었다. 상자 전면에 붙어 있어야 할 책 제목도 보이지 않았다. 루시는 바닥을 둘러보며 혹시라도 어딘가 떨어진 게 아닐까 했지만 찾을 수 없었다. 두 손을 상자 위로 올리자 뭔가 느껴졌다. 루시는 비틀거리며 뒤로 물러섰다. 호흡이 점점 가빠졌다.

그 안에는 아무것도 없었다. 침묵조차. 침묵보다 더 끔찍한 건 바로 죽음이었다. 저도 모르게 눈물이 흘러내렸다. 루시는 신경질적으로 눈물을 훔쳐 냈다.

상자를 집어 들고 서가에서 **빼내** 보았다. 생각보다 가벼웠다. 테니슨의 것보다 훨씬─아니, 책이 들어 있어야 할 상자답지 않게 가벼웠다. 이제 눈앞에 펼쳐지게 될 장면을 상상하니 벌써부터 끔찍했다. 조심스럽게 상자 뚜껑을 열어 보았다.

표지의 색은 간신히 알아볼 수 있을 정도였다. 어쩌면 짙은 갈색이었거나 검정색, 회색이었을 수도 있다. 책 표면에 금색으로 찍혀 있었을 제목은 희미하게 흔적만 남아 있었다. 그리고 공기에 닿자마자, 루시의 눈앞에서 바스라지듯 사라져 버렸다. 루시는 책을 열어 보지 않았다. 어차피 불 보듯 뻔했기 때문이다. 책 전체가 공허에 사로잡혀 있을 터였다. 원래는 무슨 책이었을까? 이제 책의 신원을 밝혀 줄 만한 건 아무것도 남아 있지 않았다. 더욱 끔찍한 건 아무도 그 책을 그리워하지 않으리라는 것이었다. 루시는 상자 뚜껑을 천천히 닫은 다음 서가에 다시 꽂아 놓았다.

앞으로 어떻게 해야 할지 전혀 알 수가 없었다.

"이게 다 무슨 일이야?"

루시가 침묵을 향해 외쳤지만 대답은 없었다.

"왜 나한테 이런 걸 보여 주는 건지 말해 줘!"

그러자 작게 속삭이는 소리가 들렸다.

"그건 너 스스로 알아내야 해."

"환상적이군."

루시가 중얼거렸다.

책들은 이제 더는 말하지 않았다. 루시는 사무실로 돌아가 회전의자에 앉아 깊은 생각에 잠긴 채 의자를 왼쪽 오른쪽으로 회전시켰다.

올리브 씨, 줄스나 콜린은 테니슨을 몰랐다. 자신조차 그의 가장 유명한 시구를 잊어버렸고, 인터넷에도 그에 대한 정보는 아무것도 없었다. 마치 그가 처음부터 존재하지 않았거나 오직 루시의 머릿속에만 있던 것처럼.

루시는 컴퓨터를 끄고 자리에서 일어났다. 남은 두 시간 동안에는 열람을 신청한 사람이 없었다. 점심 휴식 시간을 이용해서 누군가 테니슨에 대해 기억하는 사람이 없는지 알아보기로 했다. 그렇게 유명한 시인이 정말 모든 사람의 기억에서 단 한순간에 사라져 버린다는 건 있을 수 없는 일이었기 때문이다. 아니, 적어도 루시는 그런 일이 있다고 믿고 싶지 않았다.

"마리, 나 지금 꼭 해야 할 일이 있어."

마리에게 사정을 말해 둔 후 밖으로 나갔다. 도서관에서 얼마 멀지 않은 곳에 루시가 제일 좋아하는 서점이 있었다. 런던에서도 유서 깊은 서점이었는데, 서점 주인은 걸어 다니는 백과사전으로 소문난 사람이었다. 런던에 살게 된 이후 루시의 단골 서점이 되었다. 거기에 가서 테니슨에 대해 물어볼 생각이었다.

서점 문을 열자 딸랑거리는 작은 종소리가 울렸다. 원래 서점 안에 있어야 할 늙은 서점 주인의 모습은 어디에도 보이지 않았다. 루시는 서점 안쪽으로 들어갔다.

"안녕하세요! 아무도 안 계시나요?"

"나갑니다!"

루시가 외치자, 머리 위에서 나이 지긋한 서점 주인의 목소리와 질질 끄는 발소리가 들렸다. 루시는 고개를 들어 보았다. 거기 있는 책들만큼이나 나이 많아 보이는 서점 주인이 위쪽의 발코니에서 고개를 내밀었다.

"무엇을 도와 드릴까요, 아가씨?"

그가 친절하게 물었다.

루시가 고개를 젖힌 채 물었다.

"찾는 시집이 있는데요."

"시집이라!"

노인의 목소리에 놀라움이 묻어났다.

"요새 젊은이들 중에 아직도 시집을 읽는 사람이 있다니!"

물론 그가 말하는 '젊은이들'이 어떤 부류인지는 쉽게 상상이 갔다.

"어떤 시인의 시집을 찾는지 물어봐도 될까요, 아가씨?"

그가 천천히 계단을 내려오며 물었다.

"테니슨이라고 아세요?"

루시가 기대 어린 목소리로 물었다.

"테니슨?"

주인이 반문했다. 좋지 않은 징조였다.

"아마 아주 젊은 시인이겠군요. 그렇지요?"

"아닌데요."

대답하는 루시의 목소리가 떨렸다.

하지만 그는 듣지 못한 모양이었다.

"미안하지만 그런 시인의 책은 없어요, 아가씨. 여기엔 아주 오래되고 낡은 골동품 책밖에는 없답니다. 아가씨는 여기 몇 번이나 왔었지요? 그러면 알고 있었을 텐데요."

"물론 알고 있었어요. 하지만 제발 한 번만 그런 책이 없는지 찾아봐 주실 수 없을까요? 부탁드려요."

그러자 늙은 서점 주인이 코끝에 걸려 있던 안경을 벗어서 닦으며 말했다.

"젊은 아가씨, 내 비록 늙었지만 이 작은 가게 안 어디에 뭐가 있는지는 샅샅이 알고 있어요. 하지만 테니슨이라는 이름은 처음 듣는군요. 시내에 있는 워터스톤 서점에 가 봐요. 거기라면 신간 나부랭이는 다 모여 있으니 아마도 찾을 수 있을 거요."

"감사합니다."

루시는 간신히 대답한 후 후들거리는 다리로 서점을 나왔다. 잠시라도 몸을 앉힐 필요가 있었다.

잠시 숨을 고른 다음 생각해 보았다. 서점 주인이 말한 대형 서점은 해변과 차링 크로스 사이의 교차로 부근에 있었다. 만약에 좀 서두른다면 10분이면 도착할 수 있을 것 같았다. 다시 한 번만 힘을 내자. 물론 희망의 온도계 눈금은 0에 머물러 있었지만, 아직 포기할 수는 없었다. 자신이 테니슨을 알고 있는 유일한 사람일 리가 없었다.

워터스톤 서점은 조금 전에 갔던 작은 중고 서점과는 매우 대조적이었다. 휘황찬란한 조명 아래 거대한 규모를 자랑하고 있었고, 아마 어떤 판매원도 그 안에 어떤 책들이 있는지 다 안다고 말하지 못할 게 분명했다. 루시는 이번에는 누군가에게 물어보기 싫었다. 조금 전과 똑같은 당황스러운 일을 겪고 싶지 않아서였다. 그래서 비어 있는 컴퓨터를 찾아서 직접 검색해 보기로 했다.

검색창에 테니슨이라는 이름을 넣고 돌려 보았지만 역시 검색되는 책은 없었다. 한숨을 쉬며 의자 등받이에 몸을 기대려는 찰나, 어떤 아이디어가 머리를 스쳤다. 루시는 서둘러 테니슨의 모든 시집 이름을 쳐 넣어 보았다. 하지만 결과는 같았다.

루시는 돌처럼 굳은 채 컴퓨터 화면을 응시했다.

젊은 직원이 루시에게 다가왔다.

"실례합니다, 아가씨. 어디가 안 좋은가요?"

그가 걱정스럽게 물었다.

"물 한 잔 가져다 드릴까요?"

루시는 그를 바라보았지만 그를 바라보고 있지 않았다. 심장이 마치 요동치는 것 같았고, 손목의 표식도 두근거렸고, 위와 창자는 뒤틀리는 것 같았다.

루시는 가방과 겉옷을 움켜잡고는 젊은 남자를 밀쳐 내고 그 자리에서 도망쳤다. 어딘가 고장이라도 난 것처럼 온몸에 식은땀이 흘렀다.

그대로 미친 사람처럼 사람들을 밀치며 도서관으로 돌아왔다. 마리를 보고도 인사도 건네지 않고 지나치자, 마리가 그녀를 의아한 눈으로 바라보았다. 루시는 다급하게 계단을 달려 내려가 드디어 자신의 작은 은신처에 도달했다. 직원 하나가 새로운 열람 신청을 알리기 직전까지 그렇게 멍하니, 아무 생각도 없이 앉아 있었다.

4장

책은 광활한 시간의 바다를 항해할 수 있게 해 주는 배와 같다.

— 프랜시스 베이컨

　강의실은 만원이었다. 가을 학기가 시작될 때면 으레 보이는 진풍경이었다. 지금부터 한동안은 다들 열심히 강의에 출석하겠지만, 늦어도 크리스마스 즈음엔 한결 한산해질 터다. 루시는 학생들 사이를 비집고 다니며 빈자리를 찾았다. 2학기에 이 강의를 신청할 수 있었을 때에는 뛸 듯이 기뻤다. 이 강의에 등록하기가 쉽지 않다고 학부 안내서에 쓰여 있었기 때문이다. 하지만 막상 발 디딜 틈조차 없는 강의실에 들어와 보니 그게 잘한 일이었을까 싶었다. 저 멀리 끝에서 두 번째 줄에 빈자리하나가 보였다. 그 옆에 앉아 있던 남학생 하나가 미소 지어 보였다. 루시는 노트와 필통을 책상 위에 올린 후, 위로 접혀 있던 의자를 내리고 앉았다. 그런 다음에야 입고 있던 겉옷을 벗었다. 불안하게 의자 위에서 몸을 비틀면서, 옆자리의 남학생이 말을 걸지 않아 주어서 다행이라고 생각했다. 최근에 벌어진 불가사의한 사건들 때문에 신경이 날카롭게 곤두서 있었다. 잠도 설쳐서 지치고 피곤했다. 루시는 초조한 듯 손에 들고 있던 필기구를 손등 위에서 굴렸다.

오늘은 도서관 근무가 비번이어서 다행이었다. 밤새 잠을 설치면서 여러 가지를 곰곰이 생각해 보았지만 결론을 내릴 수가 없었다. 책들이 말을 건 것까지는 좋았다. 앞으로 살아가는 데 그리 큰 지장은 없을 테니까. 물론 평생 동안 비밀로 간직하고 살 생각이었다. 하지만 책이 사라진 건 달랐다. 문서실 안에 속이 텅 빈 상자와 책 들이 얼마나 많을지는 상상조차 할 수 없었다. 게다가 단지 책만 사라지는 게 아니라 사람들의 기억도 사라진다는 게 문제였다. 앞으로는 어린아이들이 테니슨의 시를 외우는 일은 없을 터다. 뭐, 대부분은 다행이라고 여길 수도 있지만. 루시는 혼자서 슬며시 웃었다. 하지만 어떻게 그녀 혼자 테니슨을 기억하고 있지? 텅 비어 있는 책을 발견했기 때문일까? 하지만 그렇다고 뭔가 달라지는 건 없었다. 기억나는 건 이름뿐, 정작 시는 한 구절도 기억나지 않았기 때문이다. 아무리 머리를 쥐어짜 내며 애써 봐도 소용없었다. 《샬롯의 아가씨》를 다시 한 번 암송해 보고 싶었지만, 시는 두 번 다시 루시의 입 밖으로 나오지 않았다.

어쩌면 오늘 다시 한 번 문서실에 가서 그런 책이 더 있는지 살펴봐야 할지 몰랐다. 하지만 일단은 리포트를 준비해야 했다. 원래는 언제 대학에서 시간을 보내고 또 언제 도서관에서 시간을 보내야 할지 미리 계획해 두었다. 그 두 가지 중 어느 하나라도 소홀히 한다면, 계획했던 시간 안에 학업을 마칠 수 없을 터였다. 그래서 일단은 강의가 끝난 후에 도서관에 들르기로 결심했다. 리포트는 저녁에 집에 가서 시작해도 될 터였다. 분명 빈 상자들이 더 있을 것이고, 책들이 도와주면 찾아낼 수 있을 터다. 전체적인 손실이 어느 정도 되는지 가늠해야 했고 또 이 모든 책임이 누구에게 있는지, 책들에게 무슨 일이 일어난 건지 밝혀내야 했다. 루시는 불안한 듯 필통 지퍼를 열었다 닫았다 했다. 그런 다음에는 머리 묶는 고무줄을 꺼내 사방으로 뻗쳐 있는 빨간 곱슬머리를 한데 묶었다. 필기할 때 걸리적댔기 때문이다.

하지만 강의 시작 시간이 지나도 교수의 모습은 보이지 않았다. 대체 와이엇 교수는 어딜 간 거야? 루시 주변에서 학생들이 떠드는 소리가 점점 커지는 것 같았다. 그녀 앞에 앉은 두 명의 여학생이 킥킥거리며 떠들고 있었다. 루시는 코에서 미끄러지는 짙은 갈색 뿔테 안경을 추켜올리며 목을 뺐다. 원래 강의나 세미나 때만 안경을 쓰곤 했는데, 안경을 쓰고 있으면 영락없는 모범생이나 공부벌레로 보였기 때문이다.

"하지만 안경을 쓰든 안 쓰든 네가 책벌레인 건 변함없잖아."

마리가 이렇게 말하면, 루시가 반박했다.

"그래도 안 쓰는 게 좀 나아 보이잖아."

갑자기 주위가 조용해졌다. 문가에 와이엇 교수의 얼굴이 보였다. 그가 쓴 책을 어찌나 많이 읽었는지, 아마 런던 시내 한복판에서 마주친다고 해도 알아볼 수 있을 것 같았다. 그런 데 당장 강의실로 들어오는 대신 웬 젊은 남자와 대화 중이었다. 루시는 좀 더 자세히 보기 위해 눈을 찌푸렸다. 꼭 지금 저렇게 대화를 나눌 필요가 있나? 조급한 마음에 시계를 쳐다보고 있노라니, 그가 대화를 마치려는 듯 젊은 남자의 어깨를 아버지처럼 자상하게 두드리고는 강의실로 들어오는 게 보였다. 젊은 남자가 그의 뒤를 따라 강의실로 들어오더니 이마를 찌푸리며 빈자리를 찾았다. 그가 강의실 끄트머리로 걸어가면서 겉옷을 벗었다. 물론 그럴 의도는 아니었겠지만 흰 셔츠 아래로 그의 마르고 균형 잡힌 상체가 더욱 눈에 띄게 드러났다.

그와 눈이 마주치자, 루시가 입술을 깨물었다. 그가 놀란 듯 눈을 크게 떴다. 루시를 알아본 것이다.

그는 언제나 흰 셔츠에 검은 정장 바지 차림이었다. 학생치곤 독특한 옷차림이었는데, 마치 자신의 매력을 경직된 옷 속에 숨기고 있는 것 같았다.

그가 꽉 찬 강의실 사이를 성큼성큼 걸어 루시의 자리를 스치고 지나갔다. 지나치게 가깝다고 느껴지려는 찰나, 그의 손이 거의 루시의 손을 스칠 뻔했다. 루시는 저도 모르게 숨을 멈추었다.

바로 그 순간 와이엇 교수가 강의를 시작했고, 학생들의 웅성거림이 멎었다. 루시는 조심스럽게 뒤를 돌아보았다. 네이선 드 트레메인은 창가에 기대서서 교수의 강의에 귀 기울이고 있었다. 그런 다음 그 검고 음산한 눈빛으로 루시를 곁눈질했다.

　두 시간 후, 루시는 지하철을 타고 돌아가는 길에 콜린의 메시지를 읽었다.

장 좀 봐다 줘. 요리는 내가 할게. 줄스와 마리도 같이 먹을 거래.

　전형적인 콜린이었다. 언제나 일하는 건 루시 몫이었고 콜린은 즐기기만 하려는 게 뻔했다. 하지만 콜린의 요리는 꽤 맛있기 때문에 생각만으로도 입안에 침이 고였다. 그제야 여태껏 아무것도 먹지 못했다는 게 떠올랐다.

　할 수 없지. 책들이 하루쯤 못 기다리겠어. 루시는 계획을 변경했다.

　지하철 창문으로 밖을 바라보았다. 물론 바깥이 보일 리는 없었다. 지하철은 지하의 어둠 속에서 수없이 많은 터널을 통과하는 중이었다. 루시도 어느덧 이렇게 정신없이 빠른 이동 수단에 익숙해져 있었다. 이곳 런던에서 걸어 다니는 사람은 관광객들뿐이었다. 루시는 지하철에서 내린 후, 식료품점에서 장을 본 다음 집으로 갔다.

　집 앞에서 열쇠를 문에 꽂으려는데, 콜린이 집 문을 활짝 열어 주었다.

　"드디어 왔군."

　그가 탄식을 내뱉었다.

　"배고파 죽을 것 같아!"

루시가 그를 흘겨보며 말했다.

"그게 지금 내 탓이라는 건 아니지?"

그런 다음 그의 손에 식재료 봉투를 쥐어 주었다. 그가 호기심 어린 눈으로 봉투 안을 들여다보며 뻔뻔하게 대꾸했다.

"당연히 네 탓이지."

"어쩔 수 없었어."

루시가 투덜거렸다.

"와이엇 교수가 너무 늦게 들어온 데다 강의도 늦게 끝냈거든."

"그래도 수업을 들었다는 게 어디야. 그걸로 만족해야 할걸?"

콜린은 경제학부였지만 와이엇 교수의 인기는 킹스 칼리지 학생이라면 누구나 알고 있었다.

등 뒤로 열쇠 꽂는 소리가 들리더니 마리와 줄스가 킥킥거리며 문을 열고 들어왔다. 곧 좁은 복도가 네 명의 사람으로 꽉 찼다.

루시가 눈썹을 치켜들었다.

"콜린이 요리를 한다고 메시지를 보냈더라고. 놓칠 수야 없지. 크리스만 한 남자가 없긴 하지만 아쉽게도 요리는 못하니까."

"흠. 다행히 내가 스파게티 면을 넉넉히 집어 오긴 했어."

루시가 대꾸하고는 콜린을 부엌으로 밀어 넣었다.

"나중에 크리스도 나타난다는 데 한 표 걸게."

콜린의 요리 솜씨는 불빛 주위로 나방을 부르듯 친구들을 불러 모으는 데가 있었다. 자신에게도 누군가의 마음을 쉽게 얻을 수 있는 그런 재주가 있다면 얼마나 좋을까, 하고 루시는 생각했다.

"그래서 강의는 어땠어?"

콜린이 시켜서 버섯을 자르던 줄스가 물었다.

"완전히 가득 차 있었어. 솔직히 말하면, 다시 그 강의를 들으러 가야 할지 고민돼."

루시가 대답하며 접시와 식기를 테이블 위에 세팅했다.

"그것 말고는 별일 없었어?"

줄스가 물었다.

"별로 없었어. 단지……."

루시가 잠시 뜸을 들였다.

"어제 네이선 드 트레메인이라는 남자에 대해 말했었잖아."

와인 잔을 들고 찬장에 기대어 서 있던 마리가 잇새로 휘파람을 불었다.

루시가 마리를 쏘아보았다.

"그 남자, 오늘도 만난 거 있지. 와이엇 교수의 조수 일을 맡은 건 알고 있었지만 강의까지 들어올 줄은 몰랐어."

루시가 말을 이었다.

"왜? 긴장되던?"

마리가 씨익 웃으며 물었다.

"조금은."

루시가 인정했다.

"날 너무 이상한 눈빛으로 쳐다보더라고."

"설마 너한테 반했다든가?"

줄스가 물었다.

루시가 웃었다.

"그건 절대 아니야. 그러니까 새가 벌레를 사냥하기 전의 눈빛이었어."

줄스가 고개를 흔들었다.

"설마! 좀 과대망상 같은데?"

하지만 루시는 그게 착각이라고 생각하지 않았다.

여태껏 여자들의 대화에 끼어들지 않고 있던 콜린이 고개를 돌리고 버섯이 담긴 그릇을 집으며 말했다.

"어이, 아가씨. 난 그놈이 무섭지 않으니까 걱정하지 말라고."

그가 루시의 귓가에 필요 이상으로 크게 속삭였다.

"왜?"

마리가 호기심 어린 눈으로 물었다.

"그런 놈들은 대부분 꽁무니에 여자들을 줄줄 붙이고 다니거든."

콜린이 대꾸했다.

"흥. 그게 네 입에서 나올 말이야? 너도 똑같거든?"

줄스가 웃었다.

"혹시 왕좌를 뺏길까 봐서 그러는 거야?"

콜린이 당황한 얼굴로 볶은 버섯 위에 토마토 페이스트를 부었다. 부엌 가득 퍼지는 향기에서 여름의 한 자락이 느껴졌다.

콜린이 스파게티 소스에 간을 하고 휘저으면서 히죽 웃었다.

"그놈은 내 발끝에도 못 미쳐."

그 말에 여자들이 모두 웃음을 터뜨리고 말았다. 그러자 콜린이 의기양양하게 덧붙였다.

"네이선 드 뭐시기인가 하는 그놈이 여자들을 웃게 만들어 줄 리가 없어."

"흠. 뭔가 다른 재능을 가지고 있지 않을까?"

마리가 중얼거렸다.

그 말에 콜린의 짙은 갈색 눈썹이 꿈틀거렸지만, 아랑곳없이 요리만 계속했다.

"내면을 봐야지, 아가씨들. 내면 말이야."

그가 재차 강조했다.

그 말에 여자들 세 명 모두 배꼽을 잡고 웃었다.

"바로 이거야."

줄스가 소스 한 방울, 면 한 가닥도 남기지 않고 깨끗이 먹어 치운 다음 배를 두드리며 말했다.

"이제 공부할 수 있을 것 같아."

"아직 할 게 많이 남았어?"

루시가 물었다.

"내일 리포트를 두 개나 제출해야 돼. 이젠 좀 집중할 수 있겠지."

"난 물랑 부인한테 편지나 좀 써야겠다. 편지 쓸 때가 됐거든."

루시가 말했다.

"안부 전해 드려."

콜린이 당부했다.

"설거지는 누가 해?"

마리가 묻자 세 명이 동시에 마리를 쳐다봤다.

"알았어, 알았다고."

루시는 방으로 가 책상에 앉았다. 그런 다음 혼자만의 생각
에 빠진 채 연필을 놀렸다.

물랑 부인에게 전할 말은 산처럼 쌓여 있었다. 단지 어디서
부터 말을 꺼내야 할지가 관건이었다. 물론 전화를 걸 수도 있
겠지만 루시는 자신의 생각을 종이에 옮기는 방법을 선호했다.
그녀는 지난 며칠간 일어난 이상한 일들을 어디까지 말해야 할
지 잠시 고민했다. 잠시 고민한 후, 역시 모든 일을 다 말하기
로 결심했다. 왜냐하면 이 직업을 마련해 준 것도 그녀였기 때
문이다. 그러니 이제 루시가 어떻게 해야 할지 조언해 줄 수 있
는 것도 그녀뿐이었다. 게다가 그녀는 루시가 어렸을 때부터
지켜봐 왔으니, 이 세상에서 그녀가 미쳤다고 생각하지 않을
단 한 사람일 터였다.

네이선은 자신의 작업실을 불안한 듯 왔다 갔다 했다. 이 문

제에 대해 조부에게 말해야만 했다. 왜냐하면 그 여자는 분명 문젯거리가 될 게 뻔했기 때문이다.

그는 그녀의 존재가 뭔지 알았다. 어쩌면 처음 본 순간, 그녀와 눈이 마주쳤던 순간부터 알고 있었다. 그녀는 이 세상에서 자신을 막을 수 있는 단 한 명이었다. 하지만 그렇게 되도록 놔둘 수는 없었다. 무슨 수를 짜내야 했다.

사실 그 눈을 직접 본 건 처음이었다. 아주 오래전, 조부가 그에게 그런 눈을 한 어떤 여자의 초상을 보여 준 적이 있었다. 아마 그 당시 그는 열두 살 정도였을 터다. 그녀는 여태껏 그가 본 여성 중에 가장 아름다웠다. 고운 자태와 매끄러운 피부, 아름다운 눈동자가 아직도 기억에 생생했다. 그녀는 반짝거리는 은빛 반점이 있는 회색 눈동자로 지그시 세상을 바라보고 있었다. 단지 그림일 뿐이었지만, 마치 그녀가 실재하여 그를 지켜보는 것 같은 기분이 들었다.

"이 여자들은 우리에겐 가장 큰 적이다."

조부가 이렇게 말을 꺼냈다.

"이 눈을 잘 봐 두거라. 난 여태껏 이 중에 단 한 명도 생존하지 못하도록 손을 써 왔단다. 만약 이런 눈을 한 여자를 만난다면, 단단히 각오해야 해. 이 여자들은 우리가 의무를 이행하는 걸 막을 힘을 지녔으니까."

그리고 지금, 그는 그 눈동자를 실제로 보게 된 것이었다. 물론 당장이라도 조부에게 사실을 알려야 된다는 건 알고 있었지만, 무언가가 마음에 걸려서 그렇게 행동하는 걸 막았다.

난 여태껏 이 중에 단 한 명도 생존하지 못하도록 손을 써 왔단다. 당시 조부는 이렇게 말했다. 그 말을 떠올리자, 네이선의 등줄기가 서늘해졌다. 만약 조부가 루시의 존재를 알게 된다면 어떤 일이 벌어질지 알 수 없었다. 아직도 조부의 증오 어린 음성이 귓가에 생생히 남아 있었다. 그 그림 속의 여자가 도대체 조부에게 무슨 짓을 했기에? 그 회색 눈동자의 소녀가 도대체 뭘 어떻게 할 거라는 거지? 그 가녀린 몸으로 어떻게 우리의 임무를 방해할 수 있다는 거지? 혹시 이미 방해하고 있는 건 아닐지 깊이 생각해 보니, 그녀 때문이 이미 작업이 이틀이나 늦어지게 된 게 떠올랐다. 여태껏 단 한 번도 작업에 차질이 생겼던 적이 없었던 것이다. 그는 고개를 흔들었다. 그런 일이 벌어지도록 놔둘 수는 없었다. 그 소녀가 도대체 어떤 존재인지 알아내야 했다. 조부는 그들이 단 한 명도 남아 있지 않도록 손을 써 두었다고 했었다. 그러니 어쩌면 그의 착각일 수도 있었다. 우연히 그런 회색 눈동자를 가지고 태어난 것일 수도 있었다.

그때 전화기가 울렸다.

"네."

그가 전화를 받았다.

"앨리스는 어떻게 되어 가고 있지?"

조부가 수화기 너머에서 다그쳤다.

"그 책에 왜 그리 시간이 오래 걸리는 거냐? 원래대로라면 표지 정도는 진작 끝냈어야지!"

"이제 거의 끝났어요, 할아버지."

네이선이 거짓말로 둘러댔다.

"혹시 무슨 문제라도 있는 거냐?"

"아뇨. 하지만 이 책은 좀 특이합니다. 세부적으로 신경 써야 할 부분이 많아서 베끼는 데 시간이 좀 더 걸릴 것 같……."

"네 임무에 소홀하지 말거라."

조부가 엄한 목소리로 그의 말허리를 잘랐다.

"노력하고 있습니다."

"그게 바로 내가 바라는 거다."

그런 다음 전화가 끊어졌다. 네이선은 한숨을 내쉬었다. 생각 같아서는 휴대 전화를 꺼 두고 싶었지만, 그의 조부는 언제고 원하는 때에 네이선과 연락이 닿길 원했다.

그는 책상에 앉아 서랍에서 스케치북을 꺼냈다. 그리고 천천히 종이를 넘겨 보았다. 그 안에는 여러 가지 종류의 책들의 표지가 세밀하게 그려져 있었다. 그가 베낀 저 수많은 책들을 누가 이렇게 일일이 장식하고 아름답게 꾸민 걸까? 그는 중세 시대의 민누름 방식과 금박 장식으로 꾸며진 책들이 제일 마음에 들었다. 아주 세부적인 것 하나도 놓치지 않고 그대로 베껴야 장인들이 그의 스케치대로 책 표지를 만들어 낼 수 있었다. 표지를 먼저 끝내야 본 임무에 매진할 수 있었다. 이미 선조 때부터 이어져 온 일이었고, 이제는 그가 담당해야만 했다.

다음 날 아침, 네이선은 도서관에 전화를 걸어서 다시 한 번 앨리스를 열람할 수 있도록 열람 신청을 했다.

"죄송해요."

수화기 너머에서 여직원이 말했다.

"오늘은 오후에만 열람이 가능합니다. 문서실 담당 직원이 휴가 중이라 문서실에 항상 사람이 있는 게 아니라서요. 하지만 위임하고 있는 사람에게 메모를 남겨서 곧바로 연락하도록 조치해 놓겠습니다. 성함을 말씀해 주시겠어요?"

"네이선 드 트레메인입니다."

네이선이 이름을 말하자, 수화기 너머의 여직원이 잠시 동요하는 게 느껴졌다.

"루시가 돌아오면 열람 가능하신 날짜를 잡아 놓도록 하겠습니다, 드 트레메인 씨."

"혹시 다른 담당자는 없나요?"

네이선이 재차 물었다.

"아뇨. 죄송합니다."

직원이 말을 이었다.

"하지만 겁내지 않으셔도 돼요. 루시는 위험하지 않으니까."

그런 다음 웃음소리와 함께 전화가 끊어졌다.

네이선이 고개를 흔들었다. 이제는 연락이 올 때까지 기다리는 수밖에 없었다. 너무 오래 기다릴 수는 없었다. 만약 당장 눈앞에 결과물을 내지 않으면 조부가 의심할 게 뻔했다. 네이선은 일단 가방을 들고 대학으로 향했다.

루시가 대학 정문을 지날 무렵, 휴대 전화가 울렸다. 수화기 너머로 마리의 흥분한 목소리가 들렸다.

"그 남자가 전화를 걸었어!"

"누구?"

루시의 머릿속에 그의 얼굴이 떠올랐다.

"그 남자. 네이선 드 트레메인!"

"뭐래?"

루시가 불안한 목소리로 물었다.

"앨리스를 열람하러 오고 싶대. 그래서 네가 있어야만 빌릴 수 있다고 말해 놨어."

"뭐라고?"

루시가 어이없다는 듯 소리쳤다.

"만약에 책을 보고 싶으면 네가 있을 때만 된다고 그랬다고."

"말도 안 돼! 물론 책은 내가 준비해 놓아야 되지만, 일단 포장만 되어 있으면 도서관에 근무하는 다른 사람이 건네줄 수 있다고 말해 놨었어야지! 반즈 씨가 그렇게 하라고 손수 지시해 놨잖아."

"그래. 하지만 네이선 씨는 그걸 모르잖아. 그 남자가 여기 왔을 때 네가 있는 게 나을 것 같아서."

"믿을 수가 없네!"

루시가 흥분했다.

"아무튼 네가 오면 전화해 준다고 말해 놨어."

마리가 루시의 말을 가로막더니 전화를 뚝 끊었다.

루시는 입을 벌린 채 전화기를 노려보고는 고개를 흔들었다.

"안녕하세요."

바로 그 순간, 루시의 뒤에서 누군가가 인사했다. 그 목소리를 들으니 살갗에 소름이 돋았다.

고개를 돌려 보니, 새까만 눈동자가 루시를 바라보고 있었다.

"혹시 제가 방해했나요?"

네이선이 물었다.

"아, 아뇨. 전⋯⋯."

당황한 루시가 말을 더듬었다. 그런 다음 불쑥 이런 말이 튀어나왔다.

"지금 전화 드리려던 참이었어요."

네이선이 고개를 끄덕였다.

"그래서 그렇게 흥분하신 건가요?"

그의 입술이 미소라고 볼 수 없는 삐딱한 각도로 일그러졌다.

루시는 얼굴이 빨개지는 걸 느꼈다. 이 남자, 도대체 무슨 생각을 하고 있는 거지?

"전혀요."

루시가 단호하게 대꾸했다.

"앨리스를 다시 한 번 열람하고 싶습니다만."

"건강은 나아지신 건가요?"

루시가 그의 얼굴을 뜯어보았다. 가늘고 섬세한 코와 매력적인 뺨이 눈에 띄었다.

"네. 고마워요. 아무튼 오늘 몇 시쯤 도서관에 들를 수 있을까요?"

그가 초조한 듯 물었다. 얼굴에서도 조금 전의 미소가 사라져 있었다.

"오늘 오후에 도서관에 갈 거예요. 3시부터 열람하실 수 있어요. 하지만 적어도 6시 전에는 반납해 주셔야 해요."

"알겠습니다."

그가 몸을 돌리더니 넓은 보폭으로 멀어져 갔다.

루시는 그의 뒷모습을 바라보았다. 다른 여학생들의 선망어린 시선이 자신에게 쏟아지는 게 느껴졌다. 하지만 저 남자가 얼마나 웃기고 불친절한지 알게 된다면 그런 호감도 다 사라질 거라는 확신이 들었다.

게다가 왠지 그에게만은 책을 내주고 싶지 않다는 강한 거부감이 일었다. 하지만 업무다 보니 어쩔 수가 없었다. 그는 이미 필요한 서류나 조건을 완벽히 갖추고 있었기 때문이다.

오후에 루시가 도서관에 도착해서 문을 열고 들어가는데 저 앞 안내 데스크에서 마리와 네이선이 이야기를 나누는 게 보였다. 루시가 가까이 다가가서 헛기침을 했다.

"제가 방해했나요?"

그리고 그제야 자신이 지금 한 행동이 얼마나 우스꽝스러운지를 깨달았다.

"전혀."

마리가 대답했다.

"여기 드 트레메인 씨가 지루할까 봐 상대해 드리고 있었어. 네가 늦어서 기다리고 있었거든."

"그냥 네이선이라고 부르세요."

그가 마리에게 말한 후, 루시를 바라보았다.

"편하게 부르세요."

"좋아요, 네이선. 이제 루시가 왔으니 열람실로 가 보셔도 돼요. 그럼 루시가 당신이 그토록 그리워하는 그 아이를 금세 가져다드릴 거예요."

루시가 마리를 쏘아보면서 입고 있던 겉옷을 벗어서 마리의 손에 쥐여 주었다.

"그럼 아주 잠시만 기다려 주세요."

루시가 네이선에게 억지 미소를 지어 보였다. 그런 다음 그리 서두르는 기색 없이 문서실로 갔다.

원래는 더 천천히 할 작정이었지만, 본의 아니게 5분 만에 잘 포장된 앨리스를 네이선 앞에 내밀었다. 그런 다음 지난번과 마찬가지로 천천히 포장을 제거했다.

그리 많은 말은 필요치 않았다. 지난번에 읊었던 주의 사항을 한 번 더 기계적으로 반복한 후, 꺼림칙한 기분으로 그에게 앨리스를 내밀었다. 그런 다음 열람실을 나왔다.

마리가 복도에서 루시를 기다리고 있었다.

"설마 나한테 화난 거야?"

마리의 입가가 경직되어 있었다.

"전혀."

루시가 짧게 대답했다. 사실 문서실에도 할 일은 많았지만, 앨리스에서 멀리 떨어져 있고 싶지 않았다. 네이선 드 트레메인이 무섭진 않았다. 하지만 그를 알게 된 이후로 그가 미소를 보인 적이 있던가? 단 한 번도 없었다.

"책벌레치고는 엄청 잘생겼어. 그치?"

마리가 루시의 본심을 캐내려는 듯 은근슬쩍 물었다. 두 사람은 열람실 입구의 스테인드글라스 앞에 서서 안쪽을 기웃거렸다. 여기에 서 있으면 책을 읽는 네이선의 모습이 잘 보였다.

"그렇긴 한데 왠지 좀 무서운 것도 사실이야. 저 남자가 웃는 거 본 적 있어?"

루시가 물었다.

"조금 전에 나한테 웃어 보였는데?"

마리가 대꾸했다.

네이선이 가방을 뒤적이더니 무언가를 꺼내는 게 보였다.

"뭘 하는 거지?"

루시가 미심쩍은 듯 물었다.

네이선은 손에 연필을 들고 스케치북을 펼치는 참이었다.

"그림을 그리는 거야."

마리가 설명해 주었다.

"그림을 그린다고?"

루시가 멍한 얼굴로 물었다.

"응. 책 표지를 따라 그린대. 뭐 금지된 건 아니잖아. 아까 나한테 설명해 줬어. 실력이 꽤 좋던걸? 물론 이유는 모르지만 스케치북을 보니 책 표지 그림밖에 없더라고. 시간을 때우느라 보여 줬거든. 아무튼 책을 이렇게 열람하거나 빌려서 그 책 표지를 정교하게 따라 그린대. 이미 여러 도시에서 공부를 했는데, 그런 스케치북이 몇 권이나 있대."

루시는 이해가 되질 않았다.

"왜 그런 걸 하는 걸까?"

"영문학만 공부하는 게 아니래."

마리가 대답해 주었다.

"예술학도 복수 전공 한다나 봐. 그래서 저렇게 스케치를 하고 다니는 거겠지. 아마 성격도 엄청 세심하고 꼼꼼할 것 같아. 흠, 만약에 네가 나에게 저 남자 어떠냐고 묻는다면……."

마리는 루시의 얼굴을 바라보며 잠시 뜸을 들였다.

"잘생긴 건 사실이지만, 너무 정신적으로 숭고한 면이 있는 것 같아."

"그게 무슨 뜻이야?"

"알 만하잖아. 책 표지를 그리거나 골동품 책을 읽는 남자라니! 그보다 더 지루할 수 있겠니?"

루시가 어깨를 으쓱해 보였다. 솔직히 그보다는 심한 말을 할 거라고 생각했다.

"그런데 대체 몇 살일까? 혹시 알아?"

루시가 물었지만 마리는 짐짓 못 들은 체했다.

"나 다시 가 봐야 돼."

아래층에서 벨이 울리자 마리가 말했다. 아마 안내를 원하는 사람이 있는 것 같았다.

"넌? 그렇게 여기서 계속 지키고 서 있을 거야? 책 훔쳐 갈 사람은 아닌 것 같은데."

하지만 루시의 얼굴에는 걱정이 그대로 드러나 있었다.

"그래도 다시 한 번 들어가서 이상이 없는지 확인해야겠어."

"네 맘대로 해."

마리가 어깨를 으쓱했다.

"하지만 경고하건대, 그리 좋아하진 않을걸."

계단 끄트머리에서 마리가 다시 한 번 루시 쪽을 돌아보았다.

"아, 그리고 스물두 살이래."

마리가 눈을 찡긋해 보였다.

"너한테 완벽하게 어울리는 남자 아니니?"

"확실한 게 좋은 거니까."

마리의 말은 무시한 채 루시가 중얼거렸다. 그런 다음 문을 열고 열람실로 들어갔다. 사람들이 앉아 책을 읽고 있는 책상과 서가 사이를 지나 네이선에게 걸어갔다. 루시는 조용히 그의 뒤에 서서 몸을 숙이고 그가 작업하는 걸 지켜보았다. 얼마나 열중했던지 인기척을 느끼지 못한 모양이었다. 루시의 붉은 곱슬머리가 그의 뺨을 살짝 스쳤다.

그러자 그가 소스라치게 놀라 뒤를 돌아보았다. 그의 검은 눈동자가 광기로 번득였다. 그는 마치 방금 전까지 다른 세계에 있다가 갑자기 돌아온 사람 같았다. 게다가 일순, 루시를 알아보지 못하는 것 같았다.

루시가 뒤로 물러서며 말을 더듬었다.

"죄…… 죄송해요. 방해할 생각은 없었어요. 혹시 문제는 없는지 확인하려고……."

"난 작업할 때 방해받는 걸 싫어합니다."

네이선이 날 선 목소리로 으르렁거렸다.

"날 조용히 내버려 둬 주길 기대했는데요."

"물론이죠."

루시가 대답했다.

"그저……. 책은 전혀 안 읽으시나 봐요?"

"여기 어디에 책을 읽어야 한다는 규정이 붙어 있나 보죠?"

그가 항의하듯 주위를 가리켜 보였다.

루시는 열람실 안에서의 대화는 금지라는 규정이 떠올라 그에게 작게 속삭였다.

"아뇨, 그런 규정은 없어요. 그런데 지금 무슨 작업 중이신 건가요?"

"그게 과연 당신이랑 무슨 상관이 있나 모르겠군요."

네이선이 속삭이며 대꾸했다.

"이제 작업을 계속해야겠군요. 나에겐 시간이 많지 않아요. 그럼 안녕히 가시길."

열람실 직원이 조용히 두 사람을 향해 다가오는 게 보였다. 루시가 네이선을 노려보았다.

"미안하다고 했잖아요. 물어볼 수도 있는 거 아닌가요?"

그런 다음 시계를 바라보았다.

"그럼 두 시간 남았네요."

그를 향해 쏘아붙인 후, 홱 뒤돌아 그곳을 나왔다.

루시는 빠른 걸음으로 문서실로 향하면서 '뭐 저런 남자가 있지?' 하고 생각했다. 도대체 무슨 생각을 하고 있는 거야? 자기 책도 아니면서! 게다가 루시가 그 책의 담당자였다. 만약 그가 표지 위에 일부러 연필 자국이라도 남기면 어떻게 하지? 계단 아래로 내려가니, 책들의 속삭이는 소리가 서가 사이에서 들려왔다. 루시는 최대한 못 들은 척하며 사무실로 들어갔다. 문을 닫자 웅성임도 멎었다. 하지만 이번에는 손목의 표식이 점점 강하게 두근거리기 시작했다. 너마저! 루시가 입술을 깨물었다. 아마 또 잃어버린 책이라도 등장한 모양이었다. 그런 일이 일어나지 않기만 바랐건만……. 게다가 이번에도 루시가 할 수 있는 일은 아무것도 없을 터였다. 게다가 그 책들에게 어떤 일이 일어난 건지, 언제 일어난 건지조차 알 수 없었다. 하루 전에 그런 일이 일어났을 수도 있지만 백 일 전에 일어났을 수도 있었고 어쩌면 백 년 전의 일일 수도 있었다. 테니슨은 19세기 중반에 시를 썼다. 그의 전집 원본이 도서관에 보관되기 시작했을 시기를 짐작하긴 어려웠다. 언제 그 책이 사라졌는지를 대체 어떻게 알아낸단 말인가? 하지만 생각해 보면 루시가 어렸을 땐 아직 그의 시를 외웠었다. 루시뿐만 아니라 같은 반에 있던 모든 친구들이 외워야 했다. 그러니까 그 당시엔 아직 책이 존재하고 있었다는 뜻이다. 하지만 그 이상은 알수 없었다. 물론 머릿속에서는 책이 사라진다는 문제가 계속 맴돌며 해결책을 찾았지만 실제로 책들을 도와줄 방법은 전혀 없었다. 그러니 속삭이건 말건 내버려 두는 수밖에 없었다. 단지 그들의 고통을 이해하고 공감해 줄 뿐이었다.

그래서 앨리스만큼은 아무 일 없이 잘 돌아와 주기만 바랐다. 불안했다. 도대체 왜 이렇게 불안한 거지? 올리브 씨가 아직 있을 때, 책을 위층 열람실까지 가지고 올라갔던 적은 많았지만 이번처럼 불안해 보긴 처음이었다. 손목시계를 보았다. 4시 15분이었다. 오늘따라 시간이 멈춰 있는 것 같았다. 혹시 책을 혼자 준비하고 내주는 게 처음이라 그런가? 아니면 네이선 때문일까? 그가 어딘가 이상하다는 게 명확하게 느껴졌다. 하지만 마리는 그가 책벌레인 것만 빼면 지극히 정상적인 남자라고 장담하지 않았던가.

루시는 일단 더는 깊이 생각하지 않기로 했다. 그런 다음 사무실 안에 있는 서랍 하나를 열어서 그 안의 카드들을 도서관의 온라인 시스템에 입력하는 일을 시작했다. 신경질적으로 컴퓨터 자판을 두드리며 책의 제목과 저자, 출간일과 보관 상태, 장소, 입관일을 기입해 넣었다. 자신이 마치 시시포스[1] 같다는 생각이 들었다. 앞으로 50년 동안 같은 자리에 앉아서 백발의

---

1 그리스 로마 신화에 등장하는 코린트의 왕. 제우스를 속인 벌로 지옥의 산에서 영원히 바위를 산꼭대기로 굴려 올려야 하는 형벌을 받음.

할머니가 되어 낡아 빠진 컴퓨터 자판을 두드리는 광경을 상상해 보았다. 그리고 자기도 모르는 사이에 피식 웃고 말았다.

일을 하는 중간중간에, 수많은 카드 사이에 이따금 아무것도 쓰여 있지 않은 백지 카드가 들어 있는 걸 보게 되었다. 처음에는 누군가가 일부러 거기 끼워 놓은 줄 알았다. 아니면 어떤 문서실 담당이 실수로 두 장의 카드를 집어서 기입했을 수도 있었다. 또는 누군가가 빈 카드로 특정 위치를 표시해 두려 했다가 잊어버리고 안 빼 버렸을 수도 있었다. 하지만 도서 카드를 하나씩 입력해 나가면서, 점차 의문점은 커져만 갔다. 여태껏 발견한 빈 카드는 여섯 개 내지 일곱 개였다. 하지만 전체적인 작업에는 별다른 진전이 없었다. 아직 알파벳 B항목이었던 것이다. 루시는 의자 등받이에 몸을 기댄 채 모니터에 깜박이는 '검색 중' 마크를 바라보았다. 화면 위에서 알파벳들이 떠오르며 춤을 추는 동안, 루시의 머릿속에 어떤 아이디어가 스쳤다. 벌떡 몸을 일으킨 다음 한걸음에 사무실을 나와 떨리는 손으로 도서 카드의 캐비닛을 열고 알파벳 T열을 찾았다. 그런 다음 상자째로 사무실로 들고 왔다. 천천히 카드를 넘기며 살펴보던 중, '물의 시인'으로 불리는 '존 테일러'와 《허영의 장터》로 유명한 '윌리엄 메이크피스 새커리' 사이에서 무언가를 발견했다. 바로 노랗게 변색된 채 모서리가 찢겨 너덜거리는 하얀 카드였다. 루시는 카드를 꺼내 손에 들고 이리저리 살펴보았다. 이 텅 빈 카드는 분명 테니슨의 것일 터였다. 어쩌면 이런 식으로 사라진 다른 책들도 찾아낼 수 있을 터다. 루시라면 아직 그 책들을 기억하고 있을지도 몰랐다.

전화벨 소리가 루시의 생각을 방해했다.

"네. 말씀하세요."

"앨리스를 문서실로 가져가도 돼요. 드 트레메인 씨의 작업이 끝났다는군요."

직원 하나가 알렸다.

"지금 올라갈게요."

루시는 반사적으로 답한 다음, 전화를 끊고 위층으로 올라갔다.

네이선은 자기 자리에 앉아 루시를 쳐다보았다.

"괜찮아요?"

그가 루시에게 걱정스러운 듯 물었다.

"네. 왜요?"

"유령이라도 본 사람 같군요. 얼굴이 백지장 같아서요."

어쩜 일로 남의 걱정을 다 해 준담? 루시는 고개를 저은 다음 책을 살펴보았다. 그 순간, 손목의 표식이 세차게 두근거렸다. 루시는 손목을 붙잡고 조심스레 문질러 보았다. 하지만 소용없었다. 그의 시선이 루시의 모든 행동을 주의 깊게 훑었다.

루시는 그의 책상으로 다가가 주머니에서 면장갑을 꺼내어 착용했다. 네이선이 자리에서 일어나 루시에게 앉기를 권했다. 루시가 고개를 끄덕여 고마움을 표한 다음, 자리에 앉아 책을 살펴보았다. 다행히 처음처럼 완벽한 상태였다. 그제야 모든 걱정이 씻은 듯 사라지는 것 같았다. 루시는 깊은 한숨을 내쉬었다.

"이제 안심했나요?"

네이선이 물었다. 루시는 그의 말 속에 조롱이 숨겨져 있다는 걸 눈치챘다.

"네."

루시는 그의 도발에 넘어가지 않기로 결심하고 짧게 대꾸했다. 그런 다음, 책을 종이로 조심스럽게 포장해서 전체를 끈으로 한 번 묶고 자리에서 일어났다. 그는 루시 옆에 그대로 꼿꼿이 서 있는데, 루시가 지나가도록 몸을 비켜 주지 않았다.

그의 허브 향이 감도는 향수 냄새가 끼쳐 왔다.

"괜찮다면 며칠 후에 한 번 더 열람하고 싶은데요."

그가 말했다.

루시가 책을 가슴에 끌어안으며 그에게 불안한 시선을 던졌다. 그의 검은 눈동자가 이상스레 빛났다. 그 순간, 손목에 찌르는 것 같은 고통이 느껴졌다.

"아!"

루시가 다른 손으로 손목을 부여잡았다. 그 통에 책이 팔에서 미끄러졌다. 네이선이 순간적으로 몸을 움직여 책을 잡았다.

"무슨 일이죠?"

그가 물었다.

루시가 반사적으로 스웨터 소매를 걷어 올렸다. 그런 다음 짧게 비명을 질렀다. 작은 책 모양의 표식이 피처럼 붉은색으로 변한 채 거세게 박동하고 있었던 것이다.

겁에 질린 눈으로 표식을 바라보던 루시는 네이선의 시선을 의식하고는 곧바로 소매를 내려 표식을 가렸다. 그리고 네이선을 쳐다보았다. 그가 창백한 얼굴로 한 발짝 뒤로 물러서는 게 보였다.

"걱정 말아요. 옮거나 하는 건 아니니까."

루시가 설명했다.

"그냥 표식이에요. 저도 어째서 이런 일이 일어나는 건진 모르겠어요."

"전 이만."

네이선은 책상 위에 앨리스를 올려놓은 다음, 도망치듯 그곳을 떠났다.

루시는 멍한 얼굴로 그의 뒷모습을 바라보았다. 그리고 다시 자신의 표식을 바라보았다. 신기하게도 피처럼 붉었던 색은 시간이 지날수록 점점 원래의 살색으로 돌아왔다. 박동도 점차 멎었다. 루시는 몸을 일으켜 책을 상자에 넣고 엘리베이터를 이용해 문서실로 내려보냈다. 그런 다음 문서실로 내려가 책을 받아서 상자를 열고 책을 꺼내 책상에 올려 두었다. 이제 여기에서 책은 다시 한 번 네이선을 기다려야 했다.

도대체 무엇 때문에 이 책에 그리 관심을 보이는 걸까? 혹시 와이엇 교수가 이 책에 대한 논문이라도 쓰는 중이라서 조사를 부탁했나? 그럴 가능성이 가장 높긴 했다.

루시는 짐을 챙겨 겉옷을 입었다. 그런 다음 지친 몸을 이끌고 집으로 향했다.

5장

독서는 낯선 삶을 꿈꾸는 행위이다.

— 페르난두 페소아

네이선은 빠른 걸음으로 도서관을 벗어났다. 말도 안 되는 일이 벌어진 것이다. 그녀의 눈동자를 처음 봤을 때부터 뭔가 이상하다는 생각은 했었다. 하지만 계속해서 부정했었다. 게다가 조부는 분명 그들이 더 이상 존재하지 않는다고 말하지 않았던가. 어떻게 이 가냘픈 소녀가 그들 중 한 명일 수 있지? 그에게는 이 모든 게 불가능한 일로 여겨졌다. 그 소녀로 말하자면 성격이 좀 괴팍하다는 점만 빼면 지극히 평범해 보였다. 하지만 손목의 표식을 보고 나서야 의심이 확신으로 굳어졌다. 그제야 소녀가 그림 속의 여인과 놀라울 정도로 빼닮았다는 걸 깨달았다.

게다가 그 표식의 모양은 결정적인 증거였다. 이제 더는 의심의 여지가 없었다. 이제 중요한 건 그녀가 얼마나 알고 있는

가였다. 만약 자신의 존재를 알고 있었다면 책을 내줄 이유가 없었다. 뭔가 앞뒤가 맞지 않았다.

지금이라도 조부와 이 문제를 상의해야 했다.

퀸 앤즈 게이트에 도착하자마자 전화기를 들고 익숙한 번호를 눌렀다. 몇 번 신호음이 울리더니 조부가 전화를 받았다.

"무슨 일이냐?"

수화기 저편에서 조부가 무뚝뚝한 목소리로 물었다.

"문제가 생겼습니다."

네이선은 자신의 전화가 조부의 연구를 방해하고 있다는 걸 알았다. 바티스트 드 트레메인의 일과는 매우 치밀하게 짜여 있었기 때문이다.

하지만 지금은 그런 걸 신경 쓸 때가 아니었다.

"무슨 문제?"

네이선이 잠시 숨을 고른 후 천천히 대답했다.

"수호자가 나타났습니다."

그러자 수화기 저편에서 한동안 침묵이 흘렀다.

"확실하냐?"

"네."

"네 존재를 들킨 거냐?"

"그런 것 같지는 않아요."

"내일 새벽 첫 열차를 타고 본가로 들어와라. 그럼 이 문제가 진짜 '문제'가 되기 전에 바로잡을 수 있을 거다."

"하지만 내일 아침에 중요한 세미나가 있어요, 할아버지."

네이선이 말했다.

"주말에 올라가면 안 될까요?"

"잔말 말고 시키는 대로 해. 내일 정오에 내 사무실에서 기다리고 있으마."

그런 다음 전화를 뚝 끊는 것이었다.

네이선은 귀에서 전화기를 떼고 멍하니 바라보았다. 정말 이 일이 이틀의 시간보다 더 가치 있는 것일까? 하지만 조부의 명령을 따르는 데는 익숙해져 있었다. 그는 노트북을 꺼내 와 이엇 교수에게 매우 긴급한 개인적인 사정으로 조부를 뵈러 본가에 다녀와야 한다는 이메일을 보냈다. 아마 교수는 이 일로 자신을 탓하지는 않을 것이다. 그와 조부는 거의 평생 동안 절친한 사이였기 때문이다.

그런 다음에 인터넷으로 기차표를 예매한 후 인쇄했다. 7시에 출발하는 첫차였다. 그러면 내일 정오에는 본가에 도착해 있을 것이다.

본가까지는 다섯 시간 정도가 소요되었다. 네이선은 그 시간을 활용해서 앨리스의 표지를 완성했다. 이제 표지 세공인이 이 그림을 넘겨받고 작업에 들어가기 위해서는 네이선의 작업을 100퍼센트 신뢰할 수 있게끔 완벽에 완벽을 기해야 했다. 이번 앨리스의 표지는 간결한 아름다움 그 자체였다. 표지 세공인이 작업을 끝내면, 화가가 그의 스케치에 따라 각 페이지마다 그림을 그려 넣을 것이다. 대부분의 경우 책 표지가 더 화려했기 때문에 금 세공사나 가죽 세공사가 추가로 필요한 경우도 많았다. 조부는 이 작업을 위해 전 세계의 장인들을 불러 모으곤 했다. 중세 시대 방식으로 책을 만들기 위해서는 섬세하고 숙련된 기술이 필요했기 때문이다. 예전에는 종종 공들여 만든 책이 원본에 미치지 못하는 바람에 모든 노력이 헛수고로 돌아간 적이 많았다. 네이선은 두 번 다시 그런 실수를 하고 싶지는 않았다. 게다가 이렇게 책 표지를 베껴 내는 작업은 그가 가장 좋아하는 일이기도 했다.

다행히 기차가 목적지에 도착하기 직전에 작업이 끝났다. 그는 조심스럽게 원본에 비닐 커버를 씌워 가방 속에 넣었다.

역에서는 조부의 운전사가 네이선을 기다리고 있었다.

"해롤드, 오랜만이군. 잘 지냈나?"

네이선이 그에게 안부를 물었다.

"아주 좋습니다. 감사합니다. 자, 그럼 서둘러 출발하시지요."

그가 슬쩍 덧붙였다.

"조부께선 오늘 새벽부터 기분이 꽤 언짢으신 모양입니다."

"기분이 유쾌하신 게 이상하지."

네이선이 차에 타면서 대꾸했다. 해롤드는 말없이 그의 짐을 트렁크에 실었다. 그게 그가 대답을 피하는 방법이었다.

해롤드는 드 트레메인가가 16세기부터 거주해 오고 있는 저택으로 차를 운전했다. 그 저택은 콘월 해변 가까운 곳에 위치했는데, 이곳에서 세간의 방해 없이 대대로 그들만의 임무에 매진해 오고 있었다.

차는 활짝 열린 저택 입구를 통과해 현관문 앞에 멈췄다. 해롤드가 네이선을 돌아보며 말했다.

"조부께선 사무실에서 기다리고 계십니다. 다른 곳에 들르지 말고 곧장 자기한테 보내라고 전하셨습니다. 짐은 방에 가져다 놓겠습니다. 이후부터는 소피아가 보살펴 드릴 거고요. 도련님이 오신다는 말에 어찌나 기뻐하던지."

그가 태어나기 전부터 조부를 위해 일해 오고 있는 늙은 운전사가 그를 향해 밝게 웃어 보였다. 익숙한 미소였다. 그와 조부가 대화를 나누기 전이면 항상 저 미소를 지어 보이곤 했다. 아마 네이선의 기분을 밝게 해 주려는 의도일 것이다. 네이선도 미소로 답하곤 차에서 내렸다. 작은 성은 낮은 구릉 위에 건축되어 있어서 멀리 수평선이 한눈에 들어왔다. 네이선은 잠시 바다를 바라보며, 익숙한 소금과 모래 냄새를 들이마셨다.

그런 다음엔 빠른 걸음으로 성으로 향하는 돌계단을 올랐다. 문을 가볍게 두드리자 고전적인 의상을 입은 하녀가 문을 열어 주었다. 고개를 끄덕여 인사한 후, 조부가 있는 사무실로 향하는 계단을 올랐다. 계단은 몇 백 년간 그 위로 지나다닌 사람들의 발길에 반들반들하게 닳아 있었다. 거대한 스테인드글라스 창을 통해 들어온 늦은 오후의 햇살이 돌계단 위에 아른거렸다.

계단 벽은 선조들의 초상으로 뒤덮여 있었다. 그들은 무척이나 못마땅하다는 눈빛으로 네이선을 내려다보았다. 하지만 네이선은 그런 그림이나 성 내부의 장식에는 눈길조차 주지 않았다. 성 안의 모든 게 어렸을 때부터 익숙했기 때문이다.

만약 누군가가 이 성 근처까지 접근할 수 있다면, 덤불과 울타리가 쳐진 곳에서 바라보는 성의 모습은 상당히 인상적일 것이다. 오래되고 거대한 성에는 네 개의 감시탑이 세워져 있었고, 성 주변의 정원은 상당한 규모임에도 불구하고 잘 관리되고 있었다. 게다가 몇 백 년에 걸쳐 드 트레메인가가 마련해 온 성 내부의 휘황찬란한 가구며 장식물은 말할 필요도 없이 화려했다.

조부의 사무실 앞에서 네이선은 숨을 골랐다. 비록 스물두 살이라는 나이가 되었지만 이곳에 들어갈 때만큼은 언제나 불쾌할 정도로 긴장이 되었다. 물론 소년 시절만큼은 아니었지만 절대로 단 한 번도 기분이 유쾌했던 적은 없었다. 게다가 이번만큼은 더더욱 불길한 예감이 들었다. 그가 불쾌감을 떨쳐 버리려는 듯 고개를 흔들었다.

문에 노크를 한 다음, 잠시 기다렸다가 방문을 열었다. 조부는 예상 외로 그의 거대한 책상 앞에 앉아 있지 않았다. 네이선의 시선이 짙은 색의 책장과 가죽 소파가 놓여 있는 사무실 내부를 훑었다. 바티스트 드 트레메인은 짙은 녹색의 우단 커튼이 드리워진 창가에 서서 정원 쪽을 내려다보고 있었다. 오랜 세월을 조부와 함께 지내 왔지만, 이런 모습을 보는 건 처음이었다. 적어도 바티스트 드 트레메인이 책상에 앉아 있지 않은 날은 드물었다. 거대한 검은 그레이트 데인[2] 두 마리가 네이선을 보고 으르렁거리기 시작했다. 이 개들은 그 크기만으로도 조부만큼이나 압도적이었다. 하지만 조부가 한 번 쳐다본 것만으로 개들은 조용히 입을 다물었다.

네이선이 그의 곁에 섰다.

"늦었구나."

그가 손자를 질책했다.

"첫차 타고 온 겁니다."

네이선이 정원을 내려다보며 대꾸했다. 정원사 두 명이 잘 다듬어진 잔디 위에 떨어진 가을 낙엽을 모으고 있었다. 하지만 강한 가을바람에 낙엽이 어찌나 날리는지 작업은 더디기만 했다.

"쓸모없는 것들."

바티스트가 그들을 향해 낮은 목소리로 욕지거리를 지껄인 후, 지팡이를 짚고 책상 쪽으로 걸어갔다. 그런 다음에는 힘겹게 앉았다. 개들이 뒤따라와서 그의 발치에 몸을 뉘였다. 네이선은 조부가 이제 짧은 거리를 걸을 때에도 지팡이에 의지해야만 한다는 사실에 소스라치게 놀랐다. 아마 통풍이 점점 더 심해지는 모양이었다. 하지만 저 고집쟁이 노인은 누군가가 자신의 신체적 쇠약에 대해 언급하는 걸 싫어했다. 그래서 네이선은 어쩔 수 없이 목까지 올라왔던 걱정 어린 안부 인사를 꿀꺽

2 Great Dane, 독일산의 초대형 수렵견.

삼켰다. 예전에는 건장하고 세련된 남자였지만, 70을 넘기면서부터는 그도 나이를 거스를 수 없게 되어 버렸다. 하지만 바티스트 드 트레메인 경은 70 평생 동안 단 한 번도 대대로 이어져 내려온 가문의 의무를 저버린 적이 없었다.

네이선은 참을성 있게 조부가 입을 열 때까지 기다렸다. 조부는 자신이 허락하기 전에 상대방이 먼저 말을 꺼내는 걸 싫어했기 때문이다.

"앉거라."

바티스트 드 트레메인이 그에게 책상 앞의 소파를 가리켜 보인 후, 나지막이 종용했다.

"그 여자에 대한 걸 말해 다오."

물론 여기서 말하는 '그 여자'가 누구인지는 분명했지만, 조부의 얼음 같은 검은 눈동자를 바라보고 있노라니 왠지 루시에 대해 너무 많은 걸 털어놓고 싶진 않았다. 네이선은 그제야 조부에게 그녀에 대해 말하기로 한 게 옳은 결정이었는지 의문이 들었다. 하지만 이미 너무 늦어 버렸다. 그래서 입을 열기 전에 몇 가지를 더 고심해야 했다.

"그 여자의 이름은 루시, 루시 가디언이라고 합니다."

조부가 멍한 얼굴로 고개를 끄덕였다.

"이 뱀 같은 종족은 도둑고양이보다 더 끈질기군. 도대체 목숨이 몇 개지?"

조부가 중얼거렸다. 네이선은 그의 목소리에서 뿌리 깊은 증오를 느꼈다. 살갗에 소름이 돋았다. 하지만 노인의 목소리가 떨리는 것도 느껴졌다. 조부가 지금 증오와 비례하게 두려움을 느끼고 있는 게 가능한가?

도둑고양이라는 말에 개들이 고개를 번쩍 들고 으르렁거리기 시작했다. 바티스트 드 트레메인은 그들의 머리를 쓰다듬으며 진정시켰다.

"계속해 봐."

그가 네이선에게 명령했다.

"그 여자는 런던 도서관에서 보조 직원으로 일하고 있습니다. 또 킹스 칼리지에서 문예학을 공부하고 있더군요."

"그런데도 그 여자의 존재를 이제야 알게 되었다는 거냐?"

그가 네이선을 꿰뚫듯 바라보았다.

"네."

네이선도 지지 않고 그의 눈빛에 정면으로 맞섰다. 만약 그의 눈빛을 피하면 조부는 네이선이 거짓말을 하고 있다고 생각했기 때문이다. 또 너무 오래 눈을 떼지 않아도 무례하다고 격노했다. 그와 시선을 맞출 때는 시간을 완벽하게 맞추어야 했다.

"런던으로 돌아온 지 3주밖에 되지 않았는데 어떻게 알았겠습니까? 게다가 문서실의 올리브 씨가 휴가를 가서 잠시 그녀의 일을 위임하게 된 거라더군요."

네이선이 둘러댔다.

"그 여자가 수호자라는 건 어떻게 알게 된 거냐?"

"표식이 있었습니다."

네이선이 조부의 반응을 살피며 말했다. 하지만 눈 밑의 근육이 약간 수축했을 뿐, 조부는 완벽하게 동요를 감추었다.

"눈은?"

그가 쥐어짜듯 물었다.

"은색 반점이 있는 회색 눈동자였습니다. 예전에 할아버지께서 제게 보여 주신 여자처럼 머리칼도 붉은색이었습니다."

"기억하고 있었구나."

조부가 말했다. 그리고 네이선은 그의 말투에서 전에는 단한 번도 느껴 보지 못했던 걸 느꼈다. 그건 바로 조부가 그를 신뢰한다는 사실이었다.

하지만 그런 생각도 잠시, 조부가 네이선 쪽으로 몸을 숙이고 그를 노려보며 말했다.

"어떤 일이 있어도 그 여자가 네 일을 방해하게 만들어선 안된다."

네이선이 고개를 끄덕였다.

"절대 그렇게 하도록 두지 않겠습니다."

"네 능력만으로는 안 돼. 넌 그 계집들이 어떤 힘을 지녔는지 몰라. 수호자들은 강한 마법을 부린다."

"그렇게 막강한 사람으로는 보이지 않더군요."

네이선이 눈앞에 루시를 떠올리며 대꾸했다.

"그 여자가 네 존재를 알고 있는 거냐?"

네이선이 소스라치게 놀라며 대꾸했다.

"그럴 리가요."

"그 여자를 거기 보낸 세력이 드 트레메인가를 잊었을 리 없지."

바티스트가 말했다.

"네 이름을 이미 알고 있었을 거다."

"만약 그렇다면 매우 뛰어난 배우겠군요. 하지만 제 생각에 그녀는 절 단지 평범한 도서관 이용객쯤으로 보고 있는 게 확실합니다."

"착각은 금물이다. 그들을 절대로 쉽게 믿어선 안 돼. 그 여자가 어디까지 알고 있는지 알아내야만 한다. 그 여자의 엄마는 내 인생을 불구덩이로 만들어 버렸으니까."

그가 말을 멈추더니 잠시 깊은 침묵이 흘렀다. 잠시 후 바티스트가 입을 열었다.

"어떻게 내 시야에서 자식을 감추고 키워 낸 건지 궁금하군."

조부의 말에 네이선의 눈이 호기심으로 빛났다. 하지만 그 이상 자초지종을 들을 수는 없었다.

"그 여자가 얼마나 알고 있는지 어떻게 알아내야 하죠? 감시자나 탐정이라도 붙일까요?"

"몇 살이라고? 열여덟 살? 열아홉 살?"

바티스트 드 트레메인이 물었다. 하지만 네이선은 거기까지 정확히 알진 못했다.

"그 정도일 겁니다."

"그럼 그 여자와 데이트를 하도록 해."

조부가 명령했다.

"그 여자를 유혹하는 거다. 데이트를 신청한 다음 너에게 빠지게 만들어라. 이미 너도 알고 있을 거다. 어떤 여자도 널 거부할 순 없을 테니까. 네 임무는 그때그때 필요한 걸 해내는 거고, 이번에는 그 여자가 어디 출신이며, 또 뭘 알고 있는지 알아내는 거다. 그리 어렵진 않을 거야."

네이선은 자기 귀를 의심했다.

"저에게는 더 중요한 일이 있는 줄 알았는데요."

그가 반박했다.

그 순간, 조금 전 그토록 약해 보였던 조부가 믿을 수 없을 만큼 빠른 속도로 네이선에게 몸을 구부리며 소리 질렀다.

"거역할 생각조차 마! 이건 명령이다!"

바티스트의 침방울이 거칠게 튀었다.

"이 문제를 해결해야 돼! 저것들을 지구에서 멸절시켜 버려야 해! 그 계집들이 자신의 능력을 자각하게 되면 우리가 임무를 수행하는 걸 방해하게 된단 말이다! 아직 너무 늦지 않았기만을 신에게 기도해야 할 거다!"

네이선은 조부의 분노가 지나가기만을 바라며 소파에 몸을 파묻었다. 개들이 펄쩍 뛰어 일어나더니 거칠게 짖어 댔다. 만약 조부가 명령만 내린다면, 개들이 자신을 순식간에 고깃덩어리로 만들어 버릴 거란 사실을 실감할 수 있었다.

"시키시는 대로 할게요, 할아버지."

"바로 그거다. 이제 방으로 올라가 앞으로 어떻게 할 건지 구체적으로 계획을 세워야 한다. 저녁 식사 자리에서 기다리고 있으마."

그제야 네이선은 그 방을 나올 수 있었다. 단 한 번도 뒤돌아보지 않은 채, 성의 길고 좁은 복도를 지나 자신의 방에 다다랐다. 방문을 열자 나이 든 여인이 자신의 침대와 침구를 정돈하는 게 보였다. 열린 창으로 성 앞에서 자라는 거대한 체스트트리[3] 향기가 밀려들어 왔다. 또 그 주위로는 집으로 들어오는 입구 양 옆쪽으로 마치 부케처럼 여러 종의 달리아와 과꽃이 흐드러지게 자라고 있었다. 하지만 과연 조부가 꽃들을 바라보기나 할지 의심스러웠다.

늙은 여인이 회색 머리칼로 뒤덮인 머리를 네이선에게 돌렸다.

"오, 네이선 도련님!"

여자가 그를 반가이 맞았다. 그런 다음 조심스럽게 그의 안색을 살피며 물었다.

"많이 꾸중 들으셨나요?"

그러자 네이선이 고개를 저었다.

"그런 거 아니에요."

하지만 소피아는 네이선의 말을 믿지 않았다. 그건 그녀가 그를 살피는 눈빛에서 알 수 있었다. 여자가 그에게 다가와 양손으로 그의 뺨을 어루만지며 말했다.

"너무 오래 집을 비우셨어요."

그녀가 나무랐다. 그 늙은 여인은 그의 가슴팍에 겨우 미칠

---

3 순결나무로도 불림. 덤불과 식물.

정도로 작았지만, 두 팔로 따스하게 안아 주자 네이선은 마치 어린 시절로 돌아간 것 같았다. 소피아는 그에게 어머니, 할머니이자 숙모와도 같은 존재였다. 그녀는 조부가 시중을 허락하는 단 한 명의 여성이었고, 네이선이 어릴 때부터 최선을 다해 그를 보살펴 왔다. 조부의 진노가 네이선에게 향할 때에도 언제나 그를 지켜 주었던 것이다. 그 은혜는 죽을 때까지 잊지 못할 터였다.

"정말이에요. 특별히 화를 내신 건 아니었어요."

네이선은 언제나처럼 오히려 조부를 감쌌고, 이는 마치 과거 어느 순간의 데자뷔 같았다. 저렇게 조부의 격노가 쏟아지고 난 뒤, 소피아와 네이선의 대화는 늘 이런 식이었다. 물론 그녀가 바티스트 드 트레메인의 권위에 도전하려 했던 적은 한 번도 없었지만, 조부의 일방적인 명령에 네이선이 의문을 가질 수 있도록 격려해 주곤 했다. 물론 이런 식의 대화조차 얼마나 위험한 건지는 두 사람 다 잘 알고 있었다. 네이선이 단 한마디 말만 잘못해도 소피아와 그녀의 남편인 해롤드는 저택에서 영영 쫓겨날 수 있었다. 하지만 소피아가 없는 삶은 상상조차 할 수 없었다.

"알아요."

소피아가 말했다.

"하지만 이제 도련님도 성인이니 제 갈 길을 찾아야지요."

"내 걱정은 너무 하지 말아요. 모든 게 다 잘되어 가고 있으니까."

소피아가 고개를 끄덕였지만, 그의 말을 믿지는 않는 것 같았다.

"지치셨지요? 더운 물에 샤워하신 후 부엌으로 오세요. 파이를 좀 구워 놨어요."

네이선이 씨익 웃었다.

"사과파이?"

"그럼요. 생크림을 휘핑한 다음 차를 준비해 둘게요. 내려오실 때쯤이면 다 준비되어 있을 거예요."

말을 마친 소피아가 방을 나갔다.

네이선은 잘 정돈된 침대 위에 털썩 누워서 눈을 감았다. 루시의 얼굴이 떠올랐다. 그녀의 회색 눈동자와 입술, 그녀의 부드러운 빨간 곱슬머리……. 그는 눈을 번쩍 뜬 다음 손바닥으로 얼굴을 쓸어내렸다. 어째서 자꾸만 눈앞에 그녀의 얼굴이 떠오르는 거지?

그는 서둘러 몸을 일으켜 입고 있던 재킷을 벗어 의자에 걸어 두었다. 그런 다음 윤이 날 정도로 깨끗한 욕실로 가서 얼굴과 손을 씻었다. 거울을 바라보니, 조부를 꼭 닮은 검은 눈동자가 거울 속에서 자신을 뚫어지게 바라보고 있었다. 루시에게 어떤 힘이 숨겨져 있기에 조부가 그토록 두려워하는 거지? 조부의 떨리는 음성이 아직도 귓가에 생생했다. 전에는 단 한 번도 조부가 두려워하는 모습을 본 적이 없었다. 설마 루시가 조부를 해칠 수 있는 건가? 물론 그도 수호자에 대한 전설은 들은 적이 있었다. 하지만 이미 수호자들은 이 땅에서 자취를 감췄다고 듣지 않았던가. 그의 가문은 오래전 어떤 전투에서 수호자들을 멸절시켜 버렸다. 수호자라니. 네이선은 적의 이름조차 마치 정의의 사도를 가장하고 있는 것 같아서 가증스러웠다. 아무튼 그는 아주 어릴 때부터 그렇게 교육받아 왔다. 그런데 이제 갑자기 루시가 나타났고, 손목의 표식도 그녀가 그들 중 하나라는 걸 의미했다. 네이선은 소피아가 있는 부엌으로 내려갔다.

갓 구운 사과파이의 향기로운 냄새가 부엌으로 이어지는 저택 복도에 가득했다. 소피아와 해롤드는 부엌 한가운데의 깨끗하고 커다란 식탁에 앉아서 이야기를 나누고 있었다. 부엌 구석에는 거대한 벽난로에서 장작이 기분 좋게 타오르며 부엌 가득 훈훈한 온기를 내고 있었다. 네이선이 부엌에 나타나자, 그들이 당황한 듯 대화를 중단했다.

"비밀 얘기?"

그가 미소 지으며 물었다. 소피아가 당황한 듯 살짝 얼굴이 붉어졌다.

"앉으세요."

소피아가 당황스러움을 감추며 의자를 권했다. 그런 다음 푸른색이 도는 찻잔에 차를 따르고는 설탕을 넣고 저어 주었다. 네이선은 전에도 몇 번이나 자신이 설탕 정도는 스스로 넣을 정도로 컸다고 항의했지만 소피아는 그의 말을 웃어넘기며 머리를 쓰다듬어 줄 뿐이었다. 그래서 그냥 못 이기는 척, 소피아가 마음대로 하도록 내버려 두었다.

"도련님, 그래서 어떻게 지내시는지 얘기 좀 해 주시지요."

해롤드가 권했다.

"런던 생활은 어떤가요? 혹시 마음 가는 여자는 없으십니까?"

네이선이 고개를 저었다.

"너무 바빠서 한눈 팔 시간조차 없다는 거 알잖아요."

"하지만 여가 시간도 좀 보내셔야 돼요."

소피아가 입을 열었다.

"도련님은 젊잖아요. 주말에는 좀 밖에 나가서 재미있게 시간을 보내야 돼요. 인생에서 일이 전부는 아니랍니다."

"오늘 모두 한통속인데?"

네이선이 웃었다.

"할아버지도 비슷한 소릴 하더군요. 웬 여자 하나랑 데이트를 하라고요."

네이선은 해롤드와 소피아가 눈빛을 교환하는 순간을 놓치지 않았다.

"특별한 소녀인가 보죠?"

소피아가 물었다.

네이선이 고개를 저었다. 대화가 그런 방향으로 흘러가는 게 유쾌하진 않았다.

"할아버지 건강은 어때요?"

그가 화제를 바꿨다.

"통풍 때문에 많이 안 좋아 보이시던데. 많이 아프신 겁니까?"

"이제는 더 이상 약도 듣질 않아요."

소피아가 말했다.

"가끔은 지팡이를 짚어도 못 걸으실 때가 있지요. 그런 날은 그냥 하루 종일 침대에서 보내시곤 해요. 걷는 걸 저리 힘겨워하시니…… 이제는 그 좋아하시던 포도주도 못 드세요. 포도주가 통풍을 악화시키니까요. 하지만 가끔 조금은 드시곤 해요."

"할아버지는 참는 데는 젬병이니까요. 안 그래요?"

네이선이 말했다. 바티스트는 언제나 자신이 원하는 대로 살았고, 그게 최선이라고 믿는 사람이었다. 그의 뜻대로 뭔가 되지 않을 때마다 그가 화를 내던 모습은 언제나 기억에 생생하게 남아 있었다. 바티스트 드 트레메인은 그 저택의 영주였고, 영지 안의 사람들을 지배했다. 오히려 바티스트보다도 저택에서 일하는 사람들이 생각보다 오래 붙어 있는 게 놀라웠다. 아마 드 트레메인가에서 일한다는 자부심과 높은 급료 때문인 것 같았다.

네이선은 저녁 시간에 맞춰서 식당에 내려갔다. 식탁 위에 놓인 커다란 촛대와 벽마다 달린 작은 촛대에서 타오르는 촛불들이 어두운 방 안에 따스한 빛을 던지고 있었다. 굵은 빗방울이 창문을 거세게 두드렸다. 어린 시절부터 들어오던 익숙한 소리였다. 콘월에서는 이 각도로 비가 내리는 게 아주 흔한 일이었다. 네이선은 종종 창 옆에 서서 하늘에서 떨어져 내리는 굵은 빗소리를 듣고 있는 걸 좋아했다. 그럴 때면 소피아가 빗소리를 가만히 들어보라고 했다. 빗방울이 속삭이는 소리를 들을 수 있다면서 말이다. 하지만 한 번도 성공했던 적은 없었다. 오늘도 그 소리를 듣고 있노라니 고향에 돌아온 것 같은 기분이 들었다.

"그래서, 이제 어떻게 할 건지는 생각해 본 거냐?"

조부가 식사 시간 동안의 긴 침묵을 깨고 네이선에게 물었다. 언제나처럼 음식 맛은 환상적이었다. 소피아는 여느 호텔 음식에 뒤지지 않을 정도로 뛰어난 요리사였다.

"생각해 둔 작전은 몇 가지 있습니다."

네이선이 대꾸했다.

"예전에 내가 수호자들에 대해 말해 준 것 기억나니?"

조부가 물었다.

"좀 더 철저히 대비시켜 둘걸 그랬다."

그가 마치 혼잣말처럼 중얼거렸다.

"도대체 그 소녀를 어디에 숨겨 뒀던 거지?"

네이선이 그의 혼잣말을 놓치지 않고 물었다.

"무슨 말씀이세요?"

"그 종자들을 전멸시켰다고 생각했는데……."

조부가 입을 다물었고, 네이선은 그의 표정에서 깊은 혐오감을 느낄 수 있었다.

"그동안 우리를 교묘히 속여 넘긴 거다. 어떻게 그럴 수 있었지? 모든 건 완벽히 계획되어 있었는데. 게다가……."

"할아버지, 무슨 말씀을 하시는 거예요?"

그가 물었다.

"그 여자가 뭘 아는지 캐내려면 저도 그 당시에 무슨 일이 있었는지는 알아야 합니다."

그 말에 조부가 네이선 쪽으로 몸을 쭉 뺐다. 그의 주름진 얼굴 위에서 검은 눈동자가 뜨거운 숯처럼 이글거렸다.

"넌 네가 알아야 할 것만 알고 있으면 된다. 일족의 비밀을 지키기 위해 많은 선조들이 목숨을 내던졌어. 너도 가문의 일원으로서 의무를 이행해야 한다. 수호자들이 모든 걸 망치도록 놔둬선 안 돼. 지금 우리가 하고 있는 작업을 위해 몇 년이나 걸렸는데, 이제 그 모든 게 물거품이 되어선 안 된다고! 알아들었느냐?"

네이선은 그의 눈에서 눈을 돌릴 수가 없었다.

"실망시켜 드리지 않겠습니다. 믿어 주세요."

그제야 바티스트가 만족했다는 듯 고개를 끄덕였다. 이제는 그가 시키는 대로 하는 수밖에 없었다. 그게 그의 의무였으니까.

그날 밤, 바티스트는 혼자 앉아서 생각에 잠겼다. 갑자기 불안과 의심이 찾아들었다. 과연 네이선이 가문의 임무와 비밀을 받아들일 수 있을 정도로 성장했을까? 이제까지는 그에게 많은 걸 숨겨 왔다. 바티스트가 가문을 보호하기 위해 그 비밀들을 혼자 지켜 왔던 건 어쩔 수 없는 일이었다. 선조들이 수백 년 전에 했던 맹세는 지켜져야만 했다. 그래야만 앞으로 예정되어 있는 일들이 이루어질 수 있었다. 그도, 그의 선조들도 그걸 위해 살아 온 것이다.

그의 단 하나뿐인 아들은 그에게 크나큰 실망감만 안겨 주었다. 아마 어미가 애를 망친 것이리라. 그래서 손자가 태어났을 때에는 두 번 다시 그런 실수는 용납하지 않겠노라고 맹세했던 것이다. 그 결과가 바로 지금의 네이선이었다. 그는 드 트레메인가의 어떤 남자들보다 뛰어났다. 지금까지는 그랬다. 바티스트는 그를 위해 총력을 기울였고 다행히 그의 노력은 헛되지 않았다.

네이선만큼은 그를 실망시켜선 안 되었다. 언젠가는 네이선이 가문을 이어받아 그 대신 임무를 수행해야 했다. 물론 지금은 그 임무가 어떤 건지 짐작조차 못 할 테지만 말이다. 바티스트는 과연 네이선이 진실을 수용할 준비가 되었는지 생각해 보았다. 오늘날의 네이선을 만든 건 바티스트 자신이었다. 하지만 네이선이 커갈수록, 그가 한순간에 곁을 떠나 버릴지도 모른다는 불안감이 그를 괴롭혔다. 바티스트는 바로 앞의 창턱을 주먹으로 내리쳤다. 네이선을 만든 건 그였으니, 명령에 따라 행동할 것이다. 만약 그러지 않는다면 예전처럼 스스로 문제를 처리할 수밖에 없었다. 물론 쉬운 일은 아니었지만 그럴 수밖에 없도록 상황이 자신을 몰고 갔던 것이다. 그에게는 다른 선택의 여지가 없었으니까.

네이선은 다음 날 새벽에 런던으로 향했다. 조부는 아직 잠자리에 있었기 때문에 소피아가 그를 배웅했다.

"다음번 방문까지 너무 오래 기다리게 하지는 말아 주세요."

소피아의 말은 애원에 가까웠다.

"내가 바쁜 거 알잖아요."

네이선이 그녀를 끌어안으며 말했다.

해롤드가 그를 역까지 바래다준 다음, 기차가 그를 태우고 역을 떠날 때까지 손을 흔들어 보였다. 네이선은 자신이 평생 자식이 없었던 해롤드와 소피아에게 아들이나 마찬가지라는 걸 알았다.

런던에 도착하자, 시간이 너무 늦어서 도서관에 들를 수 없다는 사실이 네이선을 안도하게 했다.

6장

책이란 주머니에 넣어 가지고 다닐 수 있는 정원과 같다.

— 아라비아 속담

루시는 네이선이 어딜 간 건지 궁금했다. 벌써 그를 마지막으로 본 지도 여러 날이 지났다. 어째서 도서관에 나타나지 않는 걸까? 분명 앨리스를 다시 한 번 열람하고 싶다고 하지 않았던가? 대학에서도 그의 모습은 찾아볼 수 없었다. 혹시 어디 아픈 게 아닐까? 루시는 심지어 그가 도서관에 제출한 서류에서 그의 집 주소까지 알아보았다. 퀸 앤스 게이트라면 도서관에서 그리 멀리 떨어지지 않은 곳이었는데, 상당히 부유한 동네였다. 그는 시내에 있는 빌라에 살고 있었다. 일반적인 학생이 사는 곳이라고 보긴 어려웠다.

문서실에 있는 컴퓨터로는 도서관 이용자 정보에 접근할 수가 없었기 때문에 마리가 잠시 자리를 비운 틈을 타 그의 주소와 전화번호를 찾고 있는데, 그만 마리에게 딱 걸려 버렸다.

"뭐 하는 거야?"

마리가 씨익 웃으며 물었다.

"난 단지……."

루시가 당황해서 말을 더듬었다.

"단지 뭐?"

"네이선한테 언제 올 건지 물어보려고 했어. 책을 다시 서가에 꽂아 놓아야 하니까."

루시가 둘러댔다.

"그럼 말하지 그랬어. 내가 전화 걸어 줄 수도 있었는데."

마리가 여전히 능글맞은 표정으로 말했다.

"그럼 좀 걸어 봐."

루시가 그의 집 주소를 적은 쪽지를 주머니에 넣으며 말했다.

"오케이."

루시는 안내 데스크에 서서 마리가 전화번호를 누르는 걸 지켜보았다. 몇 번 착신음이 들리더니 네이선이 전화를 받았다.

"네이선 드 트레메인입니다."

그의 목소리가 들려왔다.

"나예요, 도서관의 마리. 루시가 언제 앨리스를 보러 올 거냐고 묻는데요? 가만 기다리고 앉아 있을 수가 없나 봐요."

마리가 말했다.

루시의 얼굴이 빨개졌다. 그런 다음 그 자리를 도망치듯 떠났다. 어떻게 그에게 그런 식으로 말할 수가 있지? 나를 뭐라고 생각하겠어? 이젠 그의 얼굴을 쳐다보지도 못하게 되어 버렸다.

사무실로 돌아오자마자 전화가 울렸다.

"네이선이 모레쯤 들르겠대."

마리가 나불거렸다.

네이선은 전화를 끊었다. 생각보다 일이 쉽게 풀렸다. 그것도 저쪽에서 알아서 진행해 준 것이다. 어쩌면 이번 임무는 생각보다 간단할지도 모른다. 그는 모레쯤 할아버지의 책 장인들이 표지를 끝내 주어서 자신도 본래의 작업에 착수할 수 있게 되길 바랐다. 언제나 작업에 임하게 될 때마다 온몸에 기분 좋은 긴장감이 맴돌곤 했다. 루시가 그걸 방해하도록 둘 수는 없었다. 이제 대책을 세워야 했다. 무슨 수를 쓰지 않는다면 조부가 직접 나설 것이다. 그렇게 되면 무언가 끔찍한 일이 벌어질 수도 있었다. 그리고 조부가 자신에게 말하지 않는 비밀이 있다는 것도 본능적으로 느껴졌다.

불안감이 엄습했다. 네이선은 코트를 집어 들고 일단 집을 나섰다. 어쩌면 산책을 좀 다녀오면 기분이 나아질지도 모른다는 생각이 들어서였다.

네이선은 아무 생각 없이 세인트 제임스 공원과 버킹엄 궁을 지나 하이드 파크 쪽으로 걸었다. 안개비가 부슬거리며 내리고 있었지만 별로 개의치 않았다. 오히려 비 때문에 공원 안은 한적했다. 개를 데리고 산책을 나왔던 사람 몇몇이 오도 가도 못한 채 공원 안에 갇혀 있었다.

네이선은 코트 깃을 세우고 걷고 있다가 발걸음을 멈추었다. 루시가 공원 앞에 세워진 간이식당차 앞에 서서 비를 피하고 있었다. 네이선은 그녀에게 다가가야 할지 순간적으로 망설였다. 아직은 그를 발견하지 못한 것 같았다. 하지만 바로 그 순간, 루시가 네이선 쪽으로 고개를 돌리더니 그와 눈이 마주치고 말았다. 이제 도망치기에는 너무 늦어 버려서 천천히 그녀 쪽으로 다가갔다. 루시는 추위 때문에 얼굴이 파랗게 질려 있었다. 도대체 이런 날씨에 바깥에서 뭘 하고 있는 건지 의아했다.

"안 추워요?"

그가 루시의 새빨갛게 언 손을 쳐다보며 물었다. 루시는 언 손을 녹이려 필사적으로 커피가 담긴 종이컵을 꽉 쥐고 있었다. 불현듯 그 손을 움켜잡고 자신의 코트 주머니 속에 넣어 따뜻하게 녹여 주고 싶었다. 그리고 그런 생각을 했다는 사실에 저도 모르게 화가 난 나머지 루시를 노려보고 말았다. 그러자 루시가 깜짝 놀라 주춤거리며 뒷걸음질 쳤다. 머쓱해진 네이선이 몸을 돌려 식당차 안에 서 있는 여자에게 커피 한 잔을 주문했다. 커피가 준비되는 동안, 자신의 감정을 절제하려고 노력했다. 시작이 그리 좋진 않았다.

커피를 받아 든 후, 네이선은 루시를 바라보며 미소를 지어 보였다.

"점심시간?"

그가 짐짓 부드럽게 물었다.

갑작스러운 그의 변화에 루시는 어리둥절해하며 고개를 끄덕였다.

"원래는 마리와 함께 점심을 먹으러 나오지만 오늘은……."

루시는 자신이 쓸데없는 말까지 떠드는 것 같아서 말끝을 흐렸다.

네이선은 루시를 바라보았다. 하지만 왜 오늘 그들이 점심 식사를 함께하지 않는지 알 것 같았다. 조금 전 전화 통화를 할 때, 마리의 의미심장한 말투가 떠올랐다.

"조금 전 마리와 통화했어요."

그가 당혹감에 빠져 있는 루시를 도와주었다. 그제야 루시가 고개를 끄덕이며 얼굴을 붉혔다.

"원래는 진작 연락을 하려고 했어요. 며칠 콘월의 본가에 가 있었거든요."

네이선이 해명했다.

"책이 며칠 동안이나 책상 위에 놓여 있어서……."

루시도 해명했다.

"책을 다시 서가에 갖다 놔도 될지 물어보고 싶었어요. 더 이상 필요하지 않을 수도 있으니까."

네이선이 고개를 끄덕였다.

"아직 몇 가지 작업이 남은 상탭니다. 그러니 두세 번 정도 더 봐야 할 듯해요. 지금 루이스 캐롤에 대한 리포트를 작성하고 있거든요."

이제야 그가 어째서 그 책에 관심을 보이는지 조금은 이해할 수 있었다. 하지만 대부분의 학생들은 리포트를 작성하기 위해 직접 도서관에서 책을 빌린다든가 하는 번거로운 수고를 하지 않았다. 인터넷에 올라와 있는 내용을 조금씩 짜깁기하는 게 더 간단했기 때문이다.

"그래서 책 표지를 따라 그리는 거예요?"

루시가 물었다.

네이선이 미소 지으며 고개를 저었다.

"그건 그냥 취미일 뿐입니다. 그쪽은 뭐 좋아하는 거 없어요?"

"글쎄요……."

루시가 잠시 고민했다.

"나에겐 언제나 책뿐이었어요. 다른 일에 한눈을 팔 여유가 없었으니까요."

"그럴 것 같더군요."

네이선이 그녀에게서 천천히 시선을 거두었다.

"그럼 모레 오후에 보죠. 좋은 하루 보내요."

그가 빈 종이컵을 매대 위에 올려 두며 말을 맺었다. 그런 다음 몸을 돌려 빠른 걸음으로 멀어졌다.

그제야 루시는 긴 한숨을 내쉬었다. 저 남자, 좀 이상했다. 저렇게 기분이 변덕스럽게 변하는 사람은 처음이었다. 1분 전까지만 해도 화가 난 사람처럼 퉁명스러웠는데, 갑자기 전혀 다른 인격이 된 것 같았다. 어쨌든 마리가 벌인 어리석은 행동에 대해서는 언급하지 않아 준 게 고마웠다.

그가 성큼거리며 공원 저편으로 사라지는 걸 보고 있는 동안 매대 뒤의 점원이 루시에게 미소 지으며 말했다.

"정말 매력적인 분이네요!"

루시는 점원에게 무성의하게 고개를 끄덕여 보인 후 도서관으로 향했다.

다음 날, 네이선은 조부에게서 전화를 받았다.

"그 여자와는 어떻게 되어 가고 있는 거냐?"

바티스트가 물었다.

"실망시켜 드리지 않을 테니 염려 마십시오."

네이선이 대꾸했다.

"그건 알고 있다. 내가 알고 싶은 건 혹시 그 여자에게서 뭔가 알아낸 게 있느냐는 거다."

"그 여자는 막 떠들어대는 성격이 아닙니다. 하지만 자신이나 저에 대해 아직 모르고 있다는 건 확실합니다."

"추측만으로는 부족해. 내가 직접 처리하마. 넌 최대한 서둘러서 앨리스를 끝내도록 해. 표지 작업은 끝났다. 장인들이 완벽하게 마무리해 놨어. 만약 책이 우리 소유가 되면 그 여자가 우리가 누구인지, 자신이 어떤 능력을 가지고 있는지 모른다는 걸 확실하게 알 수 있겠지."

네이선은 전화를 끊었다. 휴대 전화를 쥐었던 손이 땀으로 축축했다. 자신이 직접 해결하겠다는 말의 의미는 뭘까? 만약 앨리스를 읽어 들이면 조부가 루시를 맡겨 줄까? 그는 이 문제를 자기 선에서 끝내고 싶었다.

다음 날, 네이선은 도서관 입구에 서서 마리가 다른 이용객과 대화를 마칠 때 까지 참을성 있게 기다렸다.

"루시 있어요?"

그가 물었다.

"당연하죠. 안 그럼 약속을 잡고 오는 의미가 있어요?"

마리가 되물었다.

"없겠죠."

네이선이 대꾸했다.

"열람실에 가서 미리 앉아 있어요. 루시에게 말해 둘게요. 루시한테 잘해 줘요. 지난번처럼 도발하지 말고요."

네이선이 미소 지었다.

"노력은 해 볼게요."

마리는 네이선의 미소에 마음을 빼앗기지 않았다. 이미 크리스에게 깊이 빠져 있었기 때문이다. 하지만 그의 미소가 루시에게 어떤 작용을 했을지는 알 수 없었다. 이틀 전, 루시는 도서관 앞 공원에서 우연히 네이선을 만났다면서, 물론 자신에게 약간 심통이 나 있기는 했지만 어쨌든 그 일에 대해 말해 주었던 것이다. 그 순간의 루시는 마치 나사 하나가 풀린 것 같아

보였다.

마리는 수화기를 들고 문서실로 전화를 걸었다.

"왔어."

"누구?"

"누구겠어!"

마리가 한숨을 쉰 다음 전화를 끊었다.

지난번과 마찬가지로, 루시는 책을 가지고 올라왔다.

하지만 이번에는 네이선이 자신을 가만히 관찰하고 있다는 걸 느꼈다.

"잘 지냈어요?"

그가 물었다.

"네."

루시가 무미건조하게 대꾸했다. 그런 다음 책 열람시의 주의 사항을 읊었다.

네이선이 그녀의 설명을 막았다.

"그렇게 매번 설명해 주지 않아도 돼요."

"규정이라 어쩔 수 없어요."

루시가 말했다.

네이선은 당황하지 않았다.

"전에 손목이 아픈 것 같던데, 그건 나았어요? 물어본다는 걸 잊었군요."

그가 걱정스러운 시선으로 루시의 손목을 훑어보았다. 표식은 언제나처럼 긴 소매 속에 감춰져 있었다. 표식이 마치 떨듯이 두근거렸다. 줄스나 마리조차도 모르고 있는 걸 하필이면 저 남자에게 들키고 말았다는 게 신경질 났다.

"오늘은 그림을 그릴 건가요, 아니면 책을 읽을 건가요?"

대답 대신 루시가 물었다. 애초에 그와는 필요한 만큼만 대화를 나누기로 결심했고, 최장 시간은 2분이었다.

"오늘은 읽을 겁니다."

그가 짧게 대답했다.

"오늘은 2시에 강의가 있으니 그 전에 책을 반납해 줄 수 있어요?"

"그렇게 하죠."

그가 부드럽게 대꾸했다.

루시가 그를 미심쩍은 눈으로 바라보았다.

"와이엇 교수님 강의를 들으러 가는 건가요?"

그가 묻자 루시가 고개를 끄덕였다.

"원한다면 같이 갈래요?"

그가 제안했다.

이성적으로는 단호하게 아니오, 라고 대답하려 했지만, 정반대의 대답이 튀어나오고 말았다.

"좋아요."

루시는 그를 뒤로한 채 열람실을 나왔다.

그에게 책을 넘겨준 건 분명 실수였다. 그 느낌은 그에게 처음 책을 주었던 때부터 확실했다. 하지만 이제 와서 **뺏**을 수도 없었고, 다른 핑계거리도 없었다.

그래서 앨리스 이야기에 나오는 모든 사건들을 하나하나 떠올리며 기억을 더듬어 보았다. 물론 그 책은 루시가 아주 좋아하는 종류의 책은 아니었다. 하트 여왕은 너무 멍청했고 흰토끼는 너무 짜증 나는 캐릭터였다. 캐롤이 그 이야기를 쓸 때 마약에 취해 있었다는 설을 근거로 다시 한 번 처음부터 읽어 보니, 그제야 앞뒤가 맞는 것 같았다. 하지만 어쨌든 아직도 많은 사람들에게 그 책은 예술 작품이었다. 이 세상에서 앨리스 이야기가 없어진다니, 있어서는 안 되는 일이었다. 하지만 어떻게 지켜 내야 한단 말인가? 만약 이번에 예상 외로 책이 무사히 돌아온다면, 앨리스를 아무도 못 찾는 곳에 꼭꼭 숨겨 둔 다음 어디에 뒀는지 모르겠다고 둘러대기로 마음먹었다. 루시는 맹세코 그렇게 할 작정이었다.

사무실 책상 앞에 앉아서 루시는 생각에 잠겼다. 하지만 어떻게 네이선이 용의자라는 비논리적인 생각을 하게 된 걸까? 그가 도서관에 등록한 건 3주 전이었고, 외에 다른 책은 빌려 갔던 적이 없었다. 없어진 다른 책들은 절대로 그의 손을 거쳐가지 않았다. 루시는 무엇이 자신의 머릿속에서 그를 용의자에 끼워 맞춘 건지 고민해 보았다. 어쩌면 좀 오만하게 행동한 건 있었지만, 그렇다고 그가 사라진 책들에 일말의 책임이 있다고 볼 수는 없었다. 게다가 문서실에는 단 한 번도 내려온 적조차 없었다. 그를 의심하다니, 이 얼마나 비논리적인가. 루시는 한

숨을 쉬었다.

몇 시간 후, 네이선은 루시에게 책을 반납했다. 조심스럽게 페이지를 넘겨 보았지만 변한 건 아무것도 없었다. 그러자 가슴에 얹혀 있던 돌이 내려간 것 같았다.

"책을 아래에 가져다 놓고 올게요. 그런 다음에 같이 가죠."

루시가 확실히 오전보다는 훨씬 너그러운 목소리로 말했다. 앨리스가 무사했기 때문이다.

몇 분 후, 루시는 마리와 이야기를 나누고 있는 네이선에게 다가왔다.

"준비됐어요?"

그가 물었다. 루시가 시계를 보며 고개를 끄덕였다.

강의에 늦지 않게 도착하려면 시간이 빠듯했다.

"그럼 재미있는 시간 보내!"

마리가 등 뒤에서 외치자 마치 도서관 전체에 쩌렁쩌렁 울리는 것 같았다. 내일은 무슨 일이 있어도 마리와 진지한 대화를 좀 나눠야 할 것 같았다. 네이선이 씨익 웃었다. 루시가 뾰로통한 눈으로 그를 쏘아보았다.

"왜 그러죠?"

네이선이 순진한 표정을 지어 보이며 도서관 문을 열어 주었다. 차가운 바람이 매섭게 들이닥쳤다. 다행히 낮게 드리운 짙은 회색 구름은 아직 빗방울을 흩뿌리지는 않았다. 루시는 킹스 칼리지까지 가는 동안 비가 내리지 않길 바랐다. 만약 비를 맞으면 물에 젖은 푸들처럼 보이기 때문이었다. 정말이지 아직도 우산을 가지고 다니는 데는 익숙해지지가 않았다. 런던에서는 언제나 예상치 못한 순간에 비가 내리곤 했다.

둘은 말없이 지하철을 향해 걸었다. 열차가 런던의 땅속을 달리기 시작하자 루시가 먼저 침묵을 깼다.

"이게 오늘 유일한 강의예요?"

"아니, 이후에 세미나가 하나 더 있어요."

네이선이 대답한 후 루시를 바라보았다.

"당신은?"

루시가 고개를 저었다.

"난 이 강의 다음엔 아무것도 없어요."

"그럼 다시 도서관으로 돌아가는 건가요?"

"아뇨. 룸메이트인 줄스랑 마리, 나 이렇게 셋이 영화 보러 가기로 했어요."

루시는 대화의 맥이 끊어지지 않게 약간의 부연 설명을 덧붙였다.

아마 네이선도 루시의 의도를 눈치챈 모양이었다.

"무슨 영화?"

"아직 모르겠어요. 이번에는 줄스가 고를 차례거든요. 우리 셋은 매번 돌아가면서 영화를 고르는데 하나가 고르면 나머지는 좋든 싫든 봐야 돼요. 줄스 취향이 좀 독특한 편이라 전혀 예측을 못 하겠네요."

"줄스?"

네이선이 물었다.

"네. 미국 출신이에요."

그게 그 기묘한 별칭을 설명해 주기라도 한다는 듯 루시가 덧붙였다. 하지만 네이선의 아직도 잘 모르겠다는 표정을 본 다음에야 서둘러 약간 더 설명을 했다.

"원래는 줄리아나예요. 하지만 그 이름은 좀……."

"이해했어요."

네이선이 수긍했다. 그리고 그의 입가에 희미한 미소가 떠올랐다.

"좀 더 자주 그 모습을 볼 수 있었으면 좋겠는데."

루시가 뜬금없이 중얼거렸다.

"뭘 말이죠?"

네이선이 영문을 모르겠다는 얼굴로 물었다.

"웃는 얼굴 말이에요. 음산한 표정보다 백배는 어울려요."

그때 열려 있던 지하철 문이 닫혔다.

"내 생각엔, 방금 내려야 되는 역을 지나친 것 같군요."

그가 무미건조하게 말했다.

루시가 펄쩍 뛰었다.

"맙소사! 왜 아무런 얘기도 안 한 거예요? 젠장! 이러다간 강의에 늦겠어요!"

"아직 늦진 않았습니다. 좀 더 걸어야 하겠지만. 어차피 하루 종일 지하에 있으니까 상쾌한 바깥공기를 좀 쐬는 것도 나쁘진 않을 것 같군요. 얼굴이 좀 창백한 것 같으니까요."

루시가 의아하다는 듯 네이선을 바라보았다. 이 남자, 왜 이러는 거지? 어차피 루시는 늘 창백했다. 지금 날 걱정해 주는 거야? 그러기엔 그리 친한 사이도 아니었다.

다음 정거장에서 내려서 바깥으로 나가는 계단을 오르는데, 마지막 계단 위에 올라서 보니 비가 쏟아지고 있었다. 거리는 마치 홍수가 난 것 같았고, 이제는 하늘마저 자신을 배신했다는 생각이 들었다. 루시는 가만히 서서, 과연 지금 밖으로 나가는 게 현명한지 고민했다. 그때 네이선이 재킷 주머니에서 작은 우산을 꺼내서 펼쳤다.

"미안하지만, 실례 좀 할게요."

그런 다음 루시가 미처 대꾸하기도 전에 루시의 어깨를 감싸고 자기 쪽으로 바짝 끌어당기고는 폭우 속을 걷기 시작했다.

"강의에 늦기 싫다면서요."

그가 비꼬듯 말했다.

"게다가 런던의 지하철역 앞에 멍하니 서 있는 건 자살 행위죠. 사람들이 밟고 지나갈 겁니다."

루시가 그의 품 안에서 느껴지는 두 개의 상반된 감정을 어떻게 받아들여야 할지 몰라 난감해하는 동안, 둘은 대학으로 향하는 거리로 진입했다.

"이게 런던에서 생존하기 — 규칙 제1번이에요."

네이선이 루시의 겉옷에 빗방울이 떨어지는 걸 보고는 더 가까이 끌어당기며 말했다.

루시는 기분이 복잡했다. 솔직히 말해 네이선과 이렇게 가까이 붙어서 비 오는 런던 거리를 걷는 것도 그리 나쁘지 않았다. 지하철역을 한 정거장 지나친 거나 우산을 안 가져와서 다행이라고 생각될 정도였다.

"규칙 제2번은요?"

루시가 물었다.

"낯선 남자들이 씌워 주는 우산 속으로는 뛰어들지 말아요."

네이선이 놀리듯 웃었다.

"난 뛰어들지 않았다고요!"

루시는 흥분해서 소리친 후 우산 밖으로 뛰쳐나가려 했다. 그러자 네이선이 그녀를 꽉 움켜쥐었다.

"난 낯선 남자는 아니잖아요."

그가 변명했다.

"아니에요?"

루시가 쏘아붙였다.

"아니죠. 내가 킹스 칼리지에서 공부하는 걸 알고, 내 이름이랑 주소, 전화번호를 알잖아요. 책 읽는 걸 좋아하는 것도. 다른 식으로 설명해 주자면 낯선 사람이라는 건 이런 조건과는 전혀 다르지 않나요?"

"난 당신 주소랑 전화번호 몰라요. 마리만 알고 있죠."

루시가 그에게 말했다.

"그래요?"

그가 놀랐다는 듯 루시를 바라보았지만 루시는 그의 시선을 피했다.

"그럼 그건 당장 개선하도록 하죠."

그가 대꾸했다. 그 모습이 상당히 즐거워 보였다.

어느덧 둘은 대학에 다다랐다. 강의가 있는 건물 입구에서 네이선은 루시를 놓아준 후 우산을 접었다.

그의 곁에서 떨어지자마자 사뭇 추위가 느껴졌다. 루시는 손으로 자신의 어깨를 감쌌다.

"추워요?"

네이선이 물었다.

"괜찮아요."

루시는 다시 한 번 그에게 안기고 싶다는 생각을 떨쳐 버리려 애썼다.

둘은 나란히 계단을 올랐다. 강의는 이미 5분 전에 시작되었을 터였다.

게다가 와이엇 교수도 이번만큼은 제시간에 수업을 시작한 모양이었다. 교수는 다행히 루시는 안중에도 없이 네이선에게만 시선을 던지며 고개를 끄덕여 인사해 보였다. 이번에도 강의실은 꽉 차서 긴 창턱 외에는 앉을 자리가 남아 있지 않았다. 하지만 창턱 아래에 설치된 낡은 난방 장치에서 따스한 온기가 전해져 왔다.

둘은 나란히 창턱 위에 앉았다. 루시는 공책을 무릎 위에 올리고 와이엇 교수의 영문학 강의에 집중하려 노력해 보았지만, 네이선의 존재 때문에 집중할 수가 없었다. 그의 허브 향수 냄새가 코끝에 스치자 마치 온몸으로 그를 느끼는 기분이었다. 그와 좀 더 거리를 두기 위해 몸을 움직이면서 필기하려고 몸을 굽히는 순간 몸의 균형을 잃고 창턱에서 떨어질 뻔했다. 네이선이 손을 뻗어 루시의 허리를 붙잡았고, 강의 내내 놓아주지 않았다. 어쩔 수 없이 이번 강의는 다른 사람의 필기를 복사해야 겠다고 생각하며, 루시는 네이선과의 친밀감에 몸을 맡겼다.

분명 불쾌하진 않은 느낌이었다.

강의가 끝나자 학생들이 서둘러 강의실을 빠져나갔다. 네이선이 루시에게 겉옷을 건네주자 그녀는 천천히 옷을 입었다.

"넌 강의 하나 더 남았댔지? 그럼 오늘 좋은 하루 보내. 나중에 도서관에서 보자."

루시가 말했다. 둘은 말을 놓기로 했던 것이다.

"오늘은 그냥 집에 가야겠어."

그가 검은 코트를 입으며 대꾸했다.

"왜?"

루시가 깜짝 놀라 물었다.

네이선이 창밖을 가리켰다. 바깥을 보니 굵은 빗줄기가 사정없이 쏟아지는 중이었다.

"너 우산 없잖아. 영화관까지 데려다줄게. 그게 영국 신사도야."

그가 진지하게 말했다.

하지만 루시는 팔짱을 끼고 단도직입적으로 말했다.

"그럼 우산만 빌려주면 되잖아."

네이선이 그녀의 눈을 깊게 들여다보며 말했다.

"안 돼. 우산과 나는 뗄 수 없는 사이거든."

그의 말에 루시는 웃음을 터뜨리고 말았다. 콜린의 말이 떠올랐기 때문이다. 물론 네이선의 뒤를 따라다니는 건 여자들이 아니라 우산이었지만.

"알았어요, 백마 탄 기사님. 어떻게 해서라도 따라오겠다면야 어쩔 수 없지."

"영광이야."

네이선이 희미한 미소를 띠며 말했다.

왜 갑자기 친절하고 살갑게 구는 건지 이해할 수가 없었다. 며칠 전의 거만하던 남자는 자취도 없이 사라졌다. 루시는 네이선을 종잡을 수가 없었다.

루시가 네이선과 함께 영화관으로 걸어오는 것을 본 줄스가 놀라서 눈을 휘둥그레 떴다. 그리고 당황한 듯 왔다 갔다 하다 티켓을 흔들어 댔다.

"마리는 팝콘 사러 갔어."

둘에게 인사를 건네는 대신, 줄스가 어색하게 말을 건넸다.

"줄스, 여긴 네이선이라고 해."

루시가 소개했다.

"친절하게도 여기까지 데려다줬어. 나 우산이 없었거든."

루시의 설명을 들은 줄스가 고개를 갸웃거렸다.

"친절하다고? 하지만 전에 네가 말하기론……."

줄스가 의아한 듯 네이선을 훑어보았다.

루시의 얼굴이 달아올랐다.

"줄리아나, 맞지?"

네이선이 줄스에게 손을 내밀고 악수를 청했다. 그러자 당황한 줄스가 루시를 노려보았다. 눈빛에 살의가 담겨 있었다.

"같이 영화 볼래?"

줄스가 네이선에게 물었지만, 어디까지나 예의상 묻는 거라는 게 티가 났다.

"아니. 염려 마."

네이선이 장난꾸러기같이 마음을 녹이는 미소로 씨익 웃어 보이자 줄스도 따라서 웃고 말았다.

"그럼 다음으로 미룰까?"

줄스가 밝게 물었다.

"그래. 어쩌면."

네이선이 대답한 후, 루시를 바라보았다.

"그럼 또 보자."

그가 마치 당부하듯 말했다.

"그래."

루시가 대답했다. 그리고 그 순간, 그가 '내일은 어때?'라고 물어봐 주길 바랐다.

네이선은 고개를 끄덕이며 인사를 해 보인 후 몸을 돌려 걸어갔다. 그러다가 무슨 생각이 들었는지 갑자기 다시 몸을 돌려 루시 쪽으로 걸어왔다.

"잊은 게 있어."

그런 다음 겉옷 안주머니에서 마법처럼 재빠른 손동작으로 펜 하나를 꺼냈다. 그리고 루시의 손을 잡고 손바닥에 자신의 전화번호를 적어 주었다.

"무슨 일 있으면 전화해."

그런 다음 거리의 사람들 틈으로 사라졌다.

줄스가 머리를 흔들며 그의 뒷모습을 바라보았다.

"그러니까 저게 그 네이선 드 트레메인이란 말이지?"

그런 다음 확신에 찬 어조로 말을 이었다.

"이제야 콜린이 말한 게 이해가 되네. 대체 무슨 요술을 부렸기에 저런 남자한테 에스코트까지 받게 된 거야?"

"어쩌다 보니 우연히 와이엇 교수의 강의를 같이 듣다가 이렇게 된 거야. 전에 말해 줬잖아."

"그땐 웬 남자가 음산한 눈으로 노려봤다고 했지. 오늘 보니까 음산한 남자 아닌데?"

줄스가 물었다.

"오늘은 그냥 친절하기만 했던 거야."

루시가 대꾸한 후 줄스의 팔짱을 꼈다.

"우리 오늘 뭐 봐?"

"'킹스 스피치'. 오늘 상영을 마지막으로 극장에서 내린대. 얼른 들어가자. 안 그러면 앞부분을 놓칠지도 몰라. 나 콜린 퍼스 너무 좋아해. '브리짓 존스의 일기'에서처럼 멋진 역은 아니지만 그래도 출연했다는 것만으로도 좋아."

극장 안에서는 마리가 두 사람을 목이 빠져라 기다리는 중이었다.

"도대체 어디 있었던 거야?"

마리의 손에는 거대한 팝콘 봉지가 들려 있었다.

"지금 들어가야 돼!"

"오늘 우리 꼬마 루시를 누가 여기까지 데려다줬는지 알아? 네이선 드 트레메인이었어!"

줄스가 마리의 귀에 속삭였다.

"그럴 줄 알았지. 이제 제대로 시동 걸린 거지?"

마리가 의기양양하게 말했다.

"처음 본 순간부터 감이 딱 오더라고. 우리 독서광 아가씨한테 딱 맞는 책벌레 짝꿍이지 뭐야."

그리고 두 사람은 배꼽을 잡고 웃어 댔다. 루시는 자신의 바보 같은 두 친구를 바라보며 고개를 흔들었다.

루시는 원래 콜린 퍼스의 팬이었지만 오늘만큼은 영화에 집중하는 게 힘들었다. 게다가 조지 6세의 얼굴이 화면에 등장할 때마다 그 위로 네이선의 얼굴이 겹쳐 보이는 것이 아닌가.

영화가 끝난 후, 세 명은 자주 가는 이탈리안 식당에서 저녁을 먹기로 했다. 자리에 채 앉기도 전에 마리의 심문이 시작되었다.

"네이선이랑은 어땠어? 우리한테 자세히 털어놓아 봐."

"뭘 말하라는 거야? 지하철 타고 같이 학교 가려다가 비가 오는 바람에 좀 걸었을 뿐이야. 별로 특별한 것도 없었어."

"그렇게 안 특별한 걸론 안 보이는데?"

줄스가 올리브 오일에 빵을 적시며 말했다.

"아까 보니까 둘이 아주 딱 붙어 있더라고."

"우산이 작아서 그랬어. 네이선이 내가 젖을까 봐 신경을 많이 쓰더라."

루시가 지친 듯 항변했다.

마리가 음흉한 미소를 지었다.

"어때? 자꾸 보니 귀엽지 않아?"

"친절하긴 해."

루시가 약간 수긍했다. 그러자 줄스와 마리가 추궁하듯 루시를 노려보았다.

"알았어. 과할 정도로 친절해."

루시가 물컵을 들고 물을 꿀꺽 삼키며 실토했다.

"언제 다시 만나기로 했어?"

줄스가 계속 캐물었다. 이젠 좀 그만해 주면 안 되나?

"몰라."

루시가 퉁명스럽게 대꾸했다.

"아마 조만간 도서관에 올 거야. 부디 네이선이 앨리스 작업을 빨리 끝마쳐 주기만 바랄 뿐이야. 도대체 그 책의 뭐가 그리 특별한지는 모르겠지만."

마리가 어깨를 으쓱해 보였다.

"아니면 앨리스는 단지 널 보기 위한 핑계일 수도 있어."

마리의 말에 줄스도 고개를 끄덕였다.

"둘 다 머리가 어떻게 된 거 아냐?"

루시가 웃음을 터뜨렸고, 마침 웨이터가 음식을 가져다주었다.

원래 오늘 저녁만큼은 마리, 줄스에게 텅 빈 책에 대해 말하고 싶었지만 두 사람의 행동거지를 보니 이성적으로 대화하는 건 불가능할 것 같았다. 게다가 와인까지 한 잔씩 마신 다음에는 취해서 계속 킥킥거리기만 했다. 어쩔 수 없이 다른 타이밍을 기다려야 할 듯했다.

"네이선이 와 있어."

다음 날 오후, 도서관에 들어오는 루시에게 마리가 말해 주었다. 루시는 고개를 끄덕인 다음, 기쁜 티를 내지 않으려고 노력했다. 하지만 마리는 이미 눈치를 챈 모양이었다.

"서둘러. 네이선이 너와 앨리스를 기다리고 있으니까. 물론 약속을 잡진 않았지만 그렇다고 다시 되돌려 보낼 수도 없었어."

루시는 원래 앨리스를 숨길 계획이었지만 이제는 어떻게 해야 할지 알 수 없었다. 게다가 여태까지는 책도 멀쩡했다.

"잠깐 기다리라고 해. 금방 갖다 줄 테니."

루시는 문서실로 달려 내려갔다. 가방과 겉옷은 사무실 의자 위에 아무렇게나 던져둔 채 책상 위의 책을 집었다. 그 순간, 마치 전기에 감전된 듯 책을 떨어뜨리고 말았다. 손목의 표식이 활활 타오르는 것 같았다. 마치 불에 덴 것 같았다. 급히 소매를 걷어 올려 보니 책 모양의 표식이 피처럼 새빨갛게 타오르고 있었다. 그 어느 때보다 더 욱신거리며 맥박이 고동쳤다. 루시는 겁에 질린 채 표식을 바라보았다. 심장이 터질 듯 두근거렸다. 가방에서 티슈 한 장을 꺼내서 물을 좀 묻힌 뒤에 표식 위에 올려놓으니 조금씩 진정되는 것 같았다. 루시는 깊게 심호흡을 했다. 네이선을 더 오래 기다리게 할 순 없었다. 다른 손으로 조심스레 책을 집어 보았지만, 다시 한 번 찌르는 것 같은 통증이 느껴지며 현기증이 났다. 루시는 이를 악물고 통증을 참으며 책을 엘리베이터까지 가져갔다.

책을 위층으로 올려 보낸 다음 계단을 오르는데, 이마에서 땀방울이 흘러내렸다.

루시를 본 네이선이 걱정스러운 눈으로 그녀를 맞았다.

"어제 본 영화가 그렇게 끔찍했어?"

그가 책을 건네받으며 속삭였다. 그런 다음 루시를 근처에 있는 의자에 앉혔다.

"왜?"

루시가 아무렇지 않은 듯 노력하며 물었다.

"어딘가 상당히 안 좋아 보여."

네이선이 덧붙였다.

"오해는 하지 말아 줘. 난 지금의 네 모습 그대로가 좋으니까.”

그의 말에, 루시가 당황한 나머지 시선을 피했다.

“하지만 지금은 정말 아픈 것 같아 보여.”

그가 말을 이었다.

“집까지 데려다줄까? 앨리스는 다음번에 빌려도 돼. 책은 도망가지 않으니까.”

루시가 고개를 저었다.

“괜찮아. 그냥……. 손목에 있는 흉터 때문에 그래. 왜 그런지는 모르겠지만 지금 마치 불로 지지는 것 같아.”

“당장 의사에게 가 보는 게 어때?”

잠시 침묵하던 네이선이 물었다.

루시가 고개를 끄덕였다.

“응. 어쩌면 그게 낫겠어.”

그런 다음 다시 천천히 문서실로 내려갔다. 그리고 네이선이 앨리스를 빨리 되돌려 주기만 바라면서 사무실 책상 위에 지친 머리를 올려놓았다. 그런 다음 몇 분 걸리지 않아서 금세 잠이 들었다.

꿈을 꾸었다. 책들이 날아다니고 있었다. 어떤 책들은 느렸고, 어떤 책들은 빨랐다. 몸을 돌리거나 회전하거나, 파란 하늘 위로 책등을 새처럼 펄럭이며 날고 있었다. 책들이 루시를 향해 다가와 제 속을 보여 주었다. 대부분은 텅 비어 있었다. 또 몇몇은 글자가 투명해져 가고 있었고, 어떤 책은 알파벳이 책장에서 날아오르는 중이었다. 그때 책들의 익숙한 속삭임이 들려왔다. 제발 자기들을 도와 달라며 빌었다. 하지만 루시는 제 힘이 극히 미약하다는 걸 알았다. 미안하지만 내가 도와줄 수 있는 게 없어! 루시가 속삭였다. 난 이 모든 게 왜 일어나는지도 모르는걸. 그러자 책들이 속삭였다. 기억해 내! 루시의 머릿속에 책들이 외쳤다. 기억해 내는 거야, 루시!

그때 문이 쾅 하며 열리는 소리가 들렸고, 루시는 놀라서 잠에서 깨어났다.

"루시?"

마리가 그녀를 찾는 소리가 들렸다.

"괜찮아?"

루시는 자리에서 일어나 얼굴을 문지르며 사무실 밖으로 나가 보았다. 저쪽에서 마리가 급히 달려오는 게 보였다.

"응. 왜?"

"하도 전화를 안 받아서 직접 내려와 본 거야. 벨은 울리는데 넌 안 받고. 얼마나 걱정했는지 알아?"

마리가 언성을 높였다.

"네이선이 직접 내려오려고 했는데 그건 규정에 어긋나니까."

"벌써 끝났대?"

루시가 멍하니 중얼거린 다음 시계를 보았다. 잠시 잠이 든 것 같았는데 벌써 세 시간이 지나 있었다.

"네이선이 걱정 많이 하고 있어. 지금 당장 널 데리고 위로 올라가지 않으면 직접 내려올 기세야. 그럼 반즈 씨가 심장 마비로 쓰러지겠지."

"지금 올라갈게."

루시가 후들거리는 걸음으로 마리의 뒤를 따랐다. 계단 위쪽에서 네이선의 얼굴이 보였다. 그가 루시의 안색을 살폈다.

"혹시 정신이라도 잃었을까 봐 걱정했어."

그가 굳은 얼굴로 말했다.

"미안해. 아래에서 책을 좀 정리하느라 전화벨 소리를 못 들었어."

루시는 되는대로 둘러댔지만 네이선의 표정을 보니 그 말을 믿는 것 같진 않았다.

계속 꿈이 떠올랐다. 이렇게 생생한 꿈을 꿔 본 게 얼마 만이지? 기억하라니, 그게 무슨 뜻일까? 루시의 머릿속에 의문점들이 꼬리를 물었다.

"안 되겠다. 집에 데려다줄게."

네이선이 딱 잘라 말하자 루시가 힘없이 고개를 끄덕였다.

"그런데 책은? 앨리스는?"

루시가 네이선과 마리를 번갈아 보며 물었다.

"설마 책을 그대로 두고 온 거야?"

루시의 얼굴이 하얗게 질렸다. 어떻게 책을 잊은 채 잠이 들 수 있지? 아니, 자기가 책을 소홀히 했다는 사실 자체를 용납할 수 없었다. 루시는 공포에 질린 채, 두 사람이 채 대꾸하기도 전에 달리기 시작했다. 네이선의 발소리가 뒤따라 울렸다. 열람실 문 앞에서 그가 루시를 붙들었다.

"걱정하지 마. 이미 책은 열람실 직원에게 건네줬어."

루시는 고개를 끄덕이면서도 일단 열람실 안으로 뛰어 들어 갔다. 책을 읽고 있던 사람들의 놀란 눈빛 따위는 신경도 쓰지 않았다. 열람실 감독관이 그녀를 쳐다봤다.

"책이요. 책 어디 있어요?"

루시가 넋이 나간 사람처럼 물었다.

그러자 직원이 루시에게 책을 가지고 오자마자 가슴에 부둥 켜안은 채 황급히 빈자리를 찾았다. 그런 다음 책을 펼쳤다. 일 단 외관상의 변화는 보이지 않았다.

"장갑 끼는 걸 잊었어."

네이선이 루시에게 말하며 자신의 장갑을 건네주었다. 루시 는 장갑을 끼고 책을 쓰다듬은 후 한 장 한 장 넘겨 보았다.

"설마 내가 책에 무슨 짓을 했을 거라고 생각하는 거야?"

그가 물었다. 루시를 바라보는 그의 표정은 그리 온화하지 않았다.

"내가 왜 이러는지 나도 모르겠어."

루시가 침을 꿀꺽 삼키며 고개를 떨어뜨렸다.

그 모습을 본 네이선이 눈썹을 치켜들었다.

"그럼 갈까?"

목소리에서 그가 치밀어 오르는 분노를 억누르고 있다는 게 느껴졌다.

"아니면 그 책이 널 대신 데려다준대?"

루시가 얼굴을 붉혔다.

"책 좀 아래에 갖다 놓고 올게."

그런 다음 말없이 책을 다시 포장한 다음 엘리베이터 안에 넣었다.

"난 여기서 기다릴게."

그가 도서관 로비에서 외쳤다.

루시는 고개를 끄덕였다.

어느 정도 시간이 흐른 뒤, 두 사람은 함께 도서관을 떠났다. 루시는 뭐라 말을 꺼내야 할지 몰랐다. 네이선을 한 번 쳐다볼 엄두조차 나지 않았다.

"나 안 데려다줘도 돼."

잠시 후 루시가 중얼거렸다.

"많이 나아졌어. 혼자서도 갈 수 있어."

"나도 알아. 하지만 내가 그러고 싶어."

그리고 다시 무거운 침묵이 흘렀다.

지하철에서 갑자기 네이선이 루시의 손을 잡았다. 그런 다음 소매를 살짝 걷어 올리고 그녀의 작은 표식을 가만히 바라보았다. 표식의 색은 원래대로 돌아와 있었다. 그는 다시 조심스럽게 소매를 내린 후, 열차 벽에 기대어 창밖을 바라보았다.

하지만 여전히 루시의 손을 꽉 잡고 있었다.

루시는 혼란에 빠졌다. 그렇게 마음대로 손을 잡도록 허락할 생각은 없었다. 아직 그렇게 서로 잘 아는 사이도 아니었으니까. 하지만 그를 뿌리칠 수가 없었다. 모든 게 뒤죽박죽이었고, 머릿속이 혼란스러웠다.

어느덧 둘은 열차에서 내려 한참을 걸어 루시가 사는 건물 앞에 다다라 있었다.

"나 여기 살아."

네이선이 위를 올려다보았다.

"집 예쁘네."

루시가 헛기침을 했다.

"들어와서 커피나 차라도 한잔하고 갈래?"

그런 다음 가만히 그를 바라보았다.

네이선이 까만 눈동자로 루시를 꿰뚫듯 바라보았다.

"내가 그렇게 했으면 좋겠어?"

루시가 고개를 끄덕였다.

"커피 한잔이라……. 좋은 생각인 것 같군."

그가 루시의 뒤를 따라 계단을 올랐다.

루시는 가방을 뒤적여 열쇠를 찾았다.

문을 열고 들어가자, 줄스가 부엌문에서 고개를 빼꼼 내밀고 둘을 쳐다보았다.

"소…… 손님이랑 왔네?"

줄스가 당황한 듯 과장스럽게 떠들었다.

"커피 한잔하고 가라고 했어."

루시가 설명했다.

"1초만 기다려."

줄스가 부엌 안으로 뛰어 들어가며 말했다.

루시와 네이선이 겉옷을 벗어 옷걸이에 거는 동안, 부엌 안에서 그릇 부딪치는 소리가 유난히 시끄럽게 들려왔다.

타이거가 루시의 방에서 나와 낯선 손님을 탐색했다.

"얘는 타이거야."

루시가 소개했다.

"이름이 왜 그래?"

네이선이 눈처럼 하얀 고양이에게 몸을 굽혀 쓰다듬으며 물었다.

"원래는 새끼 호랑이를 가지고 싶다고 했었거든. 걔 처음 데려올 때 말야."

줄스가 부엌에서 소리쳤다.

"동물원에서 새끼 호랑이를 본 다음에 일어난 일이었지. 물론 소원을 이루진 못했지만 대신 선물 받은 애야. 그래서 딴 건몰라도 이름만큼은 타이거라고 붙여 줬어. 실은 여기까지 데려온 것도 그 녀석 없인 살 수 없을 것 같아서."

타이거가 기분이 좋은지 그릉그릉 소리를 냈다.

"널 좋아하나 보네!"

루시가 놀랍다는 듯 중얼거렸다.

"좋아하면 안 돼?"

네이선이 물었다.

"얘 남자라서 원래 남자들 별로 안 좋아하거든. 마리의 남자친구랑 콜린은 매번 물려."

네이선은 일어나 루시를 따라 부엌으로 갔다. 그리고 다 같이 작은 식탁에 둘러앉았다.

"넌 뭐 공부해?"

네이선이 줄스에게 물었다.

"건축학."

줄스가 낡은 식기장에서 커피 잔을 꺼내면서 대답했다.

"넌?"

"영문학이랑 미술사."

"몇 학년이야?"

줄스가 물었다. 따분한 질문 공세에 루시는 한숨을 내쉬었다.

"학년으로 치면 3학년이야. 원래는 전에 파리, 베를린, 리스본에서 공부했던 게 있지만 여기 런던에서는 학기로 인정해 주는 게 몇 안 되더라."

줄스가 감탄한 표정으로 고개를 끄덕였다.

"여기 마음에 들어. 좋은 집이야."

네이선이 부엌을 둘러보며 화제를 바꿨다.

"아빠가 사 줬어."

줄스가 킥킥거리며 말을 이었다.

"기숙사는 절대 들어가지 말라고 하더라. 아마 자기가 공부하던 시절에 어땠는지 아직도 기억이 생생한가 봐."

그때 열쇠로 문을 열고 들어오는 소리가 났다.

"안녕! 아가씨들."

콜린의 목소리가 들렸다. 콜린이 부엌문 사이로 고개를 비집고 코를 킁킁거리며 들어왔다.

"혹시 케이크 있어?"

루시와 줄스가 동시에 고개를 저었다. 그제야 콜린이 네이선을 쳐다보았다. 아주 잠시, 콜린이 눈썹을 찌푸렸다.

"안녕."

콜린이 손을 내밀며 악수를 청했다.

"난 콜린이야."

"너도 여기 살아?"

네이선이 물었다. 콜린이 고개를 끄덕이며 루시의 커피 잔을 낚아챘다. 그 모습을 본 네이선이 놀란 표정을 지었다.

"이 집 아가씨들이 내 망명을 받아들여 줬거든."

콜린이 떠들었다.

"그 대신 요리를 맡고 있지."

"여기. 오늘은 내가 장 봐 왔어."

줄스가 봉지를 내밀었다.

"오늘은 중국 요리 어때? 한번 들여다봐."

콜린이 마치 연극배우처럼 과장된 제스처로 눈알을 들어 올렸다.

"이 몸은 요리하는 노예가 아니라고!"

콜린이 줄스의 쇼핑 목록을 살펴보며 뭘 요리할지 고민하는 동안, 네이선이 몸을 일으키며 말했다.

"미안하지만 먼저 일어날게."

그런 다음 루시를 바라보았다.

"혹시 이번 주말에 시내 구경 좀 시켜 줄래?"

루시가 깜짝 놀란 눈으로 그를 바라보았다. 이 남자, 진심이야?

네이선은 참을성 있게 대답을 기다렸다.

"당연히 나가야지!"

줄스가 끼어들었다.

"안 그럼 또 방구석에 처박혀서 책만 읽어 댈 거라고."

루시가 뭐라고 대꾸하기도 전에 줄스가 네이선을 집 복도로 떠밀었다.

"루시가 전화하게 할 테니까 걱정 마."

문이 닫히기 전에 줄스가 말하는 소리가 들려왔다.

"너 지금 제정신이야?"

부엌으로 들어오는 줄스에게 루시가 따졌다.

"내가 저 남자랑 데이트하기 싫다면 어쩔 건데?"

"너 데이트하고 싶잖아."

줄스가 일부러 낮은 톤으로 말했다.

"내 말 믿어. 딱 보면 알아. 네이선도 그렇게 느꼈을 거야. 콜린! 너도 뭐라고 말 좀 해 봐."

"난 빼 줘. 어차피 내 루시 공주님에게 충분한 남자는 없다고 생각하니까."

콜린이 루시에게 미소 지어 보이고는 파를 잘게 다졌다.

"네이선은 가끔 무서워 보일 때가 있어."

루시가 말했다.

"내가 확신할 수 있는 단 한 가지는 저 남자, 무서울 정도로 잘생겼다는 거야. 절대 저런 물건을 놓치면 안 되지. 친절한 데다 예의 바르고 똑똑하기까지 하잖아!"

"글쎄, 잘 모르겠는데."

루시가 쏘아 댄 후 일어나 그릇들을 모아 설거지를 하기 시작했다. 줄스는 마른 행주를 집어 들었다.

"정확히 어떤 게 무섭다는 건데?"

줄스가 잠시 후에 물었다.

"까만 눈동자에 대한 얘긴 그만해. 솔직히 말해 무서운 게 아니라 매력적이라고. 누가 들으면 자랑하는 줄 알아."

어쩌면 지금이야말로 줄스에게 책에 대해 말해야 하는 순간이었다. 하지만 루시는 친한 친구에게조차 손목의 표식과 꿈, 책의 속삭임에 대해 도대체 어떻게 설명해야 좋을지 몰랐다. 그들이 그 말에 어떻게 반응할까? 줄스와 콜린이 자신이 미쳤다고 생각할지도 몰랐다. 어쩌면 콜린만은 믿어 줄지도 몰랐다.

하지만 자신이 생각하기에도 황당무계하긴 했다.

그래서 그저 어깨만 으쓱해 보인 후 입을 다물었다. 다행히 줄스는 콜린과 떠드느라 더 이상 묻지 않았다.

밤이 되어서야, 루시는 침대 위에 누워 네이선에 대해 생각하기 시작했다. 물론 그가 매력적인 건 사실이었고 그에게 점점 빠져들고 있다는 사실을 부정할 수는 없었다. 하지만 그가 무슨 마법을 부린 게 분명했다. 원래는 그를 잘난 체하며 거만한 사람으로만 봤다. 하지만 지금은 제 안에서 치미는 감정을 주체할 수가 없었다. 이렇게 그에 대한 생각을 하는 시간이 점점 많아지고 있었다.

원래 계획대로라면 오늘 밤에도 과제를 했어야 했다. 다음 주에 그걸 사람들 앞에서 발표해야 하는데 여태껏 아무것도 한 게 없었다. 이건 전혀 그녀답지 않았다. 오늘도 아무런 학문적 성과가 없었다.

주말이면 그를 만날 터였다.

어쩌면 그에게 텅 비어 있는 책들에 대해 이야기를 꺼내 봐야 할지 몰랐다. 물론 그는 그 일과 아무 관련이 없을 수도 있었다. 앨리스에 여태껏 아무 일도 일어나지 않았으니 말이다. 그를 믿어도 될까? 어쩌면 그에게 사라진 책에 대한 이야기를 털어놓고 도움을 청할 수도 있을 터였다. 일단은 두고 볼 생각이었다. 물랑 부인의 답장을 기다리는 게 우선이었으니까. 하지만 여태 아무런 연락도 오지 않는 게 이상하긴 했다. 아마 바쁜 것이겠지. 참고 기다리는 법도 배워야 한다며 루시는 스스로를 다독였다. 하지만 언젠가는 네이선에게도 이 일에 대해 털어놓을 생각이었다. 그제야 약간 홀가분한 마음으로 잠이 들었다.

7장

책이 없는 공간은 영혼 없는 몸뚱이와 같다.

— 키케로

바티스트 드 트레메인의 눈동자가 분노로 이글거렸다. 그에게는 이 소녀가 갑자기 어디에서 나타났는가가 큰 의문이었는데, 오늘에야 그 문제의 해답을 찾아낸 것이다. 그의 책상 위에 놓인 서류가 그 열쇠였다.

그들은 그를 보기 좋게 속여 넘겼다. 지난 몇 년 동안 단 하루도 이런 일이 가능할 거라고 상상조차 못 했다. 하지만 그들은 아이를 그의 시야에서 감추는 데 성공했다. 그들이 어찌나 교활하고 철두철미했던지, 바티스트 드 트레메인조차 수호자들이 이 땅에 단 한 명도 남지 않았다고 믿고 있었던 것이다.

운명은 그를 막아서려 했지만, 그는 절대 포기하지 않을 생각이었다. 이번만큼은 실수 없이 처리해야 했다. 일단은 네이선이 무엇을 알아낼 수 있는지 두고 봐야 했다. 그 소녀가 얼마나 알고 있는지, 또 이 땅에 남은 마지막 수호자인지 여부도 중요했다. 두 번 다시 실수는 용납되지 않았다. 이제 네이선만이 그의 마지막 남은 희망이었다. 그는 이전까지 있었던 가문의 남자들 중 가장 뛰어난 업적을 이루어 내야만 했다.

그는 서류를 다시 한 번 읽어 보았다. 그는 킹스 칼리지에 있는 인맥을 사용해서 이 서류를 얻어 낼 수 있었다. 그곳 사람이라면 누구나 바티스트 드 트레메인의 부탁을 거절하지 못했다.

그 소녀는 고아였다. 물론 그게 놀랄 만한 일은 아니었지만 그들이 소녀를 고아원에 숨기고 있을 거라고는 생각하지 못했던 것이다. 더 일찍 그런 가능성에 대해 조사해 봤어야 했다. 어떻게 고아원에 들어가게 된 거지? 누가 고아원에 위탁한 거지? 아이를 거기에 버렸나? 좀 더 조사해 볼 필요가 있었다. 아이를 발견해서 키운 자들이 무엇을 알고 있는지 조사할 필요가 있었다. 바티스트는 그들이 아이를 버릴 때 아무런 정보도, 출신이나 능력에 대한 언급도 없었을 거라고는 믿지 않았다.

그는 힘겨운 몸짓으로 책상에서 몸을 일으킨 다음 지팡이를 짚었다.

"시리우스, 오리온!"

그가 두 마리의 검은 그레이트 데인을 향해 명령하자, 개들이 벌떡 일어나 그의 뒤를 따랐다. 그는 온 힘을 다해 정원 구석, 나무 사이에 숨겨져 있는 낡은 예배당을 향해 한 발짝 한 발짝 걸음을 옮겼다. 그 작은 건물은 성보다 더 오래되어 보였다. 그가 겉옷 주머니에서 화려하게 장식된 강철 열쇠를 꺼냈다. 이윽고 낡은 문이 소리 없이 열렸고, 예배당 내부가 눈앞에 드러났다. 제단 양옆으로는 긴 나무 의자들이 보였고, 제단 위와 벽에 걸린 촛대에서 촛불이 타오르고 있었다.

바티스트는 곧장 투박한 나무 제단 뒤쪽으로 향했다. 가족 납골당으로 이어지는 좁은 계단이 보였다. 트레메인가가 성에 살기 시작한 때부터 가문의 시신은 거기에 보관되어 왔다. 죽은 후에도 가문의 보물을 지키고 있는 셈이었다.

바티스트가 어찌나 낡았는지 마치 박물관 유물 같은 오래된 관의 측면을 손으로 꽉 잡았다. 그러자 거대한 돌벽이 움직이며 비밀 통로가 드러났다. 통로 안쪽으로 화려하게 장식된 청동 난간이 달린 긴 나선형의 계단이 나타났다. 계단은 그대로 지하까지 이어졌다.

지하에는 트레메인가가 고향에서 추방되던 때부터 대대로 지켜 오던 그들의 가보들이 해안가 암석 깊은 곳에 고이 간직되어 있었다. 아무도 이 아래에 이 보물들이 숨겨져 있을 거라고는 생각하지 못할 것이다. 세상 어디에도 여기만큼 안전한 곳은 없었다.

바티스트는 조심스럽게 계단을 내려갔다. 해가 거듭될수록 이 아래까지 내려오는 게 힘들어져만 갔다. 이제 네이선에게 가문의 비밀을 전수해 줄 때가 다가오고 있었다. 개들도 그의 뒤를 따랐다. 통로 주위의 암석 벽은 세월에 침식되었지만 언제나 충성스럽게 비밀을 지켜 내고 있었다. 그리고 앞으로도 그러할 것이다. 그게 그 바위의 의무였으니까.

계단 아래쪽에는 굳게 잠긴 나무 문이 있었다. 바티스트가 문을 열고 홀로 들어가 손가락을 튕기자 마법처럼 횃불이 타오르기 시작했다. 이윽고 거대한 홀 내부가 따스한 불빛으로 가득 찼다. 바티스트는 몇 세기 동안이나 이곳에서 잠들어 있는 보물을 바라보며 깊이 숨을 들이마셨다. 이렇게 이 안에 들어올 때마다 의무를 수행하기 위한 힘을 얻는 것 같았다. 이곳에서만큼은 진정한 자신이 될 수 있었다.

그는 페르펙투스[4], 마지막 남은 완전한 자들 중 하나였다.

그는 유유히 수백 권의 책들이 꽂혀 있는 서가 사이를 걸었다. 모든 서가의 머리에는 금으로 만든 판에 '책을 구한 완전한 자'의 이름이 새겨져 있었다. 각 세대마다 후계자가 있었고, 그들은 이 세상에서 책들을 지켜 내겠다고 맹세하며 그들의 임무를 수행해 왔다. 바티스트의 이름이 새겨진 서가에 가장 많은 수의 책들이 꽂혀 있었다. 그는 생의 단 한순간도 임무를 등한시한 적이 없었다. 이제 네이선이 그의 뒤를 잇게 될 터였다. 그의 앞에 주어질 과제는 무한했다. 그들 중 누구도 세상의 모든 책을 구해 낸 자는 없었다. 하지만 시대에 따라 가장 중요하다고 여겨지는 책들만큼은 대부분 수집되어 있었다. 그들 가문은 인간들이 다시 책을 가질 가치를 입증해 보일 때까지 책들을 지켜 낼 것이었다.

---

4 Perfectus: 완전한 자들이라는 의미의 라틴어. Perfecti는 그 복수형이다.

그가 가장 최근에 제작될 책이 놓여 있는 탁자 앞에 섰다. 아직 완성된 상태는 아니었다. 그가 아름답게 장식된 표지를 펼쳤다. 시간이 매우 촉박했음에도 불구하고, 화가는 이 예술 작품을 그대로 재현해 냈다. 바티스트는 조심스럽게 페이지를 한 장 한 장 넘겼다. 몇몇 페이지에는 이미 섬세한 필체로 책의 내용이 기입되기 시작했다. 조만간 이 책도 완전히 구해 낼 수 있을 터다. 네이선은 여태껏 존재했던 그 어떤 후계자보다 책을 빨리 읽어 들였다. 게다가 책의 영혼까지 가장 완벽히 읽어 들이곤 했다. 한 단어도 빼놓지 않았고, 옛 책이 빈껍데기가 될 때까지 새 책에 옮겨 넣었다. 그러면 옛 책은 시간이 지나면서 먼지로 변했고, 잊혔다.

물론 그들이 하는 건 잔혹한 행동이었지만 숭고한 목적을 지니고 있었다. 일반인들이 절대로 이해할 수 없는 단 하나의 목적, 책에 깃든 지식과 지혜를 파괴하기 위해 수단과 방법을 가리지 않는 자들에게서 책을 지키는 것이었다. 또한 무지와 권력욕에 맞서 싸워야 했다. 그의 선조들은 이 목적을 위해 수세기 전에 비밀 연맹을 만들었다. 그리고 많은 자들의 추적과 고문에도 불구하고, 선조들은 단 한 번도 연맹을 배신한 적이 없었다.

"시리우스, 오리온!"

바티스트가 자신의 가장 충직한 수행원들을 부르자 개들이 고개를 번쩍 들었다.

"연맹이 위험에 처했다."

그러자 개들은 주의 깊게 다음 명령을 기다렸다. 바티스트가 홀 끝으로 걸어가더니, 서가 뒤편에 숨겨져 있던 작은 문을 열었다. 싸늘한 바닷바람이 문을 통해 들이닥쳤다. 개들은 소리 없이 문으로 달려 나가 그대로 가파른 길을 따라 달렸다. 길은 해변 아래로 이어져 있었는데, 현명한 선조들이 비상 통로로 쓰기 위해 만들어 놓은 것이었다. 개들 뒤편으로 검은 연기가 이어졌다. 그 모습을 본 바티스트는 미소 지으며 문을 닫았다.

이제 머지않아 이 문제도 해결될 터다. 그는 느린 걸음으로 그곳을 떠났다. 그가 홀의 문을 닫자, 마치 마법처럼 횃불이 일제히 꺼졌다.

그는 사무실로 돌아와 네이선의 휴대 전화 번호를 눌렀다. 두 번 만에 그가 전화를 받았다.

"그래서 뭘 알아냈느냐?"

네이선이 잠시 침묵했다.

"모르겠습니다."

그가 머뭇거리며 대답했다.

"뭐라고?"

바티스트가 수화기에 대고 소리를 질렀다.

"아직도 모르겠다는 거냐?"

"아직 입을 열게 할 만큼 가까운 관계는 아닙니다. 여태껏 겨우 두 번 만났을 뿐이니까요. 하지만 절 신뢰하는 것 같습니다. 주말에 다시 한 번 만나기로 했는데 그때 좀 더 많은 걸 알아낼 생각입니다. 믿고 기다려 주십시오."

"나도 그러고 싶다만……."

바티스트가 좀 누그러진 목소리로 대꾸했다.

"그 소녀야말로 이 세상에서 널 해칠 수 있는 유일한 존재라는 걸 잊지 말거라. 나도 여기서 그 애의 출신과 혹시라도 그 종족 중 남은 자가 있는지 조사하고 있다. 그 여자애를 단단히 지켜보도록 해. 일주일의 시간을 더 주마. 그런 다음엔 내 손으로 직접 처리할 거다. 알아들었느냐?"

"네. 할아버지."

"좋아. 앨리스는 마친 거냐?"

그가 물었다.

"네. 오늘 끝냈습니다. 조만간 우리 손에 들어오게 될 겁니다."

네이선이 짧게 대꾸했다.

바티스트가 그의 말에 귀를 기울였다. 네이선의 말투에서 혹시라도 불쾌감이 배어 나오지는 않는지 확인하기 위해서였다.

"다음 책은 뭐지?"

그가 한결 누그러진 톤으로 물었다.

"오스카 와일드의 《도리안 그레이의 초상》입니다."

바티스트가 숨을 들이마셨다.

"그 책을 손에 넣었다고?"

"네. 그런 것 같습니다."

"여러 해 동안이나 자취를 감추고 있었다는 게 놀랍긴 했다만, 슬슬 꼬리가 잡힐 때도 됐지. 이제야 연맹의 수중에 넣을 수 있겠군. 최선을 다하거라."

그가 명령했다.

"네. 할아버지. 언제나 최선을 다하고 있습니다."

네이선이 굳은 목소리로 대답했다. 이번만큼은 네이선이 먼저 대화를 끝냈다.

떠오르는 아침 햇빛 속에 작은 성당이 서 있었다. 랄프 매클레인 신부는 침착한 걸음걸이로 성당 문을 잠갔다. 그러고 나서 다시 몇 미터 떨어진 제단으로 돌아와 오전 미사를 준비하려는 찰나, 잠근 문틈으로 검은 연기 두 개가 새어 들어왔다.

그 연기에서 두 남자의 형상이 만들어지더니, 신부에게 다가왔다.

인기척을 느낀 신부가 뒤를 돌아보고는 흠칫 놀랐다. 이곳에서 목회를 맡고 있는 지난 20년 동안, 이 시간만큼은 혼자 고요를 즐기며 오전 묵상을 준비하곤 했기 때문이다.

신부는 검은 양복을 입고 머리를 짧게 깎은 두 남자가 다가오는 것을 본 순간, 그들이 오전 미사를 드리러 온 사람이 아니라는 건 확실히 알 수 있었다.

이제 그가 그토록 두려워하며 최대한 늦추려 노력하던 순간이 온 것이다. 지난 몇 년간은 도망칠까도 생각해 봤다. 하지만 루시를 혼자 내버려 둘 수는 없었다. 루시의 부모는 그의 손에 아이의 운명을 맡겼고, 언제나 루시를 보호하기 위해 최선을 다해 왔던 것이다. 루시의 엄마인 소피 가디언은 그에게서 침묵의 맹세를 받아 낸 후 루시의 비밀을 말해 주었다. 루시가 비밀을 알아야 하는 순간이 오면 밝혀 달라는 부탁과 함께. 그는 오늘까지 비밀을 굳게 지켜 왔던 것이다. 이제야 그게 실수였다는 걸 깨달았다.

언제나 그들이 루시를 영영 발견하지 못하길 바라 왔건만, 예상보다 빨리 발각되고 만 것이다.

"안녕하십니까."

그가 남자들을 향해 침착하게 인사를 건넸다.

"이렇게 이른 시간에 무슨 일로?"

"우리는 어떤 사람을 찾고 있소. 당신이 우리에게 그 여자가 어디 있는지 말해 줄 수 있을 것 같소만."

남자 중 하나가 꽤 부드러운 목소리로 물었다.

"우리가 찾고 있는 사람의 이름은 루시 가디언이오."

다른 한 명이 끼어들었다.

"고아인데, 물랑 부인이 운영하는 시설에서 자랐소. 우리의 고객은 자신이 이 소녀의 친척이라고 추측하고 있소."

그가 옷 속에서 신분증을 꺼내 매클레인 신부의 코앞에 들이댔다. 하지만 너무 가까이 갖다 대는 바람에 제대로 알아볼 수가 없었다.

"여러분이 제게서 뭘 원하시는 건지 쉽게 이해가 되지 않는군요. 가디언 양이 어디에 있는지는 물랑 부인이 더 잘 알고 있을 텐데요."

"물론 물랑 부인에게도 물어볼 거요."

남자 중 하나가 대꾸했다.

"하지만 먼저 루시 가디언이 우리가 찾는 그 사람이 맞는지 확실히 하고 싶어서 그런 거요. 당시 갓난아기였던 루시 가디언을 제일 처음 발견한 게 당신 맞소?"

남자가 이상할 정도로 뚝뚝 끊어지는 톤으로 물었다.

매클레인 신부가 고개를 끄덕였다. 하지만 절대로 비밀만은 누설하지 않을 생각이었다.

"후견 법원의 서류에 따르면, 아기는 교회 계단 위에 버려져 있었던 것 같은데, 맞소?"

신부가 재차 고개를 끄덕였다.

남자 하나가 신부에게 가까이 다가와 위협적으로 우뚝 섰다.

"아기를 제일 처음 발견했을 때, 뭔가 특이하거나 이상한 점은 없었소?"

신부는 고개를 저으며 대답했다.

"그날은 여느 날과 다를 바 없는 평범한 아침이었고, 아기는 교회 계단 위에 버려져 있었지요."

신부가 이야기를 시작했다. 물론 사실이 아니었지만 시간이 지나면서 이야기에 저절로 살이 붙어서 이제는 그조차 그게 진짜라고 믿을 정도였다.

"아기에겐 아무런 서류도, 종이쪽지 한 장조차 남아 있지 않았지요. 아기가 지니고 있던 건 제가 입은 옷과 아기를 덮고 있던 덮개뿐이었고요. 주위를 둘러봐도 아기를 유기한 사람의 모습은 찾아볼 수가 없어서 일단은 아기를 데리고 성당으로 들어간 겁니다. 전 그때부터 지금까지 줄곧 독신인지라 신생아에 대한 경험이 전혀 없었지요. 그래서 그 당시부터 이 지역 고아원을 운영하고 있던 물랑 부인에게 연락을 넣었고, 부인은 한걸음에 달려와 아이를 보호해 주었습니다. 서류에도 쓰여 있겠지만 경찰에게 유기 아동이 발생했다고 접수를 넣은 것도 물랑 부인입니다. 안타깝게도 아기의 부모는 단 한 번도 직접 나타나거나 연락을 취해 오지 않았지요. 주님께서 그들을 용서하셨길!"

"아기에게 자신의 출생지를 입증할 수 있는 정보가 하나도 없었던 거요?"

매클레인 신부는 모든 용기를 끌어모아 남자의 눈을 똑바로 쳐다보았다.

"그렇습니다."

남자는 신부가 무안해서 시선을 피할 때까지 계속 쏘아보았다.

"미안합니다만, 이제 오전 미사 준비를 해야겠습니다."

신부의 음성이 떨렸다.

남자들은 한마디 말도 없이 성당을 나갔다.

매클레인 신부는 긴 나무 의자에 쓰러지듯 앉았다. 무릎을 쥔 손이 떨렸다. 이제 어떻게 해야 할 것인가?

입구의 문이 끼익 열리더니 오전 미사에 늘 참석하곤 하는 노부인들이 들어왔다. 그는 일어나 그들을 맞았다. 미사를 드리면 좀 진정될 것 같았다. 지금은 허둥댈 때가 아니었다. 여전히 그에겐 루시를 지켜 내야 한다는 과제가 남아 있었다.

미사를 마친 후, 매클레인 신부는 성직자에 어울리지 않는 걸음으로 허둥대며 사제관으로 달려갔다. 그의 채신머리없는 걸음새를 본 노부인들이 고개를 흔들었다. 그는 사제관 앞 정원에서 주위를 둘러보았다. 낯선 남자들은 보이지 않았다. 그의 말을 믿어 준 것일까?

하지만 그는 사제관 건너편의 덤불 속에 검은 자동차 한 대가 숨어서 그를 지켜보고 있다는 사실은 몰랐다.

그는 허둥지둥 사제관 안으로 들어간 다음 곧장 자기 사무실로 갔다. 가정부가 매일 아침마다 가져다 놓는 뜨거운 홍차가 책상 위에 놓여 있었지만, 그것조차 본 체 만 체했다.

그는 잘 정리된 책장에서 책 몇 권을 한꺼번에 꺼냈다. 책을 뒤집으니 작은 금고가 보였다. 신부는 거의 17년간 항상 목에 걸고 다녔던 열쇠로 금고를 열었다. 금고 안에는 작은 상자가 보관되어 있었다. 이제 더는 이 비밀을 지켜 낼 수가 없다. 그는 상자를 열고 작은 로켓 펜던트 목걸이와 편지 하나를 꺼냈다. 보기에는 평범해 보이는 물건들이었지만, 이로써 루시의 인생은 완전히 뒤바뀌게 될 것이었다. 신부는 루시가 가능한 한 평범한 인생을 살아가길 바랐고, 매일 이 소녀에게 자비를 베풀어 주십사 신에게 간구했던 것이다. 하지만 신은 그의 기도를 들어주지 않은 모양이었다.

그는 새 편지봉투 하나를 집어 들고 그 위에 고아원의 주소를 휘갈겨 썼다. 그런 다음 물랑 부인에게 짧은 편지를 써서 봉투 안에 로켓 펜던트 목걸이와 낡은 편지를 넣고 봉했다.

부엌으로 가니 가정부가 아침 식사를 준비하고 있었다.

"그레타, 오늘은 아무것도 안 먹을 겁니다."

신부가 가정부에게 최대한 단호하게 말했다. 그러자 가정부가 놀란 얼굴로 그를 바라보았다. 그가 자신의 스크램블에그를 마다했던 적은 단 한 번도 없었기 때문이다.

"걱정 말아요. 어디 아픈 건 아니니까."

그가 가정부를 진정시켰다.

"오늘 중요한 약속이 있어서 그래요."

그제야 그레타가 고개를 끄덕였다.

"부탁 하나만 들어주겠어요? 아주 중요한 일이에요. 이 봉투를 들고 당장 우체국에 가서 편지를 좀 보내 줘요."

"그럼요, 신부님."

그레타가 앞치마에 손을 닦으며 대답하고는 편지를 받아 들었다.

"고아원?"

편지에 적힌 주소를 본 그레타가 의아한 듯 고개를 갸웃거렸다.

"급하신 거면 직접 가져다줄 수도 있는데요? 근처니까 지금 출발하면……."

"아뇨, 아니에요. 그러면 안 됩니다. 무슨 일이 있어도 우체

국에 가서 부치도록 해요. 아, 그렇지. 복도에 편지와 소포가
더 있어요. 그것들도 같이 부쳐 주겠어요?"

"네, 그렇게 말씀하신다면야 그러죠 뭐."

가정부가 머뭇거리며 대꾸했다. 오늘 아침 신부의 행동이 좀
이상하다는 걸 눈치챈 모양이었다. 하지만 가정부로서 너무 많
이 질문하면 안 된다는 걸 알고 있었기에 입을 꾹 다물었다.

매클레인 신부는 겉옷과 복도에 놓인 차 열쇠를 집어 들고,
인사도 없이 서둘러 집을 나갔다.

그레타는 머리를 긁적거렸다. 신부의 행동이 오늘따라 유별
났기 때문이다. 혹시 누가 죽기라도 했나? 하지만 그런 일이 있
었다면 그레타가 벌써 알고도 남았을 터였다. 그레타는 가스레
인지를 끄고, 스크램블에그가 담긴 프라이팬을 식탁 위에 올려
두었다. 그런 다음 바구니를 챙겨 와서 그 안에 편지들과 소포
들을 조심스럽게 집어넣었다. 그러고서 서둘러 집을 나와 문을
잠갔다. 그레타가 늘 타고 다니는 자전거가 울타리에 세워져
있었다. 그녀는 콧노래를 흥얼거리며 자전거 앞쪽에 바구니를
고정시키고 페달을 밟았다. 그녀가 사제관 정원을 가로지르자
마자, 검은 그림자 하나가 베란다 문을 통해 신부의 사무실로
스며들었다.

신부는 떡갈나무가 길게 줄지어 늘어선 가로수 길을 따라
차를 몰았다. 그러면서 계속 백미러를 확인했다. 여전히 자신
을 따라붙는 차는 없었다. 그는 이 이중 작전이 성공해서 그레

타가 무사히 편지를 우체국에 가지고 가기만을 바랐다.

갑자기 검은 자동차 한 대가 마술처럼 그의 뒤에 따라붙었다. 신부는 액셀을 밟았다. 그때 그의 눈앞에 검은 기름 구덩이가 나타났다. 타이어가 미끄러지더니 그대로 차가 한 바퀴 돌았다. 그가 핸들을 급히 꺾어서 제어해 보려 했지만, 이미 차는 중심을 잃고 넘어가 무시무시한 속력으로 길 옆의 가로수와 충돌하고 말았다. 그때 신부의 머리도 차와 함께 부딪쳤고, 그의 눈앞에 흰색의 빛줄기들이 보이는가 싶더니 이내 모든 게 캄캄해졌다.

8장

책 속에는 이전까지 존재해 왔던 모든 시간의 영혼이 담겨 있다.

— 토머스 칼라일

물랑 부인은 깊게 숨을 들이마셨다. 매일 아침마다 의식처럼 이렇게 깊은 숨을 내쉬며 하루를 시작하곤 했다. 7시면 아이들이 일어나고, 7시 30분에는 고아원에 거주하고 있는 모든 교사와 아이 들이 아침 식사를 해야 했다. 8시에 아이들이 모두 고아원을 나선 후에야 평화가 찾아왔다. 물랑 부인이 사무실로 가면 요리사이자 고아원 살림을 도맡고 있는 마르타가 그녀가 사랑해 마지않는 얼그레이 홍차를 가져다주었다. 물랑 부인은 깊은 생각에 잠긴 채 찻잔에 설탕과 우유를 넣고 저었다. 그런 다음, 며칠 고아원을 비운 사이에 산처럼 쌓인 우편물들을 확인하기 시작했다.

먼저 우편물 제일 위쪽에 놓인 편지들부터 시작했다. 상아색으로 변색된 편지용 나이프를 들고 편지 상단을 잘라 냈다.

그 편지 나이프는 어머니의 유품이었다. 천천히 편지를 읽는 동안, 물랑 부인의 얼굴에 떠올라 있던 미소가 천천히 사라졌다. 놀란 얼굴로 편지를 두 번, 세 번 읽더니 서둘러 수화기를 붙잡고 사제관에 전화를 걸었다. 하지만 계속 신호음이 울릴 뿐 아무도 전화를 받지 않았다.

정말 이상한 일이라고 생각한 물랑 부인은 직접 사제관에 가 보기로 결심했다. 가서 무슨 일이 없는지 확인하고, 신부를 만나 루시의 편지를 보여 준 다음에 조언을 구할 생각이었다.

아직도 그 당시에 그가 했던 말이 귓가에 생생했다. 그날 밤에서부터 이미 여러 해가 지났건만 아직도 모든 게 꿈처럼 낯설고 이해되지 않았다.

폭풍우와 비바람이 몰아치는 밤이었다. 누군가가 벨을 눌러 내려가 보니, 문 앞에 신부이자 오랜 친구인 랄프가 작은 포대기를 안고 서서 그녀에게 제발 아무것도 묻지 말고 아기를 받아 달라고 부탁했다. 그녀는 그저 단 한 번 아기를 바라본 것만으로 마음을 빼앗겨 버렸다. 고아원 원장으로서 아이들에게 사적인 호감을 가지지 않는다는 게 그녀의 원칙이었지만, 아기의 독특한 회색 눈동자를 본 순간부터 자신이 이 아이를 영원히 사랑하게 될 거란 사실을 예감했던 것이다.

"언젠가 이 아기에게 이상한 일이 일어날 거요. 그러면 망설이지 말고 나에게 와요."

그가 말했다.

"그동안 나는 당신과 아이에게서 멀리 떨어져 지켜보면서 그날이 최대한 늦게 오기만을 기도하고 있겠소."

그가 안타까운 눈으로 아이의 볼을 어루만졌다.

"예쁜 아가, 루시 가디언! 주께서 너의 앞길을 지켜 주시길!"

그런 다음 급히 사라졌다. 그 이후로도 물랑 부인은 고아원 아이들과 함께 주일 미사에 참석하곤 했지만, 신부는 루시에 대해 언급하길 피했다.

루시에게 숨겨진 비밀이 있다는 걸 언제나 알고는 있었지만, 막상 루시의 편지를 읽어 보니 무슨 일인가 일어나고 있고 당장 어떤 조치가 필요하다는 게 느껴졌다.

물랑 부인은 부엌으로 가서 점심 식사를 준비하도록 지시한 후, 짙은 색 코트를 입고 머리와 목에 스카프를 동여맸다. 그런 다음 세심한 손길로 오래된 고아원 문을 잠갔다. 초록색의 아이비가 건물 벽을 타고 올라 정문의 아치와 창문의 돌림띠에 만개해 있었다. 정원사에게 아이비를 좀 잘라 내라고 말해 둬야 할 것 같았다. 그녀는 사제관으로 발걸음을 재촉했다. 눈앞으로 차창을 검게 가린 검은색 리무진이 지나가자 분명 누군가가 길을 잃고 마을로 들어온 거라고 생각하며 고개를 흔들었다.

사제관에 도착해 오래된 초인종을 눌렀다. 둔탁한 종소리가 울리자 물랑 부인은 스카프를 좀 더 단단히 고쳐 맸다. 날씨가 사뭇 쌀쌀했다. 가을이 점점 다가오고 있었다.

그레타가 문을 열어 주었다. 어딘가 정신이 나간 것 같은 얼굴이었다.

"그레타, 별일 없어요?"

물랑 부인이 물었다.

그러자 그레타가 고개를 저으며 말을 더듬었다.

"집에 도둑이 들었던 것 같아요. 틀림없어요. 아마 신부님의 사무실을 뒤진 것 같은데, 뭘 발견한 것 같진 않아요. 신부님한테 귀중품 같은 건 없었으니까요. 하지만 지금 당장 뭘 어떻게 해야 할지 모르겠어요. 프랭크한테 전화했으니 오는 대로 이 일을 해결해 주겠지요."

늙은 여인은 안절부절못하며 손에 들고 있던 마른 행주를 비틀었다.

"잘한 걸까요? 아니면 신부님이 돌아오실 때까지 기다려야 했을까요? 하지만 휴대 전화로 전화를 해 봐도 안 받고, 어디에 가신 건지도 종잡을 수가 없어요."

그레타가 애처로운 표정으로 물랑 부인을 바라보았다.

물랑 부인은 고개를 끄덕인 후 그레타에게 팔을 둘러 일단 집 안으로 들어갔다.

"그렇게 한 건 잘한 행동이었어요."

그녀가 늙은 가정부를 진정시켰다.

"일단 차 한잔하면서 같이 프랭크를 기다리죠. 아마 사건을 접수하자마자 달려올 거예요. 너무 걱정하지 말아요. 신부님도 자기가 돌아왔을 때 번거로운 게 끝나 있으면 고마워할 거예요."

"글쎄요……."

그레타가 불안한 듯 대꾸했다.

"신부님은 다른 사람이 자기 사무실에 들어오는 걸 얼마나 싫어하는데요. 저조차 신부님이 있을 때만 들어갈 수 있어요. 게다가 한 번도 제대로 청소하게 놔두질 않아요. 책상에 묻어 있는 차 얼룩이라도 좀 지워 드리면 얼마나 좋을까마는, 걸레를 든 걸 보자마자 절 내쫓아 버리시거든요."

그레타가 오래된 물주전자에 물을 채워 가스레인지 위에 올리고 불을 켰다. 그러면서 계속 불안한 목소리로 떠들어 댔다.

"그러고 보니 오늘 아침에도 계속 이상한 점투성이였네요. 이럴 줄 알았으면 우리 언니 말을 들을걸. 언니가 어제 전화해서 이상한 꿈을 꿨다고, 오늘 틀림없이 안 좋은 일이 있을 거랬어요. 우리 언니 예감은 기가 막히게 맞곤 하거든요. 게다가 안 좋은 일만큼은 귀신같이 맞혀요. 하지만 전 언제나처럼 언니 말 따윈 무시했죠. 하루는 시작되어야 하고, 신부님이 드실 아침도 준비해야 하는데 침대 속에만 처박혀 있을 수는 없잖아요. 안 그래요?"

그레타가 찻잔 세 개와 우유 단지, 설탕을 쟁반 위에 올려서 식탁으로 가져왔다.

"프랭크도 제가 내주는 허브차를 정말 좋아하거든요."

물랑 부인은 이 늙은 가정부의 목덜미가 붉어지는 모습을 보고 신기해했다.

"그런데 오늘 아침에 계속 이상한 일이 있었다는 건 무슨 말이죠?"

물랑 부인이 물었다.

"아 그거요? 글쎄 신부님이 제가 만든 스크램블에그를 안 먹겠다잖아요."

그 순간 물주전자에서 날카로운 휘파람 소리가 들려왔다. 그레타가 급히 주전자를 불에서 내린 후 가스레인지를 끄고 가스를 잠갔다. 그런 다음 물이 한소끔 식을 때까지 기다렸다가 조심스럽게 찻주전자에 물을 따랐다.

그레타가 식탁에 앉자 물랑 부인이 질문을 이어 나갔다.

"그게 뭐가 그리 이상하다는 거죠? 그저 입맛이 없었던 걸 수도 있잖아요."

그 말에 그레타가 고개를 세차게 저었다.

"아뇨, 아뇨. 제가 이 집에 있는 동안 신부님이 제 스크램블에그를 먹지 않았던 적은 단 하루도 없었다고요. 정말이지 아침을 먹지 않은 채로 밖을 나가는 일 따위는 있을 수가 없는 일이에요. 게다가 나가기 전에는 언제나 행선지를 말해 주시는데, 오늘은 아무 말도 없었다고요. 그래서 지금 신부님이 어딜 가셨는지조차 모르고 있어요."

그레타가 불안한 듯 중얼거렸다.

"언제나 그랬어요?"

물랑 부인이 미심쩍은 듯 물었다. 신부가 자기 가정부에게 언제나 행선지를 밝혔다는 게 좀 못미덥게 들렸기 때문이다.

"네. 언제나요."

가정부가 단호하게 고개를 끄덕이며 대답했다. 늙은 가정부의 회색 곱슬머리가 고개를 끄덕일 때마다 얼굴 위에서 세차게 흔들렸다.

두 여인은 자신만의 생각에 잠겨 침묵하며 차를 마셨다. 몇 분 뒤, 사제관의 초인종이 울리자 그레타가 허둥지둥 달려 나가 문을 열었다. 지역 경찰인 프랭크가 온 것 같았다. 물랑 부인은 그의 찻잔에 허브차를 따라 주었다. 부엌 안에 향긋한 허브 증기가 가득했다. 바로 그 순간, 물랑 부인은 어떤 불길한 예감을 느꼈다. 곧 외투 주머니 안으로 손을 넣어 루시의 편지가 제대로 주머니 안에 들어 있는지 확인했다.

물랑 부인은 차를 한 모금 삼키며 그레타와 프랭크가 서 있는 복도 쪽으로 가 봐야겠다고 마음먹었다. 그레타는 프랭크에게 방금 물랑 부인에게 했던 이야기를 한 번 더 떠들어 대고 있는 중이었다.

"……그래서 집에 돌아와 보니, 사무실에 나 있는 베란다 창문이 열려 있는 거야!"

그레타가 말했다.

"그 전에는 어디 있었는데?"

프랭크가 손에 든 메모지를 들여다보며 물었다.

"신부님이 나더러 편지랑 소포 들을 우체국에 가져가서 보내 달라고 부탁했거든."

그레타가 대꾸하며 물랑 부인을 쳐다보았다.

"원래는 제일 처음에 어떤 편지 하나를 우체국에 가서 부쳐 달라고 하시더라고요. 보니까 글쎄 물랑 부인의 고아원 주소가 적혀 있는 거예요. 그래서 급한 거면 제가 직접 갖다 드릴까 하고 여쭤 보니까, 굳이 우체국에 가서 부치라고 당부에 당부를 하는 거예요. 그래서 어쩔 수 없이 시키시는 대로 했죠. 세상에, 요즘 우편 요금은 얼마나 비싼지 말도 마세요."

그러면서 그레타가 고개를 흔들었다.

프랭크가 물랑 부인을 바라보았다. 마치 무언의 비난을 던지는 것 같은 눈빛이었다.

몇 번 헛기침을 한 후, 그가 입을 열었다.

"일단은 사무실을 좀 봐야겠으니 부인께선 고아원에 돌아가 계시지요. 여기 일이 마무리되는 대로 찾아뵙겠습니다."

그 말에 물랑 부인은 복도 서랍장에 찻잔을 올려 둔 채 사제관을 나왔다. 프랭크가 한 말은 나가 달라는 말을 예의 바르게 돌려 말한 것뿐이었다.

그녀는 고아원으로 돌아오면서 여러 가지 생각에 잠겼다. 도대체 랄프는 자신에게 뭘 보낸 것일까? 그게 무엇이든 위험한 것은 아닐 거다. 루시와 관련된 건 더더욱 아닐 거다. 하지만 불길한 예감은 여전히 남아 있었다. 그래서 일단은 랄프에게서 연락이 올 때까지 기다려 보기로 했다. 그런 다음엔 루시에게 연락을 줄 생각이었다. 지금 상황에선 루시에게 뭐라고 답해 줘야 할지 알 수가 없었다.

아마 내일 오후까지는 랄프의 편지가 도착할 터였고, 분명 그 전에 랄프와 통화를 할 수 있으리라는 생각이 들었다.

루시가 강의실로 들어섰을 때는 언제나처럼 사방이 학생들로 꽉 차 있었다.

루시는 학생들의 머리 위로 시선을 던지며 네이선을 찾았다. 하지만 그를 발견하지 못하자 실망감이 밀려왔다. 역시 이 강의는 듣지 말까 망설이는 찰나, 누군가가 루시의 등 뒤에서 말을 걸었다.

"혹시 나 찾는 거야?"

네이선이 물었다.

루시의 등줄기에 소름이 돋았다. 대답하기도 전에 그가 루시의 등에 손을 올리고 그녀를 창가로 이끌었다. 그의 손길 아래에서 피부가 마치 간지럼을 타는 것 같았다.

"저 자리만큼은 올해 내내 아무도 넘보려 하지 않을 거야. 그러니 당분간은 나와 함께 좀 좁게 비집고 앉아 있을 각오를 해야 할 것 같은데."

그가 짓궂은 눈빛으로 루시를 바라보았다.

"어쩔 수 없지. 견뎌 보는 수밖에."

루시가 대꾸했다.

"좋아."

네이선이 루시가 겉옷 벗는 걸 도와주며 말했다.

루시는 와이엇 교수가 빅토리안 시대의 역사적 의의를 지니는 문학 작품들에 대한 강의를 하는 내내 노트에 무언가를 끄

적이며 집중해 보려고 했다. 하지만 교수가 월터 스콧의《아이
반호》를 설명할 때조차 강의에 집중할 수가 없었다. 바로 옆에
앉아 있는 네이선의 존재가 너무도 강렬했기 때문이다. 오늘은
강의 후에 뭘 할 생각일까? 같이 밥 먹으러 가자고 말해 볼까?
아니면 스타벅스에서 커피나 한잔 마시자고 해 볼까? 오늘은
줄스와 콜린이 집에 없으니, 저녁에 혼자 집 안에 앉아 있고 싶
진 않았다.

　루시의 생각이 끝도 없이 맴돌았다. 네이선에게 지금 자신
이 가지고 있는 문제들을 털어놓고 싶었다. 물론 아직 '문제'라
고 말할 수 있을 정도는 아니었지만, 어쩌면 그가 도움을 줄 수
있을지 모른다는 생각도 들었다. 하지만 그런 생각만으로도 기
분이 이상해졌다. 내가 도대체 왜 이러지? 루시는 불안한 듯 연
필 꽁무니를 씹었다.

　"왜 죄 없는 연필을 괴롭히고 그래."

　네이선이 놀렸다.

　"걔는 아무것도 잘못한 게 없는데."

　여태까지는 사라진 다른 책들을 찾아볼 시간이 없었지만,
분명 사라진 책들이 더 있다는 것만큼은 확실했다. 당장 내일
부터 책을 찾아볼 생각이었다. 하지만 예전 관리자들이 문서
실의 책들을 알파벳순으로 정리해 두지 않은 건 정말이지 바보
같았다. 어쩔 수 없이 모든 걸 하늘에 맡긴 채 손에 집히는 대
로 책을 찾아야만 할 것 같았다. 텅 비어 있는 문서 카드 자체
로는 아무런 단서도 찾을 수가 없었는데, 거기엔 책 제목뿐만

이 아니라 각 책의 정보와 서명조차 사라져 있었기 때문이다. 루시는 속으로 욕지거리를 내뱉었다. 어쩌면 내일쯤 논리적인 해답을 찾을 수 있을지도 몰랐고, 네이선이 루시를 도와주려 할지도 몰랐다.

"커피나 한잔 마실까?"

강의가 끝난 후, 루시가 겉옷 입는 걸 도와주던 네이선이 물었다.

"좋아."

루시가 머플러를 두르며 대답했다. 그가 먼저 물어봐 준 건 좋은 징조였다. 다행히 대학 근처에 스타벅스가 있었지만, 가까이 가 보니 강의 끝나고 커피나 한잔 마시려고 생각한 학생들이 많았던 모양이었다. 계산대 앞으로 긴 줄이 늘어서 있었다.

"저쪽 창가 쪽에 스툴 두 개가 비어 있는 것 같군. 가서 앉아 있어. 내가 커피 사 갖고 올게."

루시가 고개를 끄덕였다.

"그럼 난 차이 라테로 부탁해!"

루시가 계산대로 향하는 네이선에게 외친 후, 자신은 사람들을 뚫고 창가 쪽 자리로 갔다.

마침내 자리에 앉은 후, 겉옷을 벗어 스툴에 걸었다. 또 익숙하다는 듯 네이선을 위한 자리도 맡았다. 바깥에서 차가운 바람이 스며드는 동안 루시는 차갑게 언 손을 비비며 자리에 앉은 사람들을 관찰했다. 겨울이 찾아오기 전에 하루 이틀 정도는 아름다운 햇빛이 부서지는 날들이 있길 바랐다. 하지만 루시는 춥지도 덥지도 않고 알록달록한 낙엽이 가득한 가을 날씨도 좋아하긴 했다. 비가 부슬거리며 내리지만 않는다면 말이다. 그렇게 앉아 있는 동안, 갑자기 기분이 우울해져서 오래전 어린 시절의 추억들을 떠올리기 시작했다.

추운 강풍이 그해의 마지막 햇빛을 몰아내기 시작할 무렵이 되면, 어린 루시는 언제나 침대 속에서 책을 읽거나 물랑 부인과 함께 시간을 보냈다. 그녀의 사무실은 루시에게 있어서 집과 같은 곳이었다. 벽난로에서는 마른 장작불이 타올랐고 마르타가 뜨거운 홍차나 코코아를 가져다주곤 했다. 루시는 책을 읽고 느낀 점들을 물랑 부인과 함께 나눴다. 물론 그럴 때마다 자기가 어디에서 태어났는지, 부모는 어떤 사람들이었는지도 물어보곤 했지만 물랑 부인은 언제나 자신은 잘 모르겠다고만 일관했다. 하루는 그녀가 아이들이 싸움을 일으킨 까닭에 잠시 자리를 비운 사이에 서류철을 몰래 뒤져 본 적이 있었다. 거기에는 그 지역 신부가 자신을 고아원에 데리고 온 걸로 쓰여 있었다. 하지만 더 자세한 내용을 알기 위해 사제관을 찾았던 적은 단 한 번도 없었다. 물랑 부인에게도 물어볼 수 없었는데, 자신이 몰래 서류철을 뒤진 게 양심에 걸렸기 때문이다.

네이선이 덜거덕거리며 잔 두 개를 탁자 위에 올려놓았다. 그런 다음 다시 한 번 매대 쪽으로 비집고 들어가 접시 하나를 들고 왔는데, 그 위에는 거대한 블루베리 머핀이 의기양양하게 놓여 있었다. 루시가 의아한 표정을 지어 보였다.

"이거 XXL 시리즈인데, 오늘이 마지막 날이래. 다 팔리고 이거 한 개 남아 있었어. 사이좋게 나눠 먹을까?"

"난 상관없어."

루시가 무심한 듯 대꾸했지만, 그제야 엄청나게 배가 고팠던 게 느껴졌다. 위에서 꼬르륵 소리가 났다.

네이선이 싱긋 웃고는 루시의 귀에 속삭였다.

"이걸로 안 될 것 같으면 도넛 하나 더 사 올까?"

하지만 대답 대신 루시는 머핀에서 포장지를 벗겨 내고 시원하게 두 쪽으로 뚝 갈라서 큰 쪽을 제가 가졌다.

갓 구운 머핀은 아직도 따스했고, 향긋한 버터 향이 입안 가득 퍼졌다. 루시는 머핀이 더는 남아 있지 않다는 걸 아쉬워하며 부스러기까지 입속에 털어 넣었다.

"배가 좀 찼어?"

루시가 냅킨으로 손가락을 닦는 동안 네이선이 물었다.

"응. 그런 대로."

루시의 대답에 네이선이 몸을 일으켰다.

"뭐 좀 더 사 올게."

"아니, 그럴 필요 없어. 신경 써 줘서 고마워."

루시가 미소를 지으며 차이 라테를 젓다가, 충동적으로 물었다.

"그럼 계속 할아버지랑 같이 지내 온 거야?"

네이선이 고개를 들어 그녀를 바라보았다. 마치 겁에 질린 것 같은 표정이었다.

"미안해. 전부터 물어보고 싶었는데 어떻게 말을 꺼내야 할지 몰라서."

루시가 서둘러 해명했다.

"그건……. 어떻게?"

그가 루시의 사과를 받아들이는 대신, 천천히 물었다.

"올리브 씨한테 들었어."

루시는 그제야 괜한 걸 물었나 싶었다. 누군가가 다른 사람의 입을 통해 루시가 고아라는 걸 알게 된 거나 다름없었기 때문이다. 그런 건 옳지 않았다.

"올리브 씨가 대학생일 때 너희 할아버지 밑에서 배웠대. 정말 좋은 교수님이었는데 갑자기 그만두게 되어서 섭섭했다고 그러더라고."

물론 올리브 씨가 했던 말을 그대로 전하면 '정말 잘생긴 교수'였지만 말이다.

"맞아. 할아버지는 날 양육하기 위해 고향으로 내려간 거야. 할아버지가 그렇게까지 날 위해 희생해 준 걸 아직도 감사하게 생각하고 있어."

네이선이 루시를 탐색하듯 살피며 말을 이었다.

"넌 평범한 가정에서 자랐겠군."

그가 질문이라기보다 확신에 가까운 어조로 말했다.

루시는 고개를 저었다. 이제는 돌이킬 수 없었다.

"아니, 아니야. 난 고아원에서 자랐어."

"양친 다 돌아가신 건가?"

그가 캐물었다.

루시는 어깨를 으쓱해 보였다.

"모르겠어. 사실은 부모님이 누군지조차 몰라. 내가 아기였을 때 교회 계단 위에 누가 버리고 갔대. 누가 그런 건지는 아직도 몰라."

루시가 허탈하게 웃었다.

카페 창으로 바깥을 보았다. 작은 여자아이가 엄마의 손을 잡고 거리를 걷고 있었다. 저 아이만 할 때에는 엄마가 어떤 사람인지, 어째서 자신을 버린 건지 언제나 궁금했었다.

"내 양친도 날 버리고 떠났어."

네이선이 말했다. 루시가 고개를 돌려 그를 바라보았다.

"아마 아이를 원하지 않았던 모양이야. 그냥 할아버지한테 나를 맡겨 둔 채 떠나 버린 후, 여태껏 단 한 번도 연락조차 없었으니까. 아니면 날 그렇게 버려두고 간 게 양심에 걸려서 차마 다시 데려가겠다는 말을 할 수 없었던 것 같기도 하고."

그의 말투는 화난 것 같기도, 슬프게도 들렸다.

"괜한 걸 물어봐서 미안."

루시가 위로하듯 그의 손을 잡으며 속삭였다.

"난 아무렇지도 않아. 오히려 할아버지와 살고 있는 게 더 좋으니까."

그가 퉁명스럽게 대답하며 루시의 손에서 자기 손을 뺐다.

당황한 루시는 따뜻한 커피 잔을 움켜쥐었지만, 마치 거절당한 기분이었다.

"문서실 일은 재미있어?"

네이선이 물었다. 루시는 그가 화제를 바꿔 주어서 한결 마음이 놓였다.

"응. 좋아. 단지……."

루시가 잠시 머뭇거리며 침묵했다.

"그 침묵 속에 뭔가가 숨겨져 있는 걸로 들리는데?"

네이선이 캐물었다.

루시는 고개를 끄덕이며, 과연 어떻게 말을 시작해야 할지 고민했다.

그가 기대 어린 눈빛으로 자신을 바라보자, 어쩔 수 없이 입을 열었다.

"여태껏 한 번도 문서실에 들어와 본 적 없지?"

루시가 물었다.

네이선이 고개를 저었다.

"문서실은 엄청나. 광활하고 거대한 책의 도시 같아. 하지만 미스터리한 곳이기도 해. 사실 문서실에서 일하기 시작한 바로 첫날, 좀 이상한 일이 있었어."

루시는 잠시 말을 멈춘 다음, 그에게 어디까지 말해야 할지 고민했다.

하지만 그는 이미 루시의 손목에 있는 표식까지 본 사람이었다. 그걸 보고 나서도 그리 놀라지 않았으니, 그에게라면 얘기해도 괜찮을 것 같았다.

"무슨 일이 있었는데?"

네이선이 가까이 다가오며 물었다.

"아주 오래된 고서들은 특별하게 제작된 보관함에 넣어서 따로 보관하거든. 그게 일반적인 통례야. 그런데 어쩌다가 아주 우연히 어떤 상자 하나를 발견했는데, 그 안에는 원래 있어야 할 게 들어 있지 않았어."

루시는 그 상자를 발견하게 된 경로까지는 밝히지 않기로 결심했다. 아무리 생각해도 미친 소리처럼 들렸기 때문이다.

"그래서 도대체 어떻게 된 일인지 원인을 찾고 있어."

물론 좀 생략하긴 했지만 어쨌든 드디어 그에게 실토하게 된 것이었다. 루시는 깊게 심호흡을 했다.

"미안하지만 원래 있어야 할 게 들어 있지 않았다는 게 무슨 뜻이야?"

네이선이 집요하게 물었다.

"원래대로라면 상자에는 어떤 책이 들어 있어야 했어. 하지만 텅 비어 있었거든. 책은 있었지만 내용이 텅 비어 있었어. 또 다른 상자에는 먼지뿐이었고. 책들이, 책의 내용이 사라지고 있는 것 같아."

루시는 그때 일을 떠올리며 몸서리쳤다.

"내 생각엔 그런 식으로 사라진 책들이 더 있을 것 같아."

"어떻게 그런 일이 있을 수 있지? 올리브 씨에게는 물어봤어?"

루시는 고개를 저었다.

"올리브 씨와 너 이외에 문서실에 드나들 수 있는 사람은?"

그가 물었다.

"도서관에서 근무하는 직원이라면 누구나 문서실에 들어갈 수는 있어. 하지만 다들 거기에 유령이 있다고들 생각해서 얼씬도 안 해."

네이선이 피식 웃었다.

"혹시 올리브 씨가 책들을 없애 버렸을 가능성이 있지 않아?"

네이선이 작게 속삭였다.

루시가 겁에 질린 얼굴로 그를 쳐다보았다.

"그럴 리가! 올리브 씨가 책을 얼마나 아끼고 사랑하는데. 게다가 고서를 왜 없애겠어?"

"글쎄. 혹시 돈을 받고 판 게 아닐까? 오래된 고서의 경우 고가에 판매할 수 있거든."

그 말을 들은 루시는 불안한 듯 스툴 위에서 몸을 비틀었다. 대화가 원치 않던 방향으로 흘러가고 있었다. 루시는 올리브 씨를 무척 좋아했다. 아니면 네이선에게 '모든' 걸 털어놓아야 하는 걸까?

"사라진 책이라니, 어떤 것들을 말하는 거야?"

네이선이 물었다.

"잘은 모르겠어. 단지 한 권만은 확실해. 테니슨의 시집이야."

그 시인의 이름을 들은 네이선의 표정은 미동조차 하지 않았다.

"다른 책의 제목은 확실치 않아. 상자를 여는 순간 눈앞에서 먼지로 변해 버렸거든. 이제는 도대체 뭘 어떻게 해야 할지 모르겠어."

네이선이 자리에서 일어나 그녀가 겉옷 입는 걸 도와주었다.

"내 생각엔 올리브 씨가 유력한 용의자야. 휴가에서 돌아오면 한번 말을 꺼내 보는 게 좋을 것 같군."

"그래. 그럴지도 모르지."

루시가 시큰둥하게 대꾸했다.

"그것 외에는 더 하고 싶은 말 없어?"

네이선이 루시를 지그시 바라보며 물었다.

루시는 고개를 저었다.

"그것 외에는 없어. 이제 이게 무슨 일인지 알아볼 거야."

루시가 최대한 긍정적인 분위기를 내려고 노력하며 말을 이었다.

"내 얘기를 들어줘서 고마워."

"기꺼이."

네이선이 대답했다.

두 사람은 천천히 지하철역으로 향했다. 루시는 이제 그와 헤어져야 한다는 게 달갑지 않았다.

불안한 듯 아랫입술을 깨물면서, 그에게 모든 사실을 다 털어놓아야 할지 고민했다. 책들이 자신에게 말을 건다는 말을 들으면 그가 어떻게 반응할까?

"이번 주말에 만나기로 한 건 아직 유효한 거지?"

그가 지하철 플랫폼에 서서 물었다.

"응."

루시가 대답했다.

"좋아. 그럼 즐겁게 기다리고 있을게. 난 다른 볼일이 있어서."

그가 말을 마친 후, 몸을 기울여서 루시의 뺨에 가볍게 입을 맞추었다. 그런 다음에는 몸을 돌려 사라졌다.

루시는 그의 뒷모습을 멍하니 바라보았다. 심장이 터질 듯 쿵쾅거렸다.

하지만 네이선은 한 번 더 뒤돌아보지 않았다.

9장

책을 읽고 이해할 줄 아는 사람은 꿈꾸지도 못한 위대한 일을 실현할 수 있는
열쇠를 손에 쥔 것이다.

— 올더스 헉슬리

조용한 집 안에 계속 전화벨이 울려 댔다. 늦은 시간이었고,
원래는 이 시간에 전화가 걸려 올 일은 없었다.

물랑 부인은 재빨리 사무실 아래로 내려가 문을 잠갔다. 혹
시 벨 소리에 아이들이 깨지나 않을까 걱정이 되었다.

전화를 건 것은 그레타였다. 도대체 이렇게 늦은 시간에 랄
프의 가정부가 왜 자기한테 전화를 걸고 난리람? 하지만 그레
타는 훌쩍이면서 알아듣지 못할 말을 중얼거리기만 했다.

"그레타, 진정해요. 무슨 말인지 하나도 못 알아듣겠군요.
울지 말고 침착하게 말을 해 봐요. 무슨 일이라도 있어요? 신부
님은 어때요?"

그레타에게 이렇게 질문하는 동안, 물랑 부인의 머릿속에
무언가 좋지 않은 일이 일어났다는 생각이 스쳤다.

그레타가 잠시 숨을 고른 다음, 소리 나게 코를 풀었다.

"방금 프랭크가 왔었어요. 신부님의 차를 찾았대요. 신부님은……. 신부님이……."

그런 다음 울음소리가 이어졌다.

"신부님이 죽은 것 같아요."

그레타가 울부짖었다. 그 말에 물랑 부인도 가벼운 현기증을 느꼈다. 처음에는 자기 귀를 의심할 수밖에 없었다.

"죽었다고요? 그게 도대체 무슨 말이에요?"

"사고래요. 신부님이 탄 차가 나무에 부딪혔대요. 차가 완전히 다 타서 처음엔 신원을 조회할 수가 없었대요. 프랭크가 와서 말해 줬어요. 더는 신부님을 기다릴 필요가 없다고. 저녁 식탁을 차리고 신부님이 집에 오는 걸 기다리고 있었거든요. 실은 오늘 하루 종일 불길한 예감이 들었지요. 이렇게 오래 밖에 나가 계셨던 적은 없었거든요."

그런 다음 또 한동안 흐느낌이 이어졌다.

"제가 지금 빨리 그쪽으로 가지요."

물랑 부인이 굳은 목소리로 말했다.

"제가 가서 집까지 모셔다 드릴게요."

그레타는 사제관에 살지 않았기 때문에, 이런 상태로 그녀를 혼자 집에 돌려보낼 수는 없다고 생각했다.

"그건 괜찮아요. 프랭크가 데려다주기로 했거든요. 제가 전화를 건 이유는 부인도 아셔야 할 것 같아서요. 신부님과는 오랜 친구 사이셨잖아요."

"네. 맞아요. 그랬죠. 고마워요."

물랑 부인은 대답한 후, 전화를 끊었다.

랄프와 그녀는 어릴 때부터 무척이나 가까웠다. 마을 사람들 중에는 두 사람이 결혼할 거라고 생각하는 사람도 많았다. 하지만 그런 일은 일어나지 않았다. 랄프는 신학 공부에만 열중했고, 어느 순간에 이르자 목회자로서의 사명을 그 누구보다 진지하게 받아들였다. 물랑 부인은 어머니가 너무 일찍 죽은 후 그녀에게서 고아원을 물려받아야 했다. 그와는 이후로도 종종 얼굴을 봤지만, 젊을 때 느끼던 친밀함은 어느새 사라진 지 오래였다. 하지만 그는 그날 밤, 자신에게 어린 루시를 데리고 왔다. 그리고 이제는 죽어 버렸다. 볼을 타고 눈물이 흘러내렸다. 아, 그 당시 그들은 얼마나 젊었던가. 고아원 아이들에게 일생을 바치기로 결정했던 걸 후회한 적은 한 번도 없었다. 랄프도 나름대로 신부로서의 삶에 만족하고 있었을 터다. 그럼에도 불구하고 인생에서 뭔가 가장 중요한 것을 놓쳐 버린 것 같은 기분은 남아 있었다. 모든 게 너무 늦어 버렸지만 말이다.

그녀는 발걸음을 질질 끌며 천천히 위층의 자기 방으로 올라갔다. 내일은 사제관에 가서 그레타를 도와 신부의 장례를 준비할 생각이었다. 랄프에게 그 정도 빚은 갚아야 했다.

그녀의 방 서랍장에는 루시가 자신에게 보낸 편지가 들어 있었다. 그 편지는 다른 물건들 사이에 숨겨져 있었다. 원래는 사무실에 두고 있었지만, 랄프의 사무실에 도둑이 든 이후로는 왠지 거기 두면 안 될 것 같았다. 고이 접어 두었던 편지를 잘 펴서 침대에 앉아 읽어 내려가기 시작했다. 이제는 거의 외울 정도였지만, 다시 한 번 한 문장 한 단어를 세심하게 읽어 나갔다.

　　사랑하는 물랑 부인,

　　건강하시죠? 아이들도 다들 잘 있나요? 오랫동안 편지를 못 썼던 거 죄송해요. 하지만 도서관 일이 생각보다 힘드네요. 새로 온 관장님이신 반즈 씨가 절 문서실 담당으로 내려보냈어요. 문서실 일은 너무 마음에 들지만, 몇 가지 아주 이상한 일이 있었어요. 물랑 부인 말고는 누구와 이야기해야 할지 몰라서 이렇게 편지를 씁니다. 부인께서는 언제나 저의 이야기에 귀 기울여 주셨으니 이번에도 조언을 부탁드려요.

　　어디서부터 시작해야 할지 모르겠네요. 우리가 마을 도서관을 처음으로 방문했던 날을 기억하시나요? 그날, 제 손목에 있는 작은 책 모양의 표식이 처음으로 두근거렸지요. 그런 일이 다시 일어났어요. 이건 정말 그냥 평범한 표식일까요? 뭔지는 모르겠지만 마치 자기 의지가 있는 것처럼 진화했다면 믿으시겠어요? 이제는 그냥 약하게 두근거리는 게 아니라 마치 불에 지지듯 아프고 또 색도 변해서 겁이 나요.

　　이런 이야기가 정말 이상하게 들린다는 거 알아요. 하지만 제 말을 믿어 주세요. 책들이 제게 말을 걸어요. 문서실에 있을 때 책들이 제게 말을 걸어서, 어떤 상자 있는 곳으로 안내해 주었어요. 거기에는 테니슨이라는 시인의 것으로 짐작되는 책 한 권이 있었어요. 하지만 어찌 된 일인지, 책 내부는 텅 비어 있었어요. 제 말을 이해하실 수 있을지 모르겠어요. 하지만 제 손 위에 놓여 있던 그 책은 흐느끼고 있었어요. 자기 안을 채우고 있던 단어들을 잃어버린 슬픔 때문에요. 저는 어렸을 때부터 외우고 있던 테니슨의 《샬롯의 아가씨》를 떠올리려고 노력해 봤지만, 어찌 된 일인지 한 구절도 기억이 나지 않아요. 그 책 은 그렇게 완전히 잃어버리게 된 거예요.

다른 책들도 제가 자기들을 돕길 바라고 있어요(저 진짜 미친 거 아니니까 걱정은 하지 마세요!). 책들이 저에게 다른 책 한 권을 보여 줬는데, 이번에는 제 눈앞에서 먼지가 되어 사라져 버렸어요. 도대체 이런 짓을 벌이는 게 누굴까요?

이 모든 건 이미 제가 이해할 수 있는 영역을 넘어섰어요. 부인께서 믿지 못하시겠다고 해도 충분히 이해해요.

하지만 부인이 제 유일한 희망이에요. 부인께서는 밤마다 제게 테니슨의 시를 읽어 주시곤 했지요. 혹시 그의 시에 대해 기억나는 것 없으신가요? 부인 이외에는 누구에게 이런 이야기를 해야 할지 모르겠어요. 그럼 빠른 시일 안에 답장 부탁드려요. 기다리고 있을게요.

당신의 루시가.

추신: 콜린도 안부 좀 전해 달래요. 콜린에겐 아직 아무 얘기

도 안 했어요. 그러니까 괜히 전화해서 제가 미친 게 아닌지 물어보지 말아 주세요.

　

비가 내리고 있었다. 루시는 서둘러 발걸음을 옮기며 시내 구경을 하기에 완벽한 날씨는 아니라고 생각했다. 어제 네이선에게 전화를 걸어서 빅 벤 앞에서 만나자고 약속을 잡아 두었던 것이다.

헐레벌떡 도착해 보니, 네이선이 우산을 쓴 채 루시를 기다리고 있었다.

"휴. 다음번엔 걸어오든지 해야겠어."

루시가 인사 대신 투덜거리며 말했다.

"저 지하철 속에 1분만 더 있었으면 아마 숨이 막혀서 죽었을 거야."

"만약 걸어왔으면 지금보다 더 늦었겠지."

네이선이 미소 지으며 루시가 쓰고 있던 알록달록한 모자를 매만져 주었다.

루시는 그의 부드러운 손길에 입술을 깨물었다. 뭐, 직접 닿은 게 아니라 모자를 만져 준 것뿐이긴 했지만 말이다. 멍하니 빅 벤의 시계를 보니 약속 시간에서 15분 지나 있었다. 하지만 루시에게 15분 지각은 거의 제시간에 맞춰 온 거나 다름없었다.

네이선도 루시의 시선이 머무는 곳을 바라보았다.

"원래 다섯 개의 종 중에 한 개만 빅 벤이라고 불러. 알고 있었어?"

루시가 빅 벤으로 향하며, 네이선의 팔짱을 끼고 물었다. 네이선의 온기로 쌀쌀한 가을 날씨도 견딜 만했다.

"가장 무거운 종의 이름이었지, 아마?"

그가 어려움 없이 대답했다.

"알고 있었네. 처음에 난 그냥 저 시계탑 이름이 빅 벤이라고 생각했는데."

"응. 대부분이 그렇게 생각하겠지."

네이선이 대답했다. 루시는 마치 빅 벤을 처음 보는 사람처럼 뚫어져라 쳐다보았다. 저 웅장한 건축물의 아름다움은 언제나 새롭게 그녀를 매혹시켰다.

"정말 인상적이지 않아? 자주 보는데도 어떻게 사람들이 저런 걸 지을 수 있었는지 신기해."

"건축학을 공부하는 게 낫지 않았겠어?"

네이선이 비죽 웃으며 묻자, 루시가 고개를 저었다.

"절대 안 돼. 내 수학 실력으로는 누가 한 발짝 집 안에 들어가기도 전에 폭삭 주저앉을 거야."

그때 강한 돌풍이 두 사람을 향해 불어왔다. 루시는 겨울 코트를 입고 오지 않은 걸 후회하면서 몸을 떨었다.

네이선이 히죽 웃으면서, 루시의 어깨에 팔을 두르고 자기 쪽으로 끌어당기며 말했다.

"춥겠다. 좀 따뜻한 곳으로 들어가는 게 좋겠군."

루시는 그의 품 안으로 파고들었다. 이대로라면 비를 맞으며 런던 거리를 걸을 수도 있을 거라고 생각했다.

"게다가 웨스트민스터 대성당 안에는 볼거리도 더 많아."

그가 말했다.

대관식이 거행되곤 하는 대성당 앞은 관광객들로 인산인해를 이루고 있었다. 두 사람은 참을성 있게 줄을 선 끝에, 잠시 후에는 성스러운 성당 바닥 위에 설 수 있다.

아름다운 스테인드글라스와 거대한 아치형 천장들, 모자이크로 장식된 바닥, 통로와 벽을 둘러보던 루시는 과연 어디에 먼저 시선을 두어야 할지 고민에 빠졌다. 날이 흐려서 스테인드글라스 사이로 빛이 들어오지 않는 게 좀 아쉬웠다. 대성당 내부는 오늘따라 더 음산하고 우울해 보였다. 다행인 건 혼자가 아니라는 사실이었다. 엄청난 수의 관광객들이 대성당 안내 책자에 나온 순서대로 열을 지어 구경을 하고 있었다.

"묘비 보러 갈까?"

네이선이 루시를 곁채 쪽으로 안내하며 말했다.

"정말 그 안에 시체들이 있는 거야?"

루시가 네이선에게 묻자, 그가 어깨를 으쓱해 보였다.

"글쎄. 있다고 해도 온전하진 않겠지."

"내가 어렸을 때 난 언제나 공주가 되고 싶었어. 콜린이 내 왕자님이었고."

콜린이라는 이름이 튀어나오자마자, 네이선이 이마를 찌푸렸다.

"다른 남자애들은 언제나 나를 놀렸지만, 콜린만큼은 내가 상상의 나래를 펼칠 수 있게 장단을 맞춰 주곤 했어."

"너희 둘, 많이 친해?"

네이선이 물었다.

"같은 고아원 출신?"

"설마! 콜린은 마을에 살았어. 부모님도 있는 평범한 가정 출신이야. 하지만 이상하게도 틈만 나면 고아원에 놀러 왔어. 나한테는 친오빠 같은 사람이야."

"콜린도 이거, 알아?"

네이선이 물었다.

"무슨 뜻이야?"

"우리가 만나는 거. 지난번에 봤을 때 당장이라도 날 창밖으로 던져 버릴 것 같은 눈을 하고 있더군."

루시가 웃었다.

"말도 안 돼. 절대 그렇게 하지 않을 거야. 항상 여자들에 둘러싸인 청일점이 되고 싶어서 그래."

"그러길 바라."

"혹시 형제나 자매는 있어?"

루시가 물었고 네이선은 고개를 저었다. 잠시 침묵하던 루시가 다시 물었다.

"혹시 갖고 싶다는 생각은 안 해 봤어?"

루시는 네이선이 자기 이야기를 꺼내 놓도록 유도 질문을 해 보았다.

"앤 여왕[5]과 그녀의 자녀 열 명이 여기 묻혀 있는 거 알아? 만약 살아 있었다면 대가족이었을 텐데. 아쉽게도 여기엔 비석조차 남아 있질 않아."

네이선이 루시의 질문에 대답하는 대신 입을 열었다.

"앤 여왕은 평생 동안 17번이나 임신했었어."

루시가 설명했다.

"진짜?"

루시가 고개를 끄덕였다.

"학교 다닐 때 앤 여왕에 대한 리포트를 작성한 적이 있거든. 한 명만 제외하곤 사산하거나 오래 살지 못했어. 그리고 그 한 아이마저 열 살인가 열한 살에 죽었고."

"그걸 어떻게 견딜 수 있었을까?"

"아마 자신을 사랑해 주는 남편이 있었기 때문이 아닐까? 가끔은 그런 게 의외로 마음을 지탱해 주니까."

루시가 대답했다.

"넌 로맨티시스트군."

네이선이 말했다.

"내 생각에 넌 운명의 상대라든가 그런 걸 믿는 부류일 것 같은데."

"넌?"

루시가 네이선을 바라보았다.

---

5 스튜어트 왕가 최후의 영국 여왕(재위 1702~1714).

"물론."

그가 잠시 걸음을 멈춘 후, 루시를 뚫어질 듯 바라보았다. 그 눈빛이 어찌나 강렬한지 루시의 팔에 소름이 돋을 정도였다.

"운명 같은 책이 있다는 건 믿어."

그런 다음 검지로 루시의 코끝을 톡 치고 낮게 웃으며 계속 걸었다.

"너무해!"

루시가 작은 목소리로 투덜거렸다. 그리고 자신의 심장이 쿵 쾅거리는 소리를 그가 들을 수 없다는 게 다행이라고 생각했다.

"다 들려."

그가 유쾌하게 대꾸했다.

"죄송하지만 목소리를 좀 낮춰 주세요."

붉은색 외투를 입은 대성당 관리자가 엄격하게 당부했다.

"죄송하군요."

네이선이 정중하게 사과한 다음, 루시의 어깨 위에 팔을 둘렀다.

"지금부터는 무조건 귀에 직접 속삭이기야."

그가 루시의 귓가에 작게 말했다.

루시가 키득거렸다.

"나 시인의 공간[6]에도 들르고 싶어."

---

6 Poet's Corner: 웨스트민스터 대성당의 남쪽 익랑에 위치. 제프리 초서, 에드먼드 스펜서, 알프레드 테니슨, 로버트 브라우닝, 찰스 디킨스, 헨델 등 영국을 대표하는 예술가들이 안치되어 있음.

루시가 대성당을 거의 다 둘러보고 난 다음 속삭였다.

"왜?"

"이 안에 왕족 이외에 시인이나 예술가 들도 잠들어 있다는 게 좋아."

대답을 마친 루시가 남쪽을 향해 걷기 시작했다.

네이선은 내키지 않는 듯, 그 뒤를 따랐다.

루시는 천천히 주위에 시선을 던지며 시인과 예술가 들의 동상과 묘비를 둘러보았다. 그리고 거기에 있는 시인 하나 하나에 정중히 인사를 했다. 그러다 어떤 벽 하나에 멈춰 선 루시가 고개를 갸웃거렸다. 분명 몇 달 전, 이곳을 방문했을 때 있었던 게 지금은 없어져 있었다.

네이선이 그녀의 뒤에 섰다.

"왜 그래?"

그가 물었다.

루시는 온 힘을 다해 떠올리려 노력했다. 네이선이 걱정 어린 목소리로 재차 물었지만, 귀에 들어오지도 않았다. 주위를 둘러보기도 하고, 바닥에 부착된 묘비를 훑어보기도 했다. 테니슨의 묘비가 사라진 게 틀림없었다. 몇 달 전만 해도 거기에는 테니슨의 묘비가 있었다. 하지만 몇 달 전이라는 시간도 확실치는 않았다. 그때 여기까지 들어왔었는지 기억이 가물가물했기 때문이다. 그녀의 시선이 자동적으로 루이스 캐럴의 묘비를 찾았다. 그녀는 기독교 신자는 아니었지만 이곳에 안치되어 있었던 것이다. 다행히 아직 묘비가 있었다. 루시가 안도의 한

숨을 내쉬었다.

"도대체 무슨 일인지 말 좀 해 줄래?"

네이선이 루시를 가까이 끌어당기고 화난 음성으로 물었다.

루시는 그의 새까만 눈동자를 직시했다. 그의 이마에는 깊은 주름이 새겨져 있었다. 걱정 때문일까, 아니면 분노 때문일까? 왜 저렇게 흥분하는 거지? 루시는 자신의 팔을 잡고 있는 그의 손에서 벗어나며 대꾸했다.

"아무것도 아냐."

루시가 그를 똑바로 바라보며 말했다.

"난 괜찮아."

하지만 네이선의 눈빛은 그 말을 믿는 것 같진 않았다.

"뭐라도 먹으러 가자. 죽은 사람을 너무 많이 봤더니 배가 고파졌어."

네이선이 루시를 대성당에서 몰아내며 말했다. 9월의 태양이 거리마다 고여 있는 물웅덩이 위로 황금빛 햇살을 선사하고 있었다.

"뭐 먹고 싶어?"

그가 루시에게 물었다.

"아무거나 상관없어."

루시는 여전히 정신이 딴 데 가 있는 것 같았다. 네이선은 방금 루시가 알아낸 게 뭔지 짐작할 수 있었다. 모든 게 엉망이 되었다. 그녀를 데리고 대성당에 들어갔던 건 정말이지 멍청한 실수였다.

"타이 음식은 어때?"

그의 물음에, 루시가 말없이 고개를 끄덕였다.

"저 앞 골목에 작은 타이 레스토랑이 있는데, 소호 쪽보다 훨씬 나아. 오늘은 거기 가 볼까?"

루시는 여전히 말이 없었다. 네이선은 루시의 어깨에 팔을 두르고 말없이 이끌기 시작했다.

레스토랑에 도착하자, 아시아인 점원이 두 사람을 창가 쪽 자리로 안내해 주었다. 네이선은 루시의 겉옷을 받아 든 다음, 물을 한 병 주문했다. 루시의 상태로 미루어 보건대, 결정을 내릴 수 있을 것 같지는 않았다.

"루시, 말 좀 해 봐."

그가 자리에 앉자마자 루시에게 물었다.

"방금 무슨 일이 있었던 거야? 이번에도 손목의 표식과 관계된 거? 혹시 아파?"

"아니야. 그거랑은 관계없어. 아무것도 아니야. 그저⋯⋯. 방금 뭘 발견해서 그래."

"뭔데? 말해 줄 수 있어?"

네이선이 졸랐다.

루시는 네이선을 주의 깊게 바라보았다. 마치 그를 신뢰할 수 있는지 저울질해 보는 것 같았다. 네이선은 저도 모르게 그녀의 시선을 피했다.

루시가 주위를 둘러보더니 그에게 몸을 기울이고 속삭였다.

"나 웨스트민스터 대성당에는 종종 갔었거든. 그런데 오늘 눈에 띄는 변화가 있었어."

그때 종업원이 물병을 갖다 주는 바람에 잠시 말을 멈춰야 했다. 네이선은 메뉴판도 보지 않고 두 사람분의 음식을 주문했다. 종업원이 사라지자 그가 재차 물었다.

"어떤 변화?"

하지만 루시가 무엇을 눈치챘는지는 이미 알고 있었다.

"나 사실 너에게 모든 걸 다 털어놓진 않았어."

루시가 망설이다 입을 열었다.

"하지만 정말 말도 안 되는 이야기야."

그런 다음 고개를 저으며 투덜거렸다.

"아마 날 믿을 수 없을 거야."

"루시."

네이선이 불안하게 움직이는 루시의 손을 꽉 잡았다.

"그냥 얘기해 봐."

그런 다음 온화한 얼굴로 그녀를 바라보았다.

"알았어. 내가 이미 책들이 사라진다고 말했잖아."

네이선이 고개를 끄덕였다.

"책들은 그냥 사라지기만 하는 게 아니야. 사람들의 머릿속에서도 잊혀."

네이선은 경악한 나머지 루시의 손을 세게 움켜쥐고 말았다. 어떻게 그 사실을 알아낸 거지? 혹시 여태껏 그가 예상했던 것보다 더 많은 걸 알고 있는 게 아닐까?

"그게 무슨 말이야?"

그가 침착하게 물었다.

"테니슨이라는 시인의 책이 사라졌다고 말했던 것 기억나?"

네이선이 머뭇거리며 고개를 끄덕였다.

"그럼 테니슨이라는 시인이 누군지 기억나? 그 사람의 시는? 기억을 떠올려 봐. 영국인이라면 하나쯤 외우고 있을 거야."

이런 식으로 나가겠다는 거군. 지금 자신을 시험하려는 거다. 하지만 위험을 무릅쓸 생각은 없었다.

"테니슨이 누구지? 한 번도 들어본 적 없어. 어떤 사람인데?"

루시가 의기양양한 눈으로 그를 쳐다보았다.

"봤지? 기억하지 못하잖아. 아무도 기억 못 해. 사람들에게 물어봤거든. 하지만 조금 전에 놀랍게도 테니슨의 묘비마저 없어진 걸 발견한 거야. 그는 확실히 웨스트민스터 대성당에 묻혀 있었어. 물론 책이 사라진 판에 묘비가 사라지는 것 정도야 별로 놀라울 것도 없지만."

루시가 한숨을 쉬었다.

"만약 네 말이 맞다면 어떻게 너 혼자 그 사람을 기억하고 있는 거지?"

네이선이 능청스럽게 물었다. 그는 이미 답을 알고 있었는데도 말이다.

루시가 그의 손에서 자기 손을 빼낸 후 한숨을 내쉬었다.

"나도 몰라. 단지 그런 시인이 존재했다는 게 기억날 뿐이야. 작품까지는 기억이 안 나고."

주문한 음식이 나왔지만 루시는 입맛을 잃은 채 접시 위의 음식을 깨작거렸다.

"어쩌면 네 표식과 관계가 있는 걸지도 몰라."

네이선이 조심스럽게 물었다.

"그럴지도 모르지."

루시가 천천히 말을 이었다.

"어렸을 땐 내 엄마라는 사람이 미치광이 히피 예술가가 아닐까 생각했어. 내 손목에 이런 짓을 했으니까. 미친 게 아니라면 누가 갓난아기 손목에 문신을 새겨 넣겠어? 고아원에 왔을 때 나는 채 한 살도 안 된 아기였다고. 어쩌면 히피였기 때문에 아기한테 얽매이지 않고 자유롭게 살고 싶었는지도 모르지."

"하지만 일반적인 문신은 색이 변하지 않아."

그가 중요한 사실을 지적했다.

"맞아. 이건 일반적인 문신이 아닐 수도 있어."

루시가 수긍했다.

"일반적인 게 아니라면 뭐지? 어떤 목적으로 존재하는 걸까? 가끔은 불로 지지는 것 같고, 가끔은 맥박이 뛰는 것처럼 두근거리거나 색이 변하기도 하면서?"

네이선은 대답 대신 묵묵히 음식에만 열중하는 척했다.

루시는 '시인의 공간'에 대한 기억을 더듬어, 거기에 묻힌 시인이나 예술가 중 자신이 알고 있던 사람을 하나씩 떠올려 보았다.

적어도 한 명이 더 빠져 있었다. 제프리 초서도 분명 그곳에 있었어야 했다. 게다가 그는 대성당에 묻힌 첫 번째 시인이기도 했다. 다행인 건 루이스 캐롤의 묘비가 아직 남아 있다는 사실이다. 일단 그것만으로도 네이선이 범인이 아닌 건 확실했다. 그를 의심했던 것조차 부끄러웠다.

"내가 신경 쇠약에 걸렸거나 미쳤다고 생각하지 않아?"

루시가 물었다.

"전혀."

네이선이 미소 지었다. 루시의 심장이 세차게 두근거렸다. 안 지 얼마 되지는 않았지만, 그와 있으면 콜린과 있을 때보다 더 안심이 되었다. 그러면 자신을 도와줄 것 같았다. 그를 믿어야 했다.

"묘비 한 개가 더 빠져 있었어. 제프리 초서."

루시가 확신했다.

네이선이 그녀를 멍하니 바라보았다.

"화내지 마. 지금 당장 도서관에 가 봐야겠어. 혹시 초서의 작품이 남아 있는지 확인해야 할 것 같아. 물론 희망은 거의 없지만 할 수 있는 건 해 봐야지."

"월요일까지 기다리면 안 될까?"

그가 물었지만, 루시는 고개를 저었다.

네이선이 냅킨을 테이블 측면에 놓은 후 손짓을 하니, 종업원이 즉시 계산서를 가지고 왔다.

루시가 가방에서 지갑을 꺼내려는 것을 본 네이선이 딱 잘라 말했다.

"이건 내가 초대한 거야. 나가자. 문서실까지 데려다줄게."

마치 그렇게 하는 게 당연하다는 말투였다.

"마리가 아직 도서관에 있어야 할 텐데. 그래야 널 문서실 안으로 들이는 걸 눈감아 주지."

네이선이 자신을 혼자 내버려 두지 않은 데 감사하며, 루시가 미소 지었다.

"그럼 서두르자."

10장

좋은 책을 읽는 동안 우리의 영혼은 놀랍도록 성장하게 된다.

— 볼테르

다음 날, 우체부가 신부의 편지를 제시간에 가지고 왔다. 여느 때와 다름없는 토요일 아침이었기 때문에 물랑 부인의 뒤편에서 아이들이 온 건물을 헤집고 다니며 놀고 있었다. 조금 있다가 아이들을 모아 놓고 신부님이 돌아가셨다는 사실을 전해야 했다. 어젯밤에는 이 슬픈 소식을 덤덤히 전할 여력이 없었던 것이다.

우체부가 편지를 건네주면서 애도의 뜻을 전했다.

"고마워요, 조지. 우리 모두 신부님을 그리워 할 거예요."

부인이 훌쩍이는 우체부를 진정시키며 편지를 받아 들었다.

그런 다음엔 사무실로 가서 편지를 열어 보기 전에 잠시 손에 넣고 이리저리 뒤집어 보았다. 아직도 랄프의 죽음이 실감나지 않았던 것이다. 이제 교회에, 마을에 그가 없다는 사실은 너무도 비현실적이었다. 그가 존재하지 않는 삶을 단 한 번도 예상하지 못했었다. 그는 언제나 거기에 있었고, 자신의 삶의 일부분이기도 했다. 그런 그가 세상을 떠난 것이다.

편지 봉투 안에 무언가 딱딱한 것이 들어 있었다. 물랑 부인은 그것을 가만히 만져 보다가, 봉투용 나이프로 조심스럽게 열어 보았다. 안을 열어 보니, 놀랍게도 작은 봉투가 하나 더 들어 있었다. 쪽지 같은 것도 보였고, 봉투 바닥에 반짝이는 물체도 보였다.

그녀는 봉투를 뒤집어서 모든 것들을 남김없이 꺼냈다. 그러자 독특한 모양의 금색 로켓 목걸이가 떨어졌다. 오랫동안 사람의 손을 탄 일이 없는지 빛이 죽어 있었다. 조심스럽게 손바닥 위에 올려놓아 보니, 놀랍게도 작은 책 모양의 로켓 펜던트 목걸이였다. 펜던트 겉면에는 무언가가 새겨져 있었고, 작은 보석 하나가 박혀 있었다. 매우 오래되고 값진 물건 같았다. 물랑 부인은 목걸이를 더 자세히 들여다보았다. 작은 천으로 펜던트를 닦아 내어 보니, 독특하게 생긴 십자 문양이 드러났다. 평생 처음 보는 문양이었다. 십자가의 네 개의 끝부분은 작은 점과 곡선으로 연결되었는데, 점 부분은 작은 보석으로 장식되어 있었다. 과연 그 안쪽에 무엇이 있을지 기대하면서, 그녀는 조심스럽게 로켓 펜던트를 열어 보았다. 거기에는 젊은 남성과 여성의 사진이 있었는데, 루시와 놀랍도록 닮았다. 그들이 루시의 부모라는 건 한눈에도 알 수 있었다. 물랑 부인은 깊은 생각에 잠긴 채 웃고 있는 두 사람의 사진을 바라보았다. 절대로 제 아이를 버릴 만한 사람들로 보이지 않았기 때문이다. 무엇이 그들로 하여금 극단적인 선택을 하게 했을까? 동봉된 편지에서 해답을 찾을 수 있길 바랐다.

먼저 쪽지를 읽어 보았다. 균일한 크기의 글씨체로 보아 랄프가 남긴 게 분명했다. 그러자 무어라 말할 수 없는 감정이 북받쳐 올라, 손수건을 찾기도 전에 눈물을 흘리고 말았다. 눈물콧물을 닦아 낸 다음, 한눈에 보아도 급히 써 내려간 것 같은 그 쪽지를 읽어 내려갔다.

마델라인. 시간이 없어. 지금 루시는 크나큰 위험에 처했어. 이 편지가 제때에 도착할 수 있을지 모르겠군. 루시에게 경고해 줘야 해. 편지는 열어 보지 마. 적게 알수록 위험에 처할 일도 없을 테니, 그게 당신을 위한 길이야. 날 용서해 줘. 당신의, 랄프.

물랑 부인은 쪽지를 읽고 또 읽었다. "지금 루시는 크나큰 위험에 처했어"라는 게 도대체 무슨 뜻이지?

잠시 고민하던 그녀는 결심한 듯 벌떡 일어나 사제관으로 달려갔다.

정보가 좀 더 필요했다. 어쩌면 랄프의 사무실을 좀 들여다 볼 필요도 있을 것 같았다.

벨을 누르자 그레타가 나왔다. 그녀는 신부가 죽기 직전까지 대화를 나눴던 유일한 사람이었으니 그녀와도 반드시 대화를 해 봐야 했다.

그레타가 훌쩍이며 말했다.

"프랭크도 방금 왔어요. 그리고 세상에, 신부님이 돌아가신 게 사고가 아닌 것 같다지 뭐예요!"

물랑 부인이 코트를 벗다 말고 그레타를 멍하니 바라보았다.

"그레타, 그게 무슨 말이에요? 사고가 아닌 것 같다니요?"

하지만 그레타도 모르겠다는 듯 고개를 저어 보였다.

프랭크는 부엌에 앉아 깊은 생각에 잠긴 채 티스푼으로 차를 휘젓고 있었다. 그러다 물랑 부인이 들어오는 걸 보고 나서야 고개를 들었다.

"프랭크, 사고가 아니라는 게 무슨 말이에요?"

하지만 프랭크는 말없이 차만 저을 뿐이었다. 물랑 부인은 답답한 나머지 그를 붙잡고 마구 흔들어서라도 대답을 받아 내고 싶었지만, 저 둔중한 남자가 그런다고 제정신으로 돌아올 것 같진 않았다.

그레타가 찻잔을 내밀자 일단 고맙게 차를 받아 들었다.

"우리도 처음엔 사고라고만 생각했습니다."

프랭크가 드디어 입을 열었다.

"게다가 도로 위에 꽤 큰 기름 웅덩이가 있었거든요. 그걸 밟고 차가 미끄러졌을 가능성이 높았으니까요."

프랭크가 마치 물랑 부인이 자기 말을 이해했는지 확인하는 눈으로 바라보았다. 그녀가 고개를 끄덕인 후에야 말을 이었다.

"그러다가 제 동료 하나가 의문을 가지더군요. 신부가 왜 그리 빠른 속도로 차를 몰았냐는 거죠. 절대로 속도를 즐기는 사람이 아닌데 말입니다. 평생 동안 과속 딱지 한 번 끊어 본 적이 없던 분이거든요."

그레타가 식탁 맞은편에서 흐느끼며 끼어들었다.

"얼마나 섬세한 분이셨다고요. 파리 한 마리 못 죽이는 분인데."

물랑 부인이 위로하듯 그레타의 손을 쓰다듬고는 다시 프랭크 쪽을 바라보았다.

"하지만 만약 그가 빨리 운전했다면 사고인 건가요?"

"아뇨. 그것도 애매합니다. 우리는 사고 차량을 늘 꼼꼼하게 조사하는데, 바퀴 나사가 좀 느슨한 걸 발견했어요."

"나사가요? 랄프가 세게 조이는 걸 잊어버린 걸 수도 있어요. 솔직히 그 차가 좀 낡긴 했죠."

물랑 부인이 말했다.

솔직히 말하면 '좀 낡은' 정도가 아니었다. 랄프는 거의 평생 동안 그 차를 타 왔다. 물랑 부인은 그가 젊었던 시절, 조수석에 자신을 태우고 처녀 주행을 하던 때의 일을 떠올리며 슬픈 미소를 지었다.

"물론 나사를 꽉 조이지 않았을 가능성도 있습니다. 그래서 바퀴를 간 다음엔 나사가 잘 조여졌는지 확인하는 게 중요하죠."

프랭크가 말을 이었다.

"하지만 신부님은 늘 여름용 타이어만 끼고 있었어요. 정비소에 물어보니 2주 후에 타이어를 교체하기로 했었다는군요. 물론 나사가 오랜 시간이 지나면 좀 헐거워질 수 있습니다. 한 개 정도는요. 하지만 바퀴 네 짝 다 헐거웠거든요. 그건 누군가가 헐겁게 할 목적으로 그래 놓았다는 뜻이에요. 확실합니다. 검사해 보니, 바퀴 두 개는 사고 도중에 헐거워진 겁니다. 만약 나사만 헐겁지 않았더라도 이렇게 어이없는 사고는 일어나지 않았겠지요."

그 말을 듣는 순간 물랑 부인이 손을 떨기 시작했다. 프랭크가 입을 다물고 그녀를 쳐다보았다.

"하지만……. 만약 사고가 아니라면……."

그녀가 말을 더듬었다.

"살인 사건입니다."

프랭크가 냉정하게 대꾸했다.

그레타가 울부짖듯이 흐느꼈다.

"이제 어쩌죠?"

물랑 부인이 물었다.

프랭크가 어깨를 으쓱해 보였다.

"일단 신부님의 사무실은 폐쇄했고, 감식반을 요청한 상탭니다. 어쩌면 도둑이 든 것도 살인과 관련이 있을지도 모르니까요. 제 경험상 분명 관련이 있을 겁니다."

그 말은 물랑 부인 자신도 사무실에는 들어갈 수 없음을 의미했다.

"신부님이 부인께 보낸 편지는 도착했습니까?"

그녀가 조심스레 고개를 끄덕였다.

"다음 주에 있을 교회 바자회에 대한 언급뿐이었어요."

물랑 부인이 찻잔을 내려다보며 거짓말을 했다. 여태껏 단한 번도 거짓말을 해 본 적은 없었다. 하지만 이런 상황에선 어쩔 수가 없었다. 처음엔 루시에게서 편지가 오더니 랄프가 위험을 알리는 쪽지를 남긴 채 죽은 것이다. 당장은 프랭크에게 말하지 않는 편이 나을 것 같았고, 일단은 혼자 조용히 생각해 보는 게 우선이었다. 진실은 나중에 밝혀도 늦지 않았다.

"그 편지를 좀 봐도 될까요?"

프랭크가 물었다.

"그럼요. 언제 한번 들르세요."

"알겠습니다."

그가 대답한 후 몸을 일으켰다.

"일단은 이번 사건을 조사하기 위해 이곳저곳을 돌아다녀 봐야겠군요. 그럼 숙녀분들, 실례하겠습니다."

그가 부엌을 나간 후 긴 침묵이 흘렀다. 여자들은 각자의 생각에 침잠해 있었다. 짙은 색 부엌 가구가 있는 그 작은 공간에 그레타가 간간이 훌쩍이는 소리만 간헐적으로 들렸다.

"내가 뭘 도와줘야 되겠어요? 랄프의 장례식 때 말이에요."

물랑 부인이 물었다. 어차피 이렇게 직접 찾아온 김에 장례식에 대해 논의하는 게 나을 것 같았다.

그레타는 계속 훌쩍거리면서, 꽃무늬 앞치마 주머니에서 쪽지 하나를 꺼내어 건넸다.

"일단 해야 할 건 여기에 적어 뒀어요."

그레타가 중얼거리면서 소리 나게 코를 풀었다.

물랑 부인은 일어서서 그녀 곁에 앉아 꾸깃꾸깃 접힌 쪽지를 펼쳤다. 거기에는 삐뚤삐뚤한 글씨로 장례 절차가 적혀 있었다.

"추모사를 하러 주교님이 직접 오시기로 하셨다고요?"

물랑 부인이 깜짝 놀라며 물었다.

그레타가 열정적으로 고개를 끄덕였다.

"오늘 오전에 일찍 직접 전화를 걸어 오셨어요. 많이 안타까워하시면서, 장례 준비를 다 맡겨도 되겠냐고 물어보시더라고요. 후임자를 보낼 때까지 저더러 이곳을 잘 관리해 달라셨어요."

그레타가 다시 울음을 터뜨렸다.

"하지만 여기서 다른 신부님을 위해서 일할 수는 없을 것 같아요!"

물랑 부인은 그레타의 손을 잡아 주었다. 물론 그레타를 좋아하고 또 가엾기도 했지만, 조금씩 인내심의 한계를 느끼고 있었다.

"아이들을 데려와서 교회를 꾸미게 하는 건 어떨까요? 어떻게 생각해요? 아이들도 랄프를 아주 좋아했어요."

그레타가 고개를 끄덕였다.

"좋을 것 같네요. 마을 사람들에게도 도움을 좀 청해 봐야겠
어요. 힘을 합하면 멋진 장례식을 준비할 수 있겠죠."

그제야 눈물 젖은 그레타의 눈에도 약간의 생기가 돌았다.
그 순간, 초인종이 울렸다.

"제가 나갈게요."

드디어 부엌에서 나갈 수 있다는 사실에 기뻐하며 물랑 부
인이 말했다. 문을 여니, 두 명의 마을 노부인이 서 있었다. 그
들이 놀란 눈으로 물랑 부인을 바라보았다.

"바팅 씨. 루벤 씨. 건강은 좀 어떠신가요?"

"좋아요, 좋아."

노부인들이 손사래를 쳤다.

"우린 그레타를 위해 장례식 준비를 도와주려고 왔다우."

루벤이 설명했다.

"정말 친절하시군요. 저도 그래서 와 있었답니다. 부엌에 가
보세요. 그레타는 지금 많은 위로와 도움의 손길이 필요할 거
예요."

두 명의 노부인이 급히 부엌으로 달려가는 동안 물랑 부인
은 외투를 챙겨 들었다. 그런 다음, 세 명의 노부인이 틀어박혀
있는 부엌을 향해 외쳤다.

"그레타, 전 이만 가 볼게요!"

그 세 명이 어떤 화제에 열중해 있는지는 안 봐도 뻔했다.
랄프의 죽음이 사고가 아니라는 사실은 작은 마을에 가을 산불
처럼 뜨겁게 번져 나갈 터였다. 하지만 랄프를 살해할 만한 동

기를 가진 게 대체 누구란 말인가? 그는 물랑 부인 자신이 아는 사람 중에서 가장 평화를 사랑하는 사람이었다.

아마 이 모든 게 그 편지에서 비롯된 것일 터였다. 랄프는 루시가 위험에 처했다고 했다. 그리고 그가 죽던 날 아침에 편지를 보내게 했다. 그는 어째서 그 편지를 자신에게 직접 가져오지 않았던 걸까? 그게 가장 이성적이고 현명한 방법이었을 텐데도 어째서 편지가 우체국을 거쳐 오게 한 걸까? 이제 그녀는 거의 달리다시피 했다.

집으로 돌아오자마자 곧장 사무실로 달려갔다. 편지는 어제의 사건 때문에 아직 개봉하지 않은 수많은 우편물과 서류 낱장 사이에 있었다. 이제는 어떻게 해야 하나? 하지만 프랭크에게는 랄프의 편지와 경고에 대해 설명하지 않는 편이 나을 것 같았다. 이제 그가 이리로 들이닥쳐서 랄프가 보낸 편지를 요구하면 둘러댈 핑계 거리가 필요했다. 하지만 그보다도 루시에게 뭐라고 답장을 보내야 하는지가 급선무였다. 어떻게 하면 루시를 지켜 낼 수 있을까? 랄프는 따로 동봉한 편지를 열어 보지 말아 달라고 당부했다. 하지만 이런 상황에서는 역시 내용을 알고 있는 게 여러모로 도움이 되지 않을까? 그녀는 불안한 손길로 편지를 집어 들었다. 그 빛바랜 봉투는 낡고 구겨져 있었다. 랄프도 이런 식으로 이 편지를 계속 들었다 놨다 했겠지.

도대체 무슨 일에 대해 아직 너무 늦진 않았다고 해야 하나? 무슨 위험에 대해 루시에게 경고해야 하나? 편지용 나이프를 들고 봉투를 뜯으려던 찰나, 손을 멈췄다. 그래도 망자의 마지막 소원은 들어줘야 할 것 같아서였다. 그녀는 나이프를 내려놓고 시계를 보았다. 어쩌면 아직 루시가 도서관에 근무하고 있을지도 몰랐다. 편지를 보내기엔 시간이 촉박하다는 게 본능적으로 느껴졌다.

네이선과 루시가 도서관에 도착해 보니, 마침 마리는 퇴근 준비를 하며 짐을 꾸리고 있었다. 그녀가 눈썹을 한껏 치켜들고 의심스러운 눈으로 둘을 바라보았다.

"날 데리러 온 건 아닐 테고."

루시가 안내 데스크 위로 몸을 굽혀 마리의 뺨에 입을 맞추었다.

"다음 교대는 누구야?"

"스튜어트 씨. 지금 잠깐 겉옷 갖다 놓으러 갔어. 난 그사이에 얼른 사라지려고."

마리가 쫑알거렸다.

"혹시 밖에서 크리스 봤어? 마중 나온다고 했는데."

"밖에 서 있어."

루시가 대꾸했다. 안타깝게도 마리가 앉은 자리에서는 정문 앞에 서 있는 마리의 키 큰 금발 남자 친구가 보이지 않았다.

"마리, 부탁이 있어."

루시가 마리를 진지하게 바라보며 말을 이었다.

"나 잠깐만 네이선 데리고 문서실 좀 갔다 올게."

마리가 어이없다는 얼굴로 고개를 흔들었다.

"직원 외에는 출입 금지인 거 몰라? 그렇게 했다가 그 일이 외부로 새어 나가기라도 하면 우리 둘 다 징계 감이라고!"

"안 새어 나가게 할게. 조심하겠다고 약속할 수 있어. 하지만 급한 일이야. 지금 당장 들여보내주지 않으면 스튜어트 씨가 올 거고, 그럼 너무 늦어."

마리가 루시와 네이선을 번갈아 가며 쳐다보았다. 네이선은 마치 루시를 보호하겠다는 듯 그녀의 뒤에 서 있었다. 마리가 한숨을 쉬더니 두 사람을 들여보내 주었다.

"하느님 맙소사, 알았어. 하지만 그 밑에서 이상한 행동일랑 꿈도 꾸지 말라고."

"그럴 만큼 여유롭진 않을 거야."

네이선이 마리에게 윙크해 보이자 마리가 웃음을 터뜨리며 말했다.

"아무튼 내일 전화할 테니까 도대체 이게 무슨 일인지 설명해 줘."

하지만 둘은 이미 문서실 문 안으로 사라지고 없었다.

네이선은 문서실의 방대한 규모에 감탄했지만, 짐짓 아무렇지도 않은 척하며 감정을 숨겼다. 그런 다음 루시의 뒤를 따라 가파른 계단을 내려가 사무실로 향했다.

"그럼 이제 뭐 하는 거야?"

그가 무표정한 얼굴로 물었다. 루시는 그가 감정을 숨기기 위해 지은 표정을 보고 그가 어딘가 불편한 데가 있다고 오해했다.

혹시 겁이라도 먹은 거 아냐? 네이선이 겁을 먹었다는 상상에, 루시는 그만 히죽 웃고 말았다.

"왜?"

그가 더 불편해 보이는 표정을 지으며 조용히 물었다.

"혹시 겁먹었어? 지금 표정 진짜 이상해."

"무서워한다고? 내가?"

그가 루시 쪽으로 가까이 다가오며 말했다. 그의 흰색 셔츠가 희미한 불빛 아래서 이상하리만큼 밝게 빛났다. 루시는 침을 꿀꺽 삼키면서 뒷걸음질 쳤지만, 막다른 곳이었다.

그가 루시의 머리 옆, 벽 위에 손을 올리고는 자신의 얼굴을 가까이 가져왔다.

"지금 여기서 네가 무서워해야 할 건 바로 나일걸."

그가 낮다 못해 끓는 것 같은 목소리로 루시의 귓가에 속삭였다. 그의 입술이 그녀의 귀를 가볍게 간질이자, 마치 온몸이 불에 타는 것 같았다.

"널 무서워할 거라고 생각한다면 오산이야."

루시가 새침하게 대답하고는 그의 팔 아래로 빠져나갔다.

"글쎄, 과연?"

네이선의 오만한 말투에 약이 오른 루시가 씩씩거렸지만, 그가 가까이 다가왔을 때 가슴이 떨리긴 했다.

"얼른 일에 착수하자."

루시가 화제를 바꿨다. 안 그러면 분위기가 이상해질 것 같았다.

"뭘 해야 되는데?"

네이선이 물었다.

루시는 주변을 둘러보았다. 뭔가 평소와는 다르다는 걸 그제야 깨달았던 것이다. 책들이 침묵하고 있었다. 평소에는 열띤 속삭임으로 자신을 맞아 주곤 했던 것이다. 루시는 손목의 표식을 바라보았지만, 표식조차 침묵하는 것 같았다. 갑자기 왜 이러지? 네이선 때문인가? 네이선이 낯설어서 그런가?

어쨌든 루시는 이런 침묵이 당황스러웠다.

"괜찮아?"

그의 목소리에 루시가 퍼뜩 정신을 차렸다.

"응. 아무것도 아니야. 그럼 일단은 초서의 책이 아직 남아 있는지부터 살펴보자. 초서라는 시인이 기억나긴 해?"

루시가 이렇게 물은 뒤, 긴장된 눈빛으로 네이선을 바라보았다.

네이선은 고개를 저었다.

"처음 듣는 사람이야."

"14세기에 《캔터베리 이야기》라는 책을 쓴 시인이야. 만약 그런 귀중한 책이 여기 없다면 런던 시내 한복판에서 벌거벗고 춤을 추겠어."

"알았어. 네 말 믿어 줄 테니까 걱정 마."

네이선이 웃음을 참느라 입을 씰룩거렸다.

"일단은 문서 카드부터 확인해 보자. 전부 알파벳순으로 정리되어 있어. Ch 항목에 없으면 나도 어디서 어떻게 찾아야 할지 모르겠어."

루시가 문서 카드를 재빨리 넘겼다. 다행히 Ch 항목에는 카드가 그리 많지 않았다. 하지만 초서의 카드가 제 상태가 아닐 수 있다는 사실을 알고 있었기 때문에, 루시는 카드를 꺼내어 이름을 확인한 다음 네이선에게 주어 그도 한번 이름을 확인하게 하는 식으로 철저하게 작업했다. 네이선이 나지막이 카드에 적힌 이름을 읽어 나갔다.

"챔버스, 샤미어, 샤터튼, 채프만……."

그가 다음 카드를 읽으려는 찰나, 루시가 갑자기 숨을 멈췄다. 루시가 든 카드를 보니, 첫눈에도 아무것도 쓰여 있지 않은 게 보였다.

"뭐 찾아낸 거 있어?"

그가 물었다.

루시가 그에게 그 빈 카드를 건넸다.

"비어 있는 거잖아."

그가 확인했다.

"좀 더 자세히 봐 봐."

루시가 그에게 다시 카드를 들이밀었다.

네이선은 탁상 램프 불빛에 카드를 좀 더 자세히 들이대 보았다. 정말로 아주 희미하지만 글씨가 남아 있었다.

"아마 시간이 지나면서 바랬나 봐. 몇 주 안에는 글씨가 다 사라져 있겠지. 테니슨도 그랬으니까. 테니슨의 도서 카드도 완전히 텅 비어 있었어. 하지만 이런 일이 왜 일어나는지는 나도 몰라."

"제프리 초서."

그가 한참을 들여다본 끝에 중얼거렸다.

"《캔터베리 이야기》. 찾았어!"

그가 루시를 돌아보았다. 책상 위에 얹은 루시의 두 손이 덜덜 떨리는 게 보였다. 입술은 꾹 닫혀 있었고, 두 눈에는 두려움이 가득했다.

"루시! 우리가 찾아낸 거야!"

그가 루시의 손을 잡았다.

"아직 다 사라지진 않았어!"

네이선은 진실을 알고 있었지만 루시의 눈을 본 순간 그녀를 위로해야 한다는 생각뿐이었다. 2달 전쯤, 에버리스트웨스 Aberystwyth에 있는 웨일스 국립 도서관에서 초서의 초판 필사본인 헹워트 필사본[7]을 열람했던 게 바로 엊그제 일 같았지만 말이다.

어째서 루시를 볼 때마다 마음이 약해지는 건지 알 수가 없었다. 그녀는 너무도 무력해 보였다. 어쩌면 사실을 말해야 할

---

7 Hengwyth Manuscript: 15세기 초에 작성된 제프리 초서의 《켄터베리 이야기》의 초판 필사본.

지도 몰랐다. 양심의 가책 따위는 없었다. 어쨌든 모든 건 책을 보호하기 위한 것이었고, 그녀가 걱정하는 것처럼 책들이 이 세상에서 영영 사라지는 것도 아니었다. 모든 사실을 알게 되면 자신을 이해해 줄지도 몰랐고, 오히려 그의 일을 도우려 할 수도 있었다. 네이선처럼 루시도 책에 대한 열정과 애정만큼은 결코 뒤지지 않았으니까. 하지만 그가 무어라 입을 열기 전에 루시가 몸을 일으켰다.

"아무래도 직접 확인해야겠어."

루시가 도서 카드를 집어 들며 말했다.

사실 거의 희미해진 도서 카드를 발견했을 때 이미 초서의 책도 사라져 있을 거라는 확신이 있었다. 루시는 카드에 적힌 도서 번호를 겨우 해독했다. 예상대로 책은 문서실의 가장 구석진 안쪽에 위치하고 있었다.

빠른 걸음으로 문서실 안쪽으로 나아갔다. 책이 있는 방향으로 곧장 걸어가다, 방향을 확인하기 위해 종종 걸음을 멈췄다. 그런 다음엔 사무실에서 가지고 온 문서실 약도를 펼쳐서 주위 서가에 적힌 문자와 대조했다. 몇 개의 방을 가로질러 가는 동안, 어쩐지 천장이 계속 낮아지는 것 같았다. 네이선은 문틀에 머리를 부딪치지 않으려고 종종 몸을 숙여야 했다.

드디어 책이 있어야 할 곳에 도착했다. 루시는 걸음을 멈추고 네이선을 돌아보았다. 그들이 도착한 곳에는 여러 개의 책꽂이가 돌로 된 벽에 설치되어 있었다. 루시가 벽을 더듬어 스위치를 찾다가 낮은 소리로 투덜거렸다.

"젠장! 스위치가 고장 났어. 게다가 사무실에서 손전등을 가져오는 것도 잊어버리다니……."

루시가 네이선을 바라보았다.

"다시 한 번 갔다 와야 할 것 같아. 넌 여기서 기다릴래?"

"알았어."

네이선이 무심한 듯 대답했다.

"아니면 같이 가 줄까?"

"몇 분 정도는 너 없이도 문제없거든!"

루시가 대꾸했다.

"정말?"

네이선이 꿰뚫는 듯한 시선으로 바라보았다. 루시는 고개를 끄덕인 다음, 서가 사이로 잽싸게 달려 나갔다.

도대체 어떻게 하는 거지? 그가 까만 눈동자로 한 번 바라봤을 뿐인데, 심장이 언제나 터질 듯이 쿵쾅거리니 말이다.

이런 격렬한 긴장 상태는 건강에도 좋지 않았고, 게다가 지금은 집중해야만 하는 문제가 있었다. 그럼에도 불구하고 그가 곁에 있어 주어서 기뻤다.

그 순간, 갑자기 책들이 속삭이는 바람에 소스라치게 놀라고 말았다. 평소보다 긴장된 것같이 들렸다. 루시는 미소를 짓고 속삭였다.

"안녕? 다들 오랜만이야!"

"루시, 기억해 내!"

책들이 속삭였다. 그리고 그 말이 반복될 뿐이었다.

"너희들은 별로 도움이 안 돼."

루시가 사무실로 걸어가며 말했다.

"대체 뭘 기억하라는 건지도 모르겠다고. 정말 기억해 내 주길 바란다면 좀 더 설명을 해 줘야지!"

하지만 계속 기억해 내라는 말뿐이었다. 그런데 오늘은 평소와 달랐다. 뭔가 강하게 요구하는 것 같았고, 겁에 질린 것 같았다. 루시가 손전등을 가지고 네이선이 있는 곳 근처에 이르자, 속삭임이 잦아들었다. 네이선은 어깨를 움츠린 채 바지 주머니에 손을 넣고 벽에 기대서 있었다.

"여기 꽤 추운데."

그가 말했다.

"18도가 안락한 온도는 아니지. 그래서 난 항상 스웨터를 두 개 껴입어."

루시가 대꾸했다.

"오늘은 아닌데?"

네이선이 루시의 얇은 블라우스를 바라보았다.

"오늘은 여기 올 줄 몰랐으니까."

"그럼 좀 서두르는 게 좋겠어. 우리 둘이 여기서 얼어 죽어 있는 걸 반즈 씨가 발견하게 하고 싶지 않다면 말야. 아니, 영영 발견되지 않을지도 모르겠군."

그가 손가락으로 서가 위를 쓸어 보였다. 두꺼운 먼지 층이 그의 손가락에 묻어났다.

"최근 몇 년간은 사람이 드나들지 않은 것 같은데?"

"네 말이 옳을지도 몰라."

루시도 동의했다. 손전등의 스위치를 누르자 희미한 빛줄기가 어둠을 약간 몰아냈다. 물론 충분히 밝은 건 아니었지만 없는 것보단 나았다.

그리 오래 걸리지 않아, 둘은 초서의 책이 들어 있는 상자를 찾아냈다.

네이선이 서가에서 상자를 꺼내 바닥에 내려놓은 뒤 둘은 상자 앞에 웅크리고 앉았다. 루시가 손전등을 비추는 동안 네이선이 상자 덮개를 잡았다.

그 순간 어떤 생각이 루시의 머리를 스쳤고, 루시가 네이선의 손을 붙잡아 상자를 열지 못하게 했다.

"잠깐 기다려 봐."

루시가 말했다.

"생각을 좀 해보게."

네이선이 기대에 찬 눈빛으로 루시를 바라보았다.

"처음에 찾았던 상자에 들어 있던 건 테니슨의 책이었어. 물론 더는 책이라고 할 수 없긴 하지만. 아무튼 이름 정도는 표지에 쓰여 있었지만 이미 종이가 너덜거리고 있었거든. 나중에 그의 문서 카드를 찾아보니, 완전히 텅 빈 채 종이가 다 헐어 있었고 아무도 테니슨을 기억하는 사람이 없었어. 두 번째로 찾아낸 책은 완전히 가루가 되어 버려서 무슨 책이었는지조차 알 수가 없었고. 이번에는 문서 카드에 아주 희미하게나마 정보가 남아 있었으니까, 아마도 책이 사라진 지 얼마 되지 않은 것 같아. 이해해?"

루시가 네이선을 바라보며 말했다.

"맞는 말이지만 어차피 지금 그 정도는 유추할 수 있잖아. 이제 열어도 될까?"

루시가 고개를 끄덕이자 네이선이 상자 덮개를 열었다.

첫눈에 책은 그리 손상된 것 같아 보이진 않았다. 루시는 네이선의 손에서 책을 받아 들었다. 정갈하고 장식이 없는 책이었다. 표지는 17세기의 수공식 제본 방법으로 처리되어 있었다. 책 한 권이 한 가닥의 가죽 매듭으로 단단히 고정되어 있었다. 루시는 표지를 천천히 살펴보고는 책을 펼쳤다.

물론 바로 그 순간까지만 해도 책에 무언가가 남아 있을 거라는 희망이 있었음에도, 눈앞의 현실을 마주한 게 그리 놀랍진 않았다. 하지만 손목을 파고드는 통증 때문에 소스라치게 놀라고 말았다. 게다가 어떤 격렬한 감정에 사로잡힌 나머지 눈물이 볼을 타고 흘러내렸다. 루시의 전신이 통증과 슬픔에 휩싸였다. 책의 아픔이 그대로 전해진 것이었다. 루시가 몸을 덜덜 떨었다.

네이선이 루시의 손에서 책을 받아 들고 상자에 집어넣었다. 그런 다음 루시를 차가운 돌바닥에서 일으켜 세웠다. 루시는 그의 가슴에 얼굴을, 그의 허리에 팔을 둘렀다. 그는 루시가 진정될 때까지 그렇게 그녀를 끌어안고, 머리카락을 쓰다듬어 주었다. 아무 말 없이, 그렇게 안고 있었다. 루시는 그의 심장 소리를 들었다. 차분하고 규칙적인 소리였다. 가만히 그 소리에 집중하고 있노라니 격렬해졌던 감정이 차츰 잦아들었다.

"괜찮아?"

그의 목소리가 들려왔다. 메마르고 거친 목소리였다.

괜찮다고 하면 그의 품에서 떨어져야 했다. 하지만 그러고 싶지 않았다. 루시는 그의 가슴에 계속 얼굴을 묻은 채 고개를 끄덕였다.

"이제 놓아줄게."

몇 분 뒤, 그가 말했다.

그가 루시를 가슴팍에서 떼어 낸 뒤, 머리카락을 귀 뒤로 넘겨 주었다. 그런 다음엔 손가락으로 턱을 들어 올려서 루시가 자신과 시선을 맞추도록 했다. 루시는 가능한 한 그의 얼굴을 보고 싶지 않았다. 너무 울어서 끔찍한 모습일 터였다.

"일단은 여길 나가자. 밖으로 나가서 좀 진정한 다음에 여기에 대해 말해 보는 거야. 알았지?"

그가 루시에게 부드럽게 제안했다.

루시는 고개를 끄덕인 후, 네이선이 상자를 제자리에 올려 두는 모습을 바라보았다. 네이선은 상자를 올린 뒤 손전등을 켜고 루시의 손을 잡아 주었다.

하지만 그 방을 나가기 전, 네이선이 멈칫거렸다.

"정말이지 지금 널 데리고 여길 나가고 싶지만, 기세 좋게 나갔다가 오히려 길을 잃게 되면 곤란한데……."

그의 말을 들은 루시가 미소 지었다. 그리고 그의 손을 꼭 잡고 문서실을 걸어 나갔다.

문서실 계단을 올라 위층 입구로 나가는 문 앞에서, 루시는 문을 살짝 열고 바깥을 내다보았다. 네이선은 그녀의 바로 뒤에 서 있었고, 그의 온기와 복도의 냉기가 뒤섞여서 기분이 좋았다. 복도가 텅 비기까지는 시간이 좀 걸렸다.

"지금이야."

네이선이 속삭였다. 루시는 숨을 들이마신 뒤 문을 열고 밖으로 나갔다. 스튜어트 씨는 자리를 비운 상태여서 두 사람은 아무에게도 들키지 않고 도서관을 빠져나올 수 있었다.

11장

어떤 책을 완벽한 순간에 만나는 게 가장 중요하다.

— 한스 데렌딩거

"런던 도서관입니다. 무엇을 도와드릴까요?"

물랑 부인이 전화를 걸자, 수화기 저편에서 여성의 목소리가 들려왔다.

"루시 가디언이라고 하는 직원을 찾고 있어요. 오늘 근무하고 있나요?"

그녀가 목소리의 떨림을 억누르며 물었다.

"죄송합니다. 오늘은 비번이에요. 원래 토요일에는 거의 근무 안 해요. 혹시 메모를 남겨 드릴까요? 월요일에 출근하면 곧바로 연락드리게 말해 둘게요."

"아뇨, 감사해요. 그럴 필요까진 없어요. 다른 방법으로 연락해 보도록 하죠."

"원하시는 대로요."

여성이 대답했다. 그리고 전화가 끊어졌다.

루시는 어디에 있는 걸까? 어떻게든 당장 연락을 취해야 했다. 루시의 휴대 전화로도 걸어 보았지만 메시지 함으로 넘어갔다. 하지만 메시지를 남기는 건 위험할 것 같았다. 이젠 루시가 부재중 전화를 보고 자신에게 전화를 걸어 주기만 바라야 할 것 같았다.

물랑 부인은 다시 랄프가 보낸 편지를 손에 든 채, 한동안 깊은 생각에 잠겼다. 만약 루시가 오늘 안에 연락을 취해 오지 않으면, 직접 런던에 가 봐야겠다고 생각했다.

그런 다음엔 책상 서랍 안쪽에 있는 비밀 금고에 편지를 넣어 두었다. 목걸이는 목에 걸어 입고 있는 스웨터 아래에 숨겼다. 편지는 나중에 자기 방으로 직접 가지고 갈 생각이었다.

이젠 아이들과 함께 교회를 꾸밀 궁리를 해야 했다. 랄프는 백합꽃을 싫어했다. 그가 좋아하는 봄꽃들은 지금 계절에는 구할 수가 없었다. 아마 꽃집 주인과 이야기를 좀 해 봐야 할 것 같았다. 하지만 일단은 아이들에게 사실을 이야기해 주어야 했다.

사무실을 나서기 전, 그녀는 창문이 모두 닫혀 있는지 확인한 다음 굳게 잠갔고, 사무실도 열쇠를 두 번 돌려 잠갔다. 전에는 한 번도 이렇게 철저히 문단속을 했던 적이 없었다. 그런 다음엔 교사들과 아이들이 함께 식사를 하는 식당으로 갔다.

물랑 부인이 굳은 얼굴로 식당에 나타나자, 아이들의 소란이 점차 잦아들었다. 그녀는 모든 아이들이 자신을 바라볼 때까지 참을성 있게 기다렸다. 주변이 완전히 고요해지자 비로소 신부님에게 무슨 일이 일어났는지 설명해 주었다.

아이러니하게도 바로 그 순간, 물랑 부인은 랄프가 정말 죽었다는 사실을 실감하고 말았다. 여태까지는 어딘가 계속 비현실적이었던 그 일이 갑자기 현실로 느껴졌다. 순간, 몸을 가볍게 휘청거리고 말았다. 그녀의 곁에 서 있던, 어느덧 고아원에서 일해 온 지도 35년째에 접어드는 마르타가 얼른 그녀를 부축해서 의자에 앉혔다. 아이들은 모두 입을 꾹 닫은 채 그녀를 바라보았다. 여자아이 둘이 울기 시작했다. 하지만 대부분은 죽음을 너무 일찍부터 알고 있었다. 아무리 시설의 어른들이 부모를 대신하고 싶어 해도, 아이들에게 부모란 단지 환상의 존재일 뿐이었다.

마르타가 뜨거운 코코아를 그녀 앞에 내밀었다. 물랑 부인은 마르타의 따뜻한 마음에 미소 지었다. 마르타는 자신만의 특별한 코코아로 모든 사람을 위로할 수 있다고 자부하고 있었다. 그 코코아는 평범한 코코아가 아니었다. 마르타가 자기 할머니에게서 물려받은 비밀 레시피로 탄 코코아였다. 마르타가 아이들을 앉혀 놓고, 부엌에서 자신의 위대한 선조에 대해 떠들어 대면서 코코아를 타면 아이들은 대개 슬픔도 잊고 그녀의 이야기에 빠져들었다. 스페인 정복자의 배가 어떻게 바다 위를 미끄러지며 나아갔는지, 그 아름다운 색채를 묘사하며 아이들을 남아메리카로 데리고 가는 것이었다. 마르타의 선조는 그곳에서 한 아즈텍 왕자와 사랑에 빠졌고, 영원한 사랑의 증표로

카카오 콩과 비밀의 코코아 제조법을 선물해 주었다.

그 이후로 이 비밀 레시피는 마르타의 가문에 대대로 전해 내려왔고, 그 이야기의 세부 사항은 남아 있지 않게 되었지만 아무도 감히 이야기의 신빙성에 의문을 품지 않았다. 물론 고아원의 아이들도 마찬가지였다. 마르타는 이 이야기를 떠들어 댈 때, 여자아이들에겐 러브 스토리 부분을 강조했고 남자아이들에게는 싸움과 모험을 강조하곤 했다.

물랑 부인도 마음 같아서는 마르타가 들려주는 마법 같은 모험 이야기에 빠져 있고 싶었지만, 그녀에겐 돌봐야 할 아이들이 있었다.

한 시간 정도가 지난 다음에야 손에 코코아 컵을 든 채로 사무실 앞에 선 채, 다른 손으로는 주머니를 뒤적여 열쇠를 찾고 있는데 문 뒤쪽에서 무슨 소리가 들렸다. 그녀는 서둘러 열쇠를 찾아 문을 활짝 열었다. 테라스로 통하는 문이 활짝 열려 있었던 것이다.

책장에 꽂혀 있던 책들은 모두 찢긴 채 바닥에 나뒹굴고 있었다. 물랑 부인이 손에 들고 있던 코코아 잔이 체스판 무늬의 바닥 위로 떨어져 산산조각이 났다.

정신없이 책상 앞으로 달려간 그녀가 우뚝 멈추어 섰다. 서랍은 바닥에 내동댕이쳐져 있었고 안의 내용물도 완전히 헤집어 놓은 상태였다. 아래쪽 서랍도 모조리 열려 있었고, 서류들과 필기구, 서류철이 모두 한데 뭉쳐 바닥에 나뒹굴었다. 물랑 부인은 무릎을 꿇고 서류 속을 헤집었다. 머리로는 편지가 이미 사라졌을 거라는 사실을 알고 있었다. 그녀는 결국 천천히 몸을 일으켜 테라스 문을 바라보았다. 싸늘한 가을바람이 커튼을 움직이고 있었다. 문을 닫으려고 다가가니, 밤의 어둠이 어슴푸레 내려앉은 정원 잔디 한가운데에 거대하고 시커먼 괴물이 우뚝 서서 그녀를 바라보고 있었다. 멀리 떨어져 있었지만, 저 거대한 검은색 그레이트 데인이 뻘건 혀를 빼문 입으로 헐떡거리는 소리가 여기까지 들려오는 듯했다. 저 괴물 개의 주인은 어디 있지? 물랑 부인은 급히 베란다 문을 잠그며 생각했다. 개가 아직 저기에 있다는 건 개의 주인도 근처에 있다는 뜻일 터다. 그는 랄프의 편지 속에 이 목걸이가 들어 있었다는 사실을 알고 있었을까? 물랑 부인은 무심코 손을 더듬어 목걸이를 움켜쥐었다. 무슨 일이 있어도 목걸이만큼은 빼앗기지 않을 생각이었다. 이건 루시가 가져야만 했다. 이것만이 루시의 부모님이 남긴 유일한 유산이었으니까.

　　네이선과 루시는 뜨거운 차를 한 잔씩 손에 든 채 부엌 식탁에 앉아 있었다. 집으로 돌아오는 내내 둘은 침묵을 지켰다. 먼저 그 침묵을 깬 건 네이선이었다.

　　"이해가 안 되는 게 한 가지 있어. 넌 어떻게 사라진 책들이나 시인들에 대해 알고 있는 거지, 루시? 분명히 논리에 맞지 않아. 너 뭔가 내게 숨기는 게 있는 거 아니야? 올리브 씨는 이 일과 관계가 없는 것 같은데."

그의 말에 루시가 고개를 끄덕였다.

"끔찍하지, 안 그래?"

그녀가 도움을 간청하는 눈빛으로 희미하게 웃었다.

"혹시 이 모든 게 너와 관계된 거야?"

그가 물었다.

"너에 대해 좀 더 말해 줘. 너란 애가 어디에서 튀어나온 건지, 네 손목의 표식에 어떤 힘이 있는지 말야. 더 이상 숨기려 하지 말아 줘."

네이선이 루시를 추궁하는 눈으로 바라보았다.

"내가 모든 걸 다 털어놓지 않은 이유는 네가 미쳤다고 생각할까 봐서야. 그러니까 내 말은, 대체 이 세상 누가 내 말을 믿어 주겠어?"

루시가 괴로운 듯 중얼거렸다.

네이선이 루시의 손을 꼭 잡아 주었다.

"루시, 난 널 믿어."

그가 루시의 눈을 강하게 바라보자, 루시의 가슴이 무언가 묵직한 것으로 가득 차는 느낌이 들었다.

"너도 날 믿어 줘야 돼. 그러려면 일단 숨기는 것 없이 다 털어놔 줘. 그래야 나도 널 도울 수 있어."

"네 말이 맞아. 하지만 나도 사실은 아는 게 전혀 없어. 책들은 계속 '기억해 내'라고 속삭이지만, 도대체 뭐에 대해 기억하라는 건지……."

네이선이 넋을 잃고 루시를 바라보았다.

"책들이 너와 말을 한다고?"

네이선이 중얼거리자 루시가 의아하다는 듯 그를 바라보며 물었다.

"내가 아직 말 안 했나? 거의 매일 떠들어 대."

네이선은 고개를 저었다. 불가능했다. 수호자로서도 불가능한 일이었다. 연맹은 그렇게 오랜 세월 동안 책과 대화해 보려고 노력해 왔던 것이다. 그리고 책에 대한 비밀을 탐구해 왔건만, 눈앞의 소녀는 정말이지 별것 아니라는 듯이 자신이 책과 대화한다고 밝힌 것이다. 정말이지 너무 간단하게……. 만약 조부가 이 사실을 알게 된다면…….

네이선은 티셔츠의 옷깃 부분에 손가락을 넣고 당겼다. 숨이 턱 막히는 기분이었다. 이제 뭘 어떻게 해야 하지? 생각 같아서는 당장 여길 나가고 싶었다. 어떻게 해서라도 조부에게 이 사실을 알려야 했다. 그가 반드시 알아야만 했다.

하지만 그렇게 하면 루시가 자신을 의심할 게 뻔했다.

그때 열쇠로 문을 열고 들어오는 소리가 들리더니, 몇 초 후 콜린과 줄스가 부엌 안으로 들어왔다.

"여기서 뭐 해?"

콜린이 놀란 얼굴로 물었다.

"시내 구경 한다더니, 벌써 끝난 거야?"

그가 걱정스러운 얼굴로 루시를 살폈다.

"관광객이 너무 많아서 다음번으로 미뤘어. 그래도 웨스트민스터 대성당은 보고 왔어."

루시가 말을 얼버무렸다.

"설마 루시가 널 그 '죽음의 시인 클럽'에도 데려갔어?"

줄스가 네이선에게 묻자 그가 고개를 끄덕였다.

"흠. 첫 데이트에 딱 맞게 로맨틱한 곳으로 잘 골랐네."

줄스가 자기 찻잔에 차를 따르며 중얼거렸다. 콜린이 식탁으로 오더니 둘 사이에 끼어 앉아 네이선의 시선은 무시한 채루시의 손을 잡았다.

"괜찮아? 아무 일 없었던 거지?"

루시는 눈을 아래로 내리깐 채 고개를 끄덕였다.

그때 전화벨이 울렸다.

줄스가 복도로 가 전화를 받았다.

"물랑 부인! 네. 전 잘 있어요. 감사해요. 루시 집에 있어요. 지금 바꿔 드릴게요. 그럼 건강히 계세요……."

줄스가 부엌으로 와서 루시에게 수화기를 건네주었다.

"네 양엄마야. 전화 받아."

줄스가 루시에게 속삭인 다음, 버둥거리는 콜린을 잡아끌고부엌에서 나가 주었다.

네이선은 드디어 루시와 단둘이만 부엌에 남게 된 게 기뻤다.

"물랑 부인?"

루시가 깜짝 놀란 듯 전화를 받았다. 그러자 수화기에서 여성의 목소리가 흘러나왔다. 네이선은 그들의 대화를 가만히 들었다. 통화가 이어지며 루시의 얼굴이 점점 창백해졌다. 도대체 무슨 이야기를 듣고 있는 거지?

"그럴 수가……."

루시가 벌떡 일어서더니, 안뜰이 내다보이는 작은 창 앞에 멍하니 서서 창틀에 놓인 바질 화분을 매만지며 잔잎을 뜯어내기 시작했다.

잠시 후 네이선이 그녀 뒤에 서서 그녀의 손을 잡아 주었다.

"왜 애꿎은 화분을 괴롭히고 그래?"

그가 루시의 반대편 귓가에 속삭이자, 루시의 얼굴에 잠시 미소가 스쳤다.

"어떻게 매클레인 신부님이 살해당할 수가 있죠? 무슨 잘못을 했기에?"

루시 뒤에서 대화를 듣던 네이선이 흠칫 놀라 뒤로 물러섰다.

루시가 고개를 끄덕였다.

"네. 알아요. 당장 갈게요. 내일 아침에요. 아뇨, 아무한테도 어디 가는지는 말 안 할 거예요. 약속할게요. 그럼 내일 봬요."

"떠나? 어디로?"

루시가 수화기를 내려놓자마자 네이선이 물었다.

루시가 멍하니 고개를 끄덕였다.

"무슨 얘기를 했는지 말해 줄 수 있어?"

그가 물었다.

루시가 네이선을 바라보았다.

"우리 마을 신부님이 살해당했대. 누군가가 신부님 차의 바퀴 나사를 느슨하게 풀어 놓았다는 것 같아. 생각해 봐! 이건 분명한 의도를 가지고 한 짓이야. 하지만 세상에 어느 누가 성직자를 살해하려 하겠어? 신부님에게 어두운 과거가 있을 것 같지도 않아. 우리 마을은 너무 작아서 그런 과거를 숨기는 건 불가능하다고."

루시가 믿을 수 없다는 듯 고개를 흔들었다.

"신부님은 내 부모님이 누군지 말해 줄 수 있는 유일한 사람이었는데……."

네이선이 정색을 하며 물었다.

"그걸 어떻게 알았어?"

"전에 고아원에서 물랑 부인 몰래 내 서류를 뒤져 본 적이 있었어. 대부분은 자기가 어디 출신인 거 정도는 아는데, 나만 그런 정보가 하나도 없었어. 그래서 다들 그것 때문에 날 괴롭히고 놀려 댔어. 그래서 어느 날 직접 확인해 본 거야. 거기에는 나를 성당 계단에서 처음 발견한 게 매클레인 신부라고 쓰여 있었어. 그 뒤로 이따금 신부님께 물어보려고도 해 봤지만, 용기가 나질 않았어. 게다가 물랑 부인이 내가 서류를 뒤진 걸 알게 하고 싶지도 않았고. 이젠 너무 늦어 버렸지만."

"그 신부와는 많이 가까웠나 보지?"

"나랑 신부님? 왜 그런 걸 물어? 아니. 거의 말 한마디 나눈 적도 없었어. 아마 날 싫어했던 것 같아. 나 외에 다른 애들에겐 친절했거든."

"난 그저……. 네 얼굴이 너무 창백해서 친한 사이였나 하고 물어본 거야."

네이선이 해명했다.

"신부님이 돌아가신 것 자체가 그리 충격적이진 않아. 단지……."

루시가 네이선을 바라보며 잠시 생각에 잠겼다. 그런 다음 어렵사리 털어놓았다.

"신부님이 내 앞으로 뭔가를 남겼대. 편지 하나와 로켓 목걸이를 말이야. 물랑 부인이 추측하기로는 그 물건들을 내 부모님이 남긴 것 같대."

루시가 거의 속삭임에 가까운 목소리로 중얼거렸다. 목소리가 너무 잦아들어서 거의 알아들을 수가 없을 정도였다.

"왜 이제야……."

루시가 중얼거렸다.

"왜 이제야 그걸……."

"뭔가 이유가 있었겠지."

네이선이 루시의 머리를 쓰다듬으며 말했다.

루시가 그를 쳐다보았다. 그녀의 눈이 증오로 이글거리고 있었다.

"이유? 대체 무슨 이유? 대체 무슨 대단한 이유가 있다고 어린애한테 그걸 숨겨? 대단한 정보도 아니고, 어디 출신인지 정도잖아. 물론 물랑 부인과 지낸 시간은 행복했어. 하지만 언제나 마음 한구석에선 아빠와 엄마가 날 데리러 와 주기를 바랐단 말이야. 그런 일은 절대로 일어나지 않았지만. 그런데 이제와서 모든 걸 설명해 줄 수 있는 편지 하나를 내밀다니!"

네이선은 흥분한 루시를 가슴팍에 꽉 끌어안았다.

"편지엔 뭐라고 쓰여 있는데?"

그가 가라앉은 목소리로 물었다.

"몰라."

루시가 그의 가슴에 얼굴을 파묻고 눌린 목소리로 대꾸했다.

"도둑맞았대."

네이선은 안도의 한숨을 내쉬었다.

"물랑 부인은 편지 내용을 알고 있대?"

그가 조심스럽게 물었다.

"아니. 매클레인 신부님이 절대 편지를 열어 보지 말라는 쪽지를 동봉했다나 봐. 편지를 읽는 건 너무 위험하다고 했대."

루시가 계속 얼굴을 묻은 채 허탈하게 웃었다.

"아니, 신부의 책상 서랍에 몇 년이나 방치되어 있던 편지 하나가 뭐 그리 대수라고?"

하지만 네이선은 그의 처신이 현명했다는 걸 알았다.

"어쩌면 좀 잘난 척하고 싶었던가 보지."

그가 루시를 달랬다.

"나 사실은 급한 용무가 있어. 이제부터 어딜 좀 가 봐야 하는데, 혼자 있을 수 있겠어?"

"가 봐야 되는 일이라면 가 봐야지."

루시가 그에게서 떨어지며 중얼거렸다. 네이선은 루시의 눈에서 큰 실망감을 느낄 수 있었다. 그의 마음 한구석이 아렸다. 부드럽게 루시의 뺨을 어루만지며 네이선이 말했다.

"오늘 친구 하나가 리포트 작성하는 걸 도와 달라고 부탁했었거든."

그가 시계를 보며 말을 이었다.

"적어도 5시 반까진 가기로 했으니 좀 서둘러야 할 것 같아. 하지만 네가 곁에 있어 주길 바란다면 그 약속은 취소하도록 하지."

그가 루시의 눈을 바라보며 말했다.

"괜찮아. 어차피 콜린이랑 줄스도 있으니까."

루시가 고개를 저었다.

이게 과연 현명한 행동인지 알 수는 없었다. 루시는 지금까지 자신이 겪은 이상한 사건들에 대해 친구들에게 밝힌 적이 없었다. 혹시 지금이라도 그들에게 사실을 말하려 들지도 모르는 일이었다.

"내일 올게. 그럼 차분하게 앉아서 앞으로 어떻게 할지 의논해 보자. 알았지?"

"난 내일 없을 거야."

루시가 대꾸했다.

"물랑 부인과 만나기로 했어."

"집에 간다고?"

네이선이 짐짓 놀라는 척하며 물었다.

하지만 루시는 고개를 저었다.

"그럼 어디로 가는데?"

"물랑 부인한테 아무에게도 행선지를 말하지 않기로 약속했어.”

루시가 내키지 않는다는 듯 털어놓았다.

“그럼 그렇게 해.”

그가 퉁명스럽게 대꾸했다.

“하지만 다녀와서 무슨 일이 있었는지 다 말해 줄게.”

루시가 그를 달랬다.

네이선은 고개를 끄덕인 후, 헤어지기 전 마지막으로 한 번 더 루시를 어루만졌다. 그런 다음 부엌을 나갔고, 현관문이 닫히는 소리가 들렸다.

루시는 부엌 의자에 앉아 눈물을 닦아 냈다. 이제 네이선 없이는 평소보다 더 외톨이가 된 기분이었다.

12장

책은 당신의 가장 조용하고도 변함없는 친구이다.

— 찰스 W. 엘리엇

네이선은 근처의 지하철역으로 달음질쳐 내려갔다. 집에 도착하자마자 조부에게 전화를 걸 생각이었다. 그들의 대화를 낯선 사람이 엿듣는다는 건 상상할 수도 없었다.

바티스트는 전화벨이 울리자마자 한시도 지체 없이 수화기를 집어 들었다.

"네이선. 네가 뭔가 중요한 걸 알아냈길 바란다."

네이선은 조부의 불쾌한 어조는 무시하기로 했다. 일단은 자신이 알아낸 정보에 조부가 어떻게 반응할지가 궁금했다.

"그 편지, 할아버지가 손에 넣으신 거죠?"

그가 물었다.

"그 꼬마 여자애가 그걸 너에게 알렸나 보구나. 보아하니 어쨌든 네가 내 명령을 충실히 따른 모양이군. 물론 이번 임무가 그리 불쾌하진 않았을 터지. 사진으로 보니 여자애는 제 엄마를 닮아 예쁘장하더구나."

그가 심술궂게 웃었다.

"그런 건 신경도 안 썼어요."

네이선이 딱딱하게 대꾸했다.

"편지엔 뭐라고 쓰여 있었죠?"

"물론 꽤나 감동적인 이야기였지."

개들이 으르렁거리는 소리가 배경 음악으로 들려오는 가운데, 바티스트가 사악하게 웃었다. 그의 눈앞에는 바티스트가 자신의 서재에 서서 승리에 도취되어 있는 모습이 생생하게 펼쳐졌다.

"딸에게 미안하다고 쓰여 있더구나. 우리에게서 몸을 숨기는 방법 외에는 다른 방도가 없었다고 말이지. 만약 그 조그만 계집애의 손에 이 편지가 들어갔다면, 널 자기 눈앞에서 찢어 놓았을 거다."

"그게 무슨 뜻이죠?"

"당연한 말이지만, 편지에는 온통 우리 가문을 비방하는 말뿐이었다. 우리가 책을 훔치고 있다고 주장하면서 말이다. 이 멍청한 족속들은 아무것도 몰라. 예전부터 그랬지."

그가 수화기 저편에서 으르렁댔다.

그제야 네이선은 안도의 한숨을 내쉬었다. 루시는 아마 이번 일에 자신이 어떤 역할을 담당했는지 영원히 알 수 없을 터였다. 아직은 말이다.

"신부는 어떻게 하신 거죠?"

그가 조부에게 단도직입적으로 물었다.

그러자 수화기 저편에서 조부가 반문했다.

"그게 무슨 말이냐?"

"무슨 말인지 아실 텐데요. 신부가 살해당했다더군요. 제가 추측하기로는 할아버지가 배후에 계신 것 같은데요."

"시끄러워! 그건 단지 사고였다. 게다가 넌 그런 일까지 알 필요 없어. 너에게는 네가 할 일이 있고 나에게는 내가 처리해야 할 문제가 있는 거야. 연맹과 널 지키는 게 내 일이다. 너도 알고 있을 텐데."

바티스트가 침묵했다. 그리고 네이선은 그가 원하는 대답이 뭔지 정확히 알고 있었다.

"네, 할아버지. 알고 있습니다."

"좋아."

그가 만족스럽다는 듯 대꾸했다.

"여자애는 자기가 어디서 왔는지, 어떤 힘이 있는지 절대로 알지 못할 거다. 그 일은 이제 네게 맡기마. 이제 그 여자를 최대한 빨리 도서관에서 떼어 내야 해. 그리고 그 물랑이라는 여자가 이 모든 일을 얼마나 알고 있는지가 관건이다. 물론 편지는 봉해진 상태였다만, 신부가 죽기 전에 그 여자에게 뭔가를 말한 모양이야. 이제 그 여자를 어떻게 할지 결정해야만 한다."

"어떻게라뇨? 설마 또 다른 사고를 만들어 내실 건가요?"

네이선이 물었다.

"인류의 지식을 지켜 내는 게 우리의 사명이다. 그걸 위해서라면 어떠한 희생이라도 치를 거다."

조부의 목소리에는 한 치의 망설임도 없었다. 네이선은 그가 심중에 어떤 일을 계획하고 있는지 알 것 같았다. 조부가 이미 벌인 일과 앞으로 계획하는 일, 살인을 당연하게 여기는 그의 냉혹한 태도는 네이선을 경악시켰다. 물론 조부가 선한 사람이 아니라는 건 알고 있었다. 게다가 연맹을 지켜 내기 위해 무슨 짓이든 거리낌 없이 할 거라는 것도 알았다. 하지만 살인이라니?

"오늘 알아낸 게 몇 가지 있어요. 앞으로의 일을 계획하실 때 미리 알아 두실 필요가 있을 것 같습니다. 루시가 오늘 제게 말하길, 책들이 자신에게 이야기한다더군요. 그 능력을 타고난 것 같습니다."

수화기 저편에서 일순 침묵이 흘렀다.

"넌 지금 네가 무슨 말을 하는지 몰라."

잠시 침묵이 흐른 뒤, 조부가 중얼거렸다.

"루시가 직접 말했습니다. 예전부터 줄곧 그래 왔다고 합니다."

"그럴 리가! 네가 잘못 들은 게 분명해. 우리 일족은 지난 몇 세기 동안 우리 중 하나가 그 능력을 타고나기만 바라 왔어. 우리가 바로 책을 지키는 자들이니까!"

바티스트가 점점 언성을 높였다.

"할아버지, 진정하세요. 흥분하시는 건 건강에 안 좋아요."

"나한테 이래라저래라 하지 마!"

조부가 으르렁거렸다.

"그래서, 책들이 그 애에게 뭐라고 한다더냐?"

네이선은 조부가 무언가 대단한 걸 기대한다는 사실을 눈치 챘다. 그도 그럴 것이, 자신의 일족과 연맹은 오래전부터 책과 소통하는 능력을 가진 아이가 태어나기만을 기다려 왔다. 전설에 따르면, 그 능력을 지녔던 건 지금까지 불과 한 명뿐이었다. 그게 남자아이였기 때문에 두 번째 능력자도 남자아이일 거라고 생각한 걸까? 지금까지 연맹 안에서 여자는 아무런 의미도 아니었다. 이제 수호자들 가운데서 이 능력을 지닌 아이가 태어났다는 사실이 조부를 얼마나 놀라게 만들었을지 충분히 짐작할 수 있었다.

"잘 모르겠습니다. 제게는 단지 책들이 기억해 내라고만 말했다더군요. 게다가 자신은 그게 무슨 뜻인지도 모르겠답니다."

그가 조심스럽게 대답했다.

"책들이 무슨 말을 하는 건지 전혀 이해할 수 없다더군요."

"지금 당장 핵심 임원들을 소집해야겠다. 이후의 일을 의논해야겠어. 논의가 끝나는 대로 널 부르마. 그때까지는 그 여자에게서 가능한 한 멀리 떨어져 있거라. 알겠느냐? 일단은 그렇게 하는 게 안전해. 아직은 그 여자의 힘이 어느 정도인지 모르니까."

"할아버지, 제 생각에는……."

하지만 이미 전화는 끊어져 있었다.

네이선은 말없이 전화기를 바라보았다. 핵심 임원들은 아주 특별한 일이 있을 때에만 소집되곤 했다. 다음 집회는 네이선이 입회할 때로 예정되어 있었다. 어느덧 네이선이 연맹의 규칙대로 살아 온 지도 4년이라는 시간이 흘렀다. 새로 입회하려는 사람은 4년 동안 연맹의 규칙을 준수해야 했다. 4년간, 단한 번도 누군가를 상처 입히거나 다치게 하지 않았다. 다시 말해, 그도 집회에 참여할 자격이 있었다. 루시는 자신의 과제였고 네이선은 그 누구보다 이 문제를 잘 해결할 자신이 있었다. 바티스트는 더 이상 그가 입회하는 걸 막을 권한이 없었다. 이제는 여태껏 그 모든 잡일을 마다하지 않고 해 온 대가를 받아야 할 차례였다. 네이선은 어쩌면 한평생 동안 연맹에 입회할 준비를 해 온 셈이었다. 그가 원하는 건 단 하나, 연맹에 자신의 자리를 할당받는 것뿐이었다.

네이선은 당장 콘월로 향하기로 결심했다. 가서 집회에 참여한 다음, 연맹이 자신을 받아들이도록 조부를 조를 생각이었다.

루시는 기차에 앉아 창밖을 바라보았다. 전형적인 영국 풍경, 너른 초원과 목초지가 어디까지나 펼쳐져 있었다. 루시는 고향의 이 야트막한 언덕들을 언제나 좋아했다.

아쉽게도 기차 여행은 한 시간 만에 끝이 났다. 물랑 부인은 고향과 런던의 중간 지점에서 만나자고 했다. 루시는 오랜만에 고향에 가서 다른 아이들도 보고 또 마르타의 코코아도 마시고 싶었다. 하지만 물랑 부인은 단호했다.

루시가 작고 한적한 역에 내리자마자 폭우가 쏟아지기 시작했다. 그리고 당연하게도 우산 따위를 가져왔을 리 없었다. 루시는 온몸이 비에 홀딱 젖은 채 역 안으로 들어와 주변을 둘러보았다.

열차 표를 파는 창구는 굳게 닫혀 있었다. 아마 오랫동안 저 상태겠지 싶었다. 그 옆의 벽에 설치된 자동화 기기에는 그 마을에 사는 사람들이 여행을 떠날 생각을 아예 접어 버릴 수 있도록 스프레이로 온통 낙서가 되어 있었다. 아쉽게도 우산을 살 수 있는 작은 가게 하나조차 보이지 않았다. 결국 루시는 물랑 부인이 기다리고 있는 카페에 물에 빠진 생쥐 꼴로 나타나야 할 터였다.

하지만 더 이상은 어쩔 수가 없었다. 그래서 용감하게 길을 걷기 시작했다.

카페는 역에서 그리 멀리 떨어지지 않은 곳에 위치해 있었다. 그리고 텅 빈 역사에 비해 놀라울 정도로 사람들로 북적거렸다. 실내에는 훈훈한 온기가 감돌았다.

루시의 꼴을 본 젊은 여자 종업원이 어이없다는 눈빛을 던졌지만, 유유히 무시하고는 카페 안을 둘러보았다. 카페 구석에 앉아 있던 물랑 부인이 손을 흔들었다.

루시는 겉옷을 벗고, 카페 안에 놓여 있는 작은 테이블 사이를 지나 그녀에게 다가갔다. 카페에 앉아 있는 노부인들은 각자의 대화에 열중한 나머지 루시와 물랑 부인을 신경 쓰는 것 같지 않았다.

물랑 부인이 일어나 루시를 꼭 끌어안았다. 그런 다음 루시의 어깨를 잡고 미소 띤 얼굴로 어디 달라진 데는 없는지 살펴보는 것 같았다. 그리고 어릴 때처럼 루시의 젖은 머리칼을 귀 뒤로 넘겨 주었다.

"마른 것 같구나."

물랑 부인이 걱정스럽게 말했다.

"마르타의 맛있는 음식을 못 먹어서 그래."

"마르타가 요리를 가르쳐 주려고 했을 때 배워 둘걸 그랬어요."

루시가 동의했다.

"콜린한테 너를 더 신경 쓰라고 진지하게 잔소리 좀 해야겠다."

물랑 부인이 말했다.

"일단 앉아. 뭐 먹을래? 이 집 케이크 정말 맛있어. 그런 다음에 얘기 나눌까?"

하지만 케이크를 먹을 때까지 기다리기엔 이미 루시의 인내심이 바닥을 드러내고 있었다.

"먼저 무슨 일이 있었는지 정확히 말해 주세요. 편지는 어떻게 된 거죠? 또 어떻게 도둑을 맞게 된 거예요? 도대체 누가……?"

물랑 부인은 손가락 끝을 마주 대고 조용히 심호흡을 한 후, 루시에게 지난 며칠간 일어난 일들을 말해 주었다. 물랑 부인의 설명이 이어지는 동안, 루시는 점점 더 충격을 받았다.

"하지만 이 목걸이만은 지켜 냈단다."

물랑 부인이 목에 걸고 있던 목걸이를 풀어 루시에게 건넸다.

루시는 그 작은 책 모양의 목걸이를 멍하니 바라보았다.

"내가 깨끗이 광을 내 닦은 거야. 처음에는 시커멓게 녹이 슬어 있었거든."

"정말 예뻐요."

루시가 반짝거리는 그 작은 목걸이를 쓰다듬으며 말했다. 뚜껑 부위에는 독특하게 생긴 십자가 형태가 눈에 띄었다.

"이게 도대체 무슨 표시일까요? 전에 이런 모양을 본 적 있으세요?"

루시가 물었지만 물랑 부인은 고개를 저어 보였다.

"적어도 일반 기독교에서 사용하는 십자가는 아닌 것 같아. 각 선의 길이가 똑같잖아."

루시가 신기한 듯 고개를 끄덕였다.

"열어 보렴."

물랑 부인이 목걸이를 가리켜 보였다.

"안쪽에 놀랄 만한 게 숨겨져 있단다."

루시는 목걸이를 열어 그 안의 사진을 한참 동안 바라보았다.

"혹시 지금 저와 같은 생각이세요?"

잠시 후, 루시가 물었다.

물랑 부인이 고개를 끄덕였다.

"그래. 거기에 있는 여성과 남성은 네 어머니와 아버지일 거야."

"너무…… 행복해 보여요."

루시가 중얼거렸다.

"내가 보기에도 그래."

"이 사진을 찍었을 때 저도 곁에 있었을까요?"

루시의 눈에 눈물이 차올랐다.

"사진을 빼내 보렴. 어제 목걸이를 닦으면서 봤거든."

루시가 조심스럽게 사진을 빼냈다.

"사진 뒷면을 봐 봐."

사진을 돌려 보니 아주 작게 무언가가 쓰여 있었다. 너무 작아서 잘 보이지 않았다. 루시가 사진을 더 자세히 들여다보았다.

"내 돋보기를 가져올걸 그랬나?"

물랑 부인이 놀렸다.

루시가 작은 목소리로 읽었다.

"우리의 단 하나뿐이며 영원한 사랑, 루시에게."

루시는 흐르는 눈물을 더는 주체할 수가 없었다. 물랑 부인이 루시에게 손수건을 건네준 후 조심스럽게 사진과 목걸이를 받아 들었다. 사진을 다시 목걸이에 넣고 뚜껑을 닫아 루시의 손에 쥐여 주었다.

"이걸로 네가 평소에 품어 왔던 큰 의문이 해결된 것 같구

나. 내 경험상 아이를 유기하는 부모들은 절대로 이런 걸 남기지 않아."

"하지만 절 버린 건 사실이잖아요."

루시가 흐느끼며 대꾸했다.

"분명히 무슨 이유가 있었을 거야. 랄프 신부님의 보호 아래 두었어야만 했던 이유가."

"도대체 어떤 이유로 그렇게 오랫동안 절 다시 데리러 오지 않은 걸까요? 뭐가 그리 오래 걸리기에……."

랄프가 살해당한 뒤로, 물랑 부인은 그 이유가 무엇인지 짐작할 수 있었다. 그리고 한숨을 쉬며 입을 열었다.

"루시, 내 생각에 그걸 설명해 줄 이유는 단 하나뿐이야."

물랑 부인이 루시의 얼굴을 가만히 바라보며 말을 이었다.

"아마 네 부모님은 더 이상 이 세상 사람이 아닐 것 같다."

'죽었다'는 단어를 쓰기엔 마음이 너무 아팠다. 하지만 물랑 부인이 애써 고른 그 단어조차 루시의 가슴을 후벼 파기엔 충분했던 모양이었다. 루시가 아랫입술을 떨더니 이내 고개를 떨구었다. 물랑 부인은 그녀의 손을 더욱 꼭 잡아 주었다.

"정말 미안하구나, 루시. 나도 희망이 있길 바라. 또 랄프가 보내 준 편지도 반드시 전달하고 싶었다. 네가 진실을 알 수 있게 될 유일한 길이 나 때문에 사라져 버린 거야."

"누가 편지를 가져갔는지 경찰들이 알아낸 건 없대요?"

루시가 괴로운 듯 물었다.

"지금으로선 아무것도 못 찾아낸 것 같아. 편지를 도둑맞은

직후에 프랭크에게 전화를 걸어서 무슨 일이 있었는지 다 말했거든. 물론 내가 거짓말했던 사실에 대해서는 화를 냈지만, 편지를 훔쳐 간 범인과 랄프를 살해한 사람이 동일 인물이라는 데엔 의심의 여지가 없다고 했어. 안타깝게도 목격자가 없는 게 문제야. 아마 이런 일이 한 번 더 일어나지 않고서는 누가 이런 짓을 벌인 건지 영영 묻히고 말겠지."

물랑 부인이 어두운 얼굴로 말했다.

"루시, 난 네가 걱정이다. 마음 같아선 당장이라도 널 집으로 데려오고 싶어. 하지만 그건 너무 위험하겠지. 이미 강력 사건이 두 개나 우리 마을에서 일어난 셈이니까. 이 모든 게 도대체 무슨 일인지 알 수만 있다면 얼마나 좋겠니."

루시는 가만히 침묵하며 손 안의 펜던트를 가만히 바라보았다. 그리고 계속 손가락으로 소중한 듯 어루만졌다. 부모님은 자신을 사랑했다. 언제나 마음속 깊은 곳에선 부모님이 자신을 일부러 버린 게 아닐 거라는 믿음을 가지고 있었다. 그리고 어쩌면 물랑 부인이 틀렸을지도 몰랐다. 부모님이 아직 살아 계실 가능성이 있을지 몰랐다. 이제 부모님의 사진을 손에 넣은 이상, 운명이 그녀를 저지할 때까지 그들을 찾아 나설 생각이었다.

갑자기 손목의 표식에서 강한 뜨거움이 부드럽게 느껴졌다. 여태까지와는 전혀 다르게 고통스럽거나 하지 않았다. 소매를 걷고 표식을 바라보았다. 피부 위에 새겨진 섬세한 흰 선들이 마치 빛나는 것 같았다. 전에 도서관에서 보았던 징그러운 붉은색과는 거리가 멀었다. 표식에서 섬세하고 가느다란 빛이 뿜어져 나오더니, 다른 손에 놓여 있던 목걸이를 감싸기 시작했다. 그 모습이 마치 표식이 자기 부모님의 선물을 반기며 인사하는 것 같아서 루시는 저도 모르게 미소 지었다.

펜던트가 거의 완전히 빛으로 둘러싸이자, 뚜껑 부분에 새겨진 십자가를 장식하고 있던 보석들이 빛나기 시작했다. 루시와 물랑 부인은 멍하니 그 광경을 지켜보았다.

이윽고 루시가 최면에서 풀려난 사람처럼 중얼거렸다.

"정말 아름답지 않았어요? 이런 건 제 생전 처음 봐요."

"이런 광경은 그 누구라도 처음일 거다."

물랑 부인이 흥분한 듯 말했다. 그러더니 소매를 내려 손목의 표식을 감춰 주었다.

"이건 언젠가 밝혀내야 할 문제겠지. 네가 전에 쓴 편지에 보니 도서관에서 이상한 일들이 일어난다고 했었지? 그 얘기를 좀 해 주렴."

루시는 거대한 자두 케이크를 먹으면서, 문서실에서 겪은 이상한 일들에 대해 물랑 부인에게 털어놓았다.

루시의 이야기가 끝나자, 한동안 침묵이 흘렀다.

"그 아래에서 무슨 일이 일어나고 있는지 알아내야 해. 그리고 이 모든 일에 어떤 연관이 있는지도."

물랑 부인이 힘겹게 입을 열었다.

"정말 연관이 있을까요?"

루시가 물었다.

"네 손목에는 작은 책 모양의 표식이 있어. 너의 부모님이 네게 남겨 준 목걸이도 책 모양이고. 문서실에서는 책들이 말을 걸거나, 사라지거나, 기억해 내라고 하지. 루시! 해답은 책이야. 책들이 널 찾고 있었고, 드디어 찾아낸 거야."

루시는 물랑 부인을 바라보며 그녀의 말이 사실이라는 데 동의했다. 확실히 이 모든 사건들 사이에는 연관성이 있었다.

"런던에서 이 일에 대해 누군가에게 말했니?"

루시가 고개를 저었다.

"콜린한테도 안 했어?"

루시가 고개를 끄덕였다.

"말하려고 했지만 기회가 없었어요. 줄스와 마리에겐 말 못 한 이유가, 혹시라도 제가 미쳤다고 할까 봐……."

루시가 해명했다.

물랑 부인이 이해한다는 듯이 미소 지었다.

"여태 너에게 그 둘 같은 친구는 없었지. 하지만 잘했어. 그럼 이 일은 우리 둘만 아는 거니?"

루시가 우물쭈물하며 의자 위에서 몸을 비틀었다.

"뭔데? 말해 봐. 누구한테 말한 거니?"

"네이선이요. 네이선 드 트레메인이라는 남자예요. 물론 만난 지 얼마 되지 않아서 잘 모르지만……. 전 그를 믿어요. 그와 함께 어제 도서관에서 초서의 《캔터베리 이야기》를 함께 찾았어요."

그 외의 이야기는 굳이 설명하지 않았다.

"좋아. 만약 네가 그 남자에 대해 그렇게 확신한다면."

루시의 볼이 빨갛게 물드는 것을 본 물랑 부인이 말했다.

"하지만 이대로 이 일에 대해 아는 사람을 최소화하는 게 좋을 것 같아. 먼저 이 일들에 도대체 어떤 의미가 있는지 알아내야 해."

"랄프 신부님이 편지와 동봉한 쪽지에 너무 많이 알게 되는 게 위험하다고 썼다고요?"

루시가 물었다.

"그래. 만약 편지가 도둑맞지 않았다면 계속 그의 충고를 따르려고 했을 거야. 하지만 지금은 배후에 있는 인물이 누군지 알고 싶어. 한 가지 더 말하고 싶은 게 있는데, 이번 일은 나에게만 위험한 게 아니라고 생각한단다. 넌 지금 크나큰 위험에 처해 있어. 만약 누군가가 편지의 내용을 알지 못하게 하려고 랄프까지 살해했는데도 네가 포기하지 않았다는 사실을 알게 되면 어떨 것 같니? 부탁인데 조심하겠다고 내게 약속해 다오."

물랑 부인의 말을 들고 난 루시가 침을 꿀꺽 삼켰다.

"지금 제가 어떤 일에 처해 있는 거죠?"

루시가 답을 기대하지 않으면서 물었다.

"얘야, 나도 모르겠다. 하지만 지금까지의 정황으로 미루어 보건대 이 모든 상황에서 넌 단지 한 명의 중요 인물이 아니야. 네가 핵심 인물인 거야. 랄프가 널 데려오던 날부터 네게 어떤 비밀이 있을 거라는 생각은 했었어. 하지만 나도 네가 그냥 평범한 삶을 살기만을 바란 거지."

13장

나는 사방을 뒤지며 고요를 찾아다녔고,
드디어 어떤 작은 책의 구석진 곳에서 그것을 찾아내었다.

— 프란츠 폰 살레스

네이선은 새벽 어스름 속에 곧장 콘월로 출발하기 위해 미리 빌려 두었던 자동차에 올라탔다. 자동차로 가면 기차보다 훨씬 빨리 도착할 수 있었다.

드디어 조부가 있는 작은 성에 도착했을 때에는 성 앞에 두 개의 검은색 리무진이 서 있었다. 네이선은 페르펙티[8] 위원회가 벌써 어젯밤에 소집되지 않았기만을 바랐다. 만약 그랬다면 이미 늦어 버린 셈이었다.

차를 세운 뒤, 성 뒤편의 부엌문을 통해 안으로 들어가기로 결심했다.

소피아는 커다란 도자기 싱크대 앞에 서서 손을 씻고 있었

---

8 Perfecti: 완전한 자들이라는 의미의 라틴어 Perfectus의 복수형.

다. 인기척을 느낀 그녀가 뒤를 돌아보았고, 네이선은 그녀의 얼굴에 새겨진 깊은 근심을 알아챘다.

"네이선 도련님! 오, 여기서 대체 뭘 하시는 거예요? 오실 거라고는 생각하지 못했어요."

"조부는 손님들과?"

네이선이 되물었다.

"네. 다들 모였어요."

소피아가 바닥을 보며 작게 중얼거렸다.

조부는 정기적으로 위원회를 소집해 왔는데, 소피아가 이렇게 근심 어린 태도를 보이는 건 처음이었다. 위원회가 소집되면 성 안에서 일하는 다른 하인들은 모두 휴가를 주어 집으로 보냈고, 오직 해롤드와 소피아만 남아서 시중을 들었다. 네이선의 조부가 그 두 사람 외에는 아무도 신뢰하지 않았기 때문이다.

"다들 언제 왔죠?"

네이선이 물었다.

"오늘 새벽에야 도착하기 시작했어요. 주인어른께서 갑자기 소집하신 거라……. 여태 이렇게 흥분하신 모습은 첨 봐요."

적어도 화가 난 건 아니라는 생각에 네이선은 숨을 골랐다. 게다가 아직 위원회가 소집되지 않았다는 사실에 안도했다.

"할아버진? 사무실에 계신가요?"

그가 소피아에게 물었다.

갑자기 소피아가 네이선을 끌어안았다.

"오시지 않기를 바랐어요."

소피아가 중얼거렸다.

"이날이 조금만 더 늦게 오기를 바랐는데……."

그가 여기에 왜 온 건지 눈치채고 있는 모양이었다.

"내가 평생 동안 위원회에 입회하는 것만 바라왔다는 거 알잖아요."

그가 소피아를 떼어 놓으며 말했다.

"알아요. 하지만……."

소피아가 괴로운 듯 중얼거렸다.

"소피아, 난 진심이에요. 그게 내 운명이고요."

네이선이 자신의 동기를 납득시키려고 해명했다. 사실 그 둘은 언제나 이 문제로 언쟁을 벌여 왔다.

"인류의 지식이 '인간들'에게 남용되는 걸 막는 것보다 더 중요한 건 없어요."

소피아가 마지못해 고개를 끄덕였다. 사실 그녀가 뭔가 숨기고 있다는 느낌을 받은 건 이번이 처음은 아니었다.

"조부는 사무실에 계신 거죠?"

그가 다시 한 번 더 물었다.

"네. 해롤드가 30분 전에 그리 모셔다 드렸어요. 하지만 도련님이 오신 걸 알면 기뻐하지 않으실 거예요."

"알아요. 하지만 이번만큼은 나도 물러서지 않을 겁니다."

네이선이 단호하게 대꾸했다.

"아직 아침 식사 안 하셨죠?"

소피아가 부엌을 나서는 그에게 물었다.

"간단한 요깃거리라도 준비해 놓을게요."

네이선은 소피아를 돌아보지 않은 채 고개를 끄덕였다.

위층 계단을 오르면서, 네이선의 마음에 불안감이 엄습했다. 이제 곧 자신이 왜 위원회에 입회해야 되는지 조부와 논쟁을 벌여야 될 터였다. 콘월로 오는 동안 여러 가지 근거를 미리 머릿속에 준비해 놓아야 했지만, 그의 머릿속엔 루시에 대한 생각뿐이었다. 계속 무언가 중요한 걸 놓친 것 같았다. 어쩌면 그녀에게 자신의 정체를 미리 밝혔어야 했나? 그라면 루시를 도울 수 있었다. 그녀가 지금 그렇게나 알고 싶어 하는 것들도 알려 줄 수 있었다. 그 모든 혼란에서 그녀를 구해 줄 수 있었다. 네이선은 머리를 흔들었다. 머릿속에서 루시 생각이 떠나질 않았다.

그는 마침내 조부의 사무실 문 앞에 서서, 깊이 생각하지 않고 곧바로 육중한 나무 문을 두드렸다. 그런 다음 벌컥 문을 열고 안으로 들어갔다.

바티스트 드 트레메인은 사무실 책상 앞에서 일에 매진하고 있는 중이었다. 그가 고개를 들고 네이선을 발견하고는 숱이 많은 흰 눈썹을 찌푸렸다. 그의 표정에 노가 서렸다.

"여기서 뭘 하는 거냐?"

그의 고함이 사무실에 쩌렁쩌렁 울리자 시리우스와 오리온이 벌떡 일어나, 주둥이에 이빨을 드러낸 채 네이선을 향해 거칠게 으르렁거렸다.

"오늘 위원회를 소집하실 거라면서요. 이젠 저도 입회할 자격이 있지 않습니까? 오늘 임원들이 모였을 때 제 입회를 결정해 주셨으면 합니다."

네이선은 조부의 노에 맞서서 한 치도 물러서지 않았다.

"네이선, 네 말도 일리는 있다."

마침내 바티스트의 입에서 한 발 물러선 듯한 목소리가 새어 나왔다. 전례가 없던 일이었다. 노인은 자신의 회전의자에 몸을 깊이 묻으며 말을 이었다.

"하긴, 이제 너도 위원회에 들어와 네 몫을 감당해야 되는 시기가 된 것 같구나. 현재 위원회는 큰 위기에 봉착했다. 그 여자애는 여태껏 존재해 왔던 다른 수호자들보다 훨씬 더 위험한 존재야. 너야말로 이 일에 적격자겠지. 손수 처리하기에 난 이미 늙었다."

네이선의 얼굴에서 핏기가 가셨다. 두 번 다시 영문도 모른 채 그의 명령에 무조건적으로 복종해야 하는 역할은 맡기 싫었다.

"좋아, 네게도 알 권리와 발언권을 주지. 하지만 그 어떤 경우에도 내 명령이나 권한에 불복해선 안 된다. 알아들었느냐?"

"네, 할아버지."

네이선이 조부의 눈을 강하게 바라보았다. 목표를 이룬 셈이었다. 오늘 그는 페르펙투스의 일원이 된다. 연맹 내에서도 페르펙투스는 소수의 특권자였다. 하지만 승리의 맛은 늘 꿈꿔 오던 것과는 달리 무미건조했다.

"좋아. 네 방으로 가 있거라. 입회식을 준비해 두마. 절차는 알고 있겠지?"

네이선은 말없이 사무실을 나갔다. 그런 다음, 성 앞에 세워 둔 차에서 작은 트렁크를 꺼내 들고 소피아에게 갔다. 황홀한 커피 향기가 그를 유혹하는 것 같았다. 부엌에 가 보니 소피아가 열 사람은 먹을 수 있을 정도의 식탁을 차려 놓고 그를 기다리고 있었다.

네이선이 밝은 얼굴로 말했다.

"드디어 허락 받았어요!"

그의 말을 들은 소피아의 안색이 어두워지더니, 부엌 의자에 주저앉으며 중얼거렸다.

"아! 그러지 않기만을 바랐는데……."

네이선이 그녀의 앞에 한쪽 무릎을 꿇고 앉아 물었다.

"왜요? 어째서 내가 페르펙티의 일원이 되는 걸 못마땅해 하는 거죠? 나에게 뭔가 숨기는 게 있는 거예요?"

소피아가 그의 검은 머리카락을 손가락으로 흐트러뜨렸다. 그가 어렸을 때부터 늘 그렇게 해 주곤 했다. 그러면서 예전엔 활짝 웃곤 했지만, 지금 소피아의 표정에는 슬픔만 가득했다.

"당신들이 하고 있는 게 잘못된 것이기 때문이에요."

소피아가 속삭이자, 네이선은 소피아의 손 밑에서 넋을 잃고 그녀를 쳐다보았다.

"방금 그 말은 못 들은 걸로 할게요."

네이선이 벌떡 일어나 가방을 들고 부엌을 나갔다.

입회식을 치르기 위해서는 음식을 금하고 내면으로 완벽히 침잠해야 했다. 그는 소피아가 한 말 따위는 잊어버리려고 했지만, 단순히 잊기에는 너무도 충격적인 발언이었다. 어떻게 그런 말을 할 수가 있지? 그의 안에서 분노가 치밀어 올랐다. 그 분노는 평생 동안 그를 따라다니다가 지난 몇 주 동안은 완전히 사라져 있었다. 이제 그게 다시 나타난 것이다. 그게 콘월에 도착해서부터 나타난 건지, 소피아의 말 때문인지는 알 수 없었다.

그는 침대에 여행 가방을 던져 놓은 다음 창가에 다가갔다. 손가락을 뻗어 벽을 장식하고 있는 흰색 돌림띠를 움켜잡았다. 그런 다음엔 몇 번이고 깊게 심호흡을 했다. 자신은 인류의 지식을 보전하고 또 확장시키기 위해 선택된 자다. 연맹의 남자들은 이 인류의 지식이 악의 무리에게 이용되는 것을 막기 위해 불 속에라도 기꺼이 뛰어들어 왔다. 그게 어디가 잘못되었다는 거지? 게다가 어째서 오늘 그런 말을 한 거지? 오늘은 자신이 위대한 승리를 쟁취한 날이었다. 소피아는 그의 운명을 이해해 줄 수 있는 단 한 명이라고 생각해 왔고, 그래서 그녀를 신뢰하고 있었는데 어떻게 그가 하는 일이 잘못되었다는 그 따위 망언을 할 수 있는지 이해할 수 없었다. 조부에게 이 사실을 알려야만 했지만 당장은 의식을 치러야 했다. 소피아의 일은 그다음에 처리할 생각이었다.

누군가 문을 짧게 노크하더니 해롤드가 들어왔다. 그가 말없이 침대 위에 검은 셔츠와 양복을 올려 두고 나갔다. 그는 네이선이 오늘 하루 동안은 침묵으로 일관해야 한다는 걸 알고 있었다. 그게 입회의 규칙이었고, 규칙은 엄격하게 지켜져야 했기 때문이다.

네이선은 조부가 있는 사무실로 가기 전에 샤워를 하고 옷을 갈아입었다. 바티스트는 다른 한 명의 낯선 남자와 함께 네이선을 기다리는 중이었다. 두 사람은 네이선과 같은 검은색 정장 차림이었다. 방에 들어서며 고개를 끄덕여 인사를 해 보이자, 낯선 남자도 인사를 보내 왔다. 그의 이름은 알지 못했다. 하지만 이제는 그 숱한 비밀과 무지의 나날에 안녕을 고할 수 있었다. 드디어 오늘 밤이면 누가 연맹의 내부 임원인지 밝혀질 터였다.

두 남자는 네이선을 성의 구석진 곳에 숨겨져 있는 낡은 예배당으로 인도했다. 길을 걷는 동안 네이선은 굳이 놀라움을 감추려 하지 않았다. 그렇게 오랜 시간 동안 성에서 살아 왔지만, 이곳에 발을 들이는 건 처음이었기 때문이다. 여기엔 오직 입회한 자만 발을 들일 수 있었는데, 이제 그도 연맹의 가장 성스러운 장소에 출입이 가능해진 것이다. 전신에 긴장이 감돌았다. 이제 몇 세기 동안 이곳에 보관되어 온 인류의 보고를 직접 눈으로 확인할 수 있을 터였다.

좁은 통로를 지나 지하로 내려가니 지하 납골당이 보였다. 거길 지나는 건 썩 유쾌하지만은 않았지만 네이선은 아무렇지도 않은 척했다. 고개를 숙인 채 묵묵히 두 남자의 뒤를 따르니, 계단 아래에서 조부가 무거운 문을 열고 횃불에 불을 붙이는 게 보였다. 드디어 꿈속에서만 상상해 오던 장소에 실제로 들어오게 된 것이다. 실제로 본 서고의 모습은 상상해 오던 것보다 몇 배는 더 웅장했다.

먼저 수십만 권의 책들이 내뿜는 위용이 그를 압도했다. 책들은 가지런히 서가에 꽂혀 있었는데, 각자가 지닌 아름다움은 이루 말할 수가 없었다. 서가 사이마다 작은 탁자가 놓여 있어서 마치 독서로 초대하는 것 같았는데, 이는 페르펙티만의 특권이자 사치였다. 이 숨겨진 지식의 보고에서 만찬을 즐기는 건 연맹에서도 소수의 페르펙티에게만 허용되었던 것이다. 네이선은 이제 이 아래에 내려와서 옛 고서들을 마음껏 읽을 수 있는 날이 오기를, 아니 그럴 시간이 생기게 될 날을 고대하며 기뻐했다. 물론 먼 훗날의 이야기였다. 당장은 책을 한 권이라도 더 구해 내는 게 우선이었다.

낯선 남자는 그를 서고의 중앙으로 인도했다. 거기 탁자 위에는 연맹이 소유한 책들 중에서도 가장 귀중한 책들이 선별되어 있었다. 네이선은 보지 않아도 그게 어떤 건지 알고 있었다. 책의 표지는 아름답고 화려하게 장식되어 있었다. 그건 요한복음 성서였다. 책 중의 책, 선조들의 믿음이 담긴 책이었다.

그의 눈앞에 놓여 있는 책은 700년 전, 그의 선조들이 몽세귀르 성[9]이 함락될 때 가지고 나와 지금까지 목숨을 걸고 지켜

---

9 Montsegur: 중세 알비 십자군 최후의 전투가 벌어졌던 카타르파 마니교 신자들의 집단 근거지였다. 그들은 선과 악의 이분론을 바탕으로 금욕적인 생활을 했는데, 특히 남프랑스에 그 추종자들이 많았다. 몽세귀르 성은 1244년 교황 인노켄티우스가 십자군을 파견했을 때 함락되었다.

온 것들로, 잔혹한 교황의 앞잡이들의 손에서 건져 낸 최후의 원본들이었다.

그의 선조인 카타르 인들은 오시타니아(프랑스 남부)를 기점으로 거주해 왔다. 그들은 기독교인이긴 했지만, 그들의 교리는 일반적인 가톨릭 교리와 근본적으로 달랐다.

그래서 교황은 그들을 처단하라는 명령을 내렸다. 1244년, 6,000여 명의 십자군이 몽세귀르 성을 포위했고, 교황은 선조들에게 여태까지 살아 온 삶의 터전과 종교를 버리고 개종하도록 강요하며 2주의 시간을 주었다. 교황을 따르지 않으면 산 채로 화형당할 터였다.

3월 15일 밤, 약속한 기한이 만료되기 몇 시간 전에 네 명의 카타르 인이 밧줄을 타고 성벽을 기어 내려 탈출에 성공했다. 적들은 그들이 도주하는 것을 눈치채지 못했다. 그들은 이 요한복음서와 두 명의 어린아이를 구했다. 이 책이야말로 카타르 인의 전설적인 보물이었다.

바티스트가 요한복음서를 펼치자, 네이선은 연맹을 탄생시킨 전설적인 구절을 직접 눈으로 보게 되었다. 조부는 네이선이 어렸을 때부터 오시타니아어를 가르쳤기 때문에 그 책을 읽는 것은 어렵지 않았다.

"태초에 말씀이 있었다. 이 말씀이 하느님과 함께 있었으니 이 말씀은 곧 하느님이었다. 그가 태초에 하느님과 함께 있었고 모든 것이 그 말씀으로 지은 바 되었으니, 지어진 모든 것들 중에 말씀으로 되지 않았던 것은 하나도 없었다."

이 복음서의 머리말은 그대로 연맹의 지침이자 사명이 되었다. 바로 그 이유로 말씀이, 언어가 어리석은 자들에게 오용되거나 무시당하지 않도록 지켜 내어야만 했던 것이다. 여기에는 인간의 손에 기록된 언어 속에 숨겨진 신성神性의 광채를 보호하는 일도 포함되어 있었다.

이 책과 아이 두 명이 네 명의 카타르 인이 몽세귀르 성에서 지켜 낸 유일한 것들이었다. 다른 책들은 교황의 공격에서 지켜 내기 위해 산속에 봉인되었고, 그대로 영영 잃어버리고 말았다.

네이선은 책 앞에 놓인 작고 긴 나무 의자 위에 무릎을 꿇고 앉았다. 그런 다음에는 고개를 숙이고 기도하기 시작했다. 이 자세로 모든 페르펙티들이 모여서 영적 세례식을 거행할 때까지 기다려야 했다.

어느덧 주위가 고요해지더니 불조차 꺼진 넓은 서고 한가운데에 네이선만 홀로 남았다. 이제 그는 어둠 속에서 온전히 자신 안으로 침잠하기 시작했다. 그는 몇 년간이나 이 연습을 해 왔다. 이미 여섯 살 때부터 조부는 그에게 어둠과 추위 속에서 몇 시간 동안이나 무릎을 꿇고 있도록 했다. 그를 위해 해롤드는 빛과 온기가 차단되는 작은 방을 만들어 주었다.

몇 시간이나 지났을까. 배고픔도, 갈증도 느껴지지 않았다. 꿇어앉은 무릎의 고통이나 허리의 통증에도 무감각했다. 단 한 가지, 그의 주의력을 흐트러트리는 건 바로 루시였다. 그녀는 계속 그의 머릿속으로 기어들어 와 쉽게 사라지지 않았다. 루시가 손목에서 불타는 것 같은 표식을 보여 주던 순간, 그녀의 사방으로 뻗치는 붉은 곱슬머리를 쓰다듬던 순간, 사라진 책 앞에서 눈물을 흘리던 루시, 그리고 이내 그의 품에 안겨 안정을 찾던 루시…….

한숨이 나오려는 것을 간신히 참아 냈다. 지금은 루시에 대한 걸 떠올려선 안 되었다. 침묵의 시간은 입회하기 위한 유일하고 엄격한 절차였다. 이 유혹을 뿌리쳐야 했다. 어쩌면 이건 일종의 시험일지도 모른다. 어쩌면 루시가 처음부터 이것을 노리고 자신에게 접근했는지도 모른다. 어쩌면 그 여자가 자신에게 털어놓은 것보다 더 많은 걸 알고 있을지도 모른다. 정말 그럴 가능성이 있나? 아니, 어쩌면 그녀도 자신의 일족 중 하나일지 모른다. 그저 잘못된 곳에 점지된 아이일 뿐일지 모른다. 그렇다면 그녀에게도 일족의 사명을 이야기해 주어야 한다. 그녀를 올바른 길로 인도해야 한다.

네이선은 머리를 흔들어 그녀에 대한 생각을 떨쳐 버리려 했다. 그리고 그 자리에 증오의 불을 지폈다. 그 증오는 어린 시절부터 교육받은 것이었다. 이 세상의 악에 대한 증오, 그리고 언어를 경시하는 세상에 대한 증오였다.

최근 몇 년간, 그 증오는 그에게 동기를 부여해 주는 역할을

훌륭하게 이행해 주어 왔다.

하지만 예상치 못하게 바로 지금, 증오조차 아무런 소용이 없었다. 소피아의 말이 떠올랐다. 당신들이 하고 있는 게 잘못된 것이기 때문이에요. 잘못된 것이기 때문이에요. 잘못된 것……. 이 모든 게 설마 페르펙투스가 되기 위한 정신적 고문 같은 건가?

하지만 그는 이를 악물었다. 일단 입교한 다음에는 더 어려운 수양이 기다리고 있었다. 동물성 음식은 철저히 금지될 터였고, 아침과 저녁마다 정신을 수양하고 지적 소양을 넓히기 위해 수련해야 했다. 그의 입술에서는 한 치의 거짓말도 용납되지 않았는데, 그 순간 세례 의식이 무효가 되기 때문이었다. 그건 다시 말해 루시에게 사실을 고백해야 한다는 뜻이기도 했다. 그녀가 자신을 이해해 줄까? 그의 생각은 다시 그녀를 향했다. 그녀와 헤어지는 건 상상만으로도 몸을 칼로 도려내는 것 같았다. 무슨 수를 써서라도 그녀를 납득시켜야 했다. 과연 그녀가 자신의 말로 구원받을 수 있을 것인가? 자신의 능력을 연맹을 위해 사용해 줄 것인가? 혹시 자신이 연맹과 수호자 양측의 통합을 이루는 최초의 인물이 될 수 있을 것인가? 만약 그렇게 되면 자신과 루시가 얼마나 방대한 양의 지식을 인류에게서 지켜 내게 될까? 이 같은 생각은 그의 머릿속에 굳건히 자리 잡았다. 런던에 돌아가자마자 루시와 이야기를 나눌 생각이었다. 그것만큼은 조부에게 맡기고 싶지 않았다. 그와 루시, 단둘이서 이야기해야 한다고, 깊이 생각하면 할수록 루시에게 자신의 정당성을 납득시킬 수 있으리라는 자신감이 생겼다.

　등 뒤쪽에서 문이 열린 건 아마 자정을 훨씬 넘긴 시간이었던 것 같았다. 미동조차 하지 않은 채, 네이선은 문을 열고 들어온 게 조부와 다른 페르펙티들이라는 사실을 감지했다. 기나긴 침묵이 흘렀다.

　누군가가 네이선의 팔을 가볍게 건드려서 일어나라는 듯한 제스처를 취했다. 네이선은 그가 시키는 대로 몸을 일으켰다. 페르펙투스들은 그의 주위에 원형으로 모여 서 있었다.

　조부는 교회의 장로로서 제단 위의 요한복음서를 들고 그에게 다가왔다. 그리고 그의 머리 위에 성서를 올린 다음 또렷한 목소리로 선조 때부터 이어져 내려온 예식을 거행했다. 물론 세월이 지나면서 예식도 조금씩 그 형태가 변해 왔지만, 예식의 말만큼은 변화 없이 계속 유지되어 왔다.

　"이제 너에게 묻노라. 네이선 드 트레메인, 너는 하느님 앞에 죄를 고백하였는가?"

　"저는 죄인이며, 그의 앞에 제 죄를 고백하였습니다."

　네이선이 대답했다.

　"하느님께서 그대의 죄를 용서하셨는가?"

　다음 질문이 이어졌다.

　"하느님께서는 제 죄를 용서해 주셨습니다."

　그가 대답했다.

　"이제 하느님께서 그대에게 허락하실 시험들을 견뎌 낼 준비가 되었는가?"

"준비되었습니다."

"그대의 삶을 바쳐 말씀을 수호할 준비가 되었는가?"

"준비되었습니다."

"연맹에 영원한 신뢰를 바치고 그 뜻을 따르며, 무슨 일이 있어도 동족을 배신하지 않을 준비가 되었는가?"

"준비되었습니다."

네이선이 확고한 목소리로 대답했다.

"주님께서 저의 앞길을 인도하시길!"

"이제 우리는 너를 페르펙투스로 임명하고, 너를 연맹의 일원으로 받아들이노라. 언제나 올바른 길을 선택하고, 우리의 창조주 앞에 나오기 위해 언제나 영혼을 가다듬고 정결히 해야 한다. 창조주께서는 네 영혼에 성령을 허락해 주실 것이니, 그럼으로써 이제 너는 지금까지 살아 온 세상과 모든 악을 뒤로 해야 한다. 하느님의 빛이 네 안에서 너를 강하게 하고, 사탄의 유혹에서 지켜 주시길!"

바티스트가 네이선의 머리 위에서 책을 거두었다.

이제 다른 페르펙투스들이 한 사람씩 다가와 그의 주위를 치밀하게 감싸고 서서 그의 머리에 손을 올렸다.

네이선은 이제 그들과 함께 일어서서 같이 주기도문[10]을 읊었다. 남자들의 낮은 목소리가 지하 서고에 울려 퍼졌다. 입회

---

10 예수가 제자들의 요청에 따라 가르쳐 준 기도문.

식이 끝나자, 요한복음을 올려 둔 제단 양편으로 긴 촛대의 불이 켜졌다.

"이제부터 네가 짓는 모든 죄는 우리 모두가 공동으로 감당해야 됨을 깊이 새기거라. 우리들의 영혼이 서로 간에 긴밀하게 연결되었기 때문이다. 네가 죄를 짓는 순간에 우리의 영혼은 구원받지 못하고 이 죄악뿐인 세상을 계속 떠돌게 된다."

바티스트는 손자를 바라보며 마지막 경고의 말을 전했다.

"제 모든 힘을 다해 연맹을 섬기겠습니다. 제 평생 단 한 치의 죄악도 저의 명예를 더럽히지 않을 것입니다."

그의 입회식은 그렇게 끝났다. 바티스트는 만족한 듯 고개를 끄덕인 후 서고의 출구로 나갔다. 다른 페르펙티들도 그를 따랐다. 이제 네이선은 위원회에서도 가장 젊은 회원이 되었다.

소피아가 넓은 홀 한가운데에 모두를 위한 만찬을 준비해 두었다. 남자들은 식탁에 둘러앉아 서로 음식을 나누기 시작했다. 규정에 따라 모든 음식은 철저하게 채식 위주의 식단을 고수하고 있었다. 네이선은 조부와 함께 식탁의 머리에 앉아 깊은 생각에 잠겼다. 그는 오랜 세월 동안 바로 이 순간만을 기다려 왔다. 예식이 끝나면 뭔가 변화가 생기고 또 자신 안에 전혀 새로운 게 생겨날 거라고 믿어 왔다. 이제 정식으로 말씀을 수호하고 지켜 내는 자가 되었기 때문이다. 이제 다른 페르펙티가운데 앉아 무엇이 느껴지는지 신경을 집중해 보았지만…… 아무것도 느껴지지 않았다. 게다가 아무것도 변한 게 없었다.

그는 식탁 주위로 둘러앉은 남자들을 바라보았다. 네이선처럼 그들도 검은색 정장 차림이었는데, 다들 카타르 인의 무거운 십자가 목걸이를 목에 걸고 있었다. 네이선도 조부가 세상을 떠나게 되면 그의 목걸이를 물려받게 될 것이다. 그러면 차기 장로로서 위원회를 이끌어야 했다.

조부가 냅킨으로 입을 닦자 해롤드가 재빨리 다가와 조부의 접시를 치워 주었다. 그러면서 잠시 네이선의 어깨에 손을 올렸다 떼었다. 아마 우연히 그런 행동을 한 것 같았다.

바티스트가 작은 스푼으로 유리잔을 두드리자 사람들의 대화가 멈췄다. 모두 수저를 내린 채 조부를 향해 얼굴을 들었다. 그렇게 식사는 끝났다.

바티스트가 몸을 일으켰다. 그것만으로 힘겨워 보였고, 홀에 앉은 모두가 그의 고통을 지켜보아야 했다.

"나의 손자가 오늘 밤에 입회하게 되었소."

그가 연설을 시작했다.

"그는 몇 년 동안이나 이 순간을 준비해 왔으니 이제 자랑스러운 마음으로 손자가 자신의 힘을 연맹을 위해 보태는 순간을 축하하고 싶소. 여기에 계신 분들은 모두 네이선이 언젠가는 내 뒤를 이어 장로의 자리에 오를 거란 사실을 아시리라 믿소. 여러분은 이 전투에서 그의 가장 가까운 힘이 되어 주실 분들이오. 이제 네이선이 첫 임무를 부여받기 전, 한 분씩 일어나 자신을 좀 소개해 주시길 바라오."

그러자 임원들이 네이선을 향해 고개를 돌렸다. 모두의 얼굴이 불빛 속에 드러난 건 아니었지만 몇몇 얼굴은 어렴풋이 알아볼 수 있었다. 이 순수한 믿음을 가진 추종자들에게는 귀족의 작위가 내려졌다. 네이선의 가문과 마찬가지로 대부분의 가문들은 오시타니아 출신으로, 가톨릭교도들의 박해를 피해 도망쳐 나온 사람들이었다. 그들은 영국에 있는 친지들에게로 몸을 피했고, 또 그들을 교화시킨 일도 많았다. 그때부터 귀족들은 영국에서 책을 수호하는 역할을 도맡게 되었다.

모두를 소개하는 시간이 끝나자, 바티스트는 남자들에게 루시 가디언에 대해 설명했다. 네이선은 가만히 모든 것을 지켜보았다. 여기 앉은 모두는 수호자들이 말살되었다고 생각해 왔던 모양이었다. 이제 바티스트가 짧고 간결하게 네이선이 루시를 발견하게 된 과정과, 자신이 알아낸 루시의 출신 성분을 설명했다.

"네이선, 네가 이 교활한 자들의 편지를 읽어 다오."

조부가 네이선에게 꾸깃꾸깃하고 빛바랜 편지를 건네며 말했다.

네이선은 떨리는 목소리로 편지를 읽어 내려갔다.

사랑하는 루시,

우리에겐 시간이 얼마 남지 않았구나. 바티스트 드 트레메인이 우리를 찾아낸 것 같아. 이렇게 너와 함께 조금이라도 더 오래 있을 수 있기만을 바랐단다. 하지만 운명은 우리 편이 아닌 모양이야. 이미 네가 태어나기 전에 랄프 신부님과 앞으로의 일들을 미리 계획해 두었단다. 신부님을 믿거라. 아마 네가 크면 언젠가 이 편지를 건네주면서 너에 관한 것들을 알려 주실 거야.

루시 넌 아주 특별한 존재란다. 네 능력은 너무도 특별해서 그게 축복인지 저주인지 모르겠구나. 우리 가문의 여자로서 연맹의 남자들에 당당히 맞서는 게 너의 사명이란다. 그들은 인류의 지식을 도둑질하고 있어. 그런 일이 일어나도록 허용해선 안 돼.

페르펙티들이 술렁거렸다. 이는 명백한 중죄였다. 네이선이 침묵했다. 하지만 바티스트는 네이선에게 계속 읽으라는 제스처를 취해 보였다.

랄프 신부님은 널 숨겨 줄 거야. 그분이 널 어디에 데려다주실지는 우리도 몰라. 하지만 이게 최선이란 것만은 안다. 그들은 우리가 성직자에게 널 맡길 거라고는 예상하지 못했을 거야. 페르펙티들의 추적을 따돌리면 널 데리러 올게. 1분 1초라도 떨어져 있고 싶지 않단다. 하지만 만약 우리가 실패하게 되면, 이 편지가 마지막 인사가 될 것 같구나. 얘야, 정말 너무나 사랑한다……

그 문장의 잉크가 얼룩이 져 있어서 잠시 맥이 끊겼다. 이 편지를 쓴 사람은 아마 루시의 어머니일 터고, 편지를 쓰면서 눈물을 흘린 모양이라고 추측했다. 네이선은 헛기침을 한 후 편지를 계속 읽어 나갔다.

비록 우리가 네 곁에 없을지라도, 넌 지금도 앞으로도 우리의 마음 안에 있을 거야. 우리가 추적자들을 따돌리고 네게 돌아오는 데 실패한다면, 책과 목걸이의 인도를 따라가렴. 책들이 널 찾아내 올바른 길로 인도해 줄 거야. 책들은 널 믿고 있으니 너도 책을 믿거라. 그들은 네 도움이 필요해. 너만이 연맹의 지적 탐욕에서 책들을 구해 낼 수 있어. 그 남자들은 잘못된 길을 걷고 있어. 그들이 하는 건 잘못된 거야.

한 가지만 명심하거라. 책에 적힌 말, 지식과 지혜는 숨겨져선 안 돼. 그 모든 것은 인간의 영혼을 성장시킨단다. 언어와 말은 미래를 위한 무기야.

너에게 키스와 포옹을 보내며, 네 앞날이 우리의 현재보다 평안하길 바란다.

하느님께서 널 지키시고 인도하시길.

너를 사랑하는 너의 부모가.

네이선은 자신이 편지를 너무 꽉 쥐고 있었다는 걸 깨달았다. 루시의 부모가 그렇게 오래전에 썼던 편지 한 통에 생각 이상으로 동요된 것이다. 그가 고개를 들자, 모두 할 말을 잃은 채 놀란 얼굴을 하고 있었다.

네이선은 들고 있던 편지를 식탁 위에 내려놓았다.

"이제 사실을 알릴 때가 된 것 같소. 네이선은 이 소녀의 신뢰를 얻는 데 성공했소."

바티스트가 다시 좌중을 둘러보며 입을 열었다.

좌중 중 몇몇은 바티스트의 말을 듣고 싱긋 웃었지만, 그는 신경 쓰지 않고 계속 말을 이어 나갔다.

"그 당시 우리는 수호자의 마지막 후손 한 명까지 남김없이 처리했다고 믿었고, 그 후로 수년 동안 이 마녀들을 개종시키려고 노력했소. 하지만 이들은 계속해서 우리 편에 서길 거부했지. 게다가 우리의 박해를 묵묵히 참고 견뎌 내기까지 했소. 그러면 우리를 속일 수 있다는 걸 정확히 꿰뚫어 본 거요. 그들이 아이 하나를 숨기는 데 성공했으리라고 어찌 상상이나 할 수 있었겠소?"

좌중 가운데 다시 한 번 동요가 일었다. 네이선은 자기 자리에 멍하니 앉아 조부의 말을 이해하려고 노력해 보았다. 이제 이 모든 상황으로 미루어 보건대, 루시의 부모님을 죽음으로 몰아넣은 건 바로 자신의 조부였다. 조부의 말소리가 천천히 네이선의 귓가에 웅웅거렸다.

"이제 수호자가 한 명 더 살아남았다는 사실보다 더 놀라운 게 있소. 내 손자 네이선이 알아낸 거요."

그가 네이선을 바라보았다. 네이선은 헛기침을 한 후, 머뭇거리며 입을 열었다.

"현재 루시 가디언은 절 믿고 있는 상태입니다. 우리는 어제 함께 도서관에 있었고, 거기에서 초서의 작품 중 남아 있는 게 있는지 알아보려 했죠. 다들 아시다시피 이 책을 인류로부터 구해 낸 건 불과 몇 주 전의 일이니까요."

그의 말에 남자들이 동의한다는 듯 고개를 끄덕거렸다.

"그 소녀는 책이 사라지자 절망에 빠졌습니다. 그런 다음 책들이 자신에게 말을 건다는 사실을 털어놓았습니다. 만약 그런 공황 상태에 빠지지 않았더라면 그런 고백을 했을 리가 없었겠죠. 아무튼 루시는 '능력'을 지니고 있습니다."

네이선이 좌중을 둘러보았다. 그런 다음 팔짱을 낀 채 침묵했다.

사람들은 처음에는 방금 들은 말을 제대로 이해하지 못한 얼굴이었다. 그들이 상황을 완전히 이해하기까지는 시간이 좀 걸렸다. 그제야 놀라움과 격분의 탄식이 터져 나왔다. 편지를 읽었을 때보다 몇 배는 격렬한 반응이었다.

바티스트는 이 놀람과 흥분이 가라앉을 때까지 기다렸다. 그런 다음 네이선에게 계속 말할 것을 종용했다.

"제 생각에, 소녀는 아직 그 능력이 의미하는 바를 모르는 것 같습니다. 지금까지 책들이 그녀에게 속삭인 말은 극히 적습니다. 루시는 그게 무슨 뜻인지 모르고요. 하지만 그걸 그녀 혼자 알아내는 건 힘들 것 같습니다."

그의 입에서 루시라는 이름이 너무도 자연스럽게 흘러나왔다. 네이선은 식탁에 앉은 남자 몇몇의 얼굴이 기묘한 표정을 짓는 걸 놓치지 않았다.

바티스트가 그의 말을 가로막았다.

"그런 무지에도 불구하고 이 계집애는 벌써부터 네이선의 임무를 방해하고 있소."

네이선은 자기 귀를 의심했다. 바티스트가 침묵하며 네이선의 눈을 의기양양하게 바라보았다. 아마 앨리스가 실패한 사실을 밝히기에 지금보다 더 적절한 순간은 없을 터였다.

"앨리스를 소유하는 데 실패했소. 아마 이 소녀가 도서관에 있다는 사실만으로 네이선의 임무를 방해하는 데 충분했던 모양이오. 제대로 힘을 발휘하지도 않은 것 같소."

"무슨 일이 일어난 거죠?"

네이선이 물었다.

"직접 책을 보거라. 이 책은 완전하지 않아. 가치가 없다."

"책 수공업자가 제본하는 과정에서 실수를 한 게 아닐까요?"

그가 반론했다.

"아니야. 제본 작업은 완벽했다."

"네이선, 그대는 지금 그 소녀가 자신의 능력을 아직 모르고 있다고 말했는가?"

식탁 끄트머리에 앉은 회색 머리의 키 큰 남자가 물었다.

"네. 모릅니다."

네이선이 여전히 쇼크 상태로 대답했다. 진작 알아차렸어야 했다. 하지만 그녀는 자신의 감정을 숨기는 데 익숙한 사람도 아니었고, 거짓말을 잘하는 사람도 아니었다. 분명 자신이 속은 건 아니었다.

"그럼에도 불구하고 네이선을 방해했다 이거군. 만약 그 소녀가 자신의 힘을 깨닫게 되면 어떻게 되는 건가? 만약 책의 이야기에 응답하게 된다면? 만약 제대로 책들에게 질문할 줄 알게 된다면?"

"그렇다면 우리 연맹은 최대 위기에 봉착한 거요."

어떤 왜소한 남자가 일그러진 얼굴로 대꾸했다.

"이 소녀는 책을 구하려는 생각만으로도 이미 우리의 임무를 성공적으로 방해했는데, 본격적으로 우리를 대적하게 되면 더 이상 책을 지켜 내는 건 무리요. 연맹은 와해될 거요. 소녀를 없애야 하오."

그가 벌떡 일어섰다. 몸집은 왜소했지만 남자에게서 알 수 없는 권위가 느껴졌다. 네이선은 앉은자리에 얼어붙었다. 아무도 그 남자의 의견에 반박하지 못했고, 그걸로 의견은 수렴된 듯했다.

바티스트가 입을 열었다. 그의 눈빛은 아까보다 더 서늘해져 있었다.

"네이선이 이 문제를 맡아 해결하게 될 거요, 피츠앨런 경. 그는 연맹을 위해 무엇이 최선인지 알고 있소. 하지만 나는 조금 다른 전술을 제시하고 싶소."

네이선이 흥미롭다는 듯 왜소한 남자를 바라보았다. 드 트레메인 가문은 영국의 가장 유서 깊은 귀족 가문 중의 하나인 피츠앨런 가문과는 먼 혈족 관계였다. 이 가문도 브르타뉴 주 출신이었다. 몽세귀르 성에서 도망친 네 명의 페르펙티는 두 명의 아이들을 피츠앨런가의 비호 아래 맡겼다. 16세기에는 이 가문의 자손 중 하나가 콘월에 성채를 지었고, 그때부터 드 트레메인가는 연맹을 위해 이 성채를 사용해 왔던 것이다.

피츠앨런가도 연맹의 일원이었지만 두 가문은 그리 사이좋은 관계는 아니었다.

왜소한 남자가 언짢은 얼굴로 바티스트를 바라보았다. 그는 자신이 한번 뱉은 말을, 그것도 유서 깊은 영국 귀족 가문의 남자가 뱉은 말을 철회하는 것을 달가워하지 않았다. 하지만 바티스트는 아랑곳없이 말을 이어 나갔다.

"우리는 이 소녀를 우리의 목적을 위해 이용해야 하오. 아직 자기가 누구인지, 어디 출신인지조차 모르잖소. 아무도 그 소녀가 수호자라는 걸 알려 준 적이 없소. 우리는 소녀에게 우리의 모든 가르침을 전수하고 그 몹쓸 여자, 필리파 플랜태저넷이 우리를 배신했던 바로 그곳으로 데려올 거요. 그 여자가 연맹을 떠나면서 모든 악몽이 시작된 거요. 그 여자의 사명은 우리를 섬기는 것이었고, 그로부터 오랜 시간이 지난 지금에야 과거의 실수를 만회할 수 있게 된 거요."

바티스트가 말했다.

그가 강하고 확고한 눈빛으로 좌중을 둘러보자 아무도 그에 반론할 수 없었다. 바티스트는 고개를 끄덕인 다음 네이선을 바라보며 무어라 입을 열려 했다. 그 순간, 누군가가 그의 말을 가로막았다.

"소녀를 내게 주시오."

네이선이 소리가 들려온 쪽으로 고개를 돌렸다.

백발에 가까운 금발의 남자가 일어서며 말했다. 그는 쉰 살가량 되어 보였고, 마른 얼굴 위로 금발의 가는 머리카락이 듬성듬성 흘러내려 있었다.

"우리 가문에 우선권이 있소. 여기에 있는 임원들도 동의하겠지. 이번에는 우리 가문이 여성을 인계받을 차례니까."

식탁 위에 있던 다른 임원들이 고개를 끄덕였다.

"소녀는 우리 가문의 후예를 낳아야 하오."

네이선은 잘 재단된 남자의 검은 양복 밑으로 불룩 튀어나온 배를 바라보았다. 그의 누런 치아와 손톱은 페르펙티에게 유일하게 허용된 기호 식품인 '담배'를 피우는 사람이라는 걸 의미했다. 네이선은 그의 손이 루시의 몸에 닿는 걸 상상하자 소름이 끼쳤다.

원래 페르펙티들은 금욕적인 생활을 해 왔다. 그게 그들의 믿음에 따른 철칙이었다. 하지만 카타르 인이 도륙당한 후로 페르펙티의 수를 유지할 수 있는 방법은 후손을 낳는 방법뿐이었다. 그렇지 않으면 연맹은 언젠가 멸절될 터였다.

네이선은 철저히 무표정을 유지하며 감정의 동요를 숨겼다. 모든 남자들이 지금 그를 주시하고 있다는 걸 알고 있었기 때문이다.

"보퍼트 경, 거기에 대해서는 추후에 논의하도록 하지요. 이번 일은 신중을 기해야 하오. 먼저 그녀를 교화시키는 게 우선이오."

조부가 네이선을 바라보며 말했다.

"돌아가서 그 소녀와 이야기하거라. 그 아이는 널 믿으니 우리에 대한 것과 그녀의 출신을 알려 줘라. 물론 자기 선조가 배신자였다는 것까지 알 필요는 없지. 그게 일단 우리 모두를 위해 좋을 거다."

네이선은 조부의 말에 고개를 끄덕거렸다. 완벽한 계획이었다. 루시의 가문이 몇 세기 동안 자신들과 적대 관계라는 사실을 굳이 밝힐 필요는 없었다. 그제야 어깨를 짓누르고 있던 부담감이 좀 가시는 것 같았다.

그는 조부에게 미소 지으며 대답했다.

"그녀에게 비밀을 밝히고 우리 사명이 얼마나 중대한지 납득시키겠습니다."

"좋아. 이걸로 이번 모임을 마치도록 합시다."

그가 커다란 창으로 시선을 던지며 말했다. 저 멀리 동이 터오르고 있었다. 해롤드가 바티스트의 곁에 서서 그가 일어서는 것을 부축했다. 바티스트는 문으로 걸어가 홀을 나갔다.

네이선은 다른 사람들 몰래 루시의 부모님이 쓴 편지를 접어 주머니에 넣었다.

14장

> 책은 언제나 삶을 미리 예견한다. 그러나 삶을 모방하는 게 아니라
> 온전히 책의 의지에 따라 삶을 만들어 나가게 된다.
>
> — 오스카 와일드(가색해서 요약)

루시는 기다렸다.

어째서 네이선은 전화를 걸지 않지? 전화를 걸어 봐도 받지 않았다. 오늘은 화요일이다. 토요일부터 줄곧 그에게서 연락이 오길 기다렸지만 만나기는커녕 전화 통화조차 되지 않았다. 몇 번이나 전화해서 그의 휴대 전화 음성 사서함에 메시지를 남겼지만, 그에게선 아무 연락도 없었다. 혹시 무슨 사고라도 당한 게 아닐까? 혹시 자신이 너무 끈질기게 달라붙어서 싫증이 난 게 아닐까? 하지만 그 둘은 아직 친구에 지나지 않았다. 그러니 그가 의무적으로 루시에게 연락을 할 이유는 없었다. 하지만 루시는 벌써 그가 그리웠다. 이런 감정이 싹트리라고는 생각도 하지 못했다. 루시가 거의 한 시간에 한 번씩 네이선의 이름을 꺼내는 통에 마리조차 치를 떨 정도였다. 마리는 루시의 이런

상태를 놀리며 웃어넘겼다.

루시는 그의 집에 직접 가서 네이선의 안부를 물을까도 생각해 보았다. 그가 연락을 하지 않는 이유는 짐작이 갔다. 그들의 마지막 모험이 너무 충격적이었던 것이다. 그렇게 갑작스럽게 떠났던 것도 이를 입증했다. 책이 자신에게 말을 한다는 건역시 밝히지 말았어야 했다.

일이 끝나면 그의 집에 찾아가 보려던 생각은 터무니없이 느껴졌다. 그래서 조금 전 손에 들었던 책을 조심스럽게 원래 있던 서가에 꽂아 넣었다.

"루시, 기억해 내."

책들이 강요했다. 오늘 아침부터 하루 종일, 아니 여태까지 줄곧 그 말뿐이었다.

"나도 기억해 내고 싶다고!"

루시가 대꾸했다. 그 편이 아예 무시하는 것보다 쉬웠다. 그때 어떤 생각이 머리를 스쳤다. 그래서 물랑 부인이 준 목걸이를 옷 밖으로 꺼내어 손바닥에 올려놓자 책들이 소란스럽게 웅성거리기 시작했다.

"이건 내 부모님이 주신 거야. 골동품인 것 같은데, 아마 우리 가문에 대대로 내려오는 물건이거나 뭐 그런 것 같아."

루시가 작은 책 모양의 펜던트를 쓰다듬었다.

"게다가 안에는 사진도 들어 있어. 엄마와 아빠 사진이래. 이게 그분들이 내게 남겨 주신 전부야. 편지도 하나 있었지만, 누군가가 훔쳐갔어. 아마 그 사람은 내 자신이 누군지 알아내길 원하지 않는 모양이야."

루시가 풀죽은 듯 속삭였다.

"나 자신이 누군지도 모르는데 도대체 너희들과 어떻게 이야기할 수 있는지 알아낼 수 있을까? 불가능하다고."

"목걸이를 열어 봐."

책들이 속삭였다. 루시가 어깨를 으쓱해 보였다.

"그러라면 그러지 뭐."

루시가 목걸이를 열었다. 그러자 그 순간, 손목의 표식에서 은빛 빛줄기가 뿜어져 나오기 시작했다. 예의 카페에서 그랬던 것과 같이 빛줄기가 펜던트를 감싸기 시작했다. 강한 빛 때문에 루시는 눈을 꼭 감았다. 하지만 책들은 물러서지 않았다.

"루시, 빛을 봐!"

루시는 천천히 눈을 뜨고 빛을 바라보았다. 루시의 눈앞에 어떤 장면들이 펼쳐지고 있었다. 끔찍하고 잔혹한 장면이었다. 루시는 겁에 질린 채 넋을 잃고 빛으로 시선을 던졌다.

거대한 불 속으로 남자들과 그들의 아내와, 팔에 안긴 아이들이 걸어 들어가고 있었다. 그 행렬의 끝에는 이미 시체들이 즐비하게 쌓여 있었다. 하지만 그들은 가차 없이 죽음으로 내몰렸다. 루시는 눈을 질끈 감았다. 차마 눈 뜨고는 볼 수 없을 정도로 참혹한 장면들이 이어졌기 때문이다.

하지만 그 빛 속에서 어떤 일이 일어날지 봐야만 한다는 생각이 앞섰다. 눈을 떠 보니, 팔에 작은 꾸러미를 안은 네 명의 남자들이 보였다. 그중 두 개가 움직였다. 아마 신생아인 모양이었다. 아이 하나가 애처롭게 우는 소리에 마음이 미어졌다. 그다음 장면에서는 남자들과 여자들이 동굴처럼 보이는 공간의 안쪽에 모여 있었고, 그들 뒤로는 방대한 양의 책들이 보였다. 여자들은 울고 있었고, 남자들은 돌처럼 굳은 얼굴이었다.

"입구를 막아야 해. 그래야 이 지식의 보고가 아둔한 인간들 손에 넘어가는 걸 막을 수 있네."

남자 하나가 말했다.

그리고 그가 나무 상자에 책 한 권을 넣어 천으로 감싸더니 곁에 서 있던 남자에게 건네주며 말했다.

"이 성서를 지켜 내야만 해. 맹세하게."

그러자 꾸러미를 건네받은 남자가 무릎을 꿇었다.

"나, 아밀 아이카드는 내 불멸의 영혼에 맹세합니다."

장면이 또 바뀌었다. 루시는 거대한 산 정상에 우뚝 솟은 성과, 그 아래 군집해 있는 어마어마한 수의 십자군들을 보았다. 막사 위에는 빨간 바탕에 흰색 십자가를 그려 넣은 중세 바티칸의 깃발이 펄럭이고 있었다.

이번에는 작은 소녀의 모습이 보였다. 다섯 살 정도 되었을까. 여자아이의 옆에는 돌로 만든 긴 의자에 성인 여성이 앉아 있었다. 그들이 있는 곳은 정원인 것 같았다. 아름다운 장미 덩굴이 보였기 때문이다. 두 사람 다 울고 있었다.

"필리파, 우리는 여기 남아야 한다."

여자가 말했다.

"네 친어머니가 널 낳다가 죽은 이후로 나와 네 아버지는 너를 친딸처럼 돌보아 왔다. 너의 이름은 필리파 플랜태저넷, 얼스터의 5대 백작이다. 너는 아직 네 아버지께 속한 몸이니 그의 명령을 들어야 해."

"하지만 연맹이 하는 행동은 잘못된 거예요."

아이가 완고하게 대꾸했다.

"우리가 어디로 도망치든 그들은 우릴 찾아낼 거야. 내 말을 이해하니? 네 어머니가 그랬듯 너도 네 사명을 감당해야 해. 연맹을 거역할 수는 없어."

"네 엄마. 이해해요."

여자아이가 옷소매를 걷어 올렸다. 루시는 그 장면에서 숨이 멎는 것 같았다. 자신의 손목에 있는 것과 똑같은 표식이 여자아이의 손목에도 새겨져 있었다.

그 순간, 아이가 고개를 들어 루시의 눈을 정확히 바라보았다. 그 눈은 루시의 눈과 놀랄 정도로 비슷했다. 믿을 수 없었다. 하지만 아이의 옷차림으로 미루어 보건대 먼 과거의 사람이라는 것을 알 수 있었다. 이제 그 아이가 루시를 향해 말하기 시작했다.

"책에 적힌 말, 지식과 지혜는 숨겨져선 안 돼요. 그 모든 것은 인간의 영혼을 성장시키니까요. 언어와 말은 미래를 위한 무기예요. 세상을 바꿀 수 있는 유일한 무기."

여자가 달려들어 아이의 입을 막았다.

"조용히!"

여자가 낮게 쉿 소리를 냈다.

아이가 했던 말은 루시의 머리와 영혼 속으로 파고들어 깊이 새겨졌다. 루시가 아이에게 고개를 끄덕여 보이자, 아이의 얼굴에 미소가 번졌다.

"지금 넌 네가 무슨 말을 하고 있는지 몰라!"

빛이 다시 루시의 손목 표식으로 흘러 들어가기 직전, 여자가 아이에게 속삭이는 말소리가 들려왔다. 루시는 문서실의 차가운 돌바닥 위에 몸을 웅크리고 앉았다. 책들은 침묵했다.

"이 여자아이가 내 선조 중 하나인 거지?"

하지만 루시는 이미 그 질문의 대답을 알 수 있었다.

"맞아."

책들이 중얼거렸다.

"그녀가 첫 번째 수호자야."

그 순간 전화벨 소리가 지하 문서실 내에 쩌렁쩌렁 울렸다. 루시는 깜짝 놀라 몸을 떨었다. 그다음 사무실로 마구 달렸다.

"네?"

루시가 숨을 헐떡이며 전화를 받았다. 마리였다.

"네이선이 왔어. 너와 오스카 와일드를 보러 왔대. 내 생각엔, 먼저 널 보고 싶어 하는 것 같아."

전화를 끊기 전, 마리가 웃음을 터뜨리는 소리가 수화기 반대쪽에서 들려왔다.

드디어 네이선이 온 것이다. 서둘러 립글로스를 찾는 동안, 루시의 가슴은 날아오를 듯 떨려 왔다. 하지만 그러는 동안에도 조금 전 보았던 끔찍한 장면들이 머릿속을 떠나지 않았다.

그게 대체 뭐였을까? 언제 일어났던 일이지? 그렇게 화형당한 사람들은 어떤 사람들이었을까? 그리고 시간을 넘어 자신에게 말을 걸어 온 그 작은 여자아이는 대체 누구지?

이제 네이선에게 물랑 부인과 만났던 일과 로켓 펜던트에 대해 말할 생각이었다. 그리고 필리파 어쩌고 하는 소녀의 이름은 구글에 넣고 검색해 보기로 했다. 어쩌면 뭔가 정보를 좀 얻을 수 있을지도 몰랐다. 루시는 다시 찾은 소중한 원본인 《도리안 그레이의 초상》을 상자에 넣어 엘리베이터로 위층에 보냈다. 그런 다음엔 몇 개나 되는 계단을 한꺼번에 뛰어 올라 위층으로 내달렸다. 네이선은 안내 데스크에 서서 그녀를 기다리고 있었다. 그를 못 본 지 3일밖에 지나지 않았는데, 그는 더욱 매력적으로 변해 있었다. 게다가 온통 검은색 옷을 입고 있었는데 의외로 잘 어울렸다. 그가 루시에게 미소를 지어 보였다.

"루시, 잘 지냈어?"

그가 루시에게 속삭였다. 그러고는 팔을 둘러 루시를 끌어안았다. 마리가 놀라서 눈을 동그랗게 떴다.

하지만 네이선은 곧 루시를 놓아 주었다.

"언제 끝나?"

그가 물었다.

"세 시간 후에."

루시가 대답했다.

"좋아. 오스카 와일드를 읽기에는 충분한 시간이군. 끝나면

같이 밥 먹으러 갈까?"

"좋아."

루시가 대답했다. 둘은 함께 열람실로 향했다.

루시가 기계처럼 열람 시의 주의 사항을 설명한 뒤, 네이선은 스케치북과 연필을 꺼냈다. 이제는 익숙했던 터라 그리 놀랍지는 않았다. 루시는 네이선이 재빠르고 숙련된 손놀림으로 책 표지를 스케치하는 모습을 잠시 지켜보았다. 1891년이라는 시대적 상황에 맞게 책의 표지는 아무런 장식 없이 간결했다. 그 당시는 책의 겉표지보다는 내용에 더 치중하던 시대였다. 만약 연구를 위해서라고 해도, 루시로서는 그가 이렇게 표지까지 스케치하며 공을 들이는 이유를 이해할 수 없었다.

그때 네이선이 루시를 올려다보았다.

"오늘은 일 없어?"

그가 부드럽게 물었다.

"내가 방해되는구나?"

"그런 건 아닌데, 혼자 있으면 작업이 잘되는 건 사실이야."

"알았어. 그럼 나중에 봐."

네이선이 그녀의 손을 붙잡았다.

"화내지 마."

그가 속삭였다. 그의 눈빛을 보고 있노라니, 고개를 끄덕여 줄 수밖에 없었다.

그가 루시의 손을 붙잡고 머뭇거리며 말했다.

"참, 말하는 걸 깜박 잊었는데, 앨리스 한 번만 더 가져다줄 수 있어? 네가 직접 안 와도 돼. 그냥 올려만 보내 주면 다른 직원이 하도록 할 테니까."

그가 루시를 간절하게 바라보았다. 물론 규정에 어긋나긴 했지만, 이 세상 사람들 중 네이선만큼은 믿을 수 있었다.

"알았어. 그렇게 할게."

루시가 대답했다.

네이선은 열람실을 나가는 루시의 뒷모습을 가만히 바라보았다. 이건 일종의 모험이었다. 만약 루시가 앨리스를 한 번이라도 들추어 본다면 무슨 일이 일어나는지 단번에 깨달을 테고, 그럼 해명할 기회조차 잃게 될 것이다.

문이 닫히자, 여태껏 했던 스케치를 버리고 새 종이를 꺼냈다. 이번만큼은 실수가 없어야 했다. 다시 한 번 앨리스를 봐야 했다.

끔찍한 일이었다. 설명할 수는 없었지만, 연맹의 서고에 보관되어 있던 책은 겉보기엔 다른 책과 다를 바가 없었다. 하지만 책을 펼치면 문장들이 마치 폭풍우에 심한 파도가 일듯 종이 위에서 넘실거리며 깜박이다가 사라졌다가, 다시 나타났다. 책을 손에 들고 있노라면 책의 고통이 느껴지는 것 같았다. 만약 그가 책의 소리를 들을 수 있다면 분명 비명 소리가 들릴 터였다. 이 실수를 어떻게든 바로잡아야 했다.

그는 눈처럼 흰 종이 위에 몸을 숙이고 작업을 시작했다.

루시는 기분 좋은 나머지 콧노래라도 흥얼거리고 싶었지만, 음악에는 그리 재능이 없었다. 그래서 환한 얼굴로 문서실로 향하는 계단을 힘껏 달려 내려갔다.

그런 다음엔 《이상한 나라의 앨리스》가 담긴 상자를 꺼내 엘리베이터로 위층에 올려 보냈다. 그리고 올리브 씨가 돌아올 때까지 남은 시간을 이용해 사무실 내부를 좀 정리해야겠다고 마음먹었다. 사무실 안에서 움직이다 보면 언제나 책 무더기에 발이 걸려 비틀거렸기 때문이다.

루시가 책들을 서가로 옮기고, 서류와 도서 카드를 정리해서 서랍 안에 넣는 동안 책들이 힘없이 속삭이는 소리가 들려왔다.

"무슨 말 하는지 모르겠어. 좀 더 크고 똑똑히 말해 줄래?"

"필리파. 필리파를 찾아!"

그 이름을 듣는 순간 제자리에 멈추어 섰다.

"내 생각에 그 여자는 이미 오래전에 죽은 것 같은데? 그러니까 그 옷차림을 봐. 14세기 사람들이 입던 옷 아닌가? 아무튼 그 사람을 찾아내는 건 불가능해."

책들은 침묵했고, 루시는 손에 들고 있던 책 더미를 바닥에 내려놓고 책꽂이에 꽂아 넣었다.

"왜 그래? 갑자기 말문이라도 막힌 거야? 설마 옛날 사람이라는 걸 몰랐던 건 아니지? 원한다면 구글에서 검색해 볼 수는 있어. 뭐라도 나올지 모르지."

"필리파를 찾아!"

책들이 아주 작게 속삭였다.

"너희들은 항상 별로 도움이 안 돼. 그거 알아?"

루시는 투덜거리면서도 사무실로 들어가 낡은 컴퓨터를 켜고 인터넷에 접속했다. 컴퓨터를 켜고 인터넷에 접속해서 화면에 검색창이 나타날 때까지 3분은 걸렸다.

"필리파……. 가디언."

루시가 검색창에 이름을 쳐 넣었다.

하지만 검색 결과는 실망스러웠다. 아무래도 검색어가 잘못된 모양이었다. 루시는 기억을 더듬어서 자신이 본 것들을 떠올리려 해 봤다. 뭔가 단서가 있을 터였다. 사람들이 끔찍하게 학살당하던 게 떠올랐다. 그걸 어떻게 찾지? 언제, 어디서 그런 일이 있었을까? 필리파라고 불린 여자아이가 제 엄마와 다투며 연맹의 명령에 따라 떠나야 한다던 게 떠올랐다. 그게 무슨 뜻이지? 혹시 목걸이로 다시 한 번 그 장면을 볼 수 있을까? 시도는 해 볼 만했다. 하지만 혹시라도 그 모습을 다른 사람이 볼 수도 있으니, 사람이 없는 문서실 깊은 곳으로 자리를 옮겼다. 여태 그런 일은 없었지만 누가 갑자기 들어올 수도 있는 일이었으니까 조심해서 나쁠 건 없었다. 루시는 문서실 안쪽으로 들어간 후, 스웨터 안쪽에서 목걸이를 꺼내 들고 손목에 가까이 가져갔다. 그러자 표식이 이내 두근대기 시작했다. 펜던트 뚜껑을 열자 표식에서 밝은 빛이 흘러나왔고, 반짝거리는 빛줄기가 펜던트를 감쌌다. 이제는 그 강한 빛에도 익숙해져 있었다.

잠시 후 장면들이 펼쳐졌다. 하지만 조금 전에 봤던 게 아니었다.

이번에는 젊은 여성이 보였다. 20대 중반 정도로 보였는데, 중세 시대의 것으로 보이는 두꺼운 외투와 옷을 입고 있었다. 여자는 높은 천개天蓋 위에 천을 걸쳐 놓은 방식의 침대 위에 앉아서 불안한 듯 손을 매만졌다. 아마도 누군가를 기다리는 모양이었다. 방 안의 거대한 벽난로에서는 모닥불이 타오르고 있었다. 그때 문이 열리는 소리가 들리자 여자가 눈을 들었다. 루시는 그 눈, 회색 눈동자를 보자마자 그게 누구인지 알아차렸다. 필리파였다. 방으로 들어온 사람의 얼굴을 확인한 그녀는 안심한 듯 긴장을 풀었다.

한 늙은 남자가 슬픈 눈으로 필리파를 바라보았다.

"주인마님, 결정에는 변함이 없으신 건가요?"

그가 물었다.

"내게 선택의 여지가 없다는 거 알잖아요."

여자가 대답했다.

"에드문드가 살아 있을 땐 그를 떠날 수 없었어요. 하지만 그가 세상을 떠난 지금은 제게 남은 사명에 집중해야만 합니다."

여자는 침대 위에 놓여 있던 작은 꾸러미를 안아 들었다. 아주 어린 아기가 꾸러미 속에서 눈을 떴다. 아기의 눈동자는 루시, 필리파처럼 반점이 있는 회색이었다.

"그들은 제게서 태어난 아이들을 다 데려갔어요. 엘리자베스에게는 능력이 없었고, 남자아이들은 아마 연맹의 충성스러운 추종자로 만들겠죠. 이 아이도 그렇게 할 거고요."

필리파가 눈물을 흘렸다.

"이 아이가 태어난 걸 그가 봤다면 얼마나 좋아했을지…….
이제 연맹은 이 아이를 이용해서 사람들의 지식을 훔쳐 낼 거
예요. 절 이용했듯 말이죠. 그들은 탐욕에 눈이 멀어서 이성을
잃었어요. 이제 그들을 막아야만 해요. 우리들의 능력은 도둑
질에 쓰라고 주어진 게 아니니까요. 제 딸에게만큼은 그런 짓
을 못 하게 하겠어요. 이제 사람들에게 가서 제가 아이를 낳다
가 죽었다고 하세요."

남자가 한숨을 쉬었다.

"그게 소원이라면 어쩔 수 없지요, 백작 부인. 전 백작 부인
께서 태어나셨을 때부터 부인을 섬겨 왔습니다. 이제 외톨이로
살아가셔야 한다는 게 슬프지만, 그게 옳은 것 같습니다. 최선
을 다해 페르펙티들이 부인이 돌아가셨다는 걸 믿게 만들겠습
니다. 하지만 그들이 절 믿어 줄지는 모르겠습니다."

필리파가 노인의 손을 꼭 잡았다.

"제게 필요한 건 단 며칠이에요. 이미 모든 걸 준비해 두었
으니 우리에 대한 건 걱정하지 마세요."

장면이 바뀌었다. 캄캄한 밤이었다. 노인이 말의 고삐를 쥐
고 조심스럽게 성 앞 광장을 걸어갔고, 필리파는 아기를 가슴
에 안은 채 그의 뒤를 따르고 있었다. 온통 눈에 덮여 있었고,
사방이 고요한 가운데 말발굽과 장화가 사각거리며 눈밭 위를
걷는 소리만 들렸다.

"필요하신 건 전부 말안장에 있는 주머니 속에 넣어 뒀습니다. 이걸로 며칠은 버티실 수 있을 겁니다."

노인이 낮게 속삭였다.

필리파가 멈추어 서서 어둠에 묻힌 성의 윤곽을 바라보았다.

"여기서 보낸 나날은 제 인생에서 가장 행복한 시간이었어요."

그녀가 혼잣말처럼 중얼거렸다.

"열세 살도 채 안 된 나이에 에드문드를 따라 여기로 온 게 바로 어제 일 같아요. 에드문드와 사랑에 빠질 거라고는 생각도 못 했지만요. 그는 이 세상에서 절 이해해 준 유일한 사람이에요. 그는 제가 연맹의 여자들과는 다른 길을 가야 한다는 걸 알았어요. 죽기 직전에 그가 말해 주었어요. 필리파, 넌 수호자가 되어야 해. 연맹을 위해 일하지 말고 사람들을 위해 책의 말을 지켜 내. 하느님은 너에게 그 능력을 주셨고, 몇몇 사람들만 지혜와 지식을 독점하지 않도록 하신 거야. 오늘날의 연맹은 그들이 예전에 그리도 증오하던 자들과 다를 바가 없어."

노인이 가만히 말했다.

"하느님께서 부인의 길을 보호하시기를!"

"하느님이 지켜 주실 테니 염려하지 말아요."

필리파가 확신 어린 목소리로 말했다.

"전 알아요."

그런 다음 말안장 위로 올라타자, 노인이 아기를 건네주었다. 필리파는 노인이 성문을 열자마자 뒤를 돌아보지 않은 채 말을 달려 그곳을 떠났다. 노인은 눈물을 흘리며 주기도문을 외웠다.

필리파는 성에서 멀리 떨어진 산기슭에 다다라서야 말을 세우고 뒤를 돌아보았다.

"에드문드, 당신이 옳기만 바랄 뿐이에요."

필리파가 중얼거렸다.

"하느님께서 우리가 옳은 길을 가도록 인도해 주시길! 그리고 내가 수호자가 되어 우리의 자식과 후손 들이 우리 뒤를 잇게 되는 게 그분의 뜻이길!"

그런 다음, 말고삐를 잡고 박차를 가하며 어두운 숲 속으로 달려 들어갔다.

불빛이 사그라 들었고, 루시는 현실로 돌아왔다. 그리고 방금 보았던 것들을 정리하느라 잠시 가만히 앉아 있었다.

"하지만 이걸 보기 전보다 좀 더 알아낸 게 있는지는 모르겠는걸."

루시는 투덜거리며 몸을 일으켜 사무실로 갔다. 그런 다음엔 컴퓨터 앞에 앉아 검색창에 '수호자'를 쳐 넣어 보았다.

하지만 검색 결과는 0건이었다.

잠깐, 필리파가 결혼하기 전의 이름이 뭐였더라? 이번에는 빠른 속도로 '필리파 플랜태저넷'을 쳐 넣어 보았다. 그러자 플랜태저넷이라는 검색어로 많은 정보가 쏟아져 나왔다.

플랜태저넷가는 영국의 중세 전성기 당시의 유서 깊은 왕가였다. 가문의 기원은 프랑스에서 출발했지만 몇 세기에 걸쳐 영국의 왕들을 배출시킨 가문이었다. 물론 플랜태저넷 왕가에 대해서는 루시도 알고 있었다. 하지만 필리파라는 이름은 처음이었다. 하지만 당시에 여성은 중요하게 생각하지 않았으니 이름이 나오지 않을 만도 했다.

하지만 조금 더 검색해보니 무언가 실마리를 잡을 수 있었다. 위키피디아에는 필리파라는 여성에 대한 간략한 정보가 있었다.

필리파 플랜태저넷(1355. 8. 16 ~ 1382. 1. 5): 얼스터의 5대 백작 부인이며 앤트워프 라이오넬 공작의 딸이다. 앤트워프 라이오넬은 클라렌스가의 공작이었으며 영국 에드워드 3세의 셋째 아들이다. 어머니는 얼스터의 4대 백작 부인인 엘리자베스 드 부르였으며, 필리파는 어머니로부터 작위를 물려받았다. 필리파는 라이오넬 공작의 외동딸이며, 마치의 에드문드 모티머 백작과 결혼했다.

루시는 에드문드 모티머를 클릭했다.

에드문드 모티머(1352. 2. 1 ~ 1381. 12. 27): 마치의 3대 백작이며 얼스터의 데 주레 욱소리스[11]였다.

---

11 de jure uxoris: 배우자의 재산을 승계할 수 있음을 의미.

에드문드는 1381년 12월에 죽었다. 필리파의 신상 정보란에 보니 그녀는 1382년 1월 5일에 죽은 것으로 되어 있었다. 그렇다면 정말로 사람들을 속이고 도망치는 데 성공했다는 건가? 필리파가 죽었다는 말을 믿어 준 것일까? 그렇다면 필리파는 어디로 간 걸까? 필리파가 자신의 선조인 건 확실했다. 반점이 있는 회색 눈동자, 그리고 손목의 표식이 그 증거였다. 그렇다면 성에서 탈출한 뒤에 어디에 숨은 걸까? 14세기에 여자가 도망칠 수 있는 곳이 대체 어디지? 그녀의 어머니는 도와줄 수 없었을 터다. 필리파는 라이오넬과 엘리자베스의 친딸이 아니었던 것 같다. 그럼 친어머니는 죽었거나, 그 연맹인지 뭔지에게 붙잡혀서 필리파처럼 아이를 낳는 족족 강제로 떼어 놓는 것일 수도 있었다. 하지만 그 당시에도 생모에게서 아이를 빼앗아 귀족 가문에 주는 일은 비상식적인 일이었다.

루시의 머릿속에서 질문들이 꼬리에 꼬리를 물고 이어졌다.

무엇이 필리파로 하여금 신념이 이끄는 대로 옳은 길을 걷도록 동기를 부여해 줬던 걸까? 에드문드가 죽었을 당시, 필리파의 나이는 젊었다. 아마 두 사람은 사랑하고 있었던 모양이었다.

에드문드와 필리파처럼 네이선도 그녀를 지탱해 주는 사람이 되어 줄 수 있을까?

하지만 루시는 그런 생각을 떨쳐 버렸다. 그리고 그런 기대감을 버렸다. 게다가 그들의 관계는 에드문드와 필리파의 사랑에 비하면 아직 아무것도 아니었다.

시계를 보니 4시에 가까워져 있었다. 시간에 날개라도 달려 있는 게 분명했다. 머릿속이 복잡했지만 얼른 짐을 챙겼다. 아무래도 사무실을 정리하려면 시간이 좀 더 걸릴 것 같았다.

그런 다음 네이선에게 앨리스를 넘겨받기 위해 위층으로 올라갔다.

이미 스케치는 끝나 있는 모양이었다. 지금은 책을 읽는 데 열중해 있었다. 오스카 와일드의 책이 바로 곁에 놓여 있는 걸로 보아, 지금 읽고 있는 책은 앨리스인 것 같았다. 네이선에게 다가가 그를 살짝 건드렸다. 그러자 그가 소스라치게 놀라서 상체를 벌떡 일으키며 책을 덮었다. 루시는 당황한 눈으로 그의 번득거리는 눈을 바라보았다.

그는 마치 자기 앞에 서 있는 게 누구인지 잠시 고민하는 것 같았다. 그제야 그의 얼굴에 미소가 떠올랐다. 그의 번득이던 눈에 따스함이 서렸다.

"벌써 세 시간이 지났어."

루시가 속삭였다.

"그럼 이제 여기서 사라져 줘야겠군."

네이선도 속삭이며 대답한 후, 앨리스와 포장지를 건네주었다. 루시는 앨리스와 오스카 와일드를 함께 챙겨서 앨리베이터로 갔다. 그리고 그 앞에 놓인 책상에서 함께 책들을 포장해서 엘리베이터 안에 넣었다.

"내 물건들은 벌써 챙겨서 올라왔어."

루시가 말했다.

"곧바로 나가자."

도서관의 좁은 입구를 채 빠져나가기도 전에, 네이선이 루시의 어깨에 팔을 둘러 자기 쪽으로 끌어안았다.

"어디 갈까?"

루시가 물었다.

"피자나 스파게티 어때?"

"좋아."

그러자 네이선이 근처의 이탈리안 레스토랑으로 그녀를 안내했다.

두 사람이 레스토랑에 들어가 자리에 앉기도 전에 종업원이 다가왔다.

"와인 마실래?"

루시가 묻자 네이선이 고개를 저었다.

"난 술 안 마셔."

그가 설명했다.

"전혀?"

루시가 놀란 얼굴로 물었다.

"거의 안 마셔."

네이선이 미소 지으며 대답했다.

"좋아. 그럼 화이트 와인 한 잔이랑 물 한 잔 주세요."

루시가 종업원에게 음료를 주문하자, 네이선이 루시 쪽으로 상체를 숙였다.

"물랑 부인과 만났던 건 어땠어?"

"지난 며칠 동안 어디에 있었어?"

대답 대신 루시가 되물었다.

"계속 연락했었어."

"할아버지를 뵙고 왔는데 휴대 전화를 가져가는 걸 잊어버렸어."

그가 안타깝다는 듯 말했다.

"어제 저녁에야 돌아왔거든. 이제 네 얘기 좀 해 줘."

루시는 고개를 끄덕인 다음, 어디에서부터 시작해야 할지 잠시 고민했다. 지난 며칠 동안 너무 많은 일들이 있었기 때문이다.

"물랑 부인이 나에게 부모님이 물려주신 목걸이를 건네줬어. 편지는 도둑맞았지만 목걸이 속에는 사진이 남아 있었어."

루시가 옷 속에서 로켓 목걸이를 꺼내 그의 눈앞에서 뚜껑을 열고 사진을 보여 주었다.

"사진 뒤에는 작게 글귀도 적혀 있어. '사랑하는 외동딸 루시에게'라고 쓰여 있어. 두 분은 날 사랑했던 것 같아."

마치 아직도 믿기지 않는다는 투였다.

"살펴봐도 돼."

루시가 네이선에게 목걸이를 내밀며 말했다.

"정말 아름답지 않아?"

하지만 네이선은 목걸이를 받아 들려 하지 않았다. 루시는 당황해서 목걸이를 다시 닫았다. 혹시 자신만 부모님에 대한 걸 알게 된 게 기분 나쁜가? 네이선의 부모는 아직 생사가 불확실했으니 말이다.

루시가 목걸이 뚜껑에 새겨진 작은 십자 모양을 어루만졌다.

"이상하게 생긴 십자가야. 그치? 이런 건 처음 봐."

루시가 작게 속삭였다.

"이건 오시타니아의 십자가야, 루시."

그가 설명했다.

루시는 깜짝 놀랐다.

"이게 뭔지 알고 있었어?"

그가 고개를 끄덕였다.

"카타르 인의 십자가야. 한 번도 들어 본 적 없어?"

루시는 고개를 저은 다음 잠시 생각을 가다듬었다.

"잠깐, 나도 알고 있는 것 같아. 기독교의 분파잖아, 아닌가? 그래서 가톨릭교회에 쫓기다가 처형당했고."

네이선이 고개를 끄덕였다.

"그들이 마지막으로 피신했던 곳이 프랑스의 몽세귀르 성이었어. 하지만 교황은 거기까지 군대를 보내 하루 안에 성 안의 모든 사람을 학살했지. 카타르 인의 신앙을 따르는 자들은 모조리 화형에 처해졌고."

그가 말했다.

"남자들, 여자들, 아이들까지……."

루시가 중얼거렸다. 그제야 목걸이가 보여 줬던 장면이 무엇을 의미하는지 깨달았다. 시체 더미와 십자군들―의심의 여지가 없었다.

"직접 내 눈으로 봤어."

루시가 작게 속삭이자 네이선이 눈썹을 찌푸렸다.

"그게 무슨 말이야?"

"목걸이가 내게 보여 줬어. 이것도 좀 황당한 얘기야."

루시가 당황한 듯 웃었다.

"내 손목의 표식에서 빛이 나와서 목걸이와 연결되면 눈앞에 장면들이 펼쳐져. 아주 오래전에 일어난 일 같긴 하지만, 확실히 그 장면을 직접 봤어. 그리고 여자아이 한 명도. 아이의 이름은 필리파였어."

루시의 맞은편에 앉아 있던 네이선은 이 이름을 듣자마자 얼굴이 창백해졌다.

"장면만 보여?"

그가 딱딱한 어조로 물었다.

"아니. 소리도 들려."

루시가 네이선의 손을 잡았다.

"네이선, 괜찮아? 얼굴이 너무 창백해!"

그가 루시에게서 손을 뺐다.

"아무것도 아니야. 걱정하지 마."

"내가 하는 말이 이상하다고 생각하는 것도 무리는 아니야."

루시가 말했다.

"나조차도 그런걸. 내가 이런 말을 더 이상 하지 말길 바라면 언제든 얘기해. 널 이 일에 끌어들이고 싶지 않아. 물랑 부인은 이 모든 게 위험하다고 했어. 랄프 신부님도 그것 때문에 살해당한 거고, 고아원에 도둑이 든 거라고. 어쩌면 당분간 안 만나는 게 나을지도 몰라."

그렇게 이야기하는 동안, 루시는 네이선을 위험한 상황으로 몰아넣고 말았다는 사실을 깨달았다. 그와 떨어져 있어야만 한다는 생각에 괴로웠지만, 네이선과 완전히 헤어지고 싶지는 않았다. 어쩌면 이 모든 일의 진상을 밝히고 범인을 잡게 되면, 언젠가는 다시 만날 수 있을지 몰랐다. 하지만 이 일이 끝나지 않는다면 어쩌지? 이제 앞으로 영원히 이렇게 살아가야만 한다면?

네이선의 목소리가 생각에 깊이 빠져 있던 루시를 깨웠다.

"루시, 가자."

"하지만 아직⋯⋯."

하지만 네이선의 눈빛은 확고했다.

"집까지 데려다줄게."

네이선이 잠시 후 말했다.

루시는 외투 깃을 세워 얼굴을 파묻었다. 거리에 휘몰아치는 싸늘한 바람 때문이기도 했지만, 네이선에게 걱정스러운 눈빛을 보이고 싶지 않았다. 이제 이걸로 끝이었다. 하지만 어쩐지 화가 났다. 자신을 돕겠다고 하지 않았던가? 믿어 달라고 하지 않았던가? 하지만 그러기엔 너무 위험한 게 사실이었다. 위험을 무릅쓰고 도와 달라고 말할 자격은 없었다.

그에게 화를 내선 안 되었다. 이렇게 잘생긴 젊은 남자는 파티도 가고 여자도 만나며 인생을 즐겨야 했다. 자기의 허무맹랑하고 이상한 이야기 때문에 목숨까지 걸게 만드는 건 말도 안 되었다. 그제야 콜린, 마리와 줄스에게 아무 이야기도 안 했던 게 다행이라는 생각이 들었다. 물론 이야기를 할 뻔했던 기회는 많았다.

이제 네이선이 자신을 집까지 바래다주고, 작별의 인사를 할 거다. 하지만 그에게 아무런 부담감도 주어서는 안 된다. 그건 불공평한 일이다. 이미 할 수 있는 만큼 자신을 도왔고, 그이상 요구해선 안 된다.

어느새 두 사람은 손을 잡고 있었다. 그가 언제 손을 잡아준 건지 기억나지 않았다. 지하철에 타기 전이었을까, 아니면 그 후였을까?

정신을 차려 보니 어느새 집 앞에 도착해 있었다.

"네가 너무 생각에 깊이 잠겨 있어서, 말을 거는 대신에 차라리 꽉 붙잡아 주고 싶었어."

루시가 깍지 낀 손을 바라보자, 네이선이 말했다.

"널 잃고 싶지 않아."

"이제 놔 줘. 집에 다 왔어."

루시가 집을 올려다보며 말했다.

네이선이 루시에게 다가왔다. 거리는 어둠에 잠겨 있었고, 좁은 거리 위로 세워진 가로등 몇 개만이 희미한 불빛을 길 위에 흩뿌리고 있었다. 네이선이 루시의 눈을 바라보았다. 그의 시선은 진지하고 어두웠다. 그의 심장 소리가 느껴졌다. 어쩌면 너무 가까운지도 몰랐지만, 기분이 나쁘지는 않았다. 루시가 그의 얼굴을 바라보았다. 처음으로 그의 콧등과 입술을 잇는 실루엣이 보였다. 무언가를 걱정하고 있는 얼굴이었다.

"키스해도 돼?"

그가 갑자기 물었다.

"지금? 여기서?"

루시가 아랫입술을 깨물었다.

"응."

네이선이 대답했다. 그런 다음 루시가 대답할 때까지 기다리지 않았다.

그의 입술이 루시의 입술에 닿았다. 그의 피부가 마치 나비의 날개처럼 보드라웠다. 그 가벼운 접촉만으로도 몸이 붕 뜨는 기분이었다. 루시 안의 모든 게 떨렸다. 루시의 팔이 그의 허리를 붙잡았다. 뭔가를 더 요구한 게 아니라 붙잡을 곳이 필요했기 때문이다. 하지만 네이선은 루시의 행동을 오해한 것 같았다. 그의 입술이 좀 더 강하게 내리누르기 시작했다. 루시가 입술을 벌리자, 입안으로 그의 혀가 탐색하듯 들어왔다. 생전 처음 느끼는 강렬한 감정에 온몸과 감정이 마비되는 것 같았다. 네이선이 손을 뻗어 루시의 등을 강하게 끌어당겼다. 루시는 그의 얇은 셔츠 아래의 근육과 뜨거운 피부를 느낄 수 있었다. 그 열이 루시의 몸을 타고 흘러 들어오는 것 같았다. 이게 그가 이별하는 방법인가? 그와의 키스는 불행과 절망의 맛이 났다.

그 순간, 루시의 손목에 새겨진 표식이 점점 불타기 시작하더니, 마침내는 정신을 잃을 것 같은 통증이 느껴졌다. 잠시 숨을 골라야만 했다. 그래서 저도 모르게 네이선을 밀어내고 말았다. 네이선이 넋 나간 얼굴로 숨을 몰아쉬며 루시를 바라보았다.

"미안해. 나도 모르게 그만……."

그가 이 상황을 해명하려는 듯 말을 더듬었다. 마치 잠시 다른 세상에 가 있다가 루시 때문에 돌아온 사람 같았다.

루시가 그의 뺨을 어루만지려는 듯 손을 뻗었다. 그러자 손목의 표식이 세차게 두근거렸다.

소매 아래에서 빛줄기가 새어 나왔다. 그리고 가슴팍에 걸린 목걸이 안에서도 빛이 흘러나왔다.

그리고 이상한 일이 일어났다. 네이선의 코트 소매 아래에서도 빛줄기가 새어 나오기 시작한 것이다. 루시의 빛처럼 맑고 따뜻한 빛이 아닌, 차가운 물빛이었다. 그의 빛이 꿈틀거리며 루시의 손목을 향해 나아갔다. 세 개의 빛이 만나더니, 갑자기 그들의 중간에 희미한 영상이 나타났다. 루시는 이 영화 같은 장면에서 눈을 뗄 수가 없었다. 바로 눈앞에서 일어나고 있는 일을 이해할 수가 없었다.

그 모든 걸 멈춘 건 네이선이었다. 그는 루시를 한 번 더 와락 끌어안더니, 작별 인사도 없이 몸을 돌려 사라졌다.

루시는 자신의 빛줄기가 점차 투명해지는 것을 보았다. 그의 푸른빛도 네이선을 따라 희미한 선 하나를 남기며 사라졌다.

"네이선?"

루시가 그를 불렀다.

"네이선!"

하지만 그는 멈추지 않았다.

방금 무슨 일이 있었던 거지? 이걸 설명해 줄 수 있는 사람은 네이선뿐이었다. 루시는 잠시 비틀거리다 그의 뒤를 쫓았다. 네이선이 설명해 줄 거다. 아니, 설명해 줘야만 했다. 얼마가 걸리든 따라가 보겠어!

루시는 할 수 있는 한 빠른 속도로 달려 보았지만, 곧 그를 시야에서 놓치고 말았다. 늦은 시간이었지만, 아직 거리에는 사람들이 많았다. 루시는 잠시 멈추고 숨을 고르면서 네이선의 모습을 찾았다. 하지만 그의 모습은 어디에도 보이지 않았다. 혹시 지하철 아래로 내려갔나? 이렇게 사라져 버릴 순 없었다. 오늘 찾지 못한다면 내일, 그다음 날, 그다음 날의 다음 날도 그를 찾아다닐 셈이었다. 그럼 언젠가는 만날 수 있겠지. 그를 믿어 왔건만 자신이 생각했던 것보다 그가 더 많은 걸 알고 있을 수도 있겠다는 생각이 들었다. 그도 빛을 지니고 있었다. 혹시 그에게도 표식이 있을까? 그는 누구지? 그러고 보니, 그에 대해 아는 게 아무것도 없었다.

루시는 그의 집에 가 보기로 결심했다. 어쩌면 집에 간 걸지도 모르니, 그가 나타날 때까지 기다릴 생각이었다.

하얀 빌라의 3층집 앞에서 루시는 잠시 망설였다. 창가의 작은 램프 이외에는 1층부터 3층까지 완벽히 불이 꺼진 상태였기 때문이다. 하지만 다른 계획을 고민하기 전에 초인종을 눌러버리고 말았다. 문 뒤에서 인기척이 있기까지는 꽤 오랜 시간이 걸렸다. 문이 열리더니 핑크색 가운을 입은 노부인이 나와서 루시를 머리끝부터 발끝까지 훑어보았다.

"죄송하지만 네이선 드 트레메인 씨 계신가요?"

루시가 말을 더듬었다.

하지만 노부인의 눈빛은 그리 친절해 보이지 않았다.

"드 트레메인 도련님은 나가셔서 아직 들어오지 않으셨습니다."

그러더니 루시의 코앞에서 문을 쾅하고 닫아 버렸다.

루시는 현관 앞에 멍하니 서 있었다. 이제 어떻게 해야 하지? 여기에서 기다려야 하나? 밖은 추웠다. 그냥 추운 게 아니라 덜덜 떨릴 정도였다. 하지만 다행히 비는 내리지 않았다. 루시는 계단 위에 털썩 주저앉았다. 오늘 밤 안에는 오겠지. 그러면 여기에서 만날 수 있을 거라고 생각했다.

손가락으로 입술을 더듬어 보았다. 아직 그의 맛이 났다. 아주 특별한 책들을 떠올리게 하는 허브 향이었다. 그 책들에선 숲 향기와 가죽, 그리고 오래전에 잃어버렸던 시간의 향기가 났다. 루시는 이런 책들을 정말 좋아했다. 그런 책을 발견하면, 책을 읽기 전에 책장 사이에 코를 박고 향기부터 맡곤 했다. 그런 생각을 떠올리면서 혼자 미소 짓고 말았다.

네이선은 자기 방 커튼 뒤에 서서 루시를 내려다보고 있었다. 허드슨 부인은 아마도 그가 들어오는 소리를 듣지 못한 모양이었다. 오늘따라 더욱 조심스럽게 집 안에 들어왔던 것이다. 그는 가정부가 자신을 마치 어린애를 감시하듯 사사건건 지켜보는 걸 좋아하지 않았다. 이제 어떻게 해야 하지? 루시는 지금 저 밑, 추위 속에 떨면서 자신을 기다리고 있다. 설명을 요구하면서 말이다. 어쩌면 아까 모든 걸 설명했어야 했는지도 모른다. 그녀에게 자신이 누구인지, 그녀가 누구인지 설명할 수 있는 기회로는 더없는 순간이었다. 하지만 빛이 그를 배신하고 말았다. 단지 그녀에게 키스하고 싶었다. 루시가 어떤 맛인지, 그녀의 입술이 어떤 감촉인지 알고 싶었을 뿐이다. 하지만 순간, 감정에 압도당하고 말았다. 자신도 모르게 이성을 잃고 말았다. 절대로 있어서는 안 되는 일이었다. 루시는 절대 그의 소유가 될 수 없었다. 이미 걷잡을 수 없을 정도로 감정에 휩쓸려 버린 벌이었다. 그는 지금까지 얼마나 조심스럽게 그것을 숨겨 왔던가.

그는 고개를 돌렸다. 루시가 빌라 앞에 웅크리고 앉아 있는 걸 보고 싶지 않았다. 그 모습이 마치 둥지에서 떨어진 새같이 무력해 보였다. 만약 그가 루시와 똑같은 모양의 표식을 손목에 지니고 있다고 말했다면 그를 신뢰했을까? 아니, 훨씬 더 전에 말했어야 했다. 네이선은 불안한 걸음으로 침실을 왔다 갔다 했다.

젠장, 어째서 아직까지 저기에 앉아 있지? 한참 후, 네이선은 다시 한 번 창밖을 내다보았던 것이다. 밖은 시릴 정도로 추웠다. 돌계단 위에 앉아 있기에는 더더욱. 집으로 돌아가게 만들어야 했다. 모든 걸 털어놓기 위해서는 시간이 필요했다. 자신이 걷고 있는 길이 정당하다고 납득시키려면 말이다. 하지만 아직은 그녀를 설득시킬 수 있는 말을 찾지 못했다.

말을 한다고 치자. 어디까지 말해야 할 것인가? 할아버지는 어째서 그 신부까지 죽였어야 했을까? 게다가 신부에게서 편지까지 훔치지 않았던가? 물론 편지가 필요했으니 어쩔 수는 없었다. 루시의 부모는 편지에서 연맹에 대해 비난하고 있었다. 그러니 편지에 대해 루시에게 밝힐 수는 없었다. 아직은. 어쩌면 일단은 자신의 임무와 사명에 대한 것만 털어놓으면 될 것 같았다. 그러면 그 정도는 이해해 줄 거다.

루시가 떨고 있는 게 보였다. 그의 침실에서도 그녀가 덜덜 떠는 게 보일 정도였다. 왜 오늘따라 저렇게 얇은 겉옷을 걸치고 온 거지? 한 번만이라도 제대로 따뜻한 옷을 걸칠 순 없는 건가? 네이선은 저주를 퍼부었다. 거의 한 시간이 넘도록 저렇게 앉아 있는 셈이었다. 무슨 여자가 저리도 고집이 세지? 저러다 죽겠군. 네이선은 욕지거리를 내뱉으며 방문을 열고 조용히 계단을 내려갔다.

현관문을 열었지만 루시는 뒤돌아보지 않았다. 루시 곁에 한쪽 무릎을 세우고 앉았다. 루시의 눈은 감겨 있었고, 입술은 파랗게 변해 있었다.

"루시."

그가 속삭였다.

"루시, 일어나. 이렇게 밤새 앉아 있을 수는 없어."

하지만 눈꺼풀조차 움직이지 않았다. 네이선은 그녀를 일으켰다. 그런 다음 안아 들었다. 몸이 얼음장처럼 차가웠다. 조심스럽게 루시를 안고 계단을 올랐다. 조금 전까지만 해도 화가 나 있었지만, 루시를 보자마자 그런 건 씻은 듯 사라져 버렸다.

방으로 돌아와 루시를 침대에 눕힌 다음, 겉옷과 신발을 벗겼다. 하지만 루시는 움직이지 않았다. 네이선은 루시 앞에서 이마를 찌푸린 채 생각에 잠겼다. 이윽고 청바지의 단추를 풀러 그녀의 바지를 벗긴 다음, 이불을 덮어 주었다. 하지만 그걸로 충분할 것 같지 않았다. 루시는 아직도 덜덜 떨고 있었다. 그래서 잠시 고민하다 자신도 셔츠와 바지, 티셔츠를 벗었다. 그런 다음엔 불을 끄고, 루시 뒤에 누워 그녀를 거세게 끌어안았다. 마치 영원과도 같은 시간이 지난 후에야 루시의 떨림이 멈췄다. 루시가 긴장을 풀고 네이선 쪽으로 몸을 돌렸다. 그리고 그의 가슴에 고개를 기댔다. 하지만 눈을 뜨진 않았다. 네이선은 그녀의 붉은 곱슬머리를 귀 뒤로 넘겨 주었다. 그러자 루시가 미소 지었다. 꿈이라도 꾸는 걸까? 네이선은 두 팔로 루시의 몸을 끌어안고 눈을 감았다. 신이여, 오늘 밤, 단 하룻밤만 허락해 주소서.

15장

루시는 눈을 떴다. 여기가 어디지? 네이선의 빌라 앞에서 기
다리던 게 떠올랐다. 그리고 그 집 계단이 얼음처럼 차가웠던
것도. 하지만 지금은 온몸이 부드럽고 포근했다. 무슨 일이 있
었던 거지? 그제야 자기가 베고 있는 게 베개가 아니라는 걸 깨
달았다. 가슴, 그것도 남자의 가슴이었다. 루시는 눈을 들어 보
았다. 저 가슴이 누구 것인지 알아야만 했으니까. 그 순간, 그
의 체취를 맡았다. 익숙한 허브 향기. 도대체 어쩌다가 그의 침
대 안으로 들어오게 된 거지?

루시가 고개를 살그머니 들어올렸다. 네이선은 아직 자고
있었다. 그가 어찌나 단단히 끌어안고 있는지 몸을 움직일 수
가 없었다. 하지만 그의 몸을 만지고 싶다는 충동이 강하게 일
어서, 가만히 그의 부드러운 살결을 만져 보았다. 그의 배와 단

단한 가슴, 팔을 만지면서, 그냥 만지는 게 아니라 거기에 입 맞추고 싶은 욕망이 들끓었다. 그 순간, 네이선이 눈을 떴다. 그가 루시의 호기심 어린 손가락을 꽉 잡았다. 루시가 당황한 얼굴로 그를 바라보았다.

"몸을 녹여 주려던 것뿐이야."

네이선이 또박또박 설명했다.

"어제 넌 말 그대로 얼음 덩어리로 변해 있었고, 널 녹일 수 있는 방법은 이것뿐이었어."

그게 누구 때문인데! 루시는 그에게서 몸을 빼내려고 했다. 하지만 네이선의 팔은 아직도 그녀를 단단히 끌어안고 있었다.

"그럴 필요 없었는데."

루시가 모욕당한 기분으로 쏘아붙였다.

"거기에 계속 내버려둘 순 없었어."

그가 루시의 얼굴을 마주 보기 위해 그녀를 끌어올렸다. 이제 루시의 눈앞에 그의 입술이 보였다. 그의 숨이 루시의 피부에 닿았다.

루시는 그와 이야기해야만 한다는 걸 알았다. 그리고 어젯밤의 그 빛에 대해 물어봐야 한다는 것도 말이다. 그리고 네이선이 무엇을 알고 있는지, 어제 왜 도망치듯 가 버렸는지도 알아야만 했다. 하지만 지금 이 순간, 오로지 그의 입술만 보였다. 어젯밤 그렇게 열정적으로 키스했던 입술이었다. 루시는 참으려고 생각했다. 아주 잠깐 말이다.

그런 다음엔 몸을 굽혀 그의 입술을 덮쳐 버렸다. 네이선이 이 기습 공격에 잠시 넋을 잃은 모양이었지만, 잠시 후 그도 거기에 응답하고 말았다.

두 사람의 몸은 아무런 망설임도 없이 서로에게 반응했다. 루시는 그의 몸으로 파고들어 그의 숱 많은 머리칼 속으로 손가락을 밀어 넣었다. 네이선은 루시가 자신의 몸 아래 누울 수 있도록 몸을 돌렸다. 사고 회로가 마비된 것 같았다. 네이선의 손은 루시의 티셔츠 밑을 더듬었고, 손끝으로 피부의 감촉을 느끼며 격렬한 키스를 퍼부었다. 루시는 그에게로 몸을 끌어당겼고, 네이선이 자신을 끌어안을 때마다 입술 사이에서 한숨이 터져 나왔다. 마치 온몸의 솜털 하나하나가 그를 느끼고 있는 기분이었다.

전화벨이 울렸다. 한 번, 두 번, 세 번. 그제야 네이선이 이성을 되찾았다. 그가 루시에게서 떨어졌고, 루시는 그의 눈을 바라보았다. 책을 읽던 때처럼 이글거리는 눈빛이었다. 네이선이 몸을 일으켜 휴대 전화를 집었다.

"할아버지?"

그가 대답했다.

루시는 이불을 뒤집어썼다. 방금 건 뭐였지? 이런 격렬한 감정은 한 번도 느껴 본 적이 없었다. 그저 키스 한번 하려던 것뿐인데. 하지만 단번에 너무 멀리 가 버린 것 같았다. 조금 전 머릿속에 가득했던 건 그와 하나가 되고 싶다는 열망이었고, 어떤 기대감이었다. 마치 어떤 것을 우연히 찾았는데, 찾고 나서야 그걸 오랜 시간 동안 찾아 헤매왔다는 사실을 깨달은 느낌이었다. 네이선도 같은 걸 느꼈을까?

루시는 가만히 그의 말에 귀 기울였다.

"네, 할아버지. 거의 성공했습니다. 네, 할아버지. 그녀는 이해해 줄 겁니다. 네, 확실합니다. 아니, 그러실 필요까지는 없어요. 제가 알아서 할게요."

그녀? 누굴 말하는 거지? 루시는 고개를 갸웃거렸다.

네이선이 전화를 끊었다. 하지만 전화를 끊고 나서도 계속 검은 화면만 뚫어져라 응시하고 있었다. 루시가 이불 밖으로 고개를 내밀었다. 자신의 돌발적인 행동을 창피하게 생각해야 하는지 고민하면서 말이다.

"방금 그건⋯⋯. 정말 좋았어."

그가 몸을 돌려서 루시를 바라보았다. 루시는 그가 마치 무엇을 억누르려는 듯 주먹을 꽉 쥐고 있다는 걸 알아챘다.

루시는 고개를 끄덕였다. 그리고 그가 다시 자신에게 돌아와 주길 바랐다.

하지만 그는 곁에 눕는 대신, 루시의 오른손을 붙잡았다. 그리고 자신의 왼쪽 손목을 보여 주었다. 루시는 숨을 죽였다. 그의 손목에는 루시의 것과 똑같은 표식이 새겨져 있었다. 다른 점은, 루시의 표식은 흰색이었고 그의 것은 검은색이라는 정도였다. 네이선이 부드럽게 표식을 어루만지자, 작은 책을 이루는 선들이 빛나기 시작했다. 그의 표식과 루시의 것에서 가느다란 빛줄기가 흘러나와 함께 부드럽게 얽히더니, 두 사람의 손목을 감쌌다.

"나한테 설명해 줘야 할 게 많은 것 같은데?"

루시가 두 빛줄기의 춤을 바라보며 말했다. 그러자 두 사람의 빛은 천천히 각자의 표식 속으로 모습을 감췄다. 어쩐지 쓸쓸한 여운만이 남았다.

"알아."

네이선이 말했다.

"하지만 그전에 옷부터 입는 게 어떨까? 그 편이 너에게도 안전할 것 같은데."

그제야 루시는 자신이 티셔츠에 팬티만 걸치고 있다는 걸 깨달았다.

네이선이 옷을 집어 들고 방을 나갔다. 아마 욕실에 간 것 같았다. 루시도 침대에서 몸을 일으켜 청바지를 입었다.

네이선에게 손님용 칫솔이 있을까? 그때 노크 소리가 들렸다. 루시는 당황했지만 문을 여는 수밖에 다른 도리가 없었다. 간밤의 핑크색 가운을 걸쳤던 노부인이었다. 오늘은 보라색 메이드복 차림으로 손에는 찻잔이 담긴 쟁반을 받쳐 들고 문 앞에 서 있었다. 그녀가 루시를 보고 입을 쩍 벌렸다.

"그거, 제가 받아 둘까요?"

루시가 묻자 그제야 노부인이 고개를 끄덕였다.

그때 네이선이 방으로 돌아왔고, 노부인의 정신도 돌아온 것 같았다.

"드 트레메인 도련님. 조부께서는 도련님이 집 안에서 음란한 행동을 하는 걸 달가워하지 않으실 겁니다."

"음란한 행동이 아니라 구조 활동이었습니다. 여기 있는 젊은 아가씨를 구해 주지 않았다면 지금쯤 얼어 죽었을 테니까요. 이제 그만하고 찻잔이나 하나 더 갖다 주세요. 아, 그리고 아침 식사도 올려 보내 주세요. 오늘은 방 안에서 먹을 겁니다."

네이선이 딱 잘라 말한 후 문을 닫고, 루시의 손에서 쟁반을 받아 들어 작은 테이블 위에 올려놓았다. 그런 다음엔 루시를 침대에 앉히고 차를 따라 주었다. 자신은 팔걸이의자를 가져와서 루시의 곁에 가까이 앉았다. 루시가 차를 홀짝였다.

"쿠키도 먹을래?"

네이선이 묻자마자, 기다렸다는 듯 루시의 위장에서 꼬르륵 소리가 났다.

노크 소리가 들리더니, 허드슨 부인이 다시 쟁반을 들고 나타났다.

"토스트, 계란, 베이컨과 잼이에요."

그녀가 언짢은 목소리로 네이선에게 설명했다. 하지만 네이선은 쟁반을 받아 들자마자 말없이 문을 닫고 자신을 위해서도 차를 한 잔 따랐다.

"토스트 먹을래?"

네이선이 묻자 루시가 고개를 끄덕였다.

"버터 발라 줄 수 있어?"

네이선이 토스트 위에 버터를 발라서 건네준 다음, 테이블 중간에 스크램블에그가 담긴 접시를 놓았다.

"베이컨은 너 먹으라고 가져 온 거야. 난 채식주의자거든."

네이선이 설명했다.

"토스트 하나 더 먹을래?"

루시가 스크램블에그를 남김없이 먹어 치우자 네이선이 물었다.

"응."

루시는 네이선이 토스트에 버터를 바르는 동안 그의 손을 바라보았다. 그러다가 저 손이 자신의 몸에 뜨겁게 와 닿았던 게 불과 몇 10분 전이라는 생각에 당황한 나머지 아랫입술을 깨물었다.

"배불러?"

루시가 두 번째 토스트를 남김없이 먹어 치운 다음, 네이선이 물었다. 루시는 고개를 끄덕인 다음, 청바지 위에 떨어진 부스러기를 쓸어 모았다.

"목욕할래?"

루시는 당황한 나머지 잠시 고민하다가 물었다.

"저……. 혹시 새 칫솔 있어?"

"욕실장 속에."

그가 대답했다.

루시는 욕실로 가서 차가운 물로 세수를 했다. 머릿속이 뒤죽박죽이었다. 이게 도대체 무슨 일이람? 우연히 만나게 된 남자의 손목에 자신과 같은 모양의 표식이 있다니! 어쨌든 이제 그는 어째서 책들이 자신에게 이상한 것을 보여 주거나 속삭이는지, 자신이 누구인지, 어째서 이 모든 일이 일어나는지 말해 줄 수 있는 유일한 사람이었다. 하지만 지금 루시의 머릿속엔 피부 위에서 느껴지던 그의 손길과 입술의 감촉, 그의 침대 위에서 말없이 그에게 안겨 있고 싶다는 생각뿐이었다.

이를 닦고 샤워를 한 다음 욕실을 나왔다. 그의 욕실이 어찌나 넓고 쾌적하던지, 거기서 살고 싶을 정도였다. 그의 욕실은 루시가 친구 네 명과 공유하는 욕실의 두 배 크기였다.

방으로 돌아와 보니, 네이선은 창가에서 바깥을 내다보고 있었다. 어느새 검은 셔츠에 검은 정장으로 갈아입은 후였다. 하지만 흰 셔츠가 더 낫다는 생각이 들었다. 전보다 더 음산해 보였기 때문이다. 하지만 셔츠를 갈아입으라는 말은 할 수 없었다. 어쩌면 가족의 상을 치르는 중일 수도 있었기 때문이다.

루시는 방 안을 한번 둘러보았다. 간결했지만 모든 게 고급스러웠다. 아마 네이선의 조부는 부유한 사람인가 보았다. 여태껏 아무런 부족함 없이 살아왔겠지.

"밖으로 나가자."

네이선이 루시의 상상을 중단시켰다.

"지금부터 하려는 말은 밖에서 더 하기 쉬울 것 같아."

무슨 말을 하려는 거지? 마음에 걱정이 앞섰지만, 일단은 서둘러 신발을 신고 겉옷을 걸쳤다. 네이선이 인상을 찌푸리고 루시를 바라보았다.

"너에게 당장 따뜻한 코트를 좀 사줘야겠어. 그 겉옷은 요즘 같은 런던 날씨에 맞지 않아."

그가 옷장에서 파란색 목도리 하나를 꺼내 루시의 목에 둘러 주었다. 그의 손가락이 부드럽게 루시의 볼을 스쳤다.

"훨씬 낫군."

그가 만족스럽다는 듯 말하고 문을 열어 주었다.

그의 뒤를 따라 계단을 내려간 뒤 집 문을 나섰다. 오늘 아침 날씨는 간밤보다 훨씬 나았다. 하늘에는 구름 한 점 없었다. 하지만 기온은 낮았다. 루시는 그의 목도리 속에 얼굴을 묻고 그의 체취를 들이마셨다.

네이선은 집 건너편에 있는 세인트 제임스 공원을 향해 걸었다. 둘은 한동안 말없이 나란히 걷기만 했다.

공원 안에는 까마귀 몇 마리와 조깅하는 사람들뿐이었다. 그리고 호기심 많은 백여 마리의 다람쥐가 길 위를 활보하다가 종종 둘 앞에 나타나 먹을 것을 구걸했다. 이럴 줄 알았으면 토스트라도 가져오는 건데, 하고 루시는 생각했다. 평소에 이 공원을 가로질러 도서관에 출근할 때면 항상 가방 속에 다람쥐 줄 것을 챙겨 오곤 했다.

"먼저, 너에게 해명하지 않으면 안 된다는 거 알아."

그가 입을 열었다.

"원래 진작 말했어야 되는 건데."

그가 잠시 침묵했다.

"먼저, 손목의 표식 말인데, 우리가 연맹의 소속이기 때문이야. 각 세대마다 남자아이 하나와 여자아이 하나가 태어나거든. 우리의 사명은 인간의 지식을 보호하고 그 오용을 막는 거야. 언제나 그래 왔고 또 앞으로도 그래야만 해."

루시가 그를 멍하니 바라보았다.

"이 모든 게 어떻게 시작되었는지부터 설명할게. 아주 오래 전 이야기야. 약 2000년 전, 손목에 표식을 가진 첫 번째 아이가 태어났어. 카타르 인에 대해 말했던 적이 있지? 그들은 오시타니아의 기독교 신앙 공동체였어. 오늘날의 프랑스 지역이지. 교황은 이들이 이단자라는 명목하에 뒤쫓아 가서 모조리 몰살시켰지. 그 당시에 살아남은 소수의 신자들은 영국으로 도망쳤고, 거기에서 '연맹'을 만들었어. 연맹을 통해 여러 가문들이 하나로 연합하여 교황의 박해가 끝날 때까지 살아남을 수 있었던 거야. 카타르 인들은 가톨릭과 같은 기독교인이지만 근본적인 신앙적 견해는 달라. 카타르 인들은 루시퍼가 인간 세상을 이루는 상당수의 악을 만들어 냈다고 생각하고 있어. 악이 존재하지 않고서야 이 모든 질병과 전쟁, 미움과 탐욕, 배신과 시기가 세상에 넘쳐 날 수 없으니까. 선하신 하느님은 좋은 것만 창조했고, 자신의 피조물들도 선하기를 원하지. 선과 악이 공존한다고 믿는 이원론은 사실 기독교 신앙의 중요한 토대야."

루시가 의아하다는 듯 그를 바라보았다.

"카타르 인들은 이 세상에 선과 악이 공존한다고 생각해. 흑과 백, 동전의 양면처럼 말이야."

그가 루시를 바라보자, 루시도 고개를 끄덕여 보이며 그의 말에 계속 귀를 기울였다.

"교황의 박해에도 연맹은 신앙을 지켜 냈어. 우리 교단은 요한복음에 신앙의 토대를 두고 있는데, 전해지는 말에 따르면

요한은 수석 제자로서 예수님에게 직접 그의 말씀을 받아 적으라는 명령을 받았다고 해. 연맹의 임무도 요한복음에 근거 하고 있어. 하느님의 말씀을 지키는 것 말이야. 각 세대마다 '연맹의 아이들'은 이 임무를 수행해야 해. 우리는 책을 읽고, 그 안의 말들을 보호하는 능력을 가지고 있어."

"책을 읽고 보호한다고?"

루시가 또박또박 되물었다. 네이선은 숨을 크게 들이마셨다. 지금까지는 그의 설명을 잠자코 들으면서 어느 정도 이해해 주는 듯했다. 하지만 지금부터는 그렇지 않을 가능성이 컸다. 사방에는 인기척이 없었지만, 네이선은 목소리를 더욱 낮췄다.

"난 18세 때부터 전 세계를 돌아다니며 보호해야 할 책들을 찾아다녔어. 내 선조들도 그런 일을 해 왔고."

그의 말에 루시가 비틀거리며 뒷걸음질 쳤지만, 네이선은 그녀의 팔을 세게 붙잡고 앞으로 이끌었다.

"역사 속에서 몇몇 우매한 권력자들에 의해 숭고한 지식과 지혜의 말들이 영영 파괴되거나 사라지는 일이 잦았다는 거 알아? 더는 그런 일이 일어나지 않도록 막아야만 해. 물론 모든 책을 다 구할 수는 없지만, 특별한 책들은 보호 대상으로 간주되지. 지식은 곧 힘이고, 몇몇 소수만이 이 힘을 제대로 사용할 수 있어. 그 우매한 권력자들 중 하나가 바로 교회야. 몇 세기 동안 자신들의 마음에 들지 않거나 교리에 어긋난다는 이유만으로 바티칸의 서고 내에 있던 책들을 불태워 온 거 알아? 책들은 너무 자주 사라지거나 도살당해 왔어."

네이선이 잠시 침묵했다.

"단지 사람들에게 지식 위에 군림하라고 강요하기 위해 도서관 전체를 불태운 적도 많았지. 알렉산더 대왕의 도서관도 그랬고 또 7만 권이 넘는 책들이 보관되어 있었던 리스본의 도서관도 그랬어. 너무 자주, 너무 많은 책들을 공식적으로 불태웠던 거야. 그렇게 많은 책들이 영영 소실되고 만 거지."

루시가 고개를 들고 머뭇거리며 물었다.

"그럼 난 뭐야? 그 일과 어떤 관계가 있는데?"

물론 그 질문에 대한 답은 이미 알고 있었다.

"루시, 넌 그 대답을 이미 알고 있을 거야. 책들이 널 찾아냈어. 넌 연맹의 아이야."

네이선이 강한 어조로 설득했다.

"너의 임무는 책들을 지켜 내는 거야. 약 600년 전, 연맹의 아이가 가톨릭에 설득당해 연맹에 대적하게 되었지. 그건 정말로 잘못된 일이었고."

네이선은 잠시 침묵했다. 이런 말을 생각해 낸 걸 믿을 수 없었다. 이 논리라면 루시도 납득할 것이다.

"필리파 플랜태저넷은 가톨릭에 의해 납치된 다음 평생 수녀원에 갇혀 살았어. 아이와 함께 말이야. 그때부터 교회는 연맹에 대적하도록 여자들로만 이루어진 단체를 만들었어. 반면 연맹은 오로지 남자들로만 구성되어 있고, 오늘날까지 그 임무를 수행하고 있지. 루시, 너의 재능을 연맹을 위해 사용하면,

모든 게 다 잘될 거야. 반쪽이었던 우리의 힘을 하나로 합하면, 내가 혼자 해 왔던 것보다 훨씬 많은 책을 이 세상의 무지에서 구해 낼 수 있어. 우리가 엄청난 일을 해낼 수 있어, 루시!"

네이선은 감정이 격해진 나머지 제자리에 멈추어 섰다. 그러고는 루시를 바라보며 자신도 모르게 그녀의 차가운 얼굴을 어루만졌다. 그의 뜨거운 손길에 루시의 살갗에 소름이 돋았다.

"지금 우리가 대화를 나누는 건 역사적인 순간일지도 몰라. 내 임무는 책을 보호하고 숨겨서 책의 말들이 영영 사라지지 않게 하는 거야. 이 세상에는 아직도 특별한 책들이 너무 많아. 그 말들은 적합한 때가 오면 인간들의 지적 능력에 날개를 달아 주게 될 거야. 예전에는 교회와 왕들에게서 책들을 보호해 왔지만, 오늘날에는 모든 인간들에게서 보호하고 있어. 정말 소수의 인간만이 책이 내뿜은 특별한 마법을 이해하지. 책의 가치를 아는 사람은 드물어. 만약 우리가 이 특별한, 단 하나뿐인 작품을 보호하지 않는다면, 영영 잃어버리게 될 거야. 요새는 사람들이 책을 하도 안 읽어서 절판되는 책도 많아. 말은 더 이상 가치를 잃어버렸어. 언젠가는 이 지식이 무엇을 의미하는지 깨닫는 날이 올 거고, 그때가 되면 비로소 책을 돌려줄 거야."

루시는 그의 말에 무어라 반박하고 싶어서 고개를 흔들었지만, 네이선이 그녀의 말을 막았다.

"이 유산을 보호하기 위해 수백만이 화형당했던 적도 있어. 몇 세기 동안 교회와 왕, 보물 사냥꾼 들이 카타르 인의 전설적인 보물을 찾아다녔어. 하지만 살아남은 두 명의 아이가 진짜 보물이라는 사실을 발설한 사람은 아무도 없었지. 루시, 우리 두 사람이 바로 그 아이들의 후예야. 우리는 앞서 희생당한 사람들을 위해 우리의 사명을 감당해야 하는 의무가 있어. 내 말 이해해?"

그가 어찌나 세게 손을 잡던지 저릿저릿 아파 왔다. 루시는 그의 흥분한 얼굴을 바라보았다. 물론 그의 말을 이해할 수는 있었다. 그가 임무에 희생적으로 매달리는 이유도, 그리고 이 능력이 소수의 사람에게만 나타난다는 것도 말이다.

하지만 뭔가 석연치가 않았다. 그의 말을 100퍼센트 신뢰할 수가 없었다. 그가 말하는 것 중에 거짓이 섞여 있다는 걸 본능적으로 알아차린 것이다. 깊이 생각해 봐야만 했다. 아직 너무 많은 질문들이 남아 있었다.

"왜 처음에 만났을 때 이 모든 걸 설명해 주지 않은 거야? 넌 내가 얼마나 두려워했는지 알았잖아. 게다가 넌 이 모든 이상한 일들을 설명해 줄 수 있는 유일한 사람이었어. 어째서 책들이 내게 말을 거는지, 어째서 손목의 표식에 통증이 느껴지는지 말이야."

루시가 따지듯 물었다. 그 오랜 시간 동안 루시는 혼자서 고뇌하고 고민해야 했는데, 어째서 자신의 손목에 새겨진 표식을 보던 날 이 모든 걸 설명해 주지 않은 건지 이해할 수가 없었다.

"네가 이해하지 못하면 어쩌나 하고 걱정이 됐어."

그가 부드럽게 말하며 루시를 끌어당겼다.

"난 이 임무를 위해 길러졌어. 할아버지는 교수직까지 내려놓으면서 내가 연맹을 따르도록 교육해 왔지. 만약 네가 나를 비웃고, 내 말에 귀 기울이지 않는다면? 하지만 지금은 네가 날 신뢰한다는 걸 확신하니까 말할 수 있는 거야."

네이선이 말을 마친 후 침묵했다.

루시의 머릿속에서 필리파의 말이 떠올랐다. 그녀는 어린 소녀였음에도 불구하고 연맹이 하는 일이 잘못되었다고 말했던 것이다. 필리파는 자신의 아이를 연맹의 남자들의 손아귀에서 안전한 곳으로 피신시켰다. 필리파는 이렇게 말했었다.

"책에 적힌 말, 지식과 지혜는 숨겨져선 안 돼요. 그 모든 것은 인간의 영혼을 성장시키니까요. 언어와 말은 미래를 위한 무기예요. 세상을 바꿀 수 있는 유일한 무기."

"미안하지만 네가 하는 말이 옳은 건지 잘 모르겠어."

루시가 가슴께에 매달려 있는 목걸이를 어루만지며 또박또박 대답했다. 목걸이는 왠지 따스했고, 살아 있는 것 같았다. 지친 루시의 마음에 위로와 힘을 주는 느낌이었다.

"나에게 좀 더 이야기해 줘. 널 도우려면 네가 어떤 일을 하고 있는지 완벽히 이해해야 해. 그런 다음 널 도와줄지 어쩔지 결정할래."

네이선이 미소 지으며 고개를 끄덕였다. 하지만 그의 다음 말은 일종의 위협처럼 들렸다.

"루시, 미안하지만 시간이 없어. 만약 네가 네 자유 의지로 날 도우려 하지 않는다면 할아버지가 널 맡으려 할 거야.”

둘은 말없이 계속 걸었다. 루시의 머릿속은 여러 가지 생각으로 복잡해졌다. 네이선이 그녀의 손을 꽉 잡았지만, 그가 손을 잡는 게 아직도 좋은지 알 수 없었다. 루시는 손목의 표식에서 빛이 흘러나와 네이선의 빛과 하나가 되고 싶어 한다는 걸 알았다. 네이선의 말이 옳았다. 그와 함께 있으면 정말 기분이 좋았고, 마치 두 개의 표식이 원래부터 하나였던 것 같은 기분이었다. 하지만 네이선이 말한 그 이유 때문에 그에게 끌리는 걸까? 만약 어제나 오늘 아침에 이런 질문을 했다면, 대답은 ‘그렇다’일 터다. 그는 루시도 모르는 새에 루시의 마음을 사로잡아 버렸던 것이다. 그럼에도 불구하고 그가 조금 전 말해 주었던 내용은 왠지 탐탁지 않았다. 연맹이 인간들에게 뭘 숨기고 있는 걸까? 테니슨과 초서는 그렇다고 쳐도, 문서실 내에는 많은 수의 텅 빈 상자들이 있었다. 그렇다면 그 모든 책들이 연맹—뭐 이 따위 이름이 있나 싶지만—에 의해 도난당했단 말인가? 네이선은 연맹이 지식을 지킨다고 했다. 정말일까? 만약 정말 그게 사실이라면 왜 필리파는 도망친 걸까? 어쩌면 과거에는 그랬을지 모른다. 하지만 오늘날 연맹이 변질되었다면?

루시가 생각의 바다에 잠겨 있는 동안, 네이선은 그녀를 카페로 이끌었다. 그가 카페 문을 열자 차와 케이크의 향기가 와락 덮쳐 왔다.

“여기서 이야기하는 게 나을 것 같아서.”

그가 루시를 사랑스러운 눈빛으로 바라보았다.

"다시 얼음 덩어리로 변하게 놔둘 수는 없지."

"네가 다시 녹여 주면 되잖아."

루시가 저도 모르게 대꾸했다.

루시의 말을 들은 네이선의 얼굴에서 미소가 사라졌다. 그가 거의 떠밀다시피 루시를 카페 안으로 밀어 넣으며 말했다.

"어젯밤의 '사고'는 잊어."

루시는 네이선의 말에 바깥보다 더욱 극심한 추위를 느꼈다.

"왜 잊어야 되는데?"

루시가 물었다. 하지만 자신의 화를 감추는 방법은 몰랐다. 네이선이 '사고'라고 하자 그게 마치 무슨 범죄 행위라도 되는 것처럼 들렸다.

네이선이 루시를 테이블에 앉혔다.

"걱정 마, 넌 잘못한 거 없으니까. 이건 순전히 내 문제야."

네이선이 루시를 진정시키려는 듯 해명했다.

"그게 무슨 소리야?"

"지난주에 할아버지 댁에 갔을 때, 연맹에 입회하게 됐어. 몇 년간 준비해 오고 있었거든."

그가 말을 이었다.

"일단 연맹에 입회하면 몇 가지 규칙을 철저하게 지켜야 돼."

"규칙?"

"물론 이 경우에 해당하는 규칙은 하나야."

그가 잠시 머뭇거렸다.

"아마 일정 시간이 지나면 연맹에서 나와 맺어질 여자를 골라 줄 거야. 그럼 그녀와 혼인식을 올리고 내 후손을 낳게 되겠지. 너에게 헛된 희망을 주긴 싫어."

루시는 그의 말에 오한을 느꼈다.

"그건 또 무슨 시대착오적인 규칙이래?"

루시는 네이선의 말을 믿을 수가 없었다. 도대체 이 사람들은 지금이 몇 세기라고 생각하는 거야?

"어쩌면 네 말이 맞을지도 몰라. 적어도 지금까지는 그런 규칙에 아무 문제가 없다고 생각하며 자랐으니까. 이상하게 들릴지 모르겠지만, 나는 이 규칙을 받아들이도록 길러졌어."

종업원이 주문한 차를 내왔다.

"네이선, 말할 게 있어."

루시가 입을 열었다.

"나 사실은 필리파를 직접 봤어. 영상 속에서 필리파는 연맹에 대해 어떻게 생각하는지 솔직하게 말했고, 나는 그녀의 말이 맞다고 생각해. 필리파가 연맹을 떠난 건 스스로의 선택이었어. 사람들이 네게 무슨 말을 했는지는 모르지만, 교회는 거기에 일절 관여하지 않았어. 이제야 필리파가 내게 하려던 말이 뭔지 알 것 같아. 그녀는 인류에게서 책을 숨겨 두는 건 잘못이라고 했어. 그래서 딸과 함께 도망친 거야. 그 아이는 손목에 표식이 있었어. 필리파가 낳은 다른 아이들은 모두 연맹이 데려갔대. 솔직히 지금 생각 같아선, 우리도 연맹의 희생자가 아닐까 싶어. 우리 둘 다 부모님을 모르잖아."

"내 육친은 조부에게 날 버려두고 떠났어. 원래대로라면 아버지가 후계자였겠지만, 그는 나처럼 사명에 적합한 사람이 아니었어."

네이선이 굳은 목소리로 말했다. 루시는 더 이상 이 문제에 대해서는 언급하지 않기로 했다.

"그럼 책을 읽는 건 어떻게 하는 거야? 어떤 방법으로 책 한 권을 완전히 사라지게 만들 수 있는 거야? 나도 그렇게 할 수 있어?"

그 질문을 던지는 순간, 루시의 온몸에 소름이 돋았다. 책의 고통이 기억났기 때문이었다.

"우리는 능력을 가지고 태어나지만, 능력을 발전시키기 위해선 훈련이 필요해. 책을 비워 내는 건 생각의 힘이야. 책 속에 단 한 글자도 남아 있어선 안 돼. 어린 시절 책을 읽다 보면 이상한 일 없었어? 어느 날 머릿속에 책 한 권이 통째로 들어와 있다던가 하는?"

네이선이 호기심 어린 눈으로 루시에게 물었다.

"맞아. 그랬어."

루시가 놀란 듯 대답했다.

"책의 말들이 내 머릿속에 그냥 쑥 하고 들어와 있었어. 그리고 그게 정상이 아니라는 걸 깨닫기까지는 정말 오랜 시간이 걸렸지. 하지만 이젠 정말 익숙해졌어."

"바로 그런 일이 일어날 때부터 '연맹의 아이들'은 책을 읽어 내는 방법을 배워. 게다가 이 능력은 평생 동안 가지고 있는 게 아니야. 넌 여태껏 그런 교육을 받지 못했지만 아마 할아버지라면 네게 그 기술을 금방 가르쳐 줄 거야."

그가 루시의 손을 잡으며 말했다.

하지만 루시는 소스라쳐 놀라며, 고개를 저었다.

"네이선, 난 싫어. 난 책의 고통을 느낄 수 있어. 책은 내용을 잃어버렸다는 사실을 슬퍼하고 있다고. 너도 느낄 수 있다면 알 수 있을 텐데."

네이선이 어이없다는 얼굴로 루시를 바라보았다.

"말도 안 돼. 책의 내용은 사라지는 게 아니야, 루시. 언젠가 인간들이 지식을 소중히 다룰 수 있게 되면 다시 돌려주게 될 거야."

"네이선, 너희들이 멋대로 책의 운명을 결정지을 수는 없어. 그건 옳지 않아."

루시는 점점 화가 치미는 걸 느꼈다.

"천만에. 우리는 책의 운명을 좌지우지할 수 있고, 심지어 그래야만 해. 너도 연맹에 입회해서 우리의 임무를 도와야 해."

그가 명령하듯 말했다. 처음부터 안 되면 강요라도 할 생각이었다. 어째서 루시는 이 일이 무엇보다 중요하다는 걸 이해하지 못하는 거지?

루시는 흥분을 가라앉히려고 노력했다. 아직 질문하고 싶은 게 많았다.

"그럼, '읽어 들인' 책들은 어떻게 되는 거야?"

네이선은 루시에게 어디까지 말해도 되는지 잠시 고민해야 했다. 그런 다음에는, 가능한 한 진실을 전해 줘야만 한다고 생각했다. 자기 사명의 정당성을 입증해야만 했으니까.

"교황이 보낸 십자군이 몽세귀르 성을 함락하기 직전까지, 우리 선조들이 몇 백 년간 모아 왔던 수백 권의 책들은 산속에 있는 도서관에 보관되어 있었어. 아마 책을 보호하기 위해 몇 백 년이나 걸려서 산속에 거대한 미로를 팠겠지. 가치를 매길 수 없는 일회적인 생각들이 종이와 양피지에 쓰여졌어. 하지만 책이 교황의 손에 들어가게 해선 안 되었기 때문에 통로는 영원히 봉인되고 말았지. 예술가들, 그러니까 시인들과 철학자들은 한번 세상에 내놓았던 책을 우리가 보호한 다음에 그와 비슷한 작품을 또 내놓는 사람들도 있었어. 그럼 연맹은 한 번 더 책을 보호해서 책의 말들을 지켜 냈지."

"그럼 그 책들은 지금 어디에 있는데?"

아무도 본 적 없는 책들이 어딘가에 숨겨져 있다고 생각하니 심장이 두근거렸다.

"네가 나중에 준비가 되면 보여 줄 거야. 페르펙티에게만 도서관 출입이 허용되고 있거든. 하지만 네가 입회한 다음 우리의 규칙을 따르면 책을 볼 수 있을 거야."

"만약 페르펙티 이외의 사람이 들어가면?"

루시가 핵심을 찌르는 질문을 던졌다. 곧바로 후회했지만, 어쩔 수 없었다.

"루시, 나도 모르겠어. 아직은."

네이선이 솔직하게 대답했다.

루시는 의자 등받이에 몸을 기댔다. 네이선의 말을 들으면들을수록 두려움이 밀려왔다. 다음 질문은 좀 더 깊이 생각한 다음 던졌다.

"넌 이미 앨리스를 읽었고, 지금은 오스카 와일드를 읽고 있어. 그럼 이제 그 책 두 권은 사라지는 거야?"

네이선이 고개를 끄덕였다.

"앨리스는 이제 막 잊히는 단계에 접어들었어. 오스카 와일드는 아직 시간이 더 걸려. 책을 우리의 보호 아래 두기 위해 꼭 거쳐야 되는 단계야. 그래서 어떤 책을 보호 아래 둘지 철저하게 고민한 다음 일을 진행하지 않으면 안 돼."

"어떻게 그런 게 가능한 거야? 그래서 책 표지를 스케치하는 거야?"

"응. 먼저 그 책의 가장 오래된 초판본을 찾아내야 돼. 하지만 무조건 초판본일 필요는 없어. 더는 초판본이 존재하지 않는 책도 많으니까. 인터넷을 이용하면 가장 오래된 판본 정도는 쉽게 찾아낼 수 있어. 예전에는 훨씬 어려웠지. 연맹의 아이들은 거의 평생 동안 유럽을 돌아다니며 사명을 완수해 내야 했어. 그 시대에 전쟁이 있든, 평화롭든 말이야. 대개의 경우엔 책을 찾아내는 게 불가능했어. 교회가 한 발 먼저 책을 처분해 버린 경우도 많았고. 시간과의 싸움이었어. 각 세대별로 지켜 낼 수 있었던 책의 분량에도 차이가 있었지. 정말 각 시대와 사정에 따라 달랐다고 해도 과언이 아니야. 할아버지는 전 세대를 통틀어서 가장 많은 수의 책을 보호했어. 하지만 이제 곧 내가 할아버지를 능가해 보이겠어."

그의 목소리에서 자부심이 묻어났다.

"보호하려는 책을 찾아내면, 어떻게 해?"

"먼저 책 표지를 스케치해. 가능한 한 사실 그대로 정확히 그려 내야 돼. 그런 다음엔 내부가 텅 빈, 책의 새 집을 만드는 거야. 우리는 그걸 '보호책'이라고 불러. 책의 새로운 정착지랄까."

"보호책이 완성되면, 책을 읽어 들이기 시작하는 거야?"

네이선이 고개를 끄덕였다.

"책 속으로 집중해서 들어가는 거야. 그런 다음 내 내면을 열고 책의 말들을 내 안으로 받아들여. 그럼 내 표식이 그 말들과 함께 춤을 춰. 어떻게 설명해야 할지 모르겠어. 나는 일종의 무아지경에 빠져드는데, 내 영혼을 열고 그 안으로 들어가서 떠다니는 거야. 그때의 나는 일종의 통로 역할을 하는 건데, 말들이 나를 통해 새로운 고향에 정착하는 거지. 하지만 책이 완전히 사라지기까지는 시간이 걸려. 읽어 들이자마자 사라지는 건 아니야."

"초서도 네가 한 거야?"

만약 네이선이 조금만 더 루시의 말투에 주의를 기울였다면, 그게 자신이 한 게 아니라고 둘러댔을 터다. 하지만 그는 진실을 털어놓았다.

"응. 반년 전쯤 웨일스에서. 그래서 아직 도서 번호가 보였던 거야. 아주 흐리긴 했지만. 책의 내용은 이미 비어 있었잖아."

루시는 현기증을 느꼈다. 말도 안 돼. 이런 게 어디 있어?

네이선의 말에도 일리는 있다는 걸 인정해야만 했다. 하지만 그럼에도 불구하고 뭔가 옳지 않았다. 책의 말과 지식은 모든 사람들의 것이다. 누군가가 독점할 수는 없는 것이다. 이유야 어찌 됐든 루시에게 있어 이 모든 건 명백히 절도였다. 물론 먼 과거에 일반 시민들에게 지식이 금지되어서 책이 불탔다면, 그 당시에는 책을 보호하는 게 정당했을지도 모른다. 하지만 오늘 날에는 책을 읽음으로 누구나 배울 수 있기 때문에 책의 지식을 소수만 독점해선 안 되었다. 그런 건 용납할 수 없었다.

"네이선, 내 생각에 그런 건 옳지 않은 것 같아."

루시가 조심스럽게 말을 꺼냈다.

네이선의 눈이 분노로 번득거렸다. 그가 루시 쪽으로 몸을 기울였다.

"이건 우리의 의무야, 루시. 너도 날 도와서 우리의 의무를 수행하게 되길 바라고 있어. 이미 사람들에게는 위대한 책과 그 안의 말들, 사상들이 주어져 있었지만 아무도 그 가치를 제대로 알지 못해. 오늘날에는 더 이상 교회나 권력자가 우리의 적이 아니라 바로 무지한 자들의 무관심과 어리석음인 거야!"

루시가 그와 정면으로 마주 보았다. 이미 설렘 같은 건 사라져 버린 지 오래였다.

"그걸 결정하는 건 네가 아니야!"

루시가 화가 나서 내뱉었다.

"아무도 그걸 결정할 수 없어. 인간들은 자신들에게 맞는 지식을 조금씩 배워 나가는 거야. 물론 시간이 흐르면서 지식과 사고력을 잃어버리겠지만, 그건 어쩔 수 없는 일이야. 그러다가 언젠가는 다시금 지식을 향해 손을 뻗을 거고, 그땐 저절로 지적 기반이 튼튼해지겠지. 인간들이 아둔하다는 이유만으로 지식을 빼앗아서 숨겨 버린다는 건 옳지 않아."

네이선의 눈은 이제 말로 형용할 수 없을 만큼 분노에 잠겨 있었다.

그를 보고 있자니 덜컥 겁이 나서, 루시는 말없이 일어나 의자에 걸려 있던 겉옷을 입었다. 그가 무언가 대꾸하길 잠시 기다렸지만, 그는 말이 없었다.

"네이선, 나는 이제 가 볼게."

루시가 말했다.

그가 루시를 쳐다보지도 않은 채 고개를 끄덕였다. 테이블 위의 두 손은 주먹을 꽉 쥐고 있었다.

"이 문제에 대해서는 내일 다시 얘기하자."

루시가 말했다.

하지만 네이선은 그저 고개를 끄덕일 뿐이었다.

루시는 몸을 돌린 후 최대한 빨리 카페를 빠져나와 공원을 가로질러 집으로 향했다. 네이선이 뒤따라오지 않기만 바랐다. 카페가 시야를 벗어난 후에야, 루시는 자신이 아직도 네이선의 목도리를 두르고 있다는 것을 깨달았다.

16장

만약 그대가 정원과 서재를 소유하고 있다면,
이미 모든 걸 충분히 가진 셈이다.

— 키케로

네이선은 카페에 홀로 앉아 분노에 몸이 떨었다. 스스로에 대해서도, 루시에 대해서도 화가 치밀어 올랐다. 어째서 말을 알아듣지 못하는 거지? 그 두 사람이 함께 힘을 합쳐서 풀어 나가야 할 과제가 있다는 말이 그렇게나 이해하기 힘든 말인가? 혹시 접근 방법이 잘못됐었나? 조부는 수호자들이 고집스럽다고 경고했었다. 그때까지만 해도 그 말을 믿지 않았다. 그가 말하면 루시가 그대로 믿고 따라올 거라고만 생각했기 때문이다. 하지만 결과적으로 루시는 그를 밀어냈고, 떠나 버렸다. 만약 조부가 이 일을 알게 된다면 그를 얼마나 비웃을까?

그때 건너편 의자가 움직였다. 혹시 루시가 돌아온 건가? 자기가 실수했다는 걸 깨달았나? 그는 눈썹을 찌푸리며 상대를 확인했다. 하지만 그건 루시가 아니라 어떤 남자였다.

그가 루시의 찻잔을 옆으로 치우며 네이선에게 차가운 미소를 지어 보였다.

"난 내 어린 신부를 한번 봐 두려고 왔다네. 하지만 성격이 보통이 아닌 모양이군. 내가 오해한 건가? 아니면……."

네이선은 그의 말에 피가 거꾸로 솟는 것 같았다.

"보퍼트 경, 아직 그녀는 경의 신부가 아닙니다."

네이선은 벌떡 일어나며 코트를 움켜쥐었다. 어찌나 세게 움켜쥐었는지 의자가 쓰러질 뻔했다. 그런 다음, 도망치듯 카페를 나왔다.

"하지만 조만간 그렇게 될 걸세."

그가 네이선의 뒤에서 외치며 낄낄거렸다.

네이선은 이미 의자에서 벌떡 일어난 순간부터, 보퍼트 경 앞에서 자신의 감정을 드러내 보이는 게 실수라는 걸 알았다. 이제 보퍼트 경은 조부에게 가서 자신의 일을 고하고 수치를 안겨 주려고 할 게 뻔했다. 몇 세기 전부터 보퍼트 가문은 연맹의 주도권을 넘겨받으려고 시도해 왔다. 여태까지는 성공한 적이 없었다. 하지만 수호자가 나타난 지금, 전세는 보퍼트 가문 쪽으로 기울었다. 여성 수호자가 나타나면 각 가문이 차례대로 아내로 맞아 후계자를 낳게 했는데, 이번만큼은 보퍼트 가문의 차례였다. 네이선은 루시가 이 일에 동의하지 않을 거란 걸 알았다. 루시의 행동에 화는 났지만, 그녀가 그런 일을 겪는 게 두렵기도 했다.

하지만 그에게는 루시를 소유할 권한이 없었다. 연맹의 철저한 규칙 중 하나는 손목에 표식을 지닌 아이끼리는 혼인할 수 없다는 것이었다. 그 이유는 짐작할 수 있었다. 어쩌면 연맹은 두 아이의 힘이 하나로 합해졌을 때의 막강한 권력을 두려워하는 걸 수도 있었다. 어차피 지금까지는 수호자가 다 말살당했다고만 알고 있었기 때문에, 이런 경우가 발생하리라는 생각조차 하지 못했다.

말살당했다, 라는 단어에 소름이 돋았다. 만약 루시가 자신들을 거부하면, 그녀의 운명은 단 하나, 죽음뿐인 걸까? 가능한 한 빨리 자신의 행동이 정당하다는 사실을 입증해 보여야 했다. 마음속 깊은 곳에서는 자신이 루시를 지켜야만 한다는 사실을 느끼고 있었다. 하지만 현실적으로 그런 생각은 용납될 수 없었다.

루시는 지친 몸을 침대에 뉘였다. 마음 같아서는 누운 그 상태로 자고 싶었지만, 네이선과 연맹에 대해 좀 더 알아보지 않으면 안 될 것 같았다.

루시는 아직 연맹에 대해 어떤 입장을 취해야 하는지 확신이 서지 않았다.

그래서 일단 컴퓨터 앞에 앉아, 시스템이 켜질 때까지 참을성 있게 기다렸다. 그런 다음 '몽세귀르'를 입력하고 검색해 보았다. 검색된 파일에는 가톨릭교회와 카타르 인의 전투에 대해 언급하며, 가톨릭교회를 승자로 그려 내고 있었다. 카타르 인들은 자신들의 보물을 지켜 내기 위해 크나큰 희생을 치러야만 했다. 성당 기사단과 마찬가지로, 교황청은 이들을 이단자로 규정하고 있었다. 어쩌면 가톨릭에서 분리된 개신교가 카타르 인들의 기독교보다 더 널리 알려지게 된 이유는 다양한 영화와 매체를 통한 홍보 효과 덕분일 수도 있었다. 아마 소수의 카타르 인들에게 가톨릭교가 더 이상 관심을 가질 리도 만무했거니와 아무도 그들을 기억하는 사람조차 없어지자 거의 모든 사람들의 기억에서 사라지게 된 것일 수도 있었다. 오히려 그 덕택에 카타르 인들은 몇 세기에 걸쳐 이 비밀스러운 위업을 이어 올 수 있었는지도 모른다.

네이선은 '책을 보호 아래 둔다'라고 표현했지만, 필리파는 연맹의 행위가 옳지 못하다고 했다. 만약 루시가 네이선에게 필리파의 영상을 보여 줬다면, 네이선도 마음을 돌렸을지도 모른다. 이제 연맹의 사정을 알게 되었으니 수호자들의 사정도 듣고 싶었다. 그들이 정확히 어떤 일을 하는지 말이다. 네이선은 루시가 자신을 도와야 한다고 했다. 루시에게도 책을 읽고 그 내용을 훔쳐 사람들의 기억에서 잊게 만들 수 있는 힘이 있었다. 그러기 위해서는 네이선의 조부에게 교육을 받아야 했지만 말이다. 상상만으로도 소름 끼쳤다. 루시는 책들이 당하는 고통을 느낄 수 있었다. 어째서 네이선은 책을 읽는 동안 그런 고통을 느끼지 못하는 걸까? 연맹이 책을 세상에 내준 적도 있을까? 만약 그런 일도 가능하다면, 어떻게 진행되는 걸까? 만약 네이선과 동료들이 책을 훔치면, 세상에 퍼져 있는 복사본들은 어떻게 되는 거지? 책장마다 백지로 뒤덮인 책들이 꽂혀 있다는 상상은 좀 우스웠다. 혹시 초서의 묘비처럼 그냥 사라지는 건가? 그것 외에는 설명할 길이 없었다. 아마 마법이거나 요술 같은 그런 거겠지. 루시의 팔에 소름이 돋았다. 몸속에서부터 추위가 느껴졌다.

아마 제일 좋은 방법은 책들에게 직접 물어보는 것일 터다. 가서 다시 한 번 펜던트 속을 들여다볼 작정이었다. 어쩌면 필리파가 자신을 도와줄지 모른다는 생각도 들었다.

루시는 두꺼운 스웨터를 꺼내 입고, 네이선이 준 목도리를 다시 둘렀다. 그런 다음엔 현관으로 가서 신발과 겉옷을 입고 있는데, 집 복도에서 콜린과 맞닥뜨렸다.

"차 한잔 같이 마실래?"

그가 물었다.

루시는 고개를 저으며 나머지 부츠 한 짝 속으로 발을 집어넣었다.

"무슨 일 있어?"

그가 침착하게 계속 물었다.

"대체 왜 그러는 건데?"

루시가 신경질을 내며 그를 쳐다보았다.

콜린이 방어하듯 두 손바닥을 내보이며 말했다.

"어이, 공주님! 나야, 나. 콜린이라고."

그런 다음 버둥거리는 루시를 끌어안아 주었다.

"이제 나한테 무슨 일인지 말해 봐."

루시가 그의 가슴에 안겨 고개를 저었다. 물론 그러고 있자니 진정되는 건 사실이었다. 생각 같아선 모든 걸 털어놓고 홀가분해지고도 싶었지만 콜린을 위험에 빠뜨릴 수는 없었다.

"오늘은 안 돼. 다음에 말해 줄게."

"알았어. 날 어디서 찾을 수 있는지는 알지?"

"응. 너무 잘 알지."

루시가 대꾸한 다음 서둘러 집을 나섰다. 계단을 내려와 지하철로 향하는 길을 걸었다.

길을 걷기 시작한 지 얼마 되지 않아, 루시는 커다란 검은색 리무진이 자신의 뒤를 쫓고 있다는 걸 깨달았다. 차창은 검게 가려져 있어서 내부에 누가 타고 있는지는 확인할 수 없었다.

루시는 몇 번이나 차를 의식하고 뒤를 돌아보았지만, 차는 느긋하고 뻔뻔스럽게 계속 천천히 따라올 뿐이었다. 지하철역에 내려가 플랫폼에 서자 약간 안심이 되었다. 여기라면 차로는 쫓아올 수 없을 테니 말이다. 하지만 단순히 우연의 일치일 수도 있었다. 어쩌다가 차에 기름이 떨어졌다든가, 고장을 일으켰던 것일 수도 있었다.

"너 지금 여기서 뭐 해?"

도서관 정문으로 들어오는 루시를 본 마리가 의아하다는 듯 외쳤다.

"오늘 쉬는 날이잖아. 게다가 어제는 외박까지 했고. 대체 어디서 잔 거야?"

마리가 안내 데스크 위로 몸을 기울이며 물었다.

"너도 알지? 숨기기 없기야!"

마리의 말에 미소가 떠올랐다. 그래서 일단은 솔직하게 털어놓았다.

"네이선 집에서 잤어. 하지만 나중에 좀 다퉜어. 그리고 난 다음엔 도서관에서 할 일이 남아 있다는 게 생각나서 여기 온 거야."

"뭐? 다퉜다고?"

마리가 이해가 안 된다는 표정으로 물었다.

"응."

루시가 대꾸했다.

"잠깐만, 정리를 해 보자. 어제 처음으로 같이 잤고, 그런 다음에 싸웠단 말이지? 혹시 잠자리가 별로였던 거 아냐?"

루시의 얼굴이 빨갛게 달아올랐다.

"네가 생각하는……. 그런 거 아니야. 우린 그거……. 안 했어."

"안 했다고?"

마리가 소리를 빽 질렀다.

"그럼 대체 밤새 뭘 한 거야? 아, 알겠다. 책 읽었지? 아니면 우표 수집에 대해 토론을 했던가……. 루시! 넌 대체 뭐가 문제니? 네이선같이 잘생긴 남자를 덮칠 수 있는 기회를 그냥 날려 버렸다고?"

"그거 내 얘기야?"

두 사람의 곁에서 남자의 목소리가 들렸다.

두 여자는 동시에 고개를 돌렸다. 크리스가 루시에게 다가와 씨익 웃어 보였다.

"잘생긴 남자 어쩌고 하기에 내 얘긴 줄 알았지."

"크리스, 너 정말 못 말려."

루시가 웃음을 터뜨렸다. 그리고 이 기회를 틈타 문서실로 줄행랑쳤다.

"너 그렇게 도망쳐도 소용없어!"

마리가 루시의 뒤통수에 대고 외쳤다.

루시는 한숨을 쉬었다. 자신도 마리가 집요하다는 건 잘 알고 있었다. 아마 좀 있다 집에 가면 마리와 줄스에게 청문회를 당할 게 뻔했다.

"안녕, 잘들 있었어?"

루시는 문서실 계단을 내려가자마자 책들에게 인사를 했다.

"나 너희들에게 들려줄 소식이 있는데, 그게 좋은 소식인지 나쁜 소식인지 판단 좀 해 줘."

책들이 흥분한 듯 저마다 목소리를 높여 떠들어 대기 시작했다. 루시는 사무실로 달려가 불을 켰다. 그런 다음 엘리베이터 안에서 어제 네이선이 읽었던 책 두 권을 꺼냈다.

포장을 벗겨 내는 동안 루시의 심장이 두방망이질 쳤다. 조심스럽게 포장을 벗긴 다음, 책장을 넘겨 보았다. 나쁜 예감은 여지없이 들어맞고 말았다. 책들이 텅 비어 있었던 것이다. 네이선은 자신의 임무를 완벽하게 수행했다. 철자는 단 한 자도 남아 있지 않았다. 루시는 책을 덮은 다음 가슴팍에 끌어안았다. 그런 다음 눈을 감았다.

가슴 위에 얹혀 있는 책들의 감정이 여과되지 않은 채 곧장 루시에게 흘러들었다. 고통과 슬픔, 두려움이 느껴졌다. 책들은 분노하고 있었다. 글자를 도둑맞고 있는 동안 저항할 수 없었던 무력함에 대한 분노였다.

아무리 생각해도 이건 옳지 않다는 생각이 들었다. 그리고 책들을 위로하고 싶었지만, 자신이 대체 무엇을 할 수 있단 말인가? 이미 책들은 영영 내용을 잃어버린 후였다. 글자들은 몇몇 늙은이들만 출입할 수 있는 숨겨진 장소에 굳게 봉인된 채 갇혀 있을 터였다.

도대체 《이상한 나라의 앨리스》 같은 책을 훔치는 게 무슨 의미가 있단 말인가? 가톨릭교회는 그런 동화책에는 아무런 관심이 없을 텐데 말이다. 네이선이 주장했던 근거들은 터무니없고 유치하다는 생각이 들었다. 연맹의 진짜 속셈이 도대체 뭘까?

루시는 책들을 한쪽에 놓고 펜던트를 꺼내 손 위에 올려놓았다. 그런 다음 한참 동안 가만히 바라보았다.

갑자기 무슨 생각이 떠올랐는지, 그녀가 문서실 안쪽으로 달리기 시작했다. 아무에게도 방해받지 않을 만한 곳에 다다랐을 즈음 걸음을 멈춘 다음, 차가운 돌벽에 기대어 서서 다시 한 번 펜던트를 꺼냈다. 필리파는 어째서 연맹에서 도망친 걸까? 그녀에게 무슨 일이 일어난 걸까? 어디로 간 걸까?

소매를 걷어 손목의 표식을 드러낸 다음 펜던트의 뚜껑을 열었다. 그러자 표식에서 빛이 흘러나왔고, 이내 필리파의 모습이 보였다. 그녀는 침대 위에 누워 있었는데, 많이 아파 보였다. 아마도 곧 세상을 떠날 것 같았다. 그녀 곁에는 여덟, 아홉 살 정도로 보이는 소녀가 앉아 있었다. 필리파가 소녀의 손을 잡고 미소를 지어 보이자 소녀가 눈물을 흘렸다. 그 모습에 루시의 마음도 미어지는 것 같았다. 펜던트를 든 손이 떨렸다. 이렇게 슬픈 모습을 보고 싶지 않았다. 마음 같아서는 당장이라도 뚜껑을 닫고 싶었다. 그때 필리파가 입을 열었다.

"아가, 용감해져야 해. 울지 말거라. 여기에 있으면 안전할 거야. 난 이제 주님이 예비하신 곳으로 간단다. 거기에서 네 아빠가 날 기다리고 있을 거야. 언젠가 너도 그곳에 올 거고, 그땐 우리 모두 기쁘게 만나 볼 수 있겠지. 언젠가는 네 자손들도 우리 편에 서 주길 기도하마."

"엄마, 이렇게 절 두고 떠나시면 안 돼요! 전 아직 멀었어요. 제 힘으로는 무리예요. 엄마가 없이 어떻게 하라고요."

"아니, 넌 해낼 거야."

필리파가 딸을 격려해 주었다. 그리고 기침 때문에 대화가 끊겼는데, 아이가 천으로 필리파의 입에서 피를 닦아 준 다음 물컵을 건넸다.

"엄마, 하지만 제가 해내지 못하면요? 연맹의 남자들이 절 찾아내면요?"

"그웬, 그들은 네가 살아 있다는 걸 몰라. 너와 나는 오래전에 죽은 걸로 되어 있다. 그들에게서 몸을 숨기는 동시에 그들이 책을 훔치는 걸 막아야 해. 네가 가진 힘에 집중하거라. 물론 그들이 네 존재를 눈치채는 건 시간문제일 거야. 발각되지 않게 주의해. 그들은 우리 여자들이 가진 능력을 질투하고 있어. 우리의 힘은 도둑맞은 책들을 다시 자유롭게 하는 거야. 그래서 그들은 지금까지 우리 여자들이 서고에 접근해서 책을 읽지 못하도록 막아 왔어. 그들은 우리를 믿지 않았지."

필리파가 기침을 한 다음 다시 말을 이었다.

"그들은 너를 찾아내려 할 거야. 널 찾아내서 자기들 편으로 끌어들이려 하겠지. 만약 네가 말을 듣지 않으면 죽일 거야. 그러니까 그들에게 붙잡히면 안 된다. 너를 도와줄 사람들이 있으니 걱정 말고. 하지만 언제나 침착하게, 성급하지 않게, 영리하게 행동하거라."

필리파가 마지막으로 미소를 지어 보인 후, 눈을 감았다. 소녀가 어머니의 가슴에 머리를 묻고 흐느꼈다. 어머니의 가녀린 몸을 끌어안은 채.

방 안으로 흰옷을 입은 수녀가 들어왔다. 아마 어머니와 딸의 작별을 방해하지 않으려고 뒤쪽에 가만히 서 있는 모양이었다. 이윽고 수녀가 위로하듯 소녀의 손을 잡으며 등을 어루만져 주었다.

빛이 사라지고, 영상도 멈췄다.

루시는 얼굴에서 눈물을 닦아 내었다.

필리파는 죽었지만, 딸에게 무사히 임무를 넘겨준 모양이었다. 하지만 그녀의 말로 유추해 보건대 여자들의 힘은 네이선이 말한 것과는 다른 것 같았다. 필리파는 딸에게 연맹의 남자들에게서 책들을 지켜 내라고 했다. 하지만 어떻게? 어떻게 그 웬은 연맹이 책을 훔쳐 내지 못하도록 막아 낸 걸까? 그리고 필리파가 딸에게 말한 것 중 한 가지가 더 있었다. 그 말을 떠올리자 심장이 세차게 두근거렸다. 남자들은 여자들이 책에게 다시 자유를 주는 능력을 질투하는 거야.

카타르 인들의 교리에서 가장 중점적인 게 바로 이원론이었다. 선과 악, 신과 악마, 검은색과 흰색 표식. 세대마다 남자와 여자가 태어난다. 남자의 능력은 책을 정독하여 글자를 훔치는 것이고 여자의 능력은 훔쳐 낸 내용을 다시 제자리에 돌려놓는 것이다. 아마 음과 양의 이론도 이와 유사하지 않을까 싶었다. 그래서 네이선은 자신이 연맹에 힘을 보태기를 바란 것이리라. 그러면 그들은 자신의 힘을 감시하며 조종할 수 있을 터였다.

이제 루시는 자신이 훔쳐간 책들을 되찾아 올 수 있다는 걸 알게 되었다. 당장 해야 할 일은 네이선이 연맹을 위해 책들을 훔쳐 내지 못하게 막는 일이었다.

"좋았어."

루시가 책들에게 말했다.

"이제 기억해 냈으니 너희들이 도와줘야 해. 어떻게 하면 네이선이 책을 읽어 내지 못하도록 막을 수 있지? 물론 너희가 조심스럽다는 건 알지만, 너희들 외에는 물어볼 데가 없어. 제발 가르쳐 줘!"

긴 침묵이 이어졌다. 루시가 몸을 돌려 나가려고 하는 순간, 책들이 흥분해서 일제히 떠들어 대기 시작했다. 마치 저마다 제 의견을 주장하는 것 같았다. 아마 조금 전의 침묵은 어떻게 말해야 할지 고민했던 모양이었다.

"잠깐만. 무슨 말을 하는 건지 전혀 모르겠잖아."

루시가 끼어들었다.

"제발 무슨 말인지 한목소리로 말해 줘."

"우린 네가 믿을 수 있는 사람인지 확인해야 했어."

책들이 한목소리로 말했다.

"책을 보호하려는 마음에 집중해야 돼."

가녀린 목소리가 말했다.

"네 손목의 표식이 도와줄 거야."

약간 나이 든 것 같은 목소리도 났다.

"하지만 그전에 네가 그걸 정말 원해야 돼. 너의 정신이 이 임무를 수행하기 위해 준비된 상태여야 해."

여성의 목소리도 났다.

"넌 무슨 책이야?"

루시가 호기심에 물었다.

"제인 오스틴의 《엠마》야."

책이 자부심 어린 목소리로 대답했다.

"나 너 읽었어."

루시가 어린 시절, 이불 밑에서 책을 읽으며 보내던 밤들을 떠올리며 미소 지었다.

"알아."

책이 대답했다.

"어떻게 알아?"

루시가 깜짝 놀라며 물었다.

"우린 우릴 읽은 인간들이 누군지 알아. 그들의 생각이나 감정이 흘러 들어오게 되지. 우리의 말이 인간의 내면에 스며들수록 우리는 강해져. 더 많은 사람들이 우리를 읽고 기억해줄수록 연맹이 우리를 훔치기 어려워지지. 어렵긴 해도 불가능하진 않지만. 앨리스는 이 싸움에서 지지 않으려고 몸부림쳤지만 결국 지고 말았어. 이 학살에서 우리를 구해 내고, 형제자매들을 되찾아 올 수 있는 건 너뿐이야."

17장

책을 읽고 나서야, 인간은 제 몸에 날개가 달렸다는 걸 깨닫게 된다.

— 헬렌 헤이즈

"루시!"

깊은 생각에 잠긴 채 도서관을 나서는 루시의 뒤에서 마리가 물었다.

"괜찮아?"

"응! 뭘 좀 잊어버려서 찾느라 그랬어. 좀 있다 집에서 봐."

루시가 고개조차 돌리지 않은 채 대꾸했다. 도서관 정문의 계단을 달려 내려가 인도로 걸음을 내딛는 순간, 겁에 질린 채 발걸음을 멈추었다.

도서관 앞 도로에 몇 시간 전에 보았던 검은색 리무진이 서 있었다. 루시는 위장이 오그라드는 걸 느꼈다. 이게 우연일 리 없었다.

운전사 복장을 한 나이 든 남자가 차 옆에 서 있다가 루시를 보곤 뒷좌석 차 문을 열어 주었다. 그가 루시에게 정중히 말을 걸었다.

"드 트레메인 경께서 잠시 대화하고 싶어 하십니다."

"네이선 드 트레메인 말인가요?"

루시가 물었다.

"아닙니다. 바티스트 드 트레메인 경이십니다."

그가 대답했다. 그리고 루시의 두려움을 느꼈는지, 이렇게 덧붙였다.

"두려워하실 필요 없어요. 그냥 대화하고 싶으신 것뿐입니다."

그런 다음엔 밝게 미소 지어 보이며 루시를 진정시켰다.

루시는 잠시 고민했다. '좋아, 이 정도는 해결할 수 있어.' 그런 다음 차로 다가가 뒷좌석에 탔다. 차 안에는 검은 눈을 가진 백발의 노신사가 앉아 루시를 강한 눈빛으로 바라보았다. 그를 보자마자 당장이라도 내리고 싶었지만, 그 순간 차 문이 닫혔다.

루시는 온몸의 용기를 끌어모은 다음 입을 열었다.

"나에게서 뭘 원하죠?"

노신사는 여전히 말이 없었다. 루시는 운전석과 뒷좌석 사이에 검은색 유리막이 올라가는 것을 보았다. 그런 다음 차가 천천히 움직이기 시작했다.

루시는 겁에 질렸다.

"어디로 가는 거죠?"

"젊은 아가씨, 겁낼 것 없소."

바티스트가 마침내 입을 열었다. 그의 차가운 눈빛과 대조적인 부드러운 목소리였다.

"잠시 얘기를 나누고 싶어서 말이오. 아가씨는 아가씨의 어머니를 많이 닮았군요."

"저의 엄마를 아세요?"

루시가 놀라서 물었다.

"그렇다고 볼 수 있소. 그대의 어머니를 설득하기 위해 많은 대화를 나눴지. 그대가 어머니보다는 분별력이 있길 바라오."

그가 얼음같이 차디차게 웃었다.

차 안은 따뜻했지만 등줄기에 소름이 돋았다. 당장이라도 차 밖으로 뛰쳐나가고 싶은 마음뿐이었다. 그래서 자신도 모르게 차 문 손잡이를 바라보았다. 바티스트가 루시의 시선이 향한 곳을 바라보고는 경멸 어린 미소를 지었다.

"도망칠 생각은 접어 두시오."

그의 말에 루시가 아랫입술을 깨물었다.

"저한테 원하는 게 뭐예요?"

루시가 재차 물었다. 어쨌든 상대는 늙은이였으니까.

"네이선과 이야기를 나눈 모양이던데."

바티스트의 물음에 루시가 고개를 끄덕였다.

"그래서 대답은? 자신이 속해 있던 곳으로 돌아와 우리를 도와줄 생각이 있는가?"

루시는 지금 이 순간 '예'라고 대답하는 게 현명하다는 걸 알았다. 하지만 그 한마디 단어가 입에서 떨어지지 않았다. 마치 책들을 배신하는 것 같은 기분이 들어서였다.

"아직 결정을 내리지는 못했어요."

루시가 조심스럽게 말했다.

"안 그래도 오늘 네이선과 만나서 거기에 대해 한 번 더 말해 보려 했어요. 이해해 주세요. 며칠 전까지만 해도 전 이런 것에 대해 전혀 몰랐다고요."

루시는 최대한 어찌 해야 할 바를 알지 못하는 사람처럼 말했다. 놀랍게도 루시의 작전은 먹혀든 것 같았다.

바티스트 드 트레메인이 마치 할아버지와 같은 인자한 미소를 지어 보이며 루시의 손을 잡았다.

"매우 영리한 아가씨군. 이제 조만간 네이선이 앞으로 아가씨가 어떤 일을 맡게 될지 설명해 줄 거요. 그러면 어떻게 책들을 연맹의 보호 아래 불러들일 수 있는지 알게 될 거요. 네이선과 아가씨가 힘을 합하면 엄청난 수의 책을 구할 수 있게 되겠지. 두 사람은 우리 세대의 영웅이 될 거요. 그 긴 세월 끝에 드디어 양 진영 간의 통합을 이뤄 낸 거지."

그의 표정이 자아도취에 물들어 갔다.

"네이선과 이야기를 나눈 다음, 주말에 콘월에 방문해 주길 바라오. 최대한 빠른 시일 안에 교육에 들어가야 하니 말이오. 하지만 그동안 그대의 생각이 바뀌지는 않으면 좋겠군."

그의 마지막 말은 마치 협박 같았다.

그가 지팡이를 들어 운전석 사이의 유리문을 두드리자 즉시 문이 열렸다.

"해롤드, 멈추게."

바티스트가 명령했다.

잠시 후, 차가 멈췄고, 해롤드가 차 문을 열어 주었다. 루시는 후들거리는 다리로 차에서 내렸다. 리무진은 루시가 내리자마자 사라졌고, 루시는 지금 자신이 어떻게 서 있는지 감각조차 느껴지지 않았다. 천천히 걸음을 떼었다. 분명 지금의 대화는 협박에 가까웠다.

루시는 호주머니 깊이 손을 찔러 넣고 거리를 걸었다. 걷다 보면 전신의 두려움과 떨림이 잦아들 거라 생각했다. 당장 누군가와 이야기를 나누고 싶었다. 하지만 누구와? 네이선과는 절대로 두 번 다시 말을 섞을 생각이 없었다. 그는 지금 제정신이 아니었다. 콜린이 떠올랐지만, 괜한 일에 말려들게 하고 싶지 않았다. 남은 건 단 한 명, 물랑 부인뿐이었다. 루시는 걸음을 멈추고 휴대 전화를 꺼내 물랑 부인에게 전화를 걸었다. 그런 다음 신호음이 들리는 동안 템즈 강변에 앉아서 누군가가 수화기를 들기만 기다렸다. 마침내 친근한 목소리가 전화를 받자, 루시는 울음을 터뜨리고 말았다.

"루시!"

물랑 부인이 놀란 음성으로 물었다.

"무슨 일이야? 말 좀 해 봐!"

루시는 겉옷 주머니에서 휴지를 꺼내 코를 풀었다. 그럼 다음 그녀에게 있었던 일을 고했다. 자신의 귀에도 이 모든 일이

터무니없이 비현실적으로 느껴졌다. 하지만 물랑 부인은 언제나 그랬든 루시의 설명에 조용히 귀를 기울여 주었다. 루시가 말을 마치자, 침묵이 흘렀다.

"루시, 그래서 지금 어디에 있는 거니?"

물랑 부인이 묻자, 루시가 주변을 둘러보았다. 하지만 자신이 정확히 어디에 있는지는 알 수가 없었다.

"템즈 강변의 어딘가인 것 같아요."

"루시, 내 말 잘 들어. 일단 최대한 빨리 집으로 가. 가장 가까운 버스 정거장이나 지하철역으로 들어가면 될 거야. 중요한 건 사람들이 많은 곳에 있어야 한다는 거다. 네이선이나 그의 조부랑은 이야기하지 마. 내일 내가 가서 널 데려오마."

루시는 물랑 부인의 말에 소스라치게 놀랐다.

"하지만 그럴 필요까지 있을까요? 제 일이랑 학교는요?"

어쩌면 물랑 부인에게 전화를 걸었던 건 성급한 행동이었을지도 모른다. 오히려 루시가 물랑 부인의 걱정을 감당해 내야 할 판국이었다.

"루시, 그냥 내가 시키는 대로 하렴. 그리고 집에 도착하면 전화해 다오. 콜린에게 널 보호해 달라고 부탁해 놨어."

"콜린한테 말씀하셨단 말이에요?"

루시가 빽 소리를 질렀다.

"진정해. 그냥 전화해서 너 지금 어디 있는지 물어보다가 널 좀 잘 챙겨 달라고 부탁해 놨을 뿐이야. 다른 얘긴 아무것도 안 했어."

루시는 이마를 감싸쥐었다. 콜린이 더 이상하게 생각할 게 분명했다. 이제 집에 가면 잘 익은 오렌지를 쥐어짜듯, 스스로 납득이 갈 때까지 비틀어 짜려고 하겠지. 하지만 이제 와서 물랑 부인을 탓할 수도 없었다.

"알았어요. 집에 가 볼게요. 그럼 내일 봬요."

"내일 보자. 조심하렴."

루시는 휴대 전화의 빨간 버튼을 눌러서 통화를 종료했다. 통화가 끝나자마자 휴대 전화 화면에 네이선의 이름이 떠오르며 벨이 울려 댔다. 하지만 그는 루시가 이 세상에서 이야기하고 싶은 마지막 사람이었다. 루시는 그의 통화를 끊어 버린 다음, 휴대 전화를 무음으로 설정해 놓았다. 그런 후에는 서둘러 인근의 지하철 '템플Temple'역으로 발걸음을 옮겼다.

루시가 집에 도착하자 콜린이 문을 열어 주며 루시를 진지한 눈으로 바라보았다.

"네가 뭔가 숨기고 있다는 건 알고 있었지."

루시가 채 겉옷을 벗기도 전에, 콜린이 구시렁댔다.

"내가 너에게 모든 걸 설명해야 할 이유는 없어."

루시가 대꾸했다.

"예전에는 모든 걸 다 말해 줬었잖아."

"콜린, 이건 달라. 위험하다고. 난 널 이 일에 끌어들이고 싶지 않아."

루시는 부엌으로 가서 가스레인지에 물주전자를 올려놓았다.

"위험하다니? 뭐가?"

콜린이 호기심 어린 얼굴로 물었다.

"물랑 부인에게 무슨 얘기 들었어?"

루시가 시간을 좀 끌어 보려고 되물었다.

"널 돌봐야 한다는 말뿐이었어."

"그래. 정말이야. 네가 아무것도 모르는 편이 나아. 날 믿어 줘."

물주전자가 휘파람 소리를 냈고, 루시는 가스 불을 끄고 주전자를 내려서 찻잔에 부었다.

"너도 한잔 타 줄까?"

루시가 누그러진 목소리로 물었다.

하지만 콜린은 고개를 저었다.

"이거 네이선 드 트레메인하고 관계된 거지?"

"어떻게 그런 생각까지 하게 된 거야?"

"루시, 넌 거짓말 못 하잖아. 난 널 꿰뚫어 볼 수 있다고."

루시가 콜린을 진지하게 바라보며 말했다.

"콜린. 난 정말로 너에게 무슨 일이 일어나는 걸 원하지 않아. 언젠가는 다 말해 줄게. 하지만 일단은 시간을 좀 줘. 알았지? 며칠이면 돼. 그럼 아마 모든 게 끝나 있을 거야."

"네가 그렇게 생각한다면야."

콜린이 물병 하나를 집으며 말했다.

"난 방에 있을게. 언제든 대화 상대가 필요하면 오라고."

"알았어."

루시가 그의 뒤통수에 대고 속삭였다.

그런 다음, 가방에서 휴대 전화를 꺼냈다. 메시지가 10개 와 있었다. 루시는 문자 메시지를 쭉 내려 보았다.

어디야?

우리 얘기 좀 해.

이렇게 숨어 있다고 해결될 것 같아?

너도 우리와 함께 일하는 수밖에 없어.

할아버지는 네 마음을 돌리기 위해 수단과 방법을 가리지 않을 거야.

제발 나와 얘기 좀 해.

제발, 루시. 너에게 무슨 일이 생기는 건 싫어.

제발 빌어먹을 전화 좀 받아!

지금 너희 집으로 갈 거야.

거의 다 왔어.

그의 메시지를 본 루시가 펄쩍 뛰었다. 지금 그와 이야기를 나누긴 싫었다. 게다가 말싸움에서 이길 자신도 없었다. 루시는 콜린의 방으로 뛰쳐 들어갔다. 콜린은 침대에 멍하니 누워 TV를 보고 있다가 루시가 들이닥치자 놀라서 벌떡 일어났다.

"콜린! 내 부탁 좀 들어 줘. 네이선이 금방 여기로 올 거야. 제발 나 없다고 해서 돌려보내 줄래? 계속 캐물으면 내가 어디에 있는지, 언제 돌아올지 모르겠다고 해. 제발!"

콜린이 부스럭거리며 몸을 일으키자마자 초인종이 울렸다.

"좋아. 그럼 이번에 나한테 빚진 거다."

그가 현관으로 걸어가며 말했다.

루시는 방문을 잠그고 그의 침대로 뛰어들어 이불을 뒤집어 썼다.

콜린이 다시 방문을 두드리기까지는 시간이 걸렸다. TV 소리가 시끄러웠지만 소리를 줄일 생각조차 할 수 없었다. 그랬다가는 방 안에 누가 있다는 걸 들킬 수도 있었다.

"갔어."

콜린이 방문을 두드렸다.

"엄청 화난 것 같던데? 당장 연락하라고 너한테 좀 전해 달라더라."

루시가 고개를 끄덕였다.

"얼굴이 안 좋아 보였어."

콜린이 루시의 표정을 살피며 말을 이었다.

"안색도 창백하고 스트레스 받은 것 같더라. 너희 둘 사이에 대체 무슨 일이야?"

콜린이 침대로 와 루시 곁에 앉아서 TV 음량을 줄였다.

"아무 일도 아냐."

"루시!"

루시가 그의 얼굴을 바라보았다. 하지만 콜린에게 변명할 거리가 생각나지 않았다. 루시의 머릿속은 말 그대로 백지 상태가 된 것 같았다.

"물랑 부인이 내일 오실 거야. 그러면 그때 함께 설명하게 해 줄래? 그때까지만 기다려 줘."

"약속이다?"

"약속할게."

콜린이 루시를 주의 깊게 살폈다.

"그럼 난 다시 혼자 있을게. 너도 그럴 수 있겠어?"

루시가 어깨를 으쓱해 보였다.

"응. 해 볼게."

네이선은 점점 화가 났다. 하지만 그 화를 도대체 누구에게 향해야 할지 몰랐다. 루시에게? 아니면 할아버지에게? 아니면 자신에게?

어째서 루시는 자신의 메시지를 무시하는 거지?

어째서 날 피하는 거지? 마음 같아서는 조금 전 보았던 남자를 밀치고 루시의 집으로 들이닥쳐 루시를 찾아내고 싶었다. 루시가 집에 있을 건 안 봐도 뻔했다. 어떤 수단을 동원해서라도 루시를 설득해야 했다. 조부가 어떤 사람인지 아직도 이해하지 못한 건가?

만약 루시가 이대로 자신과 대화하길 거부한다면 앞으로 어떻게 해야 하나?

퀸 앤스 게이트에 도착하니 집 앞에 조부의 검은색 리무진이 서 있었다. 해롤드는 조부가 차에서 내리는 것을 도와주었다.

네이선은 두 사람에게 다가갔다.

"할아버지, 여기서 뭐 하시는 거죠? 모든 게 다 계획대로 되어 가고 있다고 말씀드렸잖아요!"

바티스트 드 트레메인은 네이선의 속내를 꿰뚫듯이 바라보았다.

"보퍼트 경이 어제 전화해서 너와 그 계집애가 만나던 날에 대해 말해 주더구나. 날 바보로 보는 거냐? 계획대로 되어 간다고? 흥! 내가 직접 그 애가 정신이 들게 해 주었지."

"정신이 들게 해 줬다고요?"

네이선이 물었다.

"그래. 결국은 연맹에 들어오기로 했다."

네이선은 귀를 의심했다.

"루시가 자기 입으로 그렇게 말했다는 겁니까?"

"주말에 너와 함께 콘월로 오겠다더구나. 마침 교육을 시작하기 적합한 시기다."

"그리 순순히 나타나진 않을 겁니다. 지금도 제 연락을 피하고 있어요. 원래는 오늘 만나서 한 번 더 얘기해 보기로 했던 건데, 몸을 숨기고 있어서 찾을 수가 없단 말입니다. 할아버지 때문에 겁을 먹은 게 틀림없어요."

바티스트가 다시 한 번 네이선을 훑어보았다.

"그 계집애가 감히 그럴 생각은 못 할 테지."

그가 집 계단을 힘겹게 오르는 동안, 해롤드가 트렁크에 실어 놓았던 케이지에서 개들을 풀어 놓았다. 그러자 개들이 즉시 네이선을 위협하며 달려들었다.

"이리로 와!"

바티스트의 한마디에 개들은 즉시 동작을 멈추었다. 그제야 네이선은 가까스로 숨을 몰아쉬었다.

한 시간 뒤, 두 남자는 도서관 맞은편에 있는 벤치에 나란히 앉았다. 어느덧 주위가 어두워졌다.

"그러니까 네 말은, 그 계집이 우리와 손을 잡으려 하지 않을 거라고?"

바티스트가 물었다.

"아직 모르겠어요. 설득할 수 있길 바라고 있지만요."

"네겐 충분한 시간이 있었다."

바티스트가 비난했다.

물론 지금 와서 그의 말에 반박하는 건 소용없다는 걸 네이선은 잘 알고 있었다.

"그렇게 생각하신다면 그런 거겠죠."

그가 대꾸했다.

"아무튼 우리 가문이 여전히 내부 세력을 이끌어갈 수 있다는 걸 입증해야 한다. 네 애비의 배신을 무마하는 데만 해도 전력을 쏟아 부어야 했으니까. 계집애가 만약 우리 편에 붙지 않는다면 제거해야 한다."

그의 말에 네이선의 등줄기가 오싹해졌다. 하지만 동요를 감추며 태연한 듯 물었다.

"어떻게 하실 계획입니까?"

"넌 그냥 잠자코 있으면 돼. 계집애는 제 어리석음의 대가를 치르게 되겠지. 이미 기회는 충분히 줬다. 오늘 밤이 지나기 전까지 이성을 차릴 수 있다면 좋겠군. 연락이 닿으면 곧바로 내게 알리도록 해라. 정말 우습군. 제 주제에 내 앞길을 막을 수 있다고 생각하고 있더냐?"

조부의 말에, 네이선은 무어라 대꾸해야 할지 몰랐다.

"아무튼 넌 집에서 한 발짝도 떠나지 말거라. 그리 오래 걸리진 않을 거다."

"네, 할아버지."

네이선은 벌떡 일어났다. 조부와 더 이상은 한 공간에 있는 걸 견딜 수가 없었다.

네이선은 침실로 걸어가는 동안 휴대 전화를 꺼내 들었다. 무슨 일이 있어도 루시에게 이 사실을 알려야 했다. 그래서 지금이라도 도시를 떠나 몸을 숨기게 해야 했다.

방문을 열고 들어가자마자 무언가와 맞닥뜨렸다. 검은 양복을 입은 키 큰 남자가 방 한가운데 서 있었던 것이다.

"조부께서 도련님의 휴대 전화를 맡고 있겠다고 하시더군요."

그의 목소리에는 위협이 서려 있었다.

네이선은 그와 정면으로 마주 보았다. 그도 큰 편이었지만 오리온은 머리통 하나가 더 컸다. 그와 맞서도 아무 소용없을 터였다.

네이선은 말없이 오리온의 손바닥 위에 자신의 휴대 전화를 올려놓았다.

거인이 방을 나가며 문을 쾅 닫는 소리가 났다.

이제 뭘 어떻게 해야 하나?

과연 할아버지는 무슨 짓을 벌일 계획인가?

무슨 일이 있어도 루시와 연락할 방법을 찾아내야만 했다.

루시는 창가에 서서 바깥의 어둠 속으로 시선을 던졌다. 콜린은 감자칩과 콜라를 사러 밖에 나가고 없었다. 오늘 밤만큼은 걱정 따위 잊고 TV나 보자는 꼬드김에 넘어가고 만 것이다. 하지만 이미 시간이 상당히 지나 있었다. 희미한 불빛이 밤의 아스팔트 위를 밝히는 가운데, 인적조차 없는 길목 어귀의 자동차 사이에서 무언가 움직인 것 같았다. 루시는 미간을 찌푸리며 좀 더 자세히 보려 했지만 안경 없이는 불가능했다. 그래서 재빨리 자신의 방으로 뛰어가 가방 속을 뒤적였다. 안경은 가방 맨 밑바닥 쪽에 깔려 있었다. 커튼을 젖힌 후 창밖을 보니 개가 한 마리 서 있었다. 루시는 안도의 한숨을 내쉬었다. 누군가 개를 산책시키는 모양이라고 생각했다. 하지만 개는 목줄을 달고 있지 않았다. 개 주인을 찾기 위해 주위를 두리번거려 보았지만 주인으로 보이는 사람은 없었다. 다시 한 번 개를 보던 루시는 소스라치게 놀라고 말았다. 이제는 두 마리의 개가 루시를 올려다보고 있었기 때문이다. 그제야 루시는 그 검은 개들이 얼마나 거대한지 깨달았다. 겁에 질린 채 손에 쥐고 있던 커튼 자락을 떨어뜨린 후, 콜린의 방으로 다시 달려 들어갔다. 콜린은 도대체 어딜 헤매고 있는 거야?

10분이 지난 후, 열쇠로 문을 여는 소리가 들렸다. 문이 벌컥 열렸다.

"나야."

콜린의 낯익은 목소리가 들렸다.

루시의 입에서 안도의 한숨이 터져 나왔다.

콜린이 방으로 들어오며 종이봉투 하나를 자랑스레 들어 올려 보였다. 루시는 잔뜩 겁을 먹은 상태였지만, 그런 콜린을 보니 웃지 않을 수 없었다. 아마 길 모퉁이에 있는 구멍가게를 탈탈 털어 온 모양이었다.

"왜 이리 오래 걸렸어?"

루시가 투덜거렸다.

"조지를 만났거든."

콜린이 DVD를 고르며 대꾸했다.

"혹시 집 아래에 있는 길에서 개들 봤어?"

"무슨 개?"

콜린이 '트로이'를 꺼내 들며 물었다.

"이거 어때?"

"난 상관없어."

루시가 어깨를 으쓱해 보이며 침대에서 몸을 일으켰다.

"컵이랑 과자 담을 그릇 가져올게."

브레드 피트, 콜라와 감자칩은 정말로 루시가 잠시 동안이라도 모든 문제들을 잊는 데 도움이 되긴 했다. 너무 지친 나머지 영화를 반도 채 보지 못하고 잠이 들어 버렸지만 말이다. 콜린이 잠든 루시에게 이불을 덮어 준 다음, 머리칼을 귀 뒤로 넘겨 주었다. 영화가 끝나자, 콜린은 불을 껐다. 하지만 바깥에서 개들이 문을 긁는 소리는 듣지 못했다.

다음 날 아침, 눈을 뜬 루시는 부엌에서 물랑 부인과 콜린의 목소리를 들었다. 콜린의 침대 머리맡에 놓인 시계를 보니 거의 10시가 다 되어 있었다. 어째서 깨우지 않은 거지?

루시는 벌떡 일어나 욕실로 달음질쳤다. 10분 만에 샤워를 마치고 옷을 갈아입은 후 부엌으로 가서 물랑 부인에게 인사를 했다.

"왜 안 깨운 거야?"

루시가 콜린에게 투덜거렸다.

"깨웠지. 하지만 아무리 해도 안 일어나던걸. 그저께 밤에 둘이서 잠 안 자고 뭐 한 거야?"

콜린이 짓궂게 웃으며 물었다.

"애들아, 지금은 더 중요한 게 있지 않니."

물랑 부인이 둘의 대화를 중단시켰다.

"루시, 넌 당장 짐을 꾸리거라. 콜린 너는 도서관에 루시 대신 전화를 걸어서 병가를 내. 오늘 마리와 줄스가 여기 없는 게 다행이야. 나중에 둘이 루시에 대해 물으면 대답해 줄 적당한 핑계 거리를 생각해 둬야 돼."

"그러고 보니 말인데요."

콜린이 입을 열었다.

"지금 이게 도대체 다 무슨 일인지 말을 좀 해 주신다면 행동하기가 좀 더 쉬워지지 않겠어요?"

물랑 부인이 고개를 저었다.

"아니. 지금은 이 일에 대해 한 명이라도 덜 아는 게 중요해. 랄프 신부가 그렇게 살해당한 걸 봐라."

콜린의 얼굴이 창백해졌다.

"하지만……. 엄만 신부님이 사고로 돌아가신 거라고……."

"그럼 아직 최근 소식은 못 들은 모양이네. 랄프 신부는 살해당한 거야."

"만약 그게 사실이라면 더더욱 진실을 알아야겠는데요. 루시에게 무슨 일이 일어나는 걸 지켜보고만 있을 수는 없어요."

콜린이 확고한 목소리로 말했다.

물랑 부인이 콜린의 손을 잡아 주었다.

"콜린, 염려하지 말거라. 루시는 내가 지키마."

하지만 콜린은 은발의 노부인을 의심스러운 눈으로 바라보았다.

"미안하다, 콜린. 하지만 이게 최선이란다."

콜린은 마지못해 고개를 끄덕인 다음, 수화기를 들고 도서관에 전화를 걸어 루시가 오늘은 일하지 못할 것 같다고 마리에게 알렸다.

"뭐야, 또 네이선 집에서 잤대?"

마리가 호기심 어린 목소리로 물었다.

"아니야. 집에 있어."

콜린은 짧게 대답한 후, 간략한 인사를 뒤로한 채 전화를 끊었다.

루시는 작은 손가방 하나를 들고 복도에 서서 휴대 전화 수신 목록을 살펴보았다. 혹시 네이선이 다시 전화를 걸지 않았는지 확인하기 위해서였다. 다행히 수신함은 비어 있었다.

그럼에도 불구하고 왠지 불길한 예감이 꿈틀거리며 밀려왔다. 그의 할아버지가 무슨 짓을 벌일지는 아무도 예측할 수 없을 터였다.

"어디로 갈 건데요?"

루시가 물랑 부인에게 물었다.

"스코틀랜드에 있는 작은 마을에 오랜 친구가 살아. 일단 거기로 갈 거다."

물랑 부인이 콜린 쪽으로 고개를 돌렸다.

"미안하지만 콜린, 루시가 어디로 가는지 네가 모르는 편이 나을 거다."

그녀의 말에, 콜린은 이마를 찌푸리며 마지못해 고개를 끄덕였다.

"그렇게 생각하신다면 별수 없죠."

그러곤 루시를 꽉 끌어안았다.

"몸조심해."

"알았어. 너도."

루시가 콜린에게 속삭였다.

물랑 부인은 현관문에서 조심스럽게 사방을 살폈다. 주변에 다른 사람의 모습은 보이지 않았다. 두 사람은 서둘러 큰길을 따라 걸어 내려갔다. 루시는 말없이 물랑 부인의 뒤를 따르면서 계속 주위를 두리번거렸다. 혹시 네이선이나 그의 할아버지가 나타나지 않을까 해서였다. 무심코 목에 걸고 있던 목걸이를 더듬던 루시가 걸음을 멈추고 얼어붙었다. 목걸이가 없었다. 물랑 부인이 루시를 돌아보며 걱정스럽게 물었다.

"왜 그러니, 루시?"

"목걸이가……. 없어졌어요!"

"하지만 서둘러야 해."

물랑 부인이 타일렀다.

"목걸이 없이 떠날 수는 없어요."

루시가 휴대 전화를 꺼내 콜린에게 전화를 걸며 중얼거렸다.

"콜린! 미안하지만 집 안 좀 살펴봐 줄래? 목걸이가 어디 있는지 모르겠어. 아마 내 침대 옆 서랍장이나 욕실에 있을지 몰라."

루시는 공포에 사로잡혔다. 목걸이를 잃어버린다는 건 상상조차 할 수 없는 일이었다.

"여기엔 없어."

한참 후에 콜린이 전화를 걸어 왔다.

"알았어. 혹시라도 어디선가 찾아내면 곧바로 연락해 줘, 알았지?"

"알았어."

"죄송하지만 도서관에 들러야겠어요."

루시가 물랑 부인에게 확고한 어조로 말했다.

"목걸이 없이는 단 한 발짝도 떠날 수 없어요. 그 목걸이는 돌아가신 부모님의 유일한 유품이에요."

"하지만 그럼 기차를 놓칠 텐데."

물랑 부인이 말했다.

"네 목숨이 그런 장신구보다 가치 있지 않겠니?"

하지만 물랑 부인의 걱정은 기우쯤으로 여겨졌다. 설마 네이선이나 그의 조부가 살인을 저지를 정도로 무모한 자들일까?

"저 앞에 지하철을 타면 될 거예요. 거기엔 사람들로 넘쳐나니까 설마 무슨 일이야 있겠어요? 서둘러야 돼요."

물랑 부인이 한숨을 쉬었다.

"알았다. 어쩔 수 없지."

두 사람은 말없이 지하철 계단을 내려갔다. 물랑 부인이 앞장서 걸었고, 루시는 그 뒤를 따랐다. 터널 안쪽에서 열차의 불빛이 터널을 밝히는 게 보였다. 열차를 기다리는 승객들을 향해 거친 바람이 불어닥쳤다. 그때 물랑 부인의 모습이 잠시 사라지는가 싶더니, 루시 앞에 서 있던 여자 승객 하나가 새된 비명 소리를 내질렀다. 열차가 거친 쇳소리를 내며 멈춰 서자, 사방이 쥐 죽은 듯 고요해졌다. 물랑 부인이 목에 두르고 있던 초록색 무늬의 스카프는 열차와 선로 사이에 끼어 있었다. 루시는 제 앞에 펼쳐진 광경을 보고도 믿을 수가 없었다.

열차 문이 열리자, 익숙한 소음이 들려왔다. 하지만 루시는 조금 전까지만 해도 물랑 부인이 서 있던 자리만 멍하니 바라보고 있을 뿐이었다. 사람들이 뒷걸음질 쳤고, 비명 소리와 함께 의사를 부르는 소리도 들렸다. 하지만 루시는 미동조차 하지 않았다. 마치 어딘가에서 홀연히 나타난 것처럼 런던 지하철역에서 근무하는 직원들이 나타나 선로 위를 정리했다. 누군가가 루시를 계단 위로 이끌었다.

"전 여기 있을 거예요."

루시는 계속 중얼거렸다.

"제가 도와줘야 해요."

노부인 하나가 루시를 안타까운 눈으로 바라보았다.

"아가야, 이제 저분은 누구라도 도와줄 수가 없을 것 같구나."

지하철 직원 하나가 루시에게 다가왔다.

"저 여자분을 아십니까? 어째서 갑자기 이런 짓을 벌인 거랍니까?"

루시는 그를 멍하니 쳐다보았다.

갑자기 콜린이 루시의 곁에 서 있었다.

"우리는 저 여자를 몰라요. 루시, 가자."

그러고는 루시를 계단 위로 잡아끌었다.

"일단 여기서 벗어나야 해."

"말도 안 돼. 도대체 어떻게 이런 일이 벌어진 건지 알아야 겠어."

루시가 콜린에게 떠밀려 계단을 오르면서 중얼거렸다.

"루시, 물랑 부인은 죽었어. 어쩔 도리가 없다고. 저렇게 된 이상 그 누구도 살아남을 수는 없어."

그제야 루시의 입에서 흐느낌이 터져 나왔다. 그런 다음엔 계속 같은 말만 중얼거렸다.

"다 내 잘못이야……."

"네 잘못이 아니야. 저건 사고라고. 플랫폼에 너무 가까이 다가가서 그렇게 된 거야."

루시가 고개를 들어 그를 쳐다보았다.

"설마 정말 그렇게 생각하는 거야? 누군가 물랑 부인을 떠민 거라고!"

"하지만 대체 누가 그런 짓을 하겠어?"

"나도 모르겠어."

루시가 흐느꼈다.

"정말이지 모르겠어. 넌 대체 어디서 갑자기 나타난 거야?"

"사실 아까부터 너랑 물랑 부인을 뒤쫓고 있었어."

마치 너무 당연하다는 듯, 콜린이 대답했다.

"내가 널 혼자 내버려 두지 않을 거란 걸 알고 있었을 거 아냐. 전화를 끊고 나니 네가 도서관에 가 볼 것 같더라고."

그제야 루시는 콜린이 얼마나 숨을 헐떡이는지 알아챘다. 얼마나 달린 건지 상상도 할 수 없었다. 루시는 고마운 마음에 그의 가슴에 얼굴을 묻었다. 그가 없었으면 어땠을지 상상도 할 수 없었다.

루시의 시선이 맞은편에 있는 거리에 머물렀다. 거기엔 키가 크고 덩치가 좋은 남자 하나가 서 있었다. 머리부터 발끝까지 검은색 옷차림이었다. 그의 곁에는 그와 비슷하게 생긴 검은색 개가 앉아 있었다. 루시는 그 개를 알아보았다. 어제 집 앞에 있던 개였다.

"도망쳐야 돼."

루시가 콜린에게 속삭였다.

"최대한 빨리 도서관으로 가!"

그러자 콜린은 더 이상 묻지 않은 채, 루시의 손을 붙잡고 인파를 헤치며 지하철 역내를 달리기 시작했다.

달리는 동안, 루시는 계속 뒤를 돌아보았지만 검은 옷의 남자나 개의 모습은 보이지 않았다. 거리 몇 개를 지난 다음, 도서관으로 향하는 버스에 올랐다.

콜린이 루시에게 손수건을 내밀었다.

"땀범벅이네. 아무튼 물랑 부인의 충고대로 얼른 몸을 숨겼어야 했어. 정말 네 말대로 누군가가 물랑 부인을 떠민 거라면 말이야. 하지만 난 아직도 못 믿겠는 게 사실이야."

"어째서 내가 물랑 부인을 모른다고 지하철 직원에게 거짓말을 했어?"

루시가 물었다.

"일단은 널 거기에서 빼내야 한다는 생각뿐이었어."

콜린이 머뭇거리며 대답했다.

"이젠 제발 이 모든 게 무슨 일인지 설명 좀 해 줘. 어차피 나도 개입된 거잖아."

도서관에 도착하기까지는 그리 오랜 시간이 걸리지는 않을 터였다. 루시는 콜린에게 최대한 간략히 설명해 주기로 결심했다. 어쩌면 콜린이야말로 루시가 믿을 수 있는 유일한 사람일지도 몰랐다. 이제 물랑 부인이 저렇게 된 이상, 이 모든 걸 혼자 헤쳐 나가는 건 불가능했다. 루시가 설명하는 동안, 콜린은 침묵하며 경청했다.

"……그래서 목걸이도 되찾아야만 해. 그게 없인 절대 런던을 떠나지 않을 거야. 이해해?"

콜린은 고개를 끄덕였다.

"도서관에 도착하자마자 경찰서에 전화를 걸어서 조금 전의 사고에 대해 물어봐 줘. 어쩌면 그냥 조금 다쳤을 뿐인지도 몰라. 어쩌면 선로 사이로 들어간 덕에 목숨을 건졌을지도 모르고. 전에도 그런 일이 있었잖아, 안 그래?"

루시가 물었다. 그녀의 목소리는 마치 애원하는 것 같았다.

"알았어. 그렇게 할게. 어쩌면 운이 좋았을지도 모르지."

루시는 고개를 끄덕인 다음, 이 지푸라기 같은 희망에 매달렸다. 물랑 부인은 루시에게 있어 언제나 어머니 같은 존재였다. 그런 물랑 부인을 잃을 수는 없었다.

"이번 역에서 내려야 해."

콜린이 루시를 부축했다. 루시는 손수건으로 얼굴을 닦았다.

버스에서 내린 다음, 콜린은 루시를 부축해 도서관 입구로 향했다. 거기에서 루시의 가방을 받아 든 다음 머리칼을 쓰다듬어 주었다.

"마리는 뭔가 이상하다는 걸 곧장 알아챌 거야."

그가 말했다.

"하지만 너무 많이 설명하진 마. 서둘러. 난 여기서 기다리면서 검은 옷을 입은 남자가 나타나는지 살필게."

그러고는 미소 지어 보이려고 애썼다.

루시는 몸을 돌려서 도서관 입구로 달려 들어갔다. 마리는 자리에 없었기 때문에, 회전봉을 뛰어넘어 문서실로 향했다. 문서실 입구에 놓인 책상에는 책 몇 권이 놓여 있었다. 루시는 반사적으로 책들을 손에 들고 계단을 달려 내려갔다.

루시는 문서실 입구의 문을 열었다. 삐걱이는 소리가 그녀를 반기는 것 같았다. 루시는 책들을 가슴에 꼭 끌어안았다. 여기라면 안전할 터였다.

아무도 이 안으로는 들어올 수 없었다. 루시는 재빨리 가파른 계단을 뛰어 내려갔다.

서가 사이로 뻗어 있는 좁은 통로에서 익숙한 도서관 향기가 코를 스쳤다. 하지만 오늘만큼은 오래된 책 향기도 위로가 되진 않았다.

눈물이 볼을 타고 흘러내렸다. 루시는 자신의 펜던트가 여기에 있기만을 빌었다. 어쩌면 사무실 책상 위에 놓여 있을지도 몰랐다. 자길 찾으러 와 주기만 기다리면서 말이다.

복잡하게 얽힌 통로를 따라 사무실까지 내달렸다. 그런 다음에는 손에 든 책들을 떨어뜨리지 않으려 조심하면서 겉옷 주머니를 더듬어 열쇠를 찾았다. 드디어 열쇠가 손에 잡히자 문을 열고 안으로 들어갔다.

사무실 안으로 들어가자마자 들고 있던 책들을 책상 위에 올려놓고 탁상 등을 켰다. 그런 다음엔 책상 위에 뒤덮여 있는 온갖 종이와 책 들, 도서 카드를 헤집기 시작했다. 하지만 펜던트는 거기 없었다. 이번에는 몸을 숙여 책상 밑을 찾아보았다. 그녀의 움직임이 점점 불안해졌다. 빨리 돌아가지 않으면 콜린이 걱정할 터였다. 당황한 눈빛으로 주위를 둘러보았다. 잃어버렸을 리는 없었다. 그 펜던트는 루시에게 이루 말할 수 없을 만큼 소중한 물건이었기 때문이다.

하지만 결국엔 찾아냈다. 문 옆의 책 더미 위에 펜던트가 반짝이며 놓여 있는 게 눈에 띄었던 것이다. 루시는 흐느끼며 펜던트를 끌어안았다. 그리고 다시 조심스럽게 목에 건 다음 탁상 등을 껐다. 마지막으로 사무실 안을 한 번 더 둘러보았다. 어쩐지 사무실에 들어오는 건 이번이 마지막일 것 같은 예감이 들었다.

다시 복도로 나간 루시는 제자리에 멈추어 서고 말았다. 즉시 알아챌 수는 없었지만 뭔가 달라져 있었다. 루시는 주의 깊게 주위를 둘러보았다. 위험한 건 눈에 띄지 않았지만 이상할 정도로 조용했다. 책들이 두려움에 떨며 숨을 죽이고 있었던 것이다. 책들의 두려움이 그녀에게까지 전해져 왔다. 심장이 쿵쾅거리며 두방망이질 치기 시작했다. 공포 때문에 숨통이 죄이는 것 같았다.

그때 어떤 냄새가 났다. 익숙한 책 향기가 아니었다. 그게 무슨 냄새인지 깨달은 순간, 서가 사이로 안개같이 흰 연기가 치솟아 올랐다. 그리고 비현실적인 바스락거림이 귓가에 들렸다.

루시는 마치 최면에 걸린 사람처럼 눈앞에 펼쳐지는 광경을 바라보았다. 꿈을 꾸고 있는 게 분명했다.

마치 허공에서 갑자기 튀어나온 것처럼 그녀 왼편의 서가 사이로 노란 불꽃이 뱀 같은 혀를 날름거렸다. 눈을 한 번 깜박일 때마다 불길이 거세어지는 것 같았다. 불꽃들은 흰색, 파란색과 붉은색이 한데 뒤섞인 것 같은 기괴한 색이었다.

의심의 여지가 없었다. 문서실이 불타고 있었다.

책들을 어쩌지? 불이 모든 책들을 영영 없애 버릴 터였다. 저 모든 책들을! 루시는 넋이 나가 있다가, 책들이 비명을 내지르고 있다는 걸 가까스로 깨달았다. 그들의 절망에 찬 비명 소리가 그녀의 가슴을 찢어 놓는 것 같았다.

쓰러질 것처럼 어지러워서 재빨리 손으로 벽을 짚고 섰다. 이제 뭘 어떻게 해야 하지? 불길은 건조한 나무와 오래된 종이들을 삼키면서 너무 빨리 번져 갔다. 불의 혀가 날름거리며 문서실 바닥과 책 상자들을 핥았고, 서가 안을 누비며 제 임무를 완수했다. 마치 단 한 권의 책도 놓치지 않겠다는 듯 철저하고도 냉혹했다. 그 오랜 시간 동안 보호받으며 간직되어 오던 귀중한 보물들이 이제 루시의 눈앞에서 흔적도 없이 사라져 갔다.

"루시, 도망쳐야 해! 달아나!"

책들이 갑자기 루시를 향해 외쳤다.

"그리고 우리도 구해 줘!"

그러자 놀랍게도 다시 정신이 돌아왔다. 루시는 패닉 상태로 주위를 둘러본 후 다시 사무실로 달려 들어갔다. 탁상 등을 켠 후 전화기를 잡았지만, 손이 어찌나 떨리던지 그만 놓치고 말았다. 전화기가 땅에 떨어지는 소리가 요란했다.

이 아래쪽 문서실에 있던 책들은 어쩔 수 없을지도 모르지만, 아직 위층의 책들은 구할 수 있을지도 몰랐다. 중요한 건 서둘러야 한다는 사실이었다. 이제 모든 게 루시에게 달려 있었다.

루시는 떨리는 몸을 가까스로 가누며 수화기를 집어 들었다. 그런 다음 도서관 안내 창구의 번호를 눌렀다. 하지만 전화는 먹통이었다. 낡은 고물 수화기를 마구 흔든 후 다시 한 번 번호를 눌러 보았지만 소용없었다. 탄식을 내뱉고 있자니, 조금 전 책상 위에 올려 두었던 책들이 루시의 시야에 들어왔다. 적어도 이 책들만이라도 구해 내야겠다는 생각이 들었다. 절대로 불길에 휩싸이게 둘 생각은 없었다.

루시는 의자 등받이에 걸려 있던 스웨터를 집어 들었다. 그런 다음 물병 하나를 찾아내어 스웨터를 적셨다. 그걸로 코와 입을 막은 다음, 마치 생명 줄을 움켜잡듯 책들을 가슴팍에 끌어안았다. 그런 다음 사무실 문을 나와 주위를 둘러보았다.

불길이 점점 거세어지고 있었다. 불길이 생각보다 빠르게 번진다는 생각이 들었지만 이미 몸이 먼저 내달리기 시작했다. 가슴에 끌어안은 책들 때문에 제대로 달리기도 힘들었지만 책들을 불에서 구해 내야 한다는 생각뿐이었다.

복도가 이토록 길게 느껴졌던 적은 없었다. 연기가 시야를 가렸고, 호흡도 방해했다.

그 순간, 굉음이 고막을 때렸다. 루시는 뒤를 돌아보았다. 거대한 서가들이 차례대로 무너져 내리기 시작한 것이다. 화염이 두꺼운 떡갈나무 책장들을 에워싸는 통에 더 이상 버티지 못했던 모양이었다. 이내 불꽃과 스파크가 일었고, 거대한 불의 파도와 나무 파편들, 재의 폭풍이 루시를 향해 몰려들었다. 루시는 있는 힘을 다해 달렸다. 이만큼 달렸으면 지상으로 올라가는 계단이 진작 나왔어야 했다. 그제야 길을 잘못 들었다는 생각이 머리를 스쳤다. 고개를 들어 위쪽을 살펴보았지만 연기 때문에 서가의 알파벳 표기가 더 이상 보이지 않았다. 기침이 나왔다. 두려움 때문에 몸이 마비될 지경이었다. 만약 여기서 나가지 못하게 된다면 어쩌지?

달릴 때 방해가 되던 젖은 스웨터를 던져 버린 후, 바로 옆의 서가로 손을 뻗어서 정성스레 보관되어 있는 상자 하나를 끌어내렸다. 상자 위에는 L로 시작되는 알파벳들이 뚜렷하게 표시되어 있었다.

"젠장할!"

루시가 화염을 향해 저주를 퍼부었다. 원래대로라면 H열에서 방향을 틀었어야 했다. 하지만 돌아가기에는 너무 늦었다. 이미 불길이 가까워져 있었다. 이글거리는 열기 때문에 피부에 통증이 느껴졌다. 여기서 나가려면 더 먼 길을 돌아가야만 했다. 루시는 상자에서 책을 꺼낸 뒤 상자는 바닥에 던져 버렸다. 한 권이라도 더 여기서 건져 낼 생각이었다. 그런 다음엔 폐가 아릴 때까지 미친 듯이 내달리기 시작했다.

하지만 몇 분 뒤, 이미 돌이킬 수 없을 만큼 길을 잘못 들었다는 걸 깨달았다. 더 이상은 달릴 수도 없었다. 숨이 턱까지 차올랐다. 이글거리는 불길은 그녀 주위를 에워싸며, 모든 걸 닥치는 대로 먹어 치웠다.

사방이 화염 바다였다. 불은 눈에 보이는 모든 걸 말살하라는 명령을 받은 군대처럼 냉혹하게 자신의 임무를 수행하고 있었다.

이젠 가망이 없었다.

눈물이 볼을 타고 흘러내리자 루시는 거칠게 눈물을 닦아 내었다.

이 모든 게 그의 짓이었다. 그를 믿었건만, 보기 좋게 속아 넘어가고 말았다.

그를 떠올리기조차 싫었다. 죽게 된 마당에 마지막으로 그를 생각하고 싶지는 않았다. 루시는 흐느끼며 두 손으로 얼굴을 움켜쥐었다. 책장에 등을 기댄 채 천천히 바닥에 주저앉으며, 왼손으로 목에 걸린 펜던트를 움켜쥐었다.

고아원에서 지내던 어린 시절 이후로 잊고 있던 기도가 입

에서 흘러나왔다. 기도 따위는 고아원을 떠나오면서 다 잊은
줄 알았다.

하지만 불길은 조금도 지체 없이, 루시의 세계를 덮치며 다
가왔다.

에필로그

책이란 마치 파리 잡는 끈끈이와 같다.
기억들이 달라붙기에 인쇄된 페이지만 한 건 없다.

— 코넬리아 푼케, 《잉크하트》

물……. 목이 타들어 가는 것 같았다. 숨을 쉴 수가 없었다. 누군가가 루시의 입술 위로 물을 부었고, 젖은 손가락으로 그녀의 얼굴을 어루만졌다. 그녀의 피부가 찌릿거렸다.

"루시!"

누군가가 속삭였다.

"루시! 일어나. 내 말 들려? 제발! 여기서 나가야 해!"

루시는 눈을 깜박이며 힘겹게 눈꺼풀을 들어 올려 보았다. 하지만 마치 접착제로 눈꺼풀을 붙여 놓은 것 같았다. 대체 누구지?

그가 루시를 꽉 안은 채 들어 올리자 몸이 흔들렸다. 그런 다음 달리기 시작했다. 화마가 사방을 먹어 치우는 소리가 귓가에 울렸다. 그가 곧장 불길 속으로 뛰어들었다. 분명 길을 잘

못 선택한 셈이었다. 이대로라면 둘 다 타 죽을 터였다. 루시는 정신을 차려 보려고 노력했다. 하지만 자신을 구한 사람이 어찌나 빠르게 뛰는지, 떨어지지 않으려면 그를 부둥켜안아야만 했다. 그들이 계단을 오르는 게 느껴졌다. 정신을 잃기 전, 루시는 바깥으로 빠져나왔다는 사실을 깨달았다. 그리고 런던의 부슬비가 얼굴에 느껴지자마자 그대로 정신을 잃었다.

《북리스 사가》 1권 끝, 2권에서 계속

1권을 마치며

북리스 3부작의 1권을 마무리하면서, 이 책도 《문라이트 사
가》만큼 독자들에게 사랑을 받았으면 하는 바람뿐이다. 물론
이 책이 판타지—아니, 정확히는 미스터리 소설이라는 사실을
미리 밝혀 두고 싶다. 또한 책 속에 등장하는 인물들은 모두 허
구의 인물일 뿐, 실제 존재하는 인물과의 유사성은 염두에 두
지 않았다.

하지만 단지 허구로 끝나지는 않는다. 최대한 독자들의 흥
미를 불러일으키기 위해 책 속의 모든 장치를 실제와 흡사하
게 꾸며 놓았다. 런던 도서관에는 실제로 문서실이 있다. 물론
그 문서실에 실제로 들어가 보지는 않았기 때문에 정말 내 책
속의 묘사와 같은지는 알 수 없다. 하지만 만약 문서실이 실제
로 철제 책꽂이가 늘어서 있는, 무균 처리된 거대한 금고 같은

공간이라 해도 루시라는 인물과는 전혀 어울리지 않을 것이다. 어느 정도는 신비로운 분위기여야 하는데, 솔직히 말해 어느 누구라도 책들로 가득한 그런 공간을 연상하지 않겠는가? 런던 도서관은 매우 오래된 고문서들을 상당수 보관하고 있다. 실제로 그중에는 《이상한 나라의 앨리스》 초판본과 오스카 와일드의 매우 희귀한 책들도 포함되어 있다. 카타르 인들과 프랑스 출신 영국 귀족들에 대해서도 좀 더 상세히 조사하려고 노력했다. 하지만 어쨌든 대부분의 내용은 소설에 맞춰 재해석된 게 사실이고, 독자들도 이를 마음에 들어 했으면 한다. 그게 중요한 거니 말이다. 작가란 독자의 상상력에 날개를 달아 주어서 그들이 새로운 모험을 경험할 수 있도록 도와주는 존재일 뿐이다.

만약 나의 이번 시도가 성공했다면, 서평 및 블로그 포스팅을 남겨 주었으면 한다. 이번에도 내 블로그에 몇 가지 책에 대한 정보와 함께 독자와의 대화란을 열 예정이다. 물론 루시와 네이선의 이야기를 써 나가는 게 나의 가장 중요한 사명이긴 하지만 말이다.

친애하는, 마라

감사의 말

감사를 전하고 싶은 사람들은 너무나 많아서 도대체 어디에 서부터 시작해야 할지 모르겠는 정도이다. 순서가 뒤죽박죽이 어도 양해를 구하는 바이다.

먼저 내 신작을 가장 먼저 읽고 유용한 조언을 아끼지 않았 던 카리나와 페트라에게 감사하고 싶다. 그 두 사람의 조언이 없었다면 《북리스 사가》가 현재의 모양새를 갖추지 못했을 것 이다. 안토니아 차우너 편집장님도 이 책의 출판을 위해 아낌 없는 도움과 조언을 베풀어 주었다. 책을 출판해 준 네오북스 와 멋진 편집자들의 도움이 없었다면 라이프치히 도서 박람회 에서 대상의 영예를 안지는 못했을 것이다.

또 책이 실제로 형태를 갖추도록 편집과 수정에 조력해 준 도로테아 켄네벡은 이곳저곳의 사소한 실수와 맞춤법을 샅샅이 추려 내어 주었다.

독자 여러분에게도 이 책의 표지가 나만큼이나 마음에 쏙 들었으면 좋겠다. 표지를 맡아 준 카롤린 리에핀스에게도 감사를 전한다. 내 머릿속의 판타지를 끌어내어 아름다우면서도 독창적인 표지를 만들어 주어 고마울 뿐이다.

《잉크하트》의 저자인 코넬리아 푼케에게도 감사를 전한다. 책의 마지막 장에 자신의 책 일부를 인용하도록 허락해 준 것에 대해서도 감사하고 있다. 그 인용구는 책의 내용에 완벽히 어울린다고 생각한다.

무엇보다도 《북리스 사가》가 출판되기까지 기다려 주었던 독자 여러분께 감사를 전한다. 독자들이 언제나 내 블로그에 찾아와 내 질문과 포스팅, 설문 조사에 응해 주지 않았다면 모든 게 불가능했을 것이다.